suhrkamp taschenbuch 1620

Algernon Blackwood wurde 1869 in Kent geboren. Er war ein Weltenbummler und zugleich ein großer Meister der phantastischen und übernatürlichen Erzählung. Mit 36 Jahren begann Blackwood zu schreiben, und sein erstes Buch war eine Sammlung von Gespenster- und Gruselgeschichten *The Empty House and Other Ghost Stories* (1906). Das Phantastische, Unheimliche und Mystisch-Okkulte herrscht auch in allen späteren Erzählungen und Romanen vor. Als er am 10. Dezember 1951 starb, hinterließ er ein Werk, das mehr als 20 Bände umfaßt. Besonders hervorzuheben sind die Erzählungsbände *The Listener and Other Stories* (1907), *John Silence – Physician Extraordinary* (1908), *Incredible Adventures* (1914) und der Roman *The Centaur* (1911).

Algernon Blackwood, einer der erfolgreichsten Autoren in der »Phantastischen Bibliothek«, ist neben M. R. James wohl der bedeutendste Vertreter der englischen Gespenstergeschichte. Er interessierte sich jedoch wenig für herkömmliche Gespenster, sondern, im Einklang mit seinen mystischen Überzeugungen, mehr für die »Erweiterung der menschlichen Wahrnehmung«. Seine Helden sind in der Regel ganz gewöhnliche Menschen, denen durch ein Aufblitzen von Grauen oder Schönheit der Zugang zu einer jenseitigen Welt eröffnet wird. Und doch erweist sich die Erweckung der latent im Durchschnittsmenschen schlummernden Kräfte, die ihm Einblick in unbekannte Sphären des Daseins ermöglichen, letztlich fast unausweichlich als entsetzlich und sogar tödlich. Blackwood verzaubert den Leser durch seine Magie, ohne ihn bekehren zu wollen.

Algernon Blackwood
Die gefiederte Seele

*Ausgewählt von Kalju Kirde
Aus dem Englischen
von Friedrich Polakovics*

Phantastische Bibliothek
Band 229

Suhrkamp

Redaktion und Beratung: Franz Rottensteiner
Umschlagzeichnung von Tom Breuer

suhrkamp taschenbuch 1620
Erste Auflage 1989
Copyright by Sheila Reeves
© der deutschen Übersetzung Suhrkamp Verlag
Frankfurt am Main 1989
Suhrkamp Taschenbuch Verlag
Alle Rechte vorbehalten, insbesondere das
des öffentlichen Vortrags, der Übertragung
durch Rundfunk und Fernsehen
sowie der Übersetzung, auch einzelner Teile.
Satz: Fotosatz Froitzheim, Bonn
Druck: Ebner Ulm
Printed in Germany
Umschlag nach Entwürfen von
Willy Fleckhaus und Rolf Staudt

1 2 3 4 5 6 – 94 93 92 91 90 89

Inhalt

Das dreifache Band
(The Threefold Cord)
7

Das Land des grünen Ingwer
(The Land of Green Ginger)
21

Die gefiederte Seele
(The Wings of Horus)
30

Ägyptischer Heimgang
(A Descent into Egypt)
53

Die Nacht des Pan
(The Touch of Pan)
131

Der andere Flügel
(The Other Wing)
153

Heidefeuer
(The Heath Fire)
173

Besuch nach Ladenschluß
(The Deferred Appointment)
182

Hingang auf Widerruf
(Entrance and Exit)
188

Der Totenwald
(The Wood of the Dead)
194

Doktor Feldman
(Dr. Feldman)
207

Das dreifache Band

Gelegentlich liest man von allerlei schauderhaften Begebnissen, wie manche Leute sie in Momenten besonderer Hellsicht erlebt haben wollen – und man lächelt darüber, ungläubig, voll besseren Wissens. Hinter so überlegenem Lächeln steht ja der Verdacht, das Ganze sei eine Art Vorspiegelung, ein Streich unserer Phantasie, jedenfalls eine Täuschung. Demgegenüber schien das, was Malcolm of McQuittie zu erzählen hatte, weder Produkt von Vorgeblichkeit noch die Folge von Einbildung oder Täuschung zu sein.

Als nüchterner Schotte und Junggeselle von mittlerweile schon fünfzig Jahren, dem man nicht leicht etwas vormachen konnte, zählte er zu jenem wortkargen Typus, dessen lakonische Sprache von sich aus die Überzeugungskraft der Wahrheit besitzt. Er lebte recht komfortabel von dem, was ihm seine nicht minder komfortablen, nächst Picadilly gelegenen Miethäuser eintrugen. Die eher strengen, obschon einnehmenden Gesichtszüge waren mitunter, trotz grimmiger Kinnpartie, eines bezaubernden Lächelns fähig, welches die blauen Augen aufleuchten machte und nicht übel mit der zurückhaltend-sanften, sehr tiefen Stimmlage harmonierte. Bei Damen erfreute Malcolm of McQuittie sich großer Beliebtheit, wiewohl er dermaßen wortkarg war, daß sie mit ihm nicht viel anfangen konnten. Er hatte lebhafte Augen, lächelte gern – aber redete nur im äußersten Notfall. Dennoch, die Gastgeberinnen luden ihn ein, denn die Frauen mochten ihn, und er akzeptierte die Einladungen, weil er – sonst schweigsam und wenig gesellig – dem Treiben der Leute gern zusah. Oder, präziser gesagt, weil er ein Faible für Menschenbeobachtung hatte. Und auf Mrs. McFarlanes Gesellschaft war ihm speziell eine bleiche, dunkeläugige Frau aufgefallen: erst nach längerem Hinsehen sprach er sie an.

Weder beim Essen noch im Salon war sie ihm aufgefallen. Später erst, als ein neuer Schwall Gäste sich ins Zimmer drängte, um der Musik zu lauschen, hatte er diese bleichen, nahezu melancholischen Züge bemerkt, aus denen ihn, über die Menge der Gäste hinweg, ein schwarzes Augenpaar so beständig fixierte. Er stand mit dem Rücken zur Wand, ganz hinten in einer Nische, denn sämtliche Stühle waren besetzt. Deshalb war er für jeden

Besucher gut sichtbar, wie er, aus der Vogelschau sozusagen, den Blick auf all diese Leute genoß. Erst dabei erregte inmitten der Zuhörerschaft jenes Gesicht seine Aufmerksamkeit: und er beteuert, daß schon die allererste Begegnung mit solch intensiven Augen in ihm eine Art Verwirrtheit ausgelöst habe – Verwirrtheit nur, nicht etwa Unbehagen. Jener Blick sei allzu direkt, seine Absichtlichkeit fast spürbar gewesen.

Er sah weg, dieweil das Klavier fort und fort durch den heißen, gedrängt vollen Raum hämmerte – und blickte nach kurzem doch wieder hin, diesmal schon aufmerksamer: die bleichen, ein wenig traurigen Züge wirkten zunächst nichtssagend – nur die Augen fesselten ihn, ließen die seinen nimmermehr los! Es wurde ihm schwer, sie nicht anzustarren, doch je mehr er bestrebt war, ihrem Blick auszuweichen, desto öfter ertappte er sich überm Hinsehn – wieder und wieder! Das Klavier war mittlerweile verstummt, und im lärmenden Beifall der unmusikalischen Menge, der ungebührlich lang anhielt, weil man zu lang hatte zuhören müssen, gewahrte er, wie jene schwarzen, spähenden Augen ihn weiterhin unablässig fixierten, immer direkter und ohne ihn loszulassen!

Jetzt fing das Klavier wieder an, der Pianist hatte der Gastgeberin vom Gesicht abgesehn, daß man eine Zugabe abwartete.

Auch Malcolm McQuittie wartete ab, und das Augenspiel nahm seinen Fortgang. Noch nie war er dermaßen saugenden Blicken begegnet, die sich noch dazu so wenig deuten ließen! Ob sie wohl einladend waren? Zum andernmal überkam ihn Verwirrtheit – und verlor sich aufs neue. Halb war er verlegen, halb interessiert. Schon hatte er sich entschlossen, eine Annäherung zu versuchen – doch warum, das wußte er nicht.

In dem allgemeinen Tumult, der dem letzten Musikstück folgte, hielt er Ausschau nach jener Fremden – und konnte sie nicht mehr entdecken: nirgendwo war sie zu sehn! Er hatte sie anreden wollen – aber mit welchen Worten? Aufs Hofieren und Flirten war er nicht aus, nur ihre Stimme wollte er hören und was sie zu sagen hatte, als wüßte er schon, daß da etwas war, was gesagt werden *mußte,* etwas von großer Bedeutung! – Diesen Punkt hat er ganz besonders betont: sie habe, so sagt er, ihm etwas mitzuteilen gehabt. Offenbar hatten allein ihre Augen ihm das verraten. Doch das Gedränge im Zimmer und auf der Treppe zum Abendbuffet verhinderte jegliche freie Bewegung: Bekannte hielten ihn auf, immer wieder, er konnte die Fremde nirgends erblicken, und schließlich gab er es auf und beschloß, nach Hause zu gehn. Er arbeitete sich nach unten, um Hut und Mantel zu holen – und dort, in der Halle, gewahrte er sie, oder vielmehr nur den Schatten von ihr, die soeben ins Freie schlüpfte!

Auf welche Weise sie's fertiggebracht, sich ihm so komplett, so leicht zu entziehen – es war staunenswert, doch anderseits und bei solchem Gedränge nicht weiter unnatürlich: daß jemand urplötzlich fort war – dergleichen hatten vor ihm auch schon andre erlebt. Auf dem Wege zum Wagen, zum Taxi, zwischen Tür und Angel, hatte er jene Frau noch erspäht und war hintergeeilt, so rasch das Gedränge es ihm erlaubte. Binnen kürzestem hatte er sie erreicht – doch offenbar nur, um jetzt, da er so hautnah neben ihr stand, zu erkennen, daß er ihr gar nichts zu sagen hatte! Nicht ein Wort kam ihm in den Sinn! Sie hingegen *hatte* ihm etwas zu sagen und sagte es auch, und noch während sie's sagte, wurde ihm neuerlich klar, daß all seine Hartnäckigkeit bloß ihrer *Stimme* gegolten!

»*Je vous attends*«, kam's in beinahe heiserem Flüsterton. »*Il y a longtemps que je vous cherche – si longtemps.*« Und schon war sie weg!

Noch auf dem Heimweg verspürte Malcom of McQuittie jene vertrackte, verwirrende Unruhe – sie erfüllte sein ganzes Wesen! Sein bescheidenes Französisch hatte ihm aber verraten, daß keine Französin zu ihm gesprochen: eine Ausländerin hatte ihm jene paar seltsamen Wendungen zugeraunt! Und hätte die Tür sich weniger rasch geschlossen, so wär' er der Fremden nachgeeilt bis an den Wagen, ans Taxi – und hätte sie um ihren Namen gebeten, ihre Adresse, und um die Erläuterung ihrer geäußerten Worte! Dennoch, er war zurückgeschrocken, als hätt' er in Wahrheit gar nicht erfahren gewollt, welche Bedeutung sie hatten – ja als wär' hinter jenem Geflüster der Warnton einer Alarmklingel hörbar gewesen! Jedenfalls hatte er instinktiv innegehalten, und um diesen Bruchteil einer Sekunde war's dann zu spät gewesen! Statt der Fremden sofort nachzueilen, war er zurückgegangen ins überfüllte Haus, hatte oben die Gastgeberin gestellt, sich Klarheit verschaffen gewollt: Wer war diese fremde, schwarzäugige Dame – wem gehörte das überaus bleiche Gesicht? Wem eigneten die melancholischen, so intensiven Augen? Indes, er zog eine Niete.

Mrs. MacFarlane sah ihn bloß unbestimmt, ja fast beunruhigt an und erklärte danach, sie wisse es nicht. »Irgendein Zaungast vielleicht«, lachte sie schließlich. »Aber kein unerwünschter«, setzte sie artig hinzu, »wo er doch *Ihre* Anteilnahme gefunden, mein lieber Malcolm!« Er hob nur die Schultern, in der Erkenntnis, daß es da nichts mehr zu fragen gebe. ›Sie hat im Moment viel zu viel um die Ohren, und das ist kein Wunder‹, sprach er bei sich. ›Um all diese Gäste muß sie sich kümmern!‹ Und so ging er denn heim, irritiert von leiser Unruhe, zu der sich, er fühlte es, etwas wie Unbehagen gesellte: die Person jener Unbekannten machte ihm mehr als nur Kopfzerbrechen!

Nachdem er sich's in den eignen vier Wänden behaglich gemacht – sein Diener hatte an jenem Tag Ausgang –, begann er, das Ganze in Ruhe und mit der gehörigen Sorgfalt zu überdenken. Indes, er mußte alsbald erkennen, daß er nicht fähig war, sich die Fremde vor Augen zu führen, weil sich sein Denken beständig in andres verlor – in Dinge, die überhaupt nichts mit ihr zu tun hatten! Statt jener fesselnden, dunkeläugigen Frauengestalt hatte er plötzlich – Pferde vor Augen. *Pferde!* Und dann, auf unerklärliche Weise, auch seinen Vater – und Vatersvater!

Aber warum denn Pferde – und warum seinen Vater und Großvater, fragte er sich. Warum nur – wo er doch einzig an jene sonderbare Begegnung denken gewollt, die in ihm so wenig ersprießliche, ja fast schon unwillkommene Gefühle ausgelöst hatte?

Weiterhin dachte er nach, zermarterte sich das Hirn. Doch immer wieder entglitt ihm die Frau: jedesmal, wenn er sich ihre Gestalt heraufrufen wollte, mußte er plötzlich an Pferde denken – immer schoben sich diese Pferde dazwischen! Zugegeben, Pferde waren seine Leidenschaft: zwar wettete er nicht auf sie, doch war er an einem Rennstall beteiligt und hatte damit ganz schön Geld gemacht. Übrigens war er der erste seiner Familie, der Sinn für Pferde bewies – weder sein Vater noch auch der Großvater hatten dafür etwas übrig gehabt. Aber ihm selber lagen die Pferde nun einmal im Blut! Eigenartig, und obwohl er kaum dran gedacht – doch was man ihm da erzählt hatte, mußte wohl ein vererbter Charakterzug sein: zwar war der Sturz seines Großvaters aus einem Fenster der obern Etage ein Unfall gewesen – so hatte man damals gesagt, als er selbst noch ein kleiner Junge gewesen –, und ebenso war der Ertrinkungstod seines Vaters natürlich auch nur ein Unfall ...

Für seinen Vater hatte er nicht viel empfunden, und vorm Großvater hatte er Angst gehabt. Er entsann sich seiner als eines steinalten Greises – als einer verfallnen Ruine von Mann. Die ebenso gefürchtete wie fürchterliche Gestalt stand ihm auf einmal recht lebhaft vor Augen, und so ertappte er sich über dem ungerufen durchs Unterbewußtsein gehuschten Gedanken, daß am Ende dies Leben gar nicht so lebenswert sei – daß man besser Schluß machen sollte vor dessen unabwendbarem Verfall, vor seiner Senilität mit all ihren Schrecken! Ungerufen? Kam solches tastende Denken tatsächlich so ungerufen? Beständig verdrängte eines das andre in seinem Hirn: der Notausgang *hier* – *dort* die Pferde ...

Diese Vernarrtheit in Pferde bei Geringschätzung eines Lebens, an dessen absehbarem Ende ja doch nur Hinfälligkeit stand – es lag ihm ganz einfach im Wesen! Doch warum es *jetzt* aufgetaucht war, eben jetzt, wo er Geist und Gedächtnis auf ganz andres zu konzentrieren gewünscht – das machte ihn kopfscheu und unwirsch. Daß beide, sein Vater und Großvater, sich jetzt und hier in sein Denken drängten, war ja allenfalls noch erklärlich: zufällig wohnte ja Mrs. MacFarlane im früheren Stadthaus seiner Familie, wo er seine Jugend verbracht, wo sich aus einem der oberen Fenster der gefürchtete Alte zu Tode gestürzt, ja, von wo auch der Vater den Letzten Weg zum Boot auf der Themse genommen hatte! Diese Gedankenverknüpfung war also durchaus plausibel – das lag auf der Hand. Nein, was ihm zu schaffen machte, war der hartnäckige Hereinbruch von Pferden – von Pferden zusammen mit anderen Dingen.

Schließlich ging er zu Bett – und träumte von alldem, wenngleich jene Fremde in seinen Träumen nicht auftrat. Nur reiten tat er im Traum – reiten, Parforce, nach Vater und Großvater suchend auf sinnlosem Kurs ...

Es war eine Woche später, daß er die Fremde neuerlich sah – und zwar auf dem Sattelplatz, vor dem Rennen: und abermals nur für den Bruchteil einer Sekunde. Dann war sie inmitten der Menge verschwunden, hatte sich buchstäblich aufgelöst! Über den Zaun hinweg hatte er ihre schwarzen Augen auf sich gefühlt, hatte sich umgewandt, ihr direkt ins Gesicht geblickt, den einladenden

Ausdruck erkannt – diesmal *war* er einladend – und konnte, nachdem er die Sperre umrundet hatte, auf dem belebten Sattelplatz nichts mehr von ihr entdecken! Das war auch der Anlaß gewesen zu dem ernsthaften, ja beherzten Versuch, den Zwiespalt zu analysieren, den der Anblick der Frau in ihm ausgelöst hatte – jenes unleugbar Anziehende, dem eine sonderbar warnende Abneigung beigemengt war!

Der Eindruck, den ihre Worte »Ich warte auf dich – hab' schon so lange Ausschau nach dir gehalten« auf ihn gemacht hatten, war ihm geblieben: er brannte noch immer auf deren Bedeutung und wurde doch die beklemmende Angst vor solcher Erklärung nicht los! Beständig blieb sein Verlangen gepaart mit einer leisen, untergründigen Furcht. Aber sein Analyseversuch führte zu keinem Ergebnis, stellte ihn nicht zufrieden und überließ ihn der alten Ratlosigkeit. So setzte er fort, was er seine Nachsuche nannte, doch ohne sich über die Richtung schlüssig zu sein. Bei jedem Pferderennen war er zugegen; er schmeichelte Mrs. Mac-Farlane, indem er jedwede Einladung annahm – ja kam sogar uneingeladen ins Haus. Und dort, im Heim seiner Kindheit, fand seine Hartnäckigkeit doch noch ihren Lohn.

Bis zu diesem Punkt schien nichts an McQuitties Geschichte abwegig zu sein – jedenfalls war da nichts, was einer weithergeholten Erklärung bedurft hätte. Abgesehen von einer Handvoll wesensbedingter Farbtupfen war dieses Abenteuer durchaus nicht so beispiellos. Hingegen entbehrte das, was nun folgte, jeglicher Parallele – ja mehr noch: es spielte sich überaus rasch ab und ganz wie von selbst. Aber wie er's erzählte, in seiner sparsamen Art, schien es doch etwas zu sein, das er erlebt hatte, wirklich und augenscheinlich, am eigenen Leib! Keinerlei Fragen, ja nicht einmal Zweifel stiegen ihm dabei auf, seine Rede glitt ungezwungen über ein Dutzend Punkte hinweg, an denen ihm Zweifel oder Kritik hätten Einhalt gebieten müssen! Dennoch, er redete weiter, in aller Aufrichtigkeit: Zweifel und Fragen waren ihm offenbar gar nicht erst in den Sinn gekommen.

Es war bald nach seiner Rückkehr aus Schottland, wo er einen Monat verbracht hatte, daß er zu Gast war bei Mrs. MacFarlane, aus Anlaß eines Empfangs zu wohltätigen Zwecken, die ihn nicht sonderlich interessierten. Und da, urplötzlich, stand er der Fremden unmittelbar gegenüber, fast schon in Berührung mit ihr! Zunächst war es nur wie ein leichter, elektrischer Schlag durch

Arm und Schulter gewesen – doch als er sich umwandte, um an sich hinunterzublicken, sah er die schwarzen Augen ganz nahe auf sich gerichtet! Von diesem Moment an ging alles sehr rasch und sehr leicht, ganz ohne Hemmungen, ganz ohne Zögern von seiner Seite oder der ihren.

Bisher – so belebt war es auf dem Empfang – hatte er auf den Stufen verharrt, die vom Salon zu den oben gelegenen Gemächern führten, und plötzlich das Bedürfnis empfunden, jenen Raum wiederzusehn, der vormals, in seiner Kindheit, dem Vater als Arbeitszimmer gedient. Kurzentschlossen war er die wenigen Stufen nach oben geeilt: die Tür war halboffen gewesen und hatte ihm einen Blick in das alte, so sehr vertraute Gemach erlaubt – freilich nur einen flüchtigen Blick, denn schon waren Schritte über den Gang gekommen, die ihn verscheucht hatten, wieder hinunter, wo er im allgemeinen Gedränge untertauchen gewollt. Und bei dem Versuch, sich unter die Gäste zu mischen, hatte ihn die erwähnte Berührung elektrisiert!

Seite an Seite standen sie nun – streiften einander. Er verneigte sich flüchtig – überkommen von einem Gefühl der Vertrautheit: es schien gar nicht nötig, sich umständlich vorzustellen! An der hinteren Zimmerwand standen sie nun, das Gesicht der Frau war an seiner Schulter, und er selber hatte in solchem Moment nichts andres im Sinn, als sein vergeßnes Französisch zusammenzukratzen. Doch dessen bedurfte es nicht.

»Kohm, biette, mit mir«, raunte die Stimme mit jenem fremden Akzent, den er schon hundertmal in der Rückschau vernommen. Und er hätte ihr diesen Wunsch nicht ums Leben abschlagen können, auch nicht gegen besseres Wissen. Von jetzt ab schien alles sich unterm Gebot einer Kraft zu vollziehen, die aber nicht eigentlich von dieser Frau kam: die normale Wahrnehmung dessen, was rings um ihn vorging, sein Kritik- und Urteilsvermögen – alles war sonderbar schwebend geworden. Verständlich, daß so reduzierte Aufmerksamkeit das nun Folgende nur zum Teil registrierte – allenfalls dessen Reihenfolge. Was wirklich geschah – es wurde ihm nicht voll bewußt.

Wie es die beiden zuwege gebracht, ins Freie zu kommen, vorbei an der Gastgeberin, die mit allwissenden Augen das obere Ende der Treppe besetzt hielt; wie man danach sich wiedergefunden in einem Gefährt, das von Pferden und nicht durch Motorkraft fortbewegt wurde; wie man dann anlangte vor einem Haus und es betrat mit Hilfe des Schlüssels – nein, *ihres* Schlüssels; und wie es gekommen, daß man am Ende beisammensaß in einem verschatteten Zimmer: all das, so beteuert Malcolm of McQuittie, sei ihm nur verschwommen im Gedächtnis geblieben. Er versichert indes, er habe sich zwar in recht wirrem, doch keinesfalls irrem Zustand befunden, und es sei einfach so gewesen, daß etliche Dinge ihm gar nicht erst zu Bewußtsein kamen. Seine erste, klare Behauptung gründet sich auf das Faktum, daß jenes Haus, obzwar von recht unbestimmter Vertrautheit, ihm durchaus bekannt war. Er schwört darauf, es schon früher gesehen und auch betreten zu haben – nur das Wann und das Wie vermag er nicht zu bestimmen. Hier läßt ihn sein Gedächtnis im Stich. Und jenes bekannte, von ihm schon erwähnte Unbehagen habe sich erst wieder eingestellt, als man in jenem halbdunklen Zimmer beisammengesessen sei. Doch Hand in Hand damit habe er auch Befreiung empfunden, Trost, ja fast schon etwas wie Glück: die Zweisamkeit mit solch einer Frau an so besonderem Ort habe ihm innere Freude bereitet.

Offenbar hat jene Fremde auf der nur halb wahrgenommenen Fahrt kein Wort geäußert. Erst im dämmrigen Raum des vertrauten und doch nicht bestimmbaren Hauses, auf einem niederen Diwan, begann sie ganz unvermittelt zu sprechen – in gebrochenem oder doch nicht akzentfreiem Englisch:

»So lahnge schon will ich dich fienden«, sagte sie in verhaltenem Ton, der fast schon ein Flüstern war. »So lahnge, sähr lahnge beobachte ich dich schon – von chier aus, von diesem Ohrt!«

»Beobachten? Mich?« versetzte er in befremdlicher Schwerfälligkeit. »›Beobachten‹, sagst du?« Der Ausdruck mißfiel ihm.

Er blickte auf sie hinunter. Der dunkle Pelz um ihren Hals, der ihm fast an die Schulter streifte, verströmte einen halb artifiziellen, halb animalischen Duft.

»Sie sagen mir, chier ich dich finde. Sie senden mich. Und ich warte die gahnze, lahnge Zeit. Miehsam – sähr miehsam.«

Sie sah zu ihm auf, unmißverständlich, doch frei von aller Erotik, wiewohl es ihn jetzt fast magnetisch hinzog zu ihr. Solche Vertrautheit beruhte indes auf keinerlei Vulgarität – nein, sie war anderer Art, dessen war er gewiß! Trotzdem, er wußte kaum, was er nun sagen sollte! Keinerlei Wendungen, auch nicht die selbstverständlichsten Fragen, so scheint es, fielen ihm ein. Auch weckten nur wenige ihrer Worte ein Echo in ihm, als hätt' er das andere gar nicht vernommen.

»Jetzt wiessen sie es, ich dich gefuhden«, flüsterte sie. »Und sie kohmen, bald – und chierher!« Aber wiewohl er die Worte vernahm, weckten sie seltsamerweise überhaupt keine Neugier in ihm. Noch immer beschäftigte ihn ja der Umstand, daß diese Frau ihn so lang schon »beobachtet« hatte – beobachtet, auf ihn gewartet! Und der Gedanke, observiert worden zu sein, wollte ihm gar nicht behagen ...

»Auch ich habe dich gesehen – zweimal schon«, hörte er sich jetzt sagen. »Habe dich angestarrt – ganz unverzeihlich. Und wollte – dich wiedersehn, *konnte* nicht anders!«

Noch während er's sagte, überkam ihn aufs neue jenes Gefühl – verlockend, doch unwillkommen –, das er schon früher empfunden: und brachte etwas mit sich, das er gar nicht begreifen konnte, wie sehr er sich auch bemühte. Noch ehe er's richtig wahrgenommen, war es verschwunden – wie der unverständliche Rest eines Traums! Irgendwie hing es zusammen mit ihrem »Gesandt-worden-Sein«, und mit ihrem Ausspruch »Sie kommen«! *Hierher?* Doch sein Gedächtnis ließ ihn im Stich. Statt dessen waren da plötzlich die Pferde – *Pferde,* jawohl! »Dann habe ich dich auf dem Sattelplatz wiedergesehen«, sagte er unvermittelt.

Sie lächelte, und ihre Miene hellte sich auf. »So ich dich endlich gefuhnden«, stimmte sie lebhaft zu. »Ihmer, schon so lahnge Zeit, ich dich ahngesehn – aber du ieberchaupt nicht chärsehen. Dahn chelfen die Ferde – ich dich fiende ieber die Ferde.« Sie ließ ihn nicht aus den Augen und sagte etwas, das ihm bis ins Innerste drang: »Ich kehne ja Vater von dir – und Großvater auch!«

Wie Feuer durchfuhr's ihn, der Herzschlag wollte ihm stocken! Dieses »Ich kenne« in Gegenwartsform war natürlich ein Fehler, wie ihn die Ausländer machen! Doch während er's noch überlegte, empfand er, daß hier zwei Bedeutungen unterschiedlicher Welten im Spiel waren, die sich ihm ständig vertauschten! War dieser Blick denn hypnotisch? So oder ähnlich ging's ihm durch den Sinn – und war wieder fort. Er verstand nichts von derlei Dingen – empfand nur die Kraft, die Intensität solcher Lockung, doch ohne entsprechende Wärme in seinen Adern. Seine Verwirrtheit nahm zu, nur dieser Mangel an Wärme blieb ihm bewußt – ein recht negatives Gefühl, dem positiv jetzt ein Erkalten folgte, das ihn betroffen machte!

»Meinen Vater – und Großvater auch?« sprach er ihr nach und nahm seine Stimme zurück, ohne zu wissen warum. »Aber die sind – alle beide – gestorben, sehr früh schon!«

Das klang beinah töricht – noch im Aussprechen wußte er das und kam sich ganz blöd dabei vor – ratlos und ohne Kraft! Die übliche Selbstkontrolle und all seine Fähigkeiten, worin sie auch immer bestehen mochten, hatten ihn plötzlich verlassen. Erschreckend, wie diese fremde Person mit ihm umsprang! Es waren *ihr* Wille, *ihr* Geist, die ihn dirigierten! Die eigne Entschlußkraft und Mentalität, sein Wirklichkeitssinn – alles war schandbar erschlafft! Nicht einmal nach ihrem Namen hatte er bisher gefragt – auch nicht, wie sie ihn erkannt habe, was sie begehre von ihm: keine der Fragen, wie sie ein Mann in so ausgefallener Situation hätte aussprechen müssen, hatte er an sie gerichtet – keine Erklärung gefordert, und ihre seltsamen Worte auf sich beruhen lassen! Nur deren Zweideutigkeit machte ihn unruhig, verwirrt – das habe er klar erkannt, er bestehe darauf. Und nicht minder klar sei ihm gewesen, daß solche Erkenntnis ihn aller weiteren Orientierung beraubte. Sekundenlang scheint er sogar an Erpressung, Betrug, ja plötzliches Sterben gedacht zu haben – auch an Terror von Unterwelt oder Geheimbündelei: doch nur, um dergleichen im nächsten Moment als absurd zu verwerfen, noch bevor es ihm richtig vor Augen gestanden. Nein, diese Frau war von andrer – von gänzlich anderer Art!

»Ich habe mich einfach danach gesehnt, mit dir zu reden, bei dir zu sein.« Er hatte die Sprache nun doch noch wiedergefunden, und damit auch seinen Sinn für Alltäglichkeit. »Ich war ziemlich sicher, du hättest mir etwas zu sagen – gewissermaßen.«

Ihre Anspielungen auf seinen Vater und Großvater – er dachte fast nicht mehr daran, sah nur mehr die dunklen Augen, die er nun für erschreckend, ja gefahrdrohend hielt.

»Und verdammt will ich sein, wenn mir bewußt ist, warum!« setzte er plötzlich hinzu, in aller Aufrichtigkeit und ohne zu merken, wie ungehörig das war.

»Ferde«, so raunte sie jetzt. »Nicht wahr, du bist *passioné* fier Ferde – wie ich. So chab' ich dich doch noch gefunden zuletzt – gefunden *fier sie!*«

»Pferde?« Sein Enthusiasmus erwachte, so daß er die letzten

zwei Worte total überhörte. Und so redeten sie über Pferde, nicht über bestimmte, bekannte – und unterhielten sich etliche Zeit, wie ihm schien ... so lange, bis ihm zwei Dinge auffielen: der fordernde Blick ihrer Augen hatte sich akzentuiert, war schärfer geworden – und im Zimmer war's merklich kälter! Diese Kälte – es kam ihm erst jetzt zu Bewußtsein – hatte während der Konversation andauernd zugenommen. Ganz langsam war das vor sich gegangen! Er fühlte sich starr werden nach und nach – doch das lag nicht am Sinken der Temperatur, denn die Luft dieser warmen Mittsommernacht war noch immer von drückender Schwüle: nein, die Kälte kam aus ihm selber – war seelisch bedingt!

Auch das Lockende dieser Augen war kalt – ihr Feuer war ohne Hitze. Aber sie hielten die seinen gebannt mit einer Kraft, die's ihm schwermachte, solchem Blick standzuhalten, ihn zu erwidern – bis er ihm ausweichen wollte zuletzt – einem Etwas entgehen, das ihn zu überwältigen drohte! Und erst dieser abrupte Moment rief nicht minder abrupt seinen Hausverstand auf den Plan und damit die Erkenntnis, wie töricht und wie gefahrvoll die Situation war, und wie achtlos, ja dumm er sich bisher benommen hatte!

Einer wildfremden Frau war er gefolgt in ein wildfremdes Haus, das er trotz jenem vertrackten Gefühl von Vertrautheit nicht kannte! Zu so später Stunde hatte er sich auf ein Gespräch eingelassen! Daß man gemeinsam zu Gast auf der nämlichen Abendgesellschaft gewesen, war keine Entschuldigung für das, was an Ungutem eintreten mochte: weder der Name war ihm bekannt noch irgend anderes über sie – bis auf das Faktum so gegenseitiger Sympathie. Das Kindische der Begebenheit machte ihn kopfscheu – doch was ihn zu handeln bewog, war etwas andres: etwas, das sie schon vor Stunden gesagt, nur ganz nebenher, am Beginn des Gesprächs – und dem er bisher (warum eigentlich?) keine Beachtung geschenkt hatte. Erst jetzt schoß es ihm durch den Sinn: sie war *ausgesandt* worden, um ihn zu suchen! Und jemand andrer, nein, *andere* sollten noch kommen, und zwar binnen kurzem! Schon der Gedanke daran war entsetzlich ...

Er stand auf und merkte dabei, wie schwer ihm das fiel; er streckte die Hand und erfaßte die ihre. »Ich werde jetzt gehen«, vernahm er sich sagen, schroff. »Ich muß weg, und zwar gleich. So gilt es, Abschied zu nehmen –« ... Aber sie hielt ihn fest mit eisernem Griff, doch ohne merkbare Mühe: es war einfach so, daß er seine Hand nicht aus der ihren zu lösen vermochte. Irgendwie war eine große, anstrengungslose Kraft über ihr ... Doch ihr Gesicht verriet nichts davon, als sie ihn anlächelte und ihm auf sanfte Art zuraunte: »Jehzt niecht mehr; jehzt ist es zu spät. Sie siend schon gekohmen ... sie cholen dich ab.«

Noch über sie gebeugt, stand er vorm Diwan, um Abschied zu nehmen – war aber keiner Bewegung fähig, bis auf ein leichtes Straffen des Körpers, wobei er wahrnehmen mußte, daß ihn Resistenz- und Kontrollvermögen auf grausige Weise verließen! Er brachte kein Wort hervor. Seine Schwäche war aber nur seelisch, das wußte er schon im Augenblick des Erschreckens. Alles war überworfen in ihm, die Gefühle durchzuckten ihn dermaßen rasch, daß er ihrer nicht habhaft wurde!

Allbeherrschend war dies Entsetzen – er wußte: hinterrücks hatte ein Etwas das Zimmer betreten, lautlos, unfaßlich, doch mit gnadenloser Zielstrebigkeit! Und gleichzeitig wurde ihm klar, daß diese Fremde vor ihm, deren Hand ihn noch immer festhielt, auf bestürzende Weise dahinschwand, immer mehr an Bedeutung verlor! Ja, auch *sie* wurde schwächer – der Höhepunkt ihrer Kraft schien überschritten, als wäre ein Auftrag erfüllt und sie damit frei zu gehen! Solche Gewißheit formte sich ihm auf dem Grund seiner wirren Gedanken. Und während er über die Frau gebeugt stand – schon im Begriff, sich jenem Neuen hinter ihm zuzuwenden, sah er das Licht in den Augen der Fremden erlöschen, aus ihrem Antlitz schwinden – gewahrte auch, wie die Hand um die seine kleiner und schwächer wurde, als könnte sie schon im nächsten Moment zerrinnen zu nichts ...

Er befreite sich sanft von dem Griff, richtete sich vollends auf – und wandte sich langsam den hinter ihm Eingetretenen zu. Die rückten nun näher: ganz deutlich nahm er sie wahr inmitten der Düsternis des Gemachs, die, so wollte ihm scheinen, ständig noch düsterer wurde. Scharf konturiert, kamen sie langsam heran, einer vorm andern, in seltsam gespannter Intensität. Er blickte ihnen entgegen, entzückt und entsetzt, zwischen Abscheu und Sympathie. Immer näher traten die beiden Gestalten – in absichtsloser Verkleidung, weil deren Zuschnitt einer vergangenen Zeit angehörte. Wie ein Schock ging ihm auf, daß die beiden sich vollkommen lautlos bewegten – und nicht minder schockierend war's, als ihm plötzlich dies Zimmer zu dem seiner Kindheit wurde! Er befand sich auf einmal im Hause der Eltern, in altvertrauter Umgebung, wo jetzt jemand wohnte, dessen Name ihm aber nicht einfallen wollte!

»Na komm schon, mein Junge«, sprach leise der Vater, aus nicht einmal zwei Schritt Entfernung. »Komm her – komm herüber, zu uns! Du hast mich nicht leiden können, und ich hatte keine Verbindung zu dir. Erst über die Pferde ist sie zustande gekommen.«

»Und vor *mir* hast du Angst gehabt«, kam's jetzt von den Lippen des Älteren, welcher dem Vater aus der Verschattung über die Schulter spähte. »Viel bleibt dir ja nicht mehr, wofür zu leben sich's ...«

»*Nichts* mehr«, setzte der Vater mit grimmigem Lächeln hinzu.

Und als heiseres Flüstern von hinten, vom Diwan, kam's wie aus großer Entfernung:

»Durchs Fenster! Es ist gleich vorbei – und tut gar nicht weh!«

Er blickte zurück und sah, daß die Fremde ganz nah hinter ihm stand! Zu *dritt* umgaben sie ihn – schon war er eingekreist! Er hatte den Vater seit je verabscheut – aber jetzt *haßte* er ihn! Und vorm Großvater hatte er sich gefürchtet – als Kind schon: vor ihm, dessen alte, verkrümmte Gestalt, dessen wackliger Kopf, dessen dünner, runzliger Hals und erloschener Blick ihm auch jetzt noch Entsetzen einjagten! Und immer näher kamen die zwei – berührten ihn beinahe schon! Unsägliche Kälte durchrann ihn: ja, sie umzingelten ihn, immer enger, von einer Sekunde zur andern! Doch je näher sie rückten mit schleichendem Gang, desto mehr nahm die Deutlichkeit ab – schien zu verschwimmen! Von der Frau waren nur mehr die Augen zu sehn – zwei verglimmende Punkte ...

Nur *eines* blieb deutlich: das gähnende Fenster neben dem Diwan. Und sie traten ein wenig zurück – gaben Raum, um ihn durchzulassen. Und keiner sagte ein Wort. Der Sprung hinunter war leicht. Er blickte hinab. Das Geländer weit unten war deutlich zu sehen. »Ich komm' ja schon«, sagte er, »komme zu euch ...«, und schickte sich an, seine schwere Körperlichkeit durch die Öffnung zu zwängen. Eigentlich ging es ganz leicht – nur die Beine, die Füße wollten nicht recht: sie wurden gehemmt! Er strengte sich an, freizukommen, nahm all seine Kräfte zusammen. Dann wurde es schwarz um ihn ...

* * *

Mr. MacFarlane, der sich von dem langweilig-öden Empfang seiner Frau nach oben verdrücken gewollt, hatte dabei durch die offene Tür seines Zimmer Malcolm of McQuittie bemerkt, der sich draußen vorüberstahl, und sich gefragt, was wohl der Gast – er kannte ihn gut – hier heroben zu suchen habe? Und Mr. MacFarlane legte sein Buch aus der Hand, schlich hinter McQuittie her und sah ihn ans offene Gangfenster treten. »Hallo, alter Freund! Möchten wohl einen Blick auf den Schauplatz der Kindheit werfen?« Doch es kam keine Antwort. Die seltsam verkrampfte Miene des Freundes verursachte ihm, wie MacFarlane es nennt, »einen eisigen Schrecken«. Doch als er gewahrte, wie jener aufs Fensterbrett stieg – rannte er hin, um ihn abzufangen, an Beinen und Füßen, im letzten Moment!

Malcolm of McQuitties Bewußtlosigkeit währte mehrere Tage. Fast hatte man ihn schon aufgegeben, und auch der Arzt meinte einmal, der Patient sei so gut wie gestorben. Doch am Ende erfing er sich wieder, wenn auch das Gedächtnis nur langsam zurückkehren wollte, mit vielen Lücken zunächst. Erst geraume Zeit nach jenem Vorfall war McQuittie imstande, das gesamte Erlebnis zu rekonstruieren – eines, das nur Sekunden gedauert, gemessen nach Greenwich-Normalzeit.

Mrs. MacFarlane war die Fürsorglichkeit in Person, und *sie* war es auch, der er alle Details anvertraute, sobald sie ihm zu Bewußtsein gekommen. Voll Anteilnahme sprach die Hausfrau ihm zu – verschwieg aber einen Umstand, der nur ihr und dem Hausherrn bekannt war: nämlich, daß dieses Haus *noch* einen Bewohner hatte – einen, der nicht zur Haushaltung zählte, oder, mit anderen Worten, daß da gelegentlich jemand auftrat, der nicht dieser Welt angehörte. Noch korrekter gesagt, daß solche Gestalt aufs Haar einer russischen Dame glich, die ein Jahr lang das Haus bewohnt hatte, bevor es von den MacFarlanes gekauft worden war. Eine seltsame Frau war sie gewesen – eine Spielernatur, voller Leichtsinn, und irgendwie überspannt: eines Tages hatte sie sich das Leben genommen – aus einem Fenster der dritten Etage war sie gesprungen. Ja – und die Leidenschaft ihres Lebens waren *Pferde* gewesen ...

Der Land des grünen Ingwer

In seiner behaglichen Dienstwohnung saß Mr. Adam vorm Feuer. Was ihm die Stirn furchte, war weder Ärger noch Überdruß, sondern Verwirrung. Es war um die lauschige Stunde zwischen der Tee- und der Essenszeit. Um seinen Lehnsessel lagen teils offene, teils noch ungeöffnete Briefe verstreut, und er selber betrachtete sinnend eine maschinengeschriebene Notiz, wobei er sich fragte, was er damit wohl anfangen solle. Das war auch der Anlaß für seine düstere Miene.

»Diese Zeitungsumfragen«, murrte er vor sich hin, »sind wahrhaftig schon eine Pest!« Seine Schreibkraft war heimgegangen und hatte die bisher diktierten Kapitel mit sich genommen – es war schon sein zwanzigstes Buch, sein zwanzigster *Erfolgs*roman, dachte er, und ein Lächeln scheuchte den Mißmut aus seinem Gesicht. Zum andernmal prüfte er den maschinengeschriebenen Wortlaut. »Wie alles anfing«, las er, und: »Was mich dazu gebracht hat, Schriftsteller zu werden.« Und wieder verzog er mißmutig die Miene, während er in Gedanken den Nebel vergangener Jahre durchmaß... Nur zu gut wußte er, was ihn bewogen hatte, zur Feder zu greifen. »Aber das würde ja doch niemand glauben.« ...

Immer stärker verdüsterte sich sein Gesicht... Schließlich nahm er sich vor, anderntags ein paar Allerweltssätze zu schreiben, Faktisches nur, und natürlich der Wahrheit entsprechend – bis auf den einen, merkwürdigen Vorfall, der ihm erstmals sein Schreibtalent offenbart hatte. Ein Schock war mit jener Entdeckung verbunden gewesen, und manche Leute sagten ja auch, solch ein Schock wär' imstande, Fähigkeiten zu wecken, die vorher nur unbemerkt im Innern geschlummert hätten: will sagen, es bedürfte dazu spezieller Umstände. Brächte aber das Leben dergleichen Umstände nicht mit sich, so blieben auch jene Möglichkeiten weiterhin unerkannt und würden nicht aktiviert.

Er entsann sich noch gut jenes Schocks – und auch der absonderlichen Erfahrung, die dadurch in ihm ausgelöst worden war und somit den ersten Hinweis auf das Vorhandensein imaginativer Begabung geliefert hatte. »Aber da würd' man mich bloß für einen Aufschneider halten!« Und er kritzelte mit dem Bleistift ein paar Worte an den freien Notizrand ...

Er hielt inne und überlegte. »Interessant ist«, sprach er bei sich, »wie damals jedes relevante Detail solchen Vorfalls in Entsprechung gestanden zu dem, womit mir der Kopf vollgewesen. Sämtliche Zutaten waren schon vorher in mir. Ein Etwas hat sie sich zunutze gemacht – sie dramatisiert sozusagen. Und eben darin mag ja das Wesen imaginativer Begabung bestehen ... *sie* ist es, die allen Rohstoff erst ordnet und ihm dann Gestalt gibt.«

Jede Einzelheit stand ihm nun wieder vor Augen, als hätte sich alles erst gestern ereignet, und nicht schon vor drei Jahrzehnten ...

Sein erster, persönlicher Schock war der unerwartete, der totale Verlust jener auskömmlichen Mittel gewesen, auf deren Besitz er von Kind an gerechnet hatte. Sein Vormund und Vermögensverwalter hatte alles vertan und verludert! So waren ihm von den zweitausend Pfund, die er als zwanzigjährige Waise nach Abschluß der Studien, nach seiner Rückkehr aus Oxford jährlich erwarten gedurft, nur fünfzig Pfund übriggeblieben – pro Jahr fünfzig Pfund, wenn überhaupt! Doch von echter Bedeutung für unsre Geschichte sind eigentlich zwei andere Dinge: zum einen die abgrundtiefe Verbitterung über den treulosen Treuhänder, den er persönlich gekannt – und zum andern die Frage, was er nun anfangen sollte, um davon leben zu können. Und hätt' Mr. Adam die Zeitungsumfrage der Wahrheit gemäß beantworten wollen, so hätte er nur diese beiden Punkte hervorheben müssen. Sie hatten ja sein gesamtes Denken und Fühlen beherrscht, als er sich damals auf jenen Spaziergang begeben, um über die neue Lage mit sich ins reine zu kommen. ...

Bei seinen zwanzig Jahren stand ihm die neue Situation überaus tragisch vor Augen: Wem vor ihm war vom Schicksal jemals so grausam mitgespielt worden? Sein Ingrimm über den scheinheiligen Lumpen von Vormund war von einer Art, daß er den Kerl glattweg hätte umbringen können! Bis zur Weißglut geschürt war die Wut in dem Jüngling – mit Freuden hätte er diesem Herrn Holyoake eigenhändig den Hals umgedreht! Der Gauner verdiente nichts andres! Noch jetzt war Adam davon überzeugt, im nämlichen Augenblick, als er die Jahre der schändlichen Spekulation, welche ihn um alle Mittel gebracht, sich nochmals vor Augen führte. Nicht, daß er den Schuft tatsächlich ermorden gewollt – aber er wäre dazu imstande gewesen! Und er entsann sich – heute freilich schon beinahe belustigt –, auf welche Weise er es verstanden, jene fixe Idee doch noch aus dem Hirn zu verdrängen: »Was würd' es helfen?« hatte er sich in aller Verbitterung gesagt. »Und *brächte* ich ihn auch um – ich würde darüber nur selber, von Staats wegen, umgebracht – man würde mich hängen. ›Der da zum Schwerte greift, wird durch das Schwert umkommen.‹«

Solcherart hatte er sich seine Absicht – wie er vermeinte – ganz aus dem Sinn geschlagen.

Der andere »wichtige Punkt« war seine unmittelbare Zukunft gewesen. Was tun, um das Leben zu fristen? Er zerbrach sich beinahe den Kopf darüber – ein ganzes Dutzend Möglichkeiten ließ er Revue passieren: die Bühne, den Journalismus, den Motorhandel, der damals noch in den Kinderschuhen steckte; Versicherungswesen, auch Emigration – noch viele Gebiete und Tätigkeiten erwog er – und kam zu dem Schluß, daß er, von der Ausbildung her, für nichts davon taugte. Diese Qual der Wahl eines künftigen Wirkungsbereichs grenzte schon an Manie! Zu Hunderten zählten die Wege, die einem Burschen wie ihm offenstanden, erkannte er schließlich. Nur die richtige Wahl – *sie* war ihm nicht möglich! In jedermanns Leben, sagte er sich, gibt's einen Punkt, an welchem die Wege sich teilen – wo zahllose Möglichkeiten sich bieten: aber folgen kann man nur *einer*, trotz aller Vielfalt der Auswahl!

Er war schon geraume Zeit so dahingeschlendert, aber ganz augenscheinlich im Kreis, denn plötzlich sah er sich abermals auf dem Weg zum Wasser hinunter, zu den Verladeanlagen der alten Hafenstadt, die sein Heimatort war. Es war schon nach sechs an jenem Sommerabend – ein Samstag –, und deshalb gab es nur wenig Betrieb, kaum Leute ringsum. Die Strahlen der Sonne fielen schon schräg aufs Gewirr der verlassenen Gäßchen. Es roch nach der Salzluft des Meers, nach dem Teer von Tau- und von Takelwerk, auch nach Fisch – so daß er ganz unwillkürlich wieder ans Auswandern dachte: gab's da nicht einen Cousin, der vor kurzem den oder jenen Posten erhalten hatte – drüben, in China...?

Ein Einfall löste den anderen ab, in jagender Folge: der Sinn war erfüllt von brodelnden, abenteuerlichen Gedanken – doch die Verbitterung blieb! Dann sah er zufällig nach oben – und hatte fünf kurze Worte vor Augen, deren verwaschenes Schwarz soeben im scheidenden Strahl der Sonne aus der blinden Ziegelfassade hervortrat. Fast romantisch war solche Aufschrift – und bewegte etwas in ihm! Er blieb stehen und starrte sie an: nein, es war doch wohl nur die Gassenbezeichnung – doch sie lenkte sein Denken in andere Richtung.

Fast wie Verzauberung kam's über ihn, denn die Worte rührten ihn an – »und er bewegte sie in seinem Herzen«, wie ein Dichter wohl sagen würde. Die versunkenen Tage traten ihm wieder vor Augen, jene, in denen der alte Hafen noch Handel getrieben mit fernen Inseln im Südmeer, damals, als noch das Kauderwelsch des dunkelbärtigen Schiffsvolks von den stattlichen Kauffahrteiseglern die Luft dieser Gassen erfüllte. ... Zur Zeile aus einem Gedicht schienen jene fünf Worte sich plötzlich zu reihen!

»Zum Land des Grünen Ingwer« lauteten sie.

Mr. Adam – der von vor dreißig Jahren – verharrte gebannt auf der Stelle, den Blick unverwandt auf die gelblich besonnten, verblichenen Lettern geheftet. Erst nach einer Weile riß er sich los und schritt die gewundene Gasse hinab, deren beiderseits ragende Mauern keiner Romantik mehr Unterkunft boten, sondern nur Schiffsmakler- und Notariatskanzleien beherbergten, Schreibbureaus, Verpackungsbetriebe, beeidete Treuhandgesellschaften und Unternehmungen ähnlicher Art – bis ihm eine Ausnahme auffiel: ein alter Laden für Schiffsbedarf, dessen skurriles Warengemisch den schmalen, gepflasterten Gehsteig fast zur Gänze verstellte. Eine höchst unterschiedliche Mischung schien das zu sein! Da stand, auf dreibeinigem Untersatz, ein kreisrunder, nahezu mannshoher Spiegel, der ihm sein Bild zeigte, wie er ziellos die wenigen Schritte hangabwärts auf den Geschäftseingang zuschlenderte. Nicht ohne Befriedigung sah er sich so – im eleganten Flanell, das Monokel im Auge, am Strohhut die Farben von Oxford. Doch gleichzeitig sah er auch noch jenen kleinen, krummrückigen Alten mit Scheitelkäppchen hinter dem schmutzigen Eingang im Halbdunkel stehen!

Jetzt kam die Gestalt auf ihn zu, offenbar einen Käufer witternd.

»Ein scheenes Stück«, ertönte die krächzende Stimme. »Eine Mezzie von Spiegel, der Herr! Und staunend billig dazu!« Der Sprecher rieb sich die Hände und wies mit dem Greisenkopf auf die bezeichnete Ware. »Aus China – schon dreißig Jahr' is' es her!«

Erst jetzt wurde es Mr. Adam bewußt, daß er sich seit Minuten im Spiegel betrachtet hatte. Und er betrat den Laden eigentlich nur, um sich abzulenken von seinen trüben Gedanken. Während er eintrat, zog sich der Alte kratzfüßig und unter Verrenkungen vor ihm zurück. Das Innere des Gewölbes war finster, doch bei weitem geräumiger als es von außen den Anschein gehabt. Nur eine Petroleumlampe erhellte die Folge aus langen und schmalen Räumen, die vollgestopft waren mit allem erdenklichen Kram, zwischen dem nun der krumme Alte den hereingetragenen Spiegel vorsichtig absetzte.

Jetzt, im Halbdunkel, schien unserm jungen Mann sein Spiegelbild noch attraktiver geworden. Nicht mehr so klar, doch mit viel mehr Effekt, dachte er. Soeben nannte die krächzende Stimme einen Betrag, der schon eher ein Spottpreis war – nur wenige Shillings. Er wollte den Spiegel ja gar nicht erwerben – ihm ging's nur darum, nicht allein sein zu müssen mit seinen Gedanken, und so trat er hinzu, um das Ding zu examinieren. Doch während er sich noch vorbeugte, fiel ihm auf der dunklen Umrahmung eine tiefeingekerbte Inschrift auf, in chinesischen Charakteren. Er strich mit dem Finger darüber, blickte dann auf und fragte nach der Bedeutung des Spruches.

»*Der in mich schaut*«, kam's mit krächzender Stimme, »*ist ein Mörder und kommt durch Mord um.*« Damit nahm der Alte den Spiegel mit sich – in das Dunkel des Raumes dahinter.

Der junge Mann schrak zurück. Ein Schock hatte ihn durchzuckt, kaum merklich, doch ununterdrückbar, und das nicht nur körperlich! Oder war es nur Unbehagen? Nun, jedenfalls Überraschung – und gleichzeitig fühlte er sich von etwas getrieben, so daß er, fast gegen eigene Absicht, hinter dem Alten herschritt, der mit seinem Spiegel schon auf der Schwelle zum nächsten schmalen Gelaß stand. Es war schon das dritte der obenerwähnten Ladenflucht, und um ein Beträchtliches finsterer als die zwei Räume davor. Die dumpfige Luft war frostig geworden – mit einem Mal herrschte Verlassenheit allenthalben!

Voll leiser Erregung, wenn auch nicht direkt beunruhigt, fragte der junge Mann brüsk, ja fast aggressiv:

»Und was soll das Geschreibsel nun wirklich bedeuten?«

»Nu – was es ausdrückt, aufs Wort«, kam's krächzend, doch jetzt schon gedämpfter zurück, mit ungutem Beiklang. Dabei zeigte des Alten Gesicht einen Ausdruck, der gar nicht erheiternd wirkte, doch vielleicht eben deshalb der Grund war für Mr.

Adams Heiterkeitsausbruch! Indes, schon im nächsten Moment war ihm klar, daß er sich ja nur selber narrte. Das Ganze ging ihm recht sehr an die Nerven – seine Belustigung hatte es deutlich gezeigt; sie war keine Befreiung gewesen, bloß ein verkrampftes Gelächter, und hatte gar nicht natürlich geklungen inmitten des ringsum sich türmenden Trödels exotischer Länder, worin es so leblos erstickt war. Ja, leblos, *das* war's gewesen!

»Also, dann gilt es?« rief Mr. Adam herausfordernd und um sich hinwegzutäuschen über den eigenen Zustand. Seine bebende Angst war ihm aus dem Körper schon bis in die Stimme gedrungen. »Angenommen, ich kaufte das Ding, so hieße das, *ich* – und schon vor mir auch *Sie* –«

Er war außerstande, den Satz zu beenden: ein Schauder nahm ihm den Atem, die Worte erstarben ihm auf den Lippen. Er hatte beim Sprechen, statt auf den Alten, weiterhin in den Spiegel geblickt, auf sein eigenes Bild. Doch nicht *sein* Spiegelbild hatte ihm Einhalt geboten und jenen eisigen Schrecken verursacht: er hatte noch etwas andres gesehn! Der Alte, die eine runzlige Hand noch immer am Spiegelgestell, hielt jetzt in der andern ein blankgezogenes Messer!

»Bis jetzt hat's noch immer gegolten, der Herr«, kam es flüsternd durchs dunkle Gewölbe, und der Spiegel wurde ein wenig gekippt, so daß unser junger Mann jetzt nicht nur sich selber darin erblickte, sondern auch etwas, das hinter ihm lag, reglos, zu Boden gestreckt und entsetzlich verkrümmt in unnatürlicher Haltung: den einen Arm überm Gesicht, den Körper unmöglich verrenkt! Inmitten der engen Passage, die er soeben durchschritten, lag dieser jämmerliche, abstoßende Leichnam. Eigentlich hätt' er, bei seinem jetzigen Standort, drüber wegsteigen müssen!

»*Sie* – waren das?« hauchte er tonlos.

»Er hat in den Spiegel gesehn«, kam's flüsternd zurück. »Was haben der Herr erwartet?«

»Und vorher – hat *er* – seinerseits ...?«

»Wie's eben so geht«, sagte der Alte mit grausigem Grinsen.

Adam stand wie erstarrt. Dann wallte das Blut in ihm auf, die Fäuste ballten sich ihm. Den Trödler nicht aus den Augen lassend, sah er, daß dieser vom Spiegel abließ und plötzlich umherzuhüpfen begann – leichtfüßig, beweglich, unglaublich flink und nahezu konvulsivisch, aber erschreckend wach! Seitlich und rückwärts hüpfend, umtanzte er schattenhaft seinen Kunden, der solchen Tanz mit gebanntem Blick und gespannten Muskeln beobachtete! Das Messer blinkte und blitzte...

Mit einem inneren Kraftakt, der ihm beinahe das Herz abdrückte, zwang der junge Mann seine Muskeln, ihm zu gehorchen: sein Selbsterhaltungs-Instinkt war erwacht! Von ihm angetrieben, faßte er nach der schweren, eisernen Keule auf dem Teakholztisch nebenan. Es bedurfte der ganzen Kraft, um sie zu schwingen.

»Und jetzt ist's an *mir* – oder nicht?« schrie er, und begann nun selber zu tänzeln.

»Auch mit Euch werd' ich fertig!« kreischte der Trödler und sprang dabei unglaublich rasch hin und her. »*Das* wird Euch lehren – DA – wohl bekomm' es dem Herrn!« schrie er mit überschnappender Stimme und schoß mit gezücktem Messer pfeilschnell herzu.

Von einer plötzlichen Kraft überkommen, die ihn selbst überraschte, schnellte der junge Mann auf den tanzenden Horror zu, mit einem einzigen Satz. Hoch schwang er die schwere Keule – die ungefüge Waffe schlug zu und manschte das Scheitelkäppchen tief in den splitternden Schädel: mit kläglichem Wehlaut erstarrte der Alte, krümmte sich – und blieb liegen, wo er zusammengebrochen: ein großes, zertretenes Ungeziefer. Nichts an ihm regte sich mehr.

»*Der da zum Schwerte greift, wird durch das Schwert umkommen!*« wollte sein Gegner noch schreien, doch das Entsetzen verschlug ihm die Stimme, kein Laut löste sich aus der Kehle. »Jedenfalls, *du* bist erledigt. Und als Nächster bin jetzt wohl *ich* dran –?«

Er fuhr herum – hatte gefühlt, daß ihm jemand von hinten zusah!

Eine hohe Gestalt verdunkelte auf der Gasse den Ladeneingang – der Schattenriß eines Unbekannten, der sich gebückt hatte, um eines der auf dem Gehsteig zur Schau gestellten Objekte zu examinieren.

Der junge Mann starrte entgeistert: obwohl schon vom Abend verschattet, stand die Figur des Fremden deutlich umrissen gegen das scheidende Licht. Aber *war* es ein Unbekannter? Er trug elegantes Flanell – einen Strohhut mit Oxfordfarben! Und als er sich aufrichtete, war auch das Monokel erkennbar...

Abermals wandte Adam sich um – starrte auf das verkrümmte

Bündel zu seinen Füßen: das *war* ja gar nicht der Trödler! Wie ein elektrischer Schlag durchzuckte es ihn! Auf was er da niederblickte, war ein hübscher Flanellanzug – ein Strohhut mit Oxfordfarben!

Er schrie auf – durchmaß hastig den Raum – eilte so rasch er konnte durchs vordere Gemach und von dort pfeilgerade zur Ladentür, dem hohen Schatten des Unbekannten entgegen! Und der ragende Schatten glitt nun heran – kam sehr rasch auf ihn zu, lautlos auf den Dielen, ganz so wie er vorher im Spiegel sich selbst auf sich zugehn gesehn – kam näher und näher, wurde erschreckend vertraut – war schon fast zu erkennen ...

Gnadenlos kam es heran – er hätt' es nicht aufhalten können, selbst wenn er's versucht hätte! Aber er wollte ja gar nicht und, sonderbar, *durfte* es nicht! Brauchte es nur zu erwarten – wie man das Schicksal erwartet – sein eigenes Schicksal. Es war unausweichlich – und irgendwie auch willkommen!

Er hatte nicht innegehalten, sich vielmehr beeilt – bis da nur noch ein Schritt war. Sein Mut war trotz allem Entsetzen größer geworden. Jetzt trafen sie aufeinander – verschmolzen ineins von einer Sekunde zur andern: und so rasch das auch ging, es ließ Zeit genug fürs Erkennen – sich selber ... um schon im nächsten Moment auf dem Gehsteig draußen zu stehn und in einen Spiegel zu starren, der da auf drei Beinen stand, während ein kleiner, dürrer, krummrückiger Alter ihm zusah, mit Scheitelkäppchen, und sich beständig die Hände rieb. Der Ladeninhaber offenbar, der einen möglichen Kunden witterte!

»Ein scheenes Stück«, krächzte der Alte, und sein Blick wurde stechend. »Eine Mezzie von Spiegel, der Herr! Und staunend billig dazu. Aus China – schon dreißig Jahr' is' es her!«

Ein Schwall aus Behagen, ja fast schon Entzücken durchflutete Mr. Adam, als er sich bückte, um die Inschrift zu prüfen, deren chinesische Charaktere in die Umrahmung gekerbt waren. Er befühlte die Zeichen und blickte dann auf, um nach ihrer Bedeutung zu fragen.

»*Zehntausendmal künftiges Glück*«, krächzte die Stimme. »*Doch jedermann wähle das seine.*« Und fuhr danach fort, ein gelehrter Herr sei einstmals so freundlich gewesen, den Spruch zu entziffern. Doch der junge Mann hörte gar nicht mehr zu, sondern sah nur gebannt auf den oberen Teil der Umrahmung.

»Aber – der Rahmen ist leer!« rief er aus. »Das *ist* gar kein

Spiegel!« Und wieder durchzog jenes angenehme Gefühl ihm das Herz.

»Das Glas is' zerbrochen«, ertönte die krächzende Stimme. »Zerscherbt – auf der Überfahrt. Is' aber leicht wieder eingeschnitten, der Herr! Ein feines Stück Arbeit – und alt!« Und nannte dazu einen Spottpreis, nur wenige Shillings.

***

Der junge Adam kaufte das Ding und nahm es mit sich nach Hause. ... In der Folge trat er als Buchhalter in die Versicherungsanstalt seines Cousins ein – und setzte sich eines Abends hin, um seine Geschichte vom Lande des grünen Ingwer niederzuschreiben. Späterhin schrieb er auch andre und längere Abenteuergeschichten. Offenbar hatte er ein Talent, dergleichen einbildsame, vielleicht auch nur phantasierte Begebenheiten sich auszumalen ... Ein Schock hatte es an den Tag gebracht.

***

Andern Morgens diktierte der ältliche Mr. Adam seiner Sekretärin ein paar Allerweltswendungen zum Thema »Wie ich zum Schreiben gekommen bin«. Der Anfang: »Im Alter von zwanzig Jahren begann ich als Buchhalter im Versicherungswesen...« Das Ganze war höchst banal. »Schicken Sie's an den Herausgeber«, sagte er dann. »Und schreiben Sie noch, ich hoffe, ihm dienlich gewesen zu sein. Wo nicht – dann Papierkorb natürlich.«

Doch während er noch diktierte, schweifte sein Blick von dem langen Regal mit den zwei Dutzend Bänden Abenteuergeschichten hinüber zur Spiegeleinfassung auf dem hohen Dreibeingestell, die merkwürdigerweise kein Spiegelglas aufwies: so wenig – Mr. Adam war dessen gewiß – wie sie es jemals gehabt, noch künftig aufweisen würde.

Die gefiederte Seele

Irgendwie erinnerte Binowitsch an einen Vogel: erst einmal, und gewißlich, mit der gesamten Physiognomie, den stechenden Augen, der Habichtsnase; ferner in seinen Bewegungen, die ruckartig waren, sprunghaft und zustoßend; dann nach Art seines Sitzens, nur an der Kante des Stuhls; und bei den Mahlzeiten, wenn er sein Essen gewissermaßen vom Teller *pickte;* und vollends und vor allem, mit seinem luftigen, funkelnden Geist. Alles und jedes spähte er aus – beäugte es – zielte dann auf dessen Herz und legte es säuberlich bloß, ganz wie ein Vogel, der erst noch den Rasen durchkämmt oder die Luft, um dann nach der Beute zu schnappen. Er sah jedes Ding aus der Vogelschau – er liebte die Vögel, verstand sie, rein aus Instinkt. Und er konnte ihr Zwitschern erstaunlich gut imitieren! Was ihm fehlte, war bloß ihre Schwerlosigkeit, ihre Balance. Im übrigen war er klein, ein Bündel aus Nerven – und neurasthenisch. In Ägypten hielt er sich über ärztliches Anraten auf.

Und welche Ideen er hatte! Müßig, phantastisch – und glaubte an ausgefallene Dinge.

»Die alten Ägypter«, bemerkte er lachend, doch mit einem Anflug von Überzeugtheit in seiner Haltung, »– die alten Ägypter waren schon ein gewaltiges Volk! Ihr Bewußtseinsstand war vollkommen anders als heute der unsre. Zum Beispiel, ihr Vogelbegriff – sie verbanden damit etwas Göttliches – sie hatten Vogelgottheiten, will sagen, geheiligte Vögel – der Falke, der Ibis und so – und haben sie angebetet.« Dabei schob er die Zunge hervor, provokant, und lachte: »Haha!«

»Auch Krokodile und Katzen und Rinder wurden göttlich verehrt«, versetzte Palaschow und grinste. Über den Tisch schien Binowitsch nach seinem Gegner hacken zu wollen: die Augen funkelten, die Nase stieß in die Luft. Fast war's wie gereiztes Flügelgeflatter, als er sich ihm zuwandte.

»Nur deshalb, weil jedes lebende Wesen«, rief er fast schreiend, »für sie das Symbol geistiger Mächte war! Hingegen klebt *Ihr* Verstand so sehr am Buchstäblichen wie ein beliebiges Wörterbuch – ohne Zusammenhang, seitenweis Tintengekritzel – keine gefügte Bedeutung! Sämtliche Verben im Infinitiv! Wären *Sie* ein alter Ägypter, dann – dann –« Sein Blick sprühte Funken, die

Zungenspitze schob sich hervor, die scharfen Augen begannen zu glänzen. »Ach, dann würden Sie sämtliche Wörter zusammennehmen in eine große Daseinsauslegung, in einen universalen Roman – wie jene alten Ägypter! Statt dessen haben Sie aber nur bittern und toten Tintengeschmack und geifern ihn über uns aus – auf solche Weise« – er schüttelte sich, wie ein Vogel sich schüttelt – »und mit nichts als leeren Phrasen!«

Kilkoff bestellte soeben eine weitere Flasche Champagner, wobei seine Schwester Vera in irritiertem Ton vorschlug: »Fahren wir lieber ein wenig hinaus – es scheint jetzt der Mond!« Sie fand begeisterte Zustimmung. Jemand aus der Gesellschaft rief nach dem Oberkellner, er solle Getränke und einen Imbiß in Körbe verpacken. Es war erst elf Uhr, und man wollte hinausfahren in die Wüste, dort gegen zwei Uhr picknicken, Geschichten erzählen, singen – und den Anbruch des Morgens erleben.

Es war eines jener kosmopolitischen, ägyptischen Hotels, die sowohl Anziehungspunkt für Touristen als auch für »Kurgäste« sind. Und sämtliche dieser Russen hatten das eine oder das andere Leiden, waren auf ärztliches Anraten hier und brachten – gleichfalls ohne Ausnahme – ihre Ärzte schier zur Verzweiflung, denn sie waren so wenig lenkbar und ebenso inkonsequent wie das Treiben auf einem Basar. Ausschweifung und Krankenbett – das war der gebräuchliche Ablauf. Man war am Leben, doch ohne Besserung seines Zustands. Aber es gab auch keinerlei Ärger darob. Ihre Redeweise war befremdlich direkt und persönlich – nicht eigentlich maliziös und schon gar nicht verletzend. Die englischen, deutschen, französischen Gäste bezeichneten sie verwundert und reserviert als »die Russenpartie«. Die Energien dieser Gruppe waren geradezu elementar, kamen nie zum Erliegen. War's einmal gar zu arg zugegangen, so blieb man zwei Tage lang unsichtbar – um danach seinen »Lebenswandel« ungerührt fortzusetzen. Binowitsch war, trotz aller Neurasthenie, das Herz dieser Gruppe. Auch war er Patient von Herrn Doktor Plitzinger, dem namhaften Psychiater, den dieser spezielle Fall besonders interessierte. Kein Wunder, denn Binowitsch war ein Mann von besonderen Fähigkeiten, von tiefer und echter Kultur! Noch stärker und anreizender war jedoch seine umwerfend schlagende Ursprünglichkeit: er war ja imstande, die überraschendsten Dinge zu sagen oder zu tun!

»Wenn ich wollte, so könnte ich fliegen«, sagte er einmal,

anläßlich eines Besuches der Flieger, die mit ihren Doppeldeckern die Wüstensöhne in Staunen versetzten. »Und *ohne* die ganze Maschinerie, *ohne* den höllischen Krach! Es ist eine Frage des Glaubens – der Intelligenz –«

»Zeigen Sie's uns!« schrien alle. »Fliegen Sie uns was vor!«

»Jetzt hat's ihn – jetzt ist er wieder der alte! Das ist wieder mal der Moment für eine seiner Unmöglichkeiten!«

Stets, wenn sich Binowitsch gehen ließ, wurde es höchst unterhaltsam. Er sagte die ungeheuerlichsten, unglaublichsten Dinge ganz so, als ob er fest daran glaubte. Und die andern hatten das gern, weil es neuen Auftrieb verhieß.

»Fliegen beruht bloß auf Gewichtslosigkeit – man muß sich nur leichter machen«, rief Binowitsch jetzt und zeigte dabei seine Zunge, dies Zeichen besondrer Erregung. »Und was wäre das anderes als eine luftige Kraft? Keiner von euch könnte auch nur für einen Moment, sagen wir, eine Orange frei in der Luft schweben lassen – trotz aller Gelehrtheit der Welt! Aber der Mond ist allzeit in perfektester Schwebe – ganz wie die Gestirne! Hängen die etwa an Drähten? Und was war's, das all die enormen Steine im alten Ägypten bewegt hat? Glauben Sie wirklich, man hat nur Sand aufgehäuft und sie mit Seilzügen, klobiger Hebemechanik und unseren öden, mechanischen Hilfsmitteln an ihren heutigen Standort gebracht? Bah! Es geschah durch Veränderung ihres Gewichts! Es waren die luftigen Kräfte! Sie brauchen nur dran zu glauben – und sämtliche Gravitation wird zum Kinderspiel! Sie gilt ja nur dort, wo sie uns beherrscht, aber sonst nirgends! *Vier*dimensional zu denken, sie zu beherrschen – das ist, als träte man aus verschlossenem Zimmer mit einem einzigen Schritt auf das Dach – ja sogar in ein anderes Land! Und ebenso kann, wer um die Kräfte der Luft weiß, sein Gewicht auf Null reduzieren – und fliegen!«

»Zeigen Sie's uns, führen Sie's vor!« schrien alle und wollten sich ausschütten vor Lachen.

»Es ist eine Frage des Glaubens«, wiederholte er, wobei seine Zungenspitze immer wieder hervorstieß. »Und auch eine Sache des Herzens: jene luftige Kraft muß das ganze Wesen erfüllen. Weshalb es noch demonstrieren? Weshalb meine Gottheit bitten, euren kleinlichen Spott erst noch durch ein Wunder zu überzeugen? Denn es *ist* eine Gottheit, nichts andres, das laßt euch gesagt sein! Ich *weiß* es. Ihr müßtet einer Idee nur so treu sein, wie *ich* meinem Vogelbegriff – müßtet sie nur mit dem Impetus und der unbeirrbaren Gradlinigkeit eines Geschosses verfolgen – und die betreffende Kraft wär' euch sicher! Wißt ihr, der vergöttlichte Vogelbegriff – das ist es! Und jene alten Ägypter wußten um ihn!«

»So zeigen Sie's doch, zeigen Sie's schon!« erscholl es voll Ungeduld, denn man war des Geredes müde geworden. »Los, auf – und *fliegen* Sie schon! Verlieren Sie Ihr Gewicht und machen Sie's wie die alten Ägypter! Schweben Sie – ganz wie ein Stern!«

Binowitsch wurde auf einmal ganz blaß. In seinen stechenden, braunen Augen begann es zu funkeln. Langsam erhob er sich von der Kante des Stuhls, wo er nach Gewohnheit gehockt war. Irgendwie schien er verändert! Aller Lärm war verstummt.

»Ich *will* es euch zeigen«, sprach er ruhig in das maßlose Staunen der Zuhörerschaft. »Nicht, um euren Unglauben zu überzeugen, sondern um es mir selbst zu beweisen. Denn die Kräfte der Luft sind jetzt *mit* mir, und ich glaube an sie. Und Horus, ihr großes Symbol mit dem Kopf eines Falken – er ist mein persönlicher Schutzgott!«

Die verhaltene Energie in Gehaben und Stimme war beispiellos, unbeschreiblich! Wie eine erhöhende, aufwärts drängende Kraft war es plötzlich um ihn. Jetzt hob er die Arme – hielt das Gesicht nach oben gewandt – pumpte die Lungen voll Atemluft – und tat einen nahezu singenden Schrei, halb flehend und halb beschwörend:

»O Horus
 Glanzäugige Gottheit des Winds
 Fiedere[1] mir die Seele,
 Um bei aller Dichte irdischer Luft
 Deine Pfeilschnelle zu erfahren –«

Er hielt plötzlich inne. Stieg dann leichtfüßig und rasch auf den nächstbesten Tisch – es war im verlassenen Spielzimmer, nach einer Kartenpartie, in deren Verlauf er mehr Pfund verloren hatte, als das Jahr Tage hat – und tat einen Satz in die Luft! Sekundenlang schien er zu schweben – breitete Arme und Beine, kippte vornüber – und schlug dann zu Boden, während ringsum alles brüllte vor Lachen!

---

1 Die altägyptische Wendung bedeutet: »Verleih Flügel meinem Leben«.

Doch alsbald erstarb das Gelächter, denn etwas an diesem ungezügelten Auftritt war außergewöhnlich gewesen, unheimlich fast und gegen alle Natur: und hatte den Anschein erweckt, als wäre Binowitschs Körper – ganz wie bei Mordkin oder Nischinski – augenblickslang überm Boden geschwebt! Ja – für die Dauer einer Sekunde war der bestürzende Eindruck überwundener Schwerkraft entstanden! Ein hauchfeiner Schock war damit verbunden gewesen – der Schrecken des Ungreifbaren! Binowitsch hatte sich wieder erhoben, ohne Schaden genommen zu haben, doch seine Miene war ebenso ernst wie die Bildnisse an der Akademie und verriet einen ganz neuen Ausdruck, wie jedermann sehen konnte: den Ausdruck von seltsam erschrockner Bestürztheit! Und eben das hatte bewirkt, daß allen das Lachen vergangen war – wie etwa bisweilen der Wind das Geläute der Glocken verwischt und davonträgt. Wie so viele häßliche Männer war auch Binowitsch ein unnachahmlicher Komödiant – sein mimisches Repertoire war unglaublich und beinahe endlos. Jetzt aber war keine Schauspielerei, keine Berechnung im Spiel: nein, es malte sich etwas auf der kuriosen, slawischen Physiognomie, das den Puls stocken machte! Alles Gelächter war plötzlich verstummt.

»Wären Sie doch noch weitergeflogen«, schrie jemand und drückte damit auch die Gefühle der anderen aus.

»Aber Ikarus hat nicht champagnisiert«, versetzte lachend ein zweiter. Doch niemand fiel ein in das Lachen.

»Sie sind unsrer Vera zu nahe gekommen«, sagte Palaschow, »und da ist vor Leidenschaft das Wachs abgeschmolzen.« Doch seine Miene blieb angespannt: etwas war da, das er nicht begriff, das ihm gründlich zuwiderlief!

Der befremdliche Ausdruck vertiefte sich – lag als lästiges Hemmnis auf beinah erschreckende Weise über den andern. Auch das Reden verstummte. Jedermann fühlte sich eingeschüchtert und konnte sich's doch nicht erklären. Etliche senkten den Blick – oder sie schauten ratlos irgendwohin. Nur die Frauen waren beinahe begeistert: besonders Vera hing mit den Augen an Binowitsch. Der scherzhafte Hinweis auf die geheime Verliebtheit war unbeachtet geblieben – jeder für sich war schockiert, und das allgemeine Erschrecken überwog jede andere Regung. Alsbald erscholl es flüsternd im Chor:

»Seht doch Binowitsch an! Sein Gesicht – was ist da passiert?«

»Er ist ganz verändert – und verändert sich *noch!*«

»Himmel! – Was ist – er sieht ja aus wie ein – Vogel!«

Doch niemand wagte zu lachen. Statt dessen probierte man Vogelnamen – Falke und Adler – ja sogar Uhu. Keiner bemerkte die Männergestalt, den Beobachter, der am Türpfosten lehnte. Er war durch den Gang gekommen, hatte gesehen, was vorging, war stehengeblieben und hatte der Vorführung beigewohnt. Jetzt ließ er Binowitsch nicht aus den kühlen, scharfblickenden Augen. Es war Doktor Plitzinger, der Psychiater.

Binowitsch hatte sich seltsam beherrscht vom Boden erhoben – auf eine Art, die gar nicht lächerlich wirkte! Er sah nicht belämmert aus, auch nicht verlegen, sondern bloß überrascht – vielleicht auch verärgert, erschrocken: als hätt' er, wie jemand geäußert hatte, noch weiterfliegen sollen. Dies der unglaubliche Eindruck, den sein akrobatischer Auftritt erweckt hatte – unglaublich, und dennoch vorhanden! Solche nicht ganz geheuere Vorstellung überwog alles andre – als hätte bei einer Séance, einer spiritistischen Sitzung, eigentlich niemand etwas Bestimmtes erwartet – und es wäre dann doch eingetreten! Nein, es ließ sich nicht leugnen: Binowitsch war geflogen!

Und nun stand er da, ganz weiß im Gesicht – vor Zorn und Enttäuschung. Wahrhaftig, ein ungewöhnlicher Anblick, dieser kleine, neurasthenische Russe – und dennoch erschreckend! Etwas in ihm brach nun auf – und schlug sich direkt aufs Gemüt seiner Tischgenossen. Der Mund stand ihm offen – aus blutunterlaufenen Augäpfeln blitzte der Zorn –, jetzt stieß auch die Zunge hervor, als wär' er ein Ameisenbär: doch da war nichts von Komik! Die Arme hielt er gebreitet wie flatternde Schwingen, und seine Stimme war kreischend und spitz:

»Er hat mich im Stich gelassen – im Stich!« kam's würgend hervor. »Horus, mein falkenköpfiger Gott – meine luftige Kraft – er hat mich verlassen! Zur Hölle mit ihm! Ins Feuer mit seinen Flügeln, es soll ihm die Augen ausbrennen! Zu Staub und zu Asche soll er verdorren, der falsche Prophet! Verflucht soll er sein und dreimal verdammt!«

Aber die Stimme, die mit Gebrüll den Raum füllen sollte, brachte statt dessen nur diese sich überschlagenden, vogelhaft schrillen Schreie hervor. Solcher Beiklang, in all seiner Realität – es war einfach gräßlich! Dennoch, das Schauspiel war makellos, aus dem Augenblick inspiriert – sowohl was die Stimme, die

Worte betraf als auch die Gestik und die gesamte Erscheinung. Echt – und nur *das* war erschreckend daran – echt war bloß der veränderte Ausdruck auf seinen Zügen. *Der* war nicht gespielt. Nein, etwas Neues und Fernes war da in ihm, etwas Kaltes und nicht mehr ganz Menschliches – eine Alertheit, grausam und schnell, die überhaupt nicht mehr irdisch genannt werden konnte! Eine fremde, raubgierige Hoheit hatte Besitz ergriffen von diesen zuckenden Zügen: sie waren die eines Falken!

Und jetzt trat Binowitsch plötzlich nach vorn – trat unmittelbar auf Vera zu, deren gebannter Blick – halb angstvoll, halb hingerissen – ihn während der ganzen Zeit nicht aus den Augen gelassen. Hingezogen fühlte sie sich, und gleichzeitig abgestoßen. Auf Zehenspitzen kam Binowitsch auf sie zu. Kein Zweifel, noch immer war's Schauspielerei, noch tat er so, als hätte ihn Horus, der vorgeblich angebetete, falkenköpfige Gott längst vergangener Tage, tatsächlich verlassen in der Stunde der Not. Und doch war die Art, wie er agierte, waren die Augen und die Bewegungen um eine Spur *zu* real! Das Mädchen, ein kleines Geschöpf mit goldflaumigen Haar, schrak zurück – tat den Mund auf – die Zigarette fiel auf den Boden – und sekundenlang sah es aus, als wär' da ein kleiner, buntfarbener Vogel auf der Flucht vor dem großen, herniederstoßenden Falken! Sie schrie auf – und Binowitsch, mit ausgebreiteten Armen, das Vogelgesicht weit nach vorn, fiel über sie her: nur noch ein Sprung – und sie wär' ihm zur Beute gefallen!

Niemand wußte genau, was geschah. Ein Spiel, das so unerwartet und plötzlich umschlägt in blutigen Ernst, bringt alles Gefühl durcheinander. Allzu rasch hatte die Tonart gewechselt. Vom Spaß zum Entsetzen ist's nur ein Schritt! Irgendwer – Kilkoff, der Bruder – stieß einen Stuhl um. Alle begannen plötzlich zu reden, hatten sich von ihren Sitzen erhoben. Etwas wie Unheil lag in der Luft – als hätten Betrunkene Streit bekommen, aus keinerlei Anlaß –, als hätte ein Schuß sich gelöst, und ein Toter läge nun da, und keiner der Anwesenden wüßte genau, wie's dabei zugegangen. Es war die stumme Gestalt des Zuschauers an der Tür – *er* rettete die verfahrene Situation: noch ehe ihn jemand wahrnahm, gesellte er sich zu der Gruppe, lachend und redend, ja applaudierend – und trat zwischen Vera und Binowitsch. Er klopfte seinem Patienten mit aller Kraft auf den Rücken und übertönte mühelos das Geschrei aller andern. Er war eine starke und ruhige Persönlichkeit, noch in seinem Lachen war Autorität. Kein anderer Laut war jetzt im Zimmer zu hören – als wären schon durch dieses Lachen der Friede und die Harmonie wiederhergestellt worden. Es erweckte ganz einfach Vertrauen. Der Lärm hatte sich gelegt: Vera saß wieder auf ihrem Platz, und Kilkoff kredenzte dem großen Mann ein Glas Champagner.

»Auf den Zaren!« sprach Plitzinger und nippte an dem Getränk, während die Anwesenden sich erhoben, entzückt von dem Kompliment und dessen Takt. «Und auf Ihre Eröffnungsnacht mit dem Russischen Ballett!« Rasch fügte er noch einen zweiten Trinkspruch hinzu: »Oder auf Ihr Debüt am Moskauer *Théâtre des Arts!*« Bedeutungsvoll lächelnd, sah er auf Binowitsch – und stieß mit ihm an. Beider Arme kamen fast in Berührung, doch nur Palaschow fiel dabei auf, daß die Finger des Arztes recht angespannt wirkten vorm Schwarz des zerknitterten Anzugs. Alle tranken und blickten unter Gelächter, wenn auch respektvoll, auf Binowitsch, der neben dem handfesten Österreicher nahezu zwergenhaft wirkte, um nicht zu sagen, lammfromm. Offenbar hatte der plötzliche Umschwung der Stimmung ihn abzulenken vermocht.

»Natürlich – ›Der Feuervogel‹« schrie jetzt der Kleine – und meinte damit das berühmte Ballett. »Das ist es!« so rief er. »Das ist das Richtige für *uns*«, setzte er noch hinzu und blickte auf Vera, als wollt' er sie mit den Augen verschlingen. Er war hocherfreut, ja hub sogleich an, sich wortreich über den Tanz und dessen Prinzipien zu verbreiten. Man sagte ihm, er sei ein Meister darin, wenn auch noch ein unentdeckter. Das schmeichelte ihm. Er äugte zu Vera hinüber – stieß neuerlich mit ihr an. »Wir machen *gemeinsam* unser Debüt«, rief er ihr zu. »Und wir beginnen in London, an Covent Garden! Ich will die Kostüme und die Plakate entwerfen: ›Falke und Taube‹! *Magnifique! Ich* ganz in düsterem Grau – und *Sie* in Blau und in Gold! Ach, der Tanz ist geheiligt, Sie wissen es ja! Das winzige Selbst verliert sich darin, wird absorbiert! Ekstatisch, ja göttlich ist das! Und erst der Tanz in der Luft – die Leidenschaft aller Vögel und Sterne – ach! Das ist wie die Regung der Götter! Und es nachzuerleben bedeutet – das Göttliche auch zu er*kennen!*«

Er redete weiter und weiter. Mit Leib und Seele hatte er sich auf dies neue Thema geworfen. Der Einfall, durch Tanz zu Göttlichkeit zu gelangen, nahm ihn völlig in Anspruch! Und die Gesellschaft besprach das mit ihm, als gäb' es sonst nichts auf der Welt. Allgemein hatte man Platz genommen und redete ein aufeinander. Vera nahm die Zigarette entgegen, die er ihr anbot, und rauchte sie an der seinen an. Er benahm sich jetzt wieder so zahm und normal wie ein Diplomat in Pension auf einem Empfang. Doch im Grunde war Plitzinger es gewesen, der in aller Behutsamkeit solchen Wandel herbeigeführt hatte – und Plitzinger war es jetzt auch, der eine Billardpartie vorschlug und Binowitsch aus dem Spielzimmer führte – ihn, der mit einem Mal enthusiastisch an Karambolagen dachte, an Billardkugeln und deren Einlochen! Arm in Arm verließen die beiden den Raum, lachend und unter Geplauder ...

Fürs erste schien solcher Abgang nicht viel geändert zu haben. Vera sah Binowitsch nach, bis er verschwunden war, und hörte danach Baron Minski zu, der soeben genüßlich von seiner Hetzjagd auf Wölfe erzählte, die er lebendig zu fangen pflegte. Die Geschwindigkeit und die Kraft eines Wolfs, behauptete er, wären so wenig vorstellbar wie sein Ansprung und Zubiß, mit dem er einen metallenen Steigbügel durchbeißen könne! Es wies auf eine Schmarre an seinem Arm und auf eine weitere an der Lippe. Was er erzählte, war buchstäblich wahr, und jeder hörte ihm zu mit ungeteilter Aufmerksamkeit. Schon zehn Minuten erzählte er so, wenn nicht länger – bis er plötzlich verstummte und rundum blickte. Er bemerkte sein Glas, trank es leer. Alles war still. Momentan fand sich kein neues Thema. Jemand tat einen Seufzer, andere rutschten nervös auf den Stühlen herum – man griff nach der Zigarette. Doch keinerlei Langeweile kam auf: wenn russische Menschen beisammen sind, und wären's nur zwei, so geht's allzeit lebhaft zu. Wie der Wirbelwind Wellen aufwirft, so strahlt Fröhlichkeit von ihnen aus, Enthusiasmus! Wie große Kinder werfen sie sich voll und ganz auf das nächstbeste Thema. Sie begegnen dem Leben auf irgendwie plumpe, doch freudenspringende Art, ganz als wären sie ständig drauf aus, eine tiefe, slawisch bedingte Melancholie in sich zu bekämpfen.

»Schon Mitternacht!« rief Palaschow plötzlich und sah auf die Taschenuhr. Und sogleich interessierten sich alle für diese Uhr, fragten nach ihrem Woher, nach ihrem Preis – kurzum, dieser schlichte Zeitmesser war mit einem Mal Mittelpunkt sämtlicher Aufmerksamkeit. Palaschow nannte den Preis. »Sie bleibt niemals stehen«, verkündete er voll Stolz. »Nicht einmal unter

Wasser!« Bewunderungheischend sah er um sich und berichtete dann, wie er einmal, es war auf dem Lande, gewettet, bis zu einer gewissen Insel zu schwimmen, draußen im See, und daß er die Wette gewonnen habe. Er und ein Mädchen seien die Sieger gewesen, doch da es nur um ein Pferd gegangen, sei für ihn nichts herausgesprungen dabei, weil er jenes Pferd dem Mädchen sogleich zum Geschenk gemacht habe. Voll echter Betrübnis erzählte er das – fast hätt' er dabei zu weinen begonnen! »Aber die Uhr ist gegangen, die ganze Zeit über!« sprach er vergnügt und hielt seine Tombakzwiebel den anderen hin. »Obwohl ich mit ihr zwölf Minuten im Wasser gewesen bin – und mit allen Kleidern am Leib!«

Doch war diese fragmentarische Konversation bloß ein Vorwand. Aus dem Zimmer am anderen Ende des Ganges kam das Klicken vom Stoß der Kugeln. Das Gespräch war von neuem verstummt – doch diesmal mit Absicht und nicht aus Gedankenleere oder Geistesabwesenheit. Da gab's ja ein weiteres Thema, das noch nicht abgetan war und jedes Mitglied unsrer Gesellschaft gefesselt hielt. Nur wagte keiner, es neuerlich anzuschneiden – bis Palaschow es nicht mehr aushielt, sich zu Kilkoff hinüberbeugte, ihm etwas zuraunte. Der sagte soeben, ihm wäre ein Whisky-Soda jetzt lieber, der Champagner sei ihm zu süß. Nun aber dachte er nicht mehr daran, sondern blickte zur Schwester hinüber, zuckte die Schultern und verzog das Gesicht. »Er ist wieder ganz normal«, sagte er, eben noch hörbar. »Plitzinger ist ja bei ihm.« Und er neigte seitlich den Kopf, um damit anzudeuten, daß die Kugeln noch immer klickten.

Jetzt war es heraus: alle wandten den Kopf, und ein allgemeines Geraun und Geflüster begann. Man äußerte Fragen, erhielt halbe Antwort darauf. Man wölbte die Brauen, zuckte die Schultern, hob vielsagend die Hände. Wie Vorahnung lag's in der Luft, wie Geheimnis um halbverstandene Dinge. Untergründig, instinkthaft meldete sich jene rassisch bedingte Furcht vor gestaltlosen Emotionen, die schon in der nächsten Sekunde aufbrechen konnten! Etwas war da, dem man nicht ins Gesicht sehen wollte, dessen unwillkommener Einfluß sich aber dennoch auf unsre Gesellschaft senkte! Man redete über Binowitsch und dessen erstaunliches Schaustück. Und die kleine, bezaubernde Vera lauschte gespannt und machte verschreckte Augen dazu, äußerte aber kein Wort. Der arabische Aufwärter hatte das Ganglicht gelöscht: nur ein einziger Luster erhellte nunmehr den Raum und ließ die Gesichter im Schatten. Und noch immer hörte man die Billardkugeln klicken.

»Das war nicht gespielt – das war Realität«, platzte Minski heraus. »Ich vermag zwar Wölfe zu fangen – aber Vögel – pfui Teufel! Und noch dazu Menschenvögel!« Nur undeutlich sprach er es aus. Er war Zeuge von etwas geworden, das er nicht verstehen gekonnt – etwas, das ihm einen echten, rein instinktiven Schrecken eingejagt hatte. »Es war sein Luftsprung – er hat mich an Wölfe erinnert – und doch, das *war* gar kein Wolf!« Nur ein Teil der Zuhörerschaft war seiner Meinung. »Zunächst war's nur Spiel – aber dann ist's ganz wirklich geworden«, flüsterte jemand. »Und es war kein gewöhnliches Tier, das er nachgeahmt hat, sondern ein Vogel – und ein *Raub*vogel noch dazu!«

Vera schauderte es. Im Innersten lieben's die russischen Weiber, brutal angepackt, hilflos überwältigt, restlos und lustvoll gefangen zu werden von einem, der stark genug dazu ist! Sie stand auf und setzte sich zu einer ältlichen Dame, die sogleich wortlos den Arm um sie legte. Veras kleines Gesicht sah verwirrt aus, bekümmert, doch irgendwie wild. Nur zu deutlich konnte man sehen, daß Binowitsch ihr nicht gleichgültig war!

»Es ist ihm zur fixen Idee geworden«, sagte die Ältere jetzt. »Der Vogelbegriff geht ihm nicht aus dem Kopf! Er phantasiert ihn ja schon. Seit Edfu ist das schon so – seit er dort so getan, als huldigte er den großen, steinernen Falken am Zugang zum Tempel – den Horus-Idolen. Jetzt kommt er nicht mehr davon los!« Sie verstummte – vielleicht war es besser, Binowitschs Auftritt in Edfu jetzt nicht zu erwähnen! Ein leiser Schauder ging durch die Gesellschaft, jeder erwartete, daß jemand dieses Gefühl präzisieren, durch ein erlösendes Wort verständlicher machen werde. Doch keiner wagte, etwas zu sagen. Da zuckte Vera zusammen:

»Horch!« stieß sie flüsternd hervor – und tat damit erstmals den Mund auf. Sie saß plötzlich bolzengerade, intensiv lauschend.

»Horch!« rief sie nochmals. »Da ist es wieder, aber schon näher. Jetzt kommt es herein – ich kann's hören!« Sie zitterte über und über. Ihr Verhalten, die Stimme und vor allem die weitaufgerissenen Augen erschreckten die ganze Gesellschaft. Keiner sagte ein Wort, jeder lauschte. Die benachbarten Räume und Korridore lagen im Dunkel wie das gesamte, große Hotel.

Alles war schon zu Bett. Auch das Klicken der Kugeln war mittlerweile verstummt.

»Horchen – worauf denn?« fragte beruhigend die ältere Dame, doch gleichfalls mit bebender Stimme. Das Mädchen hielt ihr den Arm krampfhaft umspannt.

»Hören *Sie's* denn nicht *auch?*« flüsterte sie.

Jedermann lauschte, ohne zu sprechen. Und alle beobachteten Veras todblasse Miene. Wie ein Wunder hing's in der Luft, nur halb zu begreifen. Fernher kam dumpfes Gemurmel – aber aus welcher Richtung? Wie aus dem Nichts war es da! Ein Schauder durchlief die Gesellschaft – abermals war's diese rassisch bedingte, gestaltlose, unerklärliche Angst. Urtümlich war das – wie ein Entsetzen aus Kindheitstagen!

»Was *hörst* du denn eigentlich?« fragte unwirsch der Bruder – doch die Angst übertönte den Ärger.

»Zum erstenmal hab' ich's gehört, als er auf mich zusprang«, sagte sie leise. »Und jetzt hör' ich's *wieder. Horch!* Und jetzt ist er da!«

Aus der finsteren Korridormündung traten jetzt zwei Gestalten hervor – Plitzinger und Binowitsch. Ihre Partie war zu Ende, sie gingen nach oben, zu Bett. Soeben passierten sie die offene Spielzimmertür. Aber Binowitsch, halb gezogen und halb niedergehalten, war ganz augenscheinlich drauf aus, den Gang mit fliegenden, tanzenden Sprüngen hinunterzueilen! Schon begann er zu hüpfen: er glich einem riesigen Vogel, der sich emporschwingen will, während ihn sein Begleiter gewaltsam zu Boden drückte! Als die beiden den Streifen einfallenden Lichtes betraten, wechselte Plitzinger die Position, indem er rasch zwischen die Gruppe im düsteren Winkel des Zimmers und seinen Gefährten trat und Binowitsch weiterdrängte, als wollt' er ihn vor den andern verbergen. So tauchten die beiden im Dunkel des anderen Korridos unter – und waren verschwunden. Jeder blickte bedeutsam und fragend auf seinen Nachbar, doch keiner sagte ein Wort. Eine sonderbar wirbelnde Zugluft war hörbar gewesen hinter den beiden ...

Als erste tat Vera den Mund auf. »Jetzt habt auch *ihr* es gehört«, sagte sie atemlos und war so weiß wie die Zimmerdecke.

»Verdammt nochmal!« platzte ihr Bruder heraus. »Das war nur der Wind an der Außenmauer – der Wind aus der Wüste! Der treibt den Sand vor sich her!«

Vera blickte ihn an, suchte noch engere Zuflucht im Arm der älteren Dame.

»Das *war* nicht der Wind – das war ...« sagte sie leise.

Sie verstummte – und die andern warteten unbehaglich aufs Ende des angefangenen Satzes. Sie starrten ihr ins Gesicht wie einfache Landbewohner, die ein Wunder erwarten.

»Flügelschlag war das«, flüsterte sie. »Es war das Geräusch von flatternden Flügeln!«

Morgens vier Uhr, als alle anderen heimkehrten in das Hotel, erschöpft von der Exkursion in die Wüste, lag der kleine Binowitsch noch tief schlafend im Bett. Auf Zehenspitzen schlich man an der Tür seines Zimmers vorüber. Er aber träumte. Sein Geist war in Edfu, erfuhr mit der uralten Gottheit, die Herr war alles geflügelten Lebens, die absonderlichen Freuden, denen sein armes Menschenherz so leidenschaftlich zugetan war. Im Schutze des kraftvollen Falken, dessen Macht er verflucht hatte noch vor wenigen Stunden, schwebte nunmehr seine Seele in lebhaftem Flugtraum dahin. Staunenswert war das, voll Glanz und voll Großartigkeit! Mit Windeseile ging es dahin über die Fluten des Nilstroms – und hinabstoßend von der Pyramide des Cheops, jagte er punktgenau und ohne Fehl hinter der kleinen Taube einher, die sich vor seiner Verfolgung unter Palmen zu retten suchte. Vergebens! Denn was er liebte, hatte zu opfern wo auch er opferte, und die erschreckende Majestät jener steinernen Figuration befeuerte ihn bis zu dem phantastischen Punkt, wo man das Imaginierte auch *ausleben* muß!

Doch urplötzlich, im köstlich empfundenen Moment des Ergreifens der Beute – wandelte sich der Traum zu nacktem Entsetzen, zum beklemmenden Alptraum! Der Himmel verlor alle Bläue, die Sonne war fort – und weit, sehr weit unter ihm lockte die winzige Taube ihn hinab in unsägliche Tiefen: er mußte nun schneller und schneller fliegen – und holte sie dennoch nicht ein! Doch hinter ihm stieß ein gewaltiger Schatten hernieder, schwarz, auf gigantisch gebreiteten Schwingen! Der hatte entsetzliche Augen, und das Schlagen seines Gefieders nahm allen Aufwind hinweg! Jeder Ausweg war nun verlegt, schon drohte der riesige Schnabel gleich einem Krummschwert mit stählerner Spitze! Da ließ er sich fallen, kraftlos und flatternd. Und war nahe daran, zu schreien vor Angst!

Er stürzte ins Leere, fühlte sich schon am Halse gepackt! Der riesige Geisterfalke war über ihm – schlug ihm die Krallen ins Herz! Und schlafend entsann er sich, wie er der Gottheit geflucht – und rief sich die Lästerung ins Gedächtnis. *Ohne* Bedeutung ist nur der Fluch des Unwissenden, doch jener des Anbeters ist von Gewicht! Der Angriff galt seiner Seele – herbeigerufen hatte er ihn! Zutiefst erschrocken erkannte er jetzt, daß die Taube, die er gejagt, nur der Köder gewesen, um ihn ins Verderben zu locken... Er fuhr aus dem Schlummer, vor Angst schon beinahe erstickend, den Körper gebadet in eisigem Schweiß! Durchs geöffnete Fenster drang das Flattern mächtiger Schwingen herein – und verlor sich im alles verhüllenden Dunkel der Nacht.

Der Alptraum verfehlte nicht seine Wirkung auf das dramatische, impressible Temperament dieses Mannes, ja verstärkte noch dessen Tendenzen. Schon am folgenden Tag erzählte Binowitsch ihn haarklein der Mme. de Drühn, einer Freudin von Vera, und lachte dabei wie jemand, der über recht ungute Emotionen hinwegtäuschen will. Die Hochstimmung des vergangenen Abends war unwiederbringlich dahin – gehörte gewissermaßen schon der Historie an. Kein Russe verfällt in den Fehler, erschöpfte Gefühle wiederbeleben zu wollen – sondern hält Ausschau nach neuen. Das Leben ist ihm viel zu rasch, hält niemals inne, posiert nicht fürs innere Photographieren. Dennoch hielt Mme. de Drühn es für geboten, die Sache vor Plitzinger zu erwähnen, weil Plitzinger gleich Sigmund Freud, seinem Wiener Kollegen, Träume für Projektionen unterbewußter Strebungen hielt, für Tendenzen, die heut oder morgen Aktion werden mochten.

»Vielen Dank für die Information«, sagte der Arzt unter höflichem Lächeln. »Aber er hat mir's schon selber erzählt.« Sekundenlang sah er ihr in die Augen, als wollte er einen Blick in ihr Innerstes tun. Und, offensichtlich zufriedengestellt, setzte er fort: »Binowitsch, nicht wahr, ist ein recht seltener Vogel – eine phänomenale Begabung, die sich nicht Luft machen kann. Seine schöpferische Intensität findet nicht den ihr entsprechenden Ausdruck. Immer Neues bringt sie hervor, wuchernd, im Überfluß – aber nichts gedeiht bis ans Ende.« Er suchte nach Worten, sprach aber gleich weiter. »Deshalb glaube ich, Binowitsch ist in Gefahr, vergiftet zu werden – vergiftet *aus sich!*« Er ließ seine Partnerin nicht aus den Augen, abwägend, wieviel an Information er ihr zumuten könne. »Nun denn«, fuhr er fort, »*wenn* wir für ihn ein Ventil finden könnten, ein Betätigungsfeld, worin seine überquellende Einbildungskraft Resultate erbringt – vor allem *sichtbare* Resultate« – er zuckte die Schultern – »so ist er geheilt. Im anderen Fall« – und er legte besonderen Nachdruck darauf – »könnte es irgendwann unvermeidlich zu –«

»Zum Ausbruch von Wahnsinn kommen?« fragte Mme. de Drühn leise.

»Sagen wir lieber, zur Explosion«, versetzte der Doktor ernst. »Nehmen wir nur, zum Exempel, diese Horusbesessenheit – wie archäologisch unmöglich sie immer sein mag! *Au fond* ist's Megalomanie – Größenwahn und sonst nichts. Seine Passion, seine Liebe, seine Verehrung für alles, was Flügel hat – an sich ein gesundes Empfinden – kann nicht befriedigend ausgelebt werden. Ein Mann, der die Vögel so wahrhaft liebt, hält sie weder im Käfig, noch schießt er sie ab, um sie auszustopfen. Was also tut er? Ein vernünftiger Vogelliebhaber beobachtet sie durchs Fernglas, studiert ihr Verhalten und schreibt darüber ein Buch. Doch für einen Menschen wie Binowitsch, der fast überquillt von Schöpferkraft und Phantasie, ist das nicht genug. Er will seine Vögel aus deren innerstem Wesen erkennen – will spüren, was *sie* empfinden, will *ihr* Leben leben: kurzum, er will Vogel *sein!* ... Können Sie folgen? Offenbar nicht. Mit einem Wort, er möchte sich identifizieren mit dem Objekt seiner geheiligten, leidenschaftsvollen Adoration. Jedes Genie will den Dingen auf deren eigensten Urgrund kommen – will einswerden mit ihnen. Solche Tendenz, vielleicht noch gar nicht erkannt und deshalb noch unbewußt, liegt ihm in innerster Seele verborgen.« Er suchte aufs neue nach Worten. »Und jener plötzliche Anblick der majestätischen Bildhauereien auf Edfu – die zu Granit kristallisierte fixe Idee – hat solch exzessives Verlangen in ihm gefestigt, wenn man so sagen kann – ist zum Brennglas geworden, dessen Fokus die Tat ist! Manchmal glaubt Binowitsch schon, ein Vogel zu *sein!* Sie haben gesehen, was letzten Abend passiert ist?«

Sie nickte. Ein leiser Schauder überlief sie dabei.

»Ein höchst befremdlicher Auftritt«, murmelte sie. »Eine Vorführung, wie ich ihr nie wieder beiwohnen möchte!«

»Und das merkwürdigste daran«, versetzte der Doktor gelassen, »war die Echtheit.«

»*Echtheit*, sagen Sie?« Es verschlug ihr den Atem. Seine Stimme, der ungewöhnliche Ernst seiner Augen, machten ihr bange. Sie konnte sich keinen Reim darauf machen – es ging über ihre Begriffe. »Sie meinen, Binowitsch sei momentan – frei – in der Luft geschwebt?« Sie wagte das *richtige* Wort gar nicht auszusprechen.

Die Miene des Doktors blieb undurchdringlich. Was er sagte, richtete sich ans Gefühl, nicht an den Verstand.

»Echtes Genie«, sprach er lächelnd, »ist ebenso rar wie das Talent häufig ist, auch große Begabung. Es bedeutet, daß seine Person, und wär's nur für eine Sekunde, zu allem Erdenklichen werden kann: zum Universum sogar – zur Seele der Welt. Ein Blitz – und schon ist es dem universellen Leben verschmolzen! Und allgegen*wärtig* alles zu *sein,* bedeutet auch, alles zu *können* – in einer Sekunde dichtester Lebensintensität! Dergleichen kann im Kristall wie im Wachsen der Pflanze geschehen – es wohnt im Sprung eines Tiers oder im Flug eines Vogels: das Genie macht Eins aus den dreien. Das ist der Sinn alles ›Schöpferischen‹. Der *Glaube* vollbringt es. Und wer darum weiß, geht durch Feuer, ohne sich zu verbrennen, wandelt auf Wasser ohne unterzugehen und kann Berge versetzen – ja *fliegen*. Denn er *ist* ja das Feuer, das Wasser, die Erde, die Luft! Genie – nicht wahr – ist ein Wahnsinn, der unser aller menschliches Maß übersteigt. Und Binowitsch *hat* es.«

Er sah, daß man ihn nicht verstand. So unterdrückte er lieber den Enthusiasmus, der ihn fast überwältigt hatte.

»Es geht im Grunde nur darum«, sprach er behutsam, »das leidenschaftliche, so konstruktive Genie dieses Mannes wieder in menschliche Bahnen zu lenken, auf ein Betätigungsfeld, wo's keinen Schaden anrichten kann.«

»Er ist in Vera verliebt«, sagte Mme. de Drühn, und traf bei aller Verwirrtheit damit den Nagel auf den Kopf.

»Würd' er sie heiraten?« fragte der Doktor sogleich.

»Aber verheiratet *ist* er ja schon!«

Nachdenklich sah er sie an. Offenbar zögerte er, seine Meinung zu äußern.

»In diesem Fall«, sagte er schließlich, »wäre es besser, wenn einer von beiden abreisen würde.«

Ein besonderer Nachdruck kennzeichnete Tonfall und Haltung.

»Sie glauben, es sei Gefahr im Verzug?«

»Was ich meine«, versetzte er ernst, »ist, daß dieser große und kreative Schub, welcher sich jetzt so kurios auf die Horus- und Falkenidee konzentriert, in Gewaltsamkeit ausarten könnte.«

»Und das würde den Ausbruch von Wahnsinn bedeuten?« Sie blickte dem Doktor fest in die Augen.

»Das würde *Verderben* bedeuten«, verbesserte er. Und fügte dann langsam hinzu: »Er würde in der Sekunde so geistigen Schöpferaktes den Boden der Realität, die Gesetzlichkeit aller Materie nicht mehr erkennen.«

Der Kostümball, zwei Abende später, war ein großer Erfolg. Palaschow hatte sich als Beduine verkleidet, Kilkoff ging als Apache. Mme. de Drühn erschien russisch frisiert, und Minski wirkte als Don Quixote beinahe so echt wie das spanische Urbild. Auch die übrige »Russenpartie« war geschickt, wenn auch extravagant kostümiert. Doch aus den zweihundert Besuchern stach das Paar Vera-Binowitsch ganz besonders hervor. Und noch eine dritte, hochgewachsne Figur, ein Pierrot, zog das Augenmerk aller auf sich – nicht so sehr durchs Kostüm, sondern durch ihre würdevolle Erscheinung. Die Identität dieser drei blieb jedoch hinter den Masken verborgen.

Wäre ein Preis fürs originellste Kostüm zu vergeben gewesen – man hätte ihn Vera und Binowitsch zusprechen müssen: nicht nur ihre Verkleidung, nein, auch ihr Spiel wurde der Rolle gerecht. Binowitsch, in dunklem Gefieder als Falke maskiert, mit braunem Krummschnabel und büschlig befiederten Krallen, präsentierte sich prächtig und wild. So vollkommen war die Maskierung, daß ihre Natürlichkeit fast schon verführerisch wirkte. Auch Vera, in Blau und in Gold, den zauberhaft schönen Taubenkopfputz auf ihrem gelösten Haar, an den Schultern zwei taubengrau flatternde, winzige Flügel, die kleinen, huschenden Füße und schlanken Gelenke gut sichtbar, wurde nicht minder bewundert. Ihre großen, furchtsamen Augen, ihr geschmeidiges, leichtes und zierliches Gleiten trugen ein übriges dazu bei, das Bild vollkommen zu machen!

Wie Binowitsch zu seinem Kostüm gelangt war, blieb unerfindlich: die Flügeldecken auf seinem Rücken bestanden aus echten Federn. Sie mochten von jenen schwärzlichen Raubvögeln stammen, welche den Nil bevölkern und zu Hunderten über Kairo und den Mokkatambergen kreisen. Doch niemand hätte erklären können, wie er dazu gekommen war. Die Schwingen maßen von

Spitze zur Spitze gut eineinhalb Meter und rauschten im Luftzug des Tanzes wie wirkliche Falkenflügel. Und Binowitsch tanzte sehr viel: mit indischen Bajaderen, mit Pharaonentöchtern Ägyptens, mit Zigeunerinnen in rumänischer Tracht. Er tanzte sehr gut – voll Anmut und Leichtigkeit schwebte er übers Parkett! Nur mit Vera tanzte er nicht: mit ihr *flog* er dahin! Wie leidenschaftliche Hingabe war es um ihn, sobald er mit ihr durch den Raum glitt auf eine Weise, die jedermanns Augenmerk auf sich zog: gemeinsam schienen die beiden sich in die Luft zu erheben! Es war ein hinreißender, staunenswert schöner Anblick – doch nicht ganz geheuer. Seine Befremdlichkeit legte sich auf die Gemüter, und solch verquere Extravaganz pflanzte sich fort durch den ganzen geräumigen Ballsaal. Die beiden wurden zum Zentrum der allgemeinen Aufmerksamkeit. Schon erhob sich Geflüster:

»Ein außergewöhnlicher Vogelmensch! So sehen Sie doch! Leicht wie ein Falke streicht er vorüber! Und immer hinter der Taube her! Wunderbar, wie er das fertigbringt – oder fast schon erschreckend! Wer *ist* das? Die Kleine ist *nicht* zu beneiden!«

Die Menge gab Raum, sobald er vorbeistrich – wich vor ihm zurück. Er aber hatte nur Augen für Vera, war beständig hinter ihr her, auch wenn er mit einer anderen Partnerin tanzte! Das ging nun von Mund zu Mund: eine Art telepathisches Interesse war vom einen zum andern übergesprungen. Das ganze wirkte um eine Spur *zu* real, dem wilden Nachjagen haftete ungebührlicher, bisweilen schon unguter Ernst an! Besorgnis machte sich hörbar.

»Das ist ja brutal! Man möchte gar nicht mehr hinsehn! Nahezu schandbar ist das!« war da und dort schon zu hören, und: »*Ich* halte das für abscheulich – man sieht doch ganz klar, wie verängstigt sie ist!«

Und einmal kam's zu einem Auftritt, der trotz seiner Banalität das Reale dieser von vielen gehegten Unlustgefühle verstärkte: Binowitsch, auf Vera zutretend, bat sie um den folgenden Tanz – hielt die Tanzkarte in den großen, befiederten Krallen – da kam der Pierrot um die Ecke und tat es ihm gleich. Die Zeugen der Szene beteuern, daß er diesen Augenblick abgepaßt und sich absichtlich eingemischt habe – daß solches Dazwischentreten herrisch gewesen sei und beschützend. Im übrigen war der Vorgang alltäglich genug – beide Tänzer hatten sich vorgemerkt –

aber »Nr. 13, Tango« bedeutete ja, mit dem Partner auch noch gemeinsam zu Abend zu speisen, und so wollte keiner der beiden zurückstehn. Hie Falke – hie Pierrot: und keiner von beiden wollte nun auf sein Vorrecht verzichten: eine überaus peinliche Situation.

»So mag die *Taube* entscheiden«, sprach höflich der Falke, und nur seine Fingerkrallen verrieten die unterdrückte Nervosität, wogegen der Pierrot, bei den Frauen erfahrener oder beherzter, verbindlich erwiderte:

»Ich wäre bereit, mich dem Willen der Dame zu beugen.« – Er sprach es mit kaum bemäntelter Autorität, als hätt' er ein älteres Vorrecht auf sie. »Doch habe ich um diesen Tanz schon gebeten zu einem Zeitpunkt, da Ihre Majestät Horus noch nicht zu erscheinen geruht. So steht außer Frage, daß dem kleinen Pierrot der Vorrang gebührt.«

Unter so überlegener Rede nahm er das Mädchen mit sich – da gab's keinen Widerspruch. Er wollte sie haben – und er bekam sie. Halb freudig, halb widerstrebend ging sie mit ihm – und gleich darauf waren die beiden im bunten Gedränge der Tänzer verschwunden. Zurück blieb der Falke, zerknirscht und besiegt, umgeben von schadenfroh grinsenden Zeugen. Nichts hatte ihm seine Raschheit genützt vor so gefestigter Kraft!

Doch in diesem Moment machte ein einzigartiges Phänomen sich bemerkbar. Die es mitansahen, schwören darauf, der Tänzer im Falkenkostüm sei einsgeworden mit seiner Rolle! Erschreckend sei das gewesen – und unmöglich dazu! Ein besorgtes Geflüster durchlief alle Räume und Gänge.

»Etwas Unerhörtes kündigt sich an – es liegt in der Luft!«

Etliche schraken zurück, andere drängten herzu. Ein paar Leute behaupteten steif und fest, ein befremdliches Rascheln vernommen – einen sichtbaren Luftwirbel wahrgenommen zu haben – und einen Schatten über dem Ort, den die beiden verlassen hatten. Auch wollte man einen Ruf gehört haben, einen hohen, gereizten, suchenden Schrei: »Horus! Strahlende Gottheit des Winds ...« hub er an, und verlor sich danach. Einer der Ballgäste glaubte ganz sicher zu sein, etwas sei durch die offenen Fenster herein in den Saal geflogen! Das war die Erklärung! Und dieses Etwas verbreitete sich – sprang wie ein Lauffeuer über und rief allerorten bestürzte Erregung hervor! Verwirrtheit hemmte die Füße der Tänzer, die Musik geriet aus dem Takt, das führende

Tangopaar hielt plötzlich inne und blickte um sich. Alles schien rückwärtsdrängen und sich verstecken zu wollen, begierig, zu sehen, doch mehr noch, nicht selber gesehen zu werden, als wäre ein Unerhörtes, erschreckend Gefahrvolles plötzlich hereingebrochen! Aufgereiht standen die Tänzer, mit dem Rücken zur Wand. Eine große Leere war nun inmitten des Ballsaals ... und in sie traten Pierrot und die Taube.

Es war wie eine Herausforderung. Beifall erhob sich, halb Stimmengewirr, halb Klatschen behandschuhter Hände. Das Paar tanzte makellos in die Arena. Jedermann sah auf die beiden. Man hatte den Eindruck, ein Schaustück sei einstudiert worden und nähme nun seinen Anfang. Die Tanzkapelle fiel ein. Pierrot, selbstgewiß und voll Würde, schien nicht im geringsten geniert ob der allgemeinen Aufmerksamkeit. Und die Taube, wenn auch ein wenig gehemmt, ließ sich hinreißend führen von ihm. Die beiden tanzten wie *eine* Person – zu perfekter Einheit verschmolzen! Für den Neider, der zusah, mußte der Anblick zur Seelenqual werden – die schützende Art, wie der Pierrot das Mädchen umfangen hielt, das kraftvolle Vorrecht, die Meisterschaft so absoluten Besitzens ...

»Er hat sie noch immer!« stieß jemand hervor, ein wenig zu laut – und sprach damit aus, was jedermann dachte. »Gottlob ist es nicht der Falke!«

Doch zur kompletten Verblüffung der Menge gab's schon im nächsten Moment etwas zu sehen: von oben herab stieß eine Gestalt – und aufs neue ertönte der Ruf:

»Fiedere mir die Seele ... deine Pfeilschnelle zu erfahren!«

So singender Wohllaut rührte ans Herz: wunderbar war der fordernde, leidenschaftliche Klang, als die dunkle, vogelhafte Gestalt von der Galerie elegant in den Saal herabstieß. Ihr Federkleid war gesträubt, wie Segel im Wind breiteten sich die Schwingen, als sie, falkenhaft zustoßend, nach punktgenau landendem Sturzflug den Tänzern entgegentrat! Adlergleich, vor aller Augen, war sie herniedergeschwebt und bei den Tänzern gelandet!

Rasch wie der Blitz war's geschehen – und auch so blendend: verschiedentlich sahen die Gäste verschiedentliche Details, und einige nahmen nach diesem Schock gar nichts mehr wahr, weil sie die Augen geschlossen, die Arme schützend vor das Gesicht gelegt hatten. Jenes drohende Etwas, das man nur unklar empfunden – nun war es *da:* wie aus dem Nichts war's zur Gestalt geworden!

Und unter voller Beleuchtung, inmitten des Tanzparketts, spielte der Vorgang sich ab! Binowitsch, jetzt schon schreckenerregend, spreizte die düstern Schwingen – und zog das Mädchen an sich. Das lange, graue Gefieder peitschte raschelnd die Luft, und etwas Entsetzliches hing über ihm, wie eine Erscheinung! Das große, schnabelbewehrte Haupt war gezückt wie zum Stoß, die büschligen Krallen bewegten sich wie im Zugriff, kurz, die gesamte, zum Angriff gespannte Gestalt war grandios in ihrem erschreckenden Anblick, das ließ sich nicht länger bezweifeln! Und doch gab's auch Zuschauer, die darauf schworen, nicht Binowitsch sei das gewesen: vielmehr sei ein andrer, monströser, verschatteter Umriß um ihn gewesen und habe das kleinere Maß mit zwei kolossalen, finstern Schwingen verhüllt! Daß darin etwas Fremdes, Gottähnliches lag, mag ja der Wahrheit entsprechen – wie sehr auch alle Beschreibung einander im nachhinein widersprach, weil ja viele mit eingezogenem Kopf zusammengeduckt verharrt hatten. Entsetzen lag über allem – aber auch etwas wie Ehrfurcht. Und alle Zuschauer schwankten, als striche ein mächtiges Wesen über sie weg durch die Luft.

Flügelgeflatter erfüllte den Saal.

Jemand schrie auf. Ein Kreischen ertönte, schneidend und schrill – und dann machte die aufgestaute Erregung sich Luft: alle menschliche Emotion schlug über die Dämme angesichts eines Entsetzens, welches ihr unvertraut war: denn der Falke und Vera *flogen* – das Mädchen glückselig ergeben, der Mann voller Kraft! Von dem Luftwirbel gegen die Wand gedrückt, strauchelte der Pierrot. Er sah ihnen nach: sie schwebten hinaus aus der Helle des Raumes und seinem Gedränge, fort aus der Hitze des künstlichen Lichts, aus den ummauerten Räumen, die ihnen zum Käfig geworden! Jetzt ließen sie alles das hinter sich, schienen selber nur noch aus Luft und aus Wind zu bestehen, lustvoll anheimgegeben dem anderen Element! Die Erde hielt sie nicht mehr! Vogelleicht flogen sie fort in die offene Nacht, über den Gang zu der südwärts gelegnen Terrasse hinter den großen, buntfarbenen Vorhängen zwischen den Säulen des Vorbaus. Sekundenlang blieben sie sichtbar – dann wehte der Saum eines Vorhangs zurück und gab noch den Blick frei auf beider dunkle Konturen vorm sternübersäten Himmel. Ein Schrei und ein Sprung – der

Vorhang fiel wieder zu. Die beiden waren verschwunden. Von der Wüste herein strich nachtkühl ein Hauch durch den Saal.

Indes, drei Gestalten waren im nächsten Moment schon hinter den Flüchtlingen her, als hätte die halbblinde, staunende Menge sie per Explosion ausgeworfen! Während die Allgemeinheit noch immer untätig verharrte, sausten die drei wie aus der Pistole geschossen über den Gang zur Terrasse: der Apache voran, Don Quixote und auch Pierrot hinterher! Kilkoff, Veras Bruder, und Baron Minski, der die Wölfe lebendig fing, hatten schon vorher scharf aufgepaßt, und auch Dr. Plitzinger hatte an den Symptomen erkannt, was bevorstand, und die Tänzer nicht aus den Augen gelassen. Jetzt, wo er die Maske zur Seite geschoben, sah jedermann, wer sich dahinter verborgen! Die drei erreichten die Brüstung in dem Augenblick, als der Vorhang sich wieder schloß, und verschwanden dahinter – Kilkoff noch immer voran, zu größter Eile getrieben durch das, was der Doktor beim Laufen ihm zugeraunt hatte! In Steinwurfweite von der Terrasse befand sich der Absturz des bröckligen Felsenmassivs, auf dem das Hotel erbaut war – dort ging es sechs Stockwerke tief in die Wüste hinunter! Und nur eine fußhohe Mauer begrenzte die Kante!

Die Berichte stimmen nicht ganz überein – doch scheint es, daß Kilkoff noch rechtzeitig ankam und seine Schwester buchstäblich im letzten Moment vorm Abgrund zurückriß! Schon schlugen die losgetretenen Steine im Sand unten auf! Der Kampf war kurz, aber heftig. Vera setzte sich leidenschaftlich zur Wehr, mit all ihren Kräften. In gewissem Sinn war sie neben – nein *außer* sich! Doch *er* reagierte ganz einzigartig darauf: er *brachte* sie nicht, sondern *tanzte* sie zurück zum Hotel, in den Saal! Schlichtweg bewundernswert war das! Nichts hätte den allgemeinen Tumult besser beruhigen können: das Paar kam hereingetanzt, als wär' überhaupt nichts geschehen! Gestählt durch die harte Schule seines kosakischen Regiments, waren die Muskeln des jungen Kavallerieoffiziers durchaus imstande, die halbtote Last in den Armen aufrechtzuhalten, so daß die Zuschauer allenfalls glaubten, Vera sei nur ein wenig ermüdet. Das allgemeine Vertrauen war wieder da – so ist nun einmal die Psychologie einer Masse –, und zu den Klängen des spritzigen Wiener Walzers war's Kilkoff ein leichtes, das Mädchen nach oben zu schmuggeln, wo er ihr Kognak einflößte und sie zu Bett brachte ... Daß der Falke nicht mehr in Erscheinung trat, fiel kaum jemandem auf. Da und dort redete man noch von ihm – dann war er vergessen. Das Hauptinteresse hatte ja Vera gegolten, und mit ihrem Wiedererscheinen, ihrer offensichtlichen Unversehrtheit, hatte sich jedwede kindische Panik gelegt. Auch Don Quixote ließ sich sehen – er tanzte vergnügt, als hätte es keinerlei Störung gegeben. Dann kam die Pause des Abendessens, und mit ihr war alles vorbei – untergegangen in nächtlicher, allgemeiner Besäufnis. Daß auch der Pierrot nicht mehr da war, wurde von keinem der Gäste bemerkt.

Der Arzt war jetzt anderweitig beschäftigt, unter geistigem wie seelischem Druck. Nicht immer ist ja ein Totenschein so leicht ausgestellt, wie es die Leute sich einbilden. Daß Binowitsch bei einem Absturz von bloß zwanzig Metern an Erstickung gestorben sein sollte, war ebensowenig plausibel wie die friedliche Lage des sanft auf dem Wüstensand ruhenden Leichnams: weder verkrümmt noch verletzt, lag er ausgestreckt da, jeder Knochen war heil, keinerlei Zerrung war festzustellen, auch keine Beule. Die Gestalt lag seitlich gewälzt wie im Schlaf, ohne sichtbaren Schaden, die riesigen Schwingen zusammengelegt, wie ein Vogel sie über sich faltet, sobald er sich sterbend verkriecht. Das Antlitz unter der Maske lächelte friedlich, als wär's in den Tod hinübergeglitten auf dem Element, das der Lebende so sehr geliebt. Nur Vera hatte gesehn, wie enorme Schwingen auffordernd geflattert hatten über dem finsteren Abgrund, und ihn hinübergetragen in eine andere Welt ... Übrigens hatte auch Plitzinger jene Schwingen gesehn, blieb aber dabei, es seien das bloß die Flügel der großen, schwärzlichen Falken gewesen, die in den Mokkatambergen hausen und die Nacht auf hotelnahen Felsformationen verbringen. Sowohl er als auch Vera stimmten in *einem* Punkt überein: der hohe, gellende Schrei in der Luft, der so wild und klagend geklungen, sei gewißlich von einem Schwarzfalken gekommen – sei der Paarungsruf eines Raubvogels gewesen. Und eben jener Moment, da sie innegehalten, um ihm zu lauschen, habe zu ihrer Rettung genügt, ja sie erst ermöglicht: denn schon in der nächsten Sekunde wäre auch sie zu Tode gestürzt – gemeinsam mit Binowitsch.

Ägyptischer Heimgang

I

Er war ein vielseitiger Mann, und es gab Leute, die ihm sogar Genie zuerkannten. Hinter seiner Begabung lag eine Fülle von Möglichkeiten, die bei richtiger Wahl zu glänzendem Ruhm geführt hätten. Ihn aber trieb eine rastlose Neugier, vieles zugleich anzupacken, anstatt auf *einem* Gebiet etwas erreichen zu wollen. Daß aber George Isley ein hochbefähigter Mensch war, hatte schon seine Blitzkarriere in der Diplomatie hinreichend gezeigt. Und als er sie aufgab, um auf Reisen zu gehen und sich der Forschung zu widmen, wurde das nirgends bedauert: er werde auf *jedem* Gebiet Beträchtliches leisten und habe bisher nur noch nicht zu sich selber gefunden, sagte man bloß.

Nur weniges von dem Geröll dieser Menschheit setzt jenes Moos an, das betrachtenswert ist. Nicht Unfähigkeit ist der Grund – man kommt bloß zu leicht ins Rollen. Doch die Goldgruben in diesem Wettlauf des Lebens sind meistens zu klein: kaum drinnen, ist man im nächsten Moment schon wieder draußen. Die Welt sagt »Wie schade« dazu, und »So was von unbeständig!« Aber in Wahrheit sucht jeder den Nistplatz, der ihm gemäß ist, ganz wie die Vögel im Frühling. Es ist alles nur eine Frage des Werts, der Bewertung: schnell entschlossen, geht's in die nächstbeste Richtung, doch ebenso rasch in die andre – schon ist man dahin. Der Kommentar, man hätte es hier oder dort »bis zum Ruhegenuß« bringen können, verhallt ungehört.

Zu solch unstet-suchendem Typus gehörte unzweifelhaft auch George Isley. Dabei war er keineswegs ratlos, so wenig wie unbefähigt – nur zu ungestüm auf der Suche nach jenem zusagenden Ort, wo man auf Dauer sich einrichten konnte. Aber am Ende hat er ihn doch noch gefunden – sehr zum Bedauern, ja Kummer der engeren Freunde: denn nicht im Hier und Heute fand er ihn, sondern im Fortgehn aus dieser Welt, ganz ohne »Ruhegenuß«, ungeehrt, undekoriert. Er ging einfach weg aus dem Heute und glitt in ein mächtiges Gestern hinüber, dem er sich schon früher verbunden gefühlt. Warum und auf welche Weise, erliegend welcher treibenden Kraft – das ist nicht bekannt und zählt zum Geheimnis inneren Lebens, das keine Bleibe gefunden in dieser Welt. Derlei Dinge verschließen sich heutiger Sprache ebensosehr, wie die Details so einzigartiger Reise sich der Beschreibung entziehen. Mit Ausnahme von ganz wenigen – etwa von Dichtern, Seelenkundigen oder Propheten vielleicht – etikettiert man dergleichen säuberlich und museal mit dem winzigen Schildchen »zweifelhaft« oder »unverbürgt« und legt es danach beiseite.

So wird man wohl auch den Erzähler dieser Begebenheit etikettieren – ihn, der durch Zufall etliche sichtbare Zeichen so spiritueller Reise mitangesehn hat. Unbestritten jedoch bleibt die bestürzende Realität des Erlebten, und nur sein Berichterstatter fand einen Schlüssel dazu – vielleicht, weil auch er der Verführung zu solcher Reise ausgesetzt war, obzwar nicht im gleichen Grade. Deshalb gilt seine Auslegung nur jener Minorität, welche seit je darum weiß, daß diese fortschrittliche Rasse bisweilen nicht nur durch Eilzüge oder Motoren an andere Orte gebracht wird ...

Schon von Jugend auf war ich mit Isley befreundet, und auch jetzt kenne ich ihn nicht weniger gut. Doch der vertraute Gefährte von einst, mit dem ich auf Reisen, auf Gebirgstouren ging und auf Entdeckungen aus war – er weilt nicht mehr unter uns: ihn gibt es nicht mehr. Er ist – nach und nach – im Gestern untergetaucht. Und daß ein so eigenständiger Mensch verschwinden gekonnt, wo doch seine äußre Erscheinung wie vordem die altbekannten Straßen benützt, ganz augenscheinlich normal und noch keine Fünfzig – das ist wohl eine Geschichte, die des Erzählens wert ist, wenngleich nicht so leicht zu berichten. Ich war ja Zeuge so sukzessiven Verschwindens: kaum merklich hat sich's vollzogen, und nicht einmal *mir* ist die volle Bedeutsamkeit klargeworden. Es blieb ja stets etwas fraglich daran, sinister – und mit erstaunlichen, offenen Möglichkeiten. Gäbe es eine Art Polizei im spirituellen Bereich, so würde der Fall sich teilweise aufklären lassen – doch weil bisher keine der Kirchen so etwas organisiert hat, bleiben uns nur Varianten des alten »Zwischenbereichs«, Gerüchte von Geisteszerrüttung und ähnlich vage Begriffe. Natürlich erklärt sich dadurch so wenig wie durch andre Klischees dieses Lebens. Der eleganten, soldatisch-strammen Erscheinung auf ihrem Piccadilly-Spaziergang, beim Rennen oder im Restaurant beim Dinieren ist keine Gestörtheit anzumerken. Die Miene ist nicht melancholisch, der Blick ist nicht unstet, jede Geste ist kontrolliert, die Sprache gelassen. Dennoch – die Augen sind leer, das Antlitz ist ohne Ausdruck. Über allem liegt eine ostentative Abwesenheit – fast provokant. Wenn sie nicht weiter auffällt, so liegt's an dem Umstand, daß die Menschheit in ihrer Mehrzahl weder viel andres erwartet, noch auch zu bieten vermag.

Bei näherer Bekanntschaft könnte man zweifeln – oder sich nichts dabei denken. Vermutlich das zweite. Allenfalls mag sich die Frage erheben, weshalb denn das, was man erwartet hat, nicht und nicht kommt? Man ist auf »Persönlichkeits«-Merkmale aus, wie sie das Allgemeinbild dieses Mannes erwarten läßt, doch man wird gewißlich enttäuscht. Indes, man wird nicht den leisesten Hinweis auf Störung des Geistes entdecken, oder auf Nervenzerrüttung: nichts, absolut nichts wird sich zeigen. Vielleicht nach einiger Zeit das Gefühl, mit einer Marionette zu sprechen, mit der guteingespielten Automation einer Null, die kein Eigenleben besitzt. Und hinterher mag man entdecken, daß alle Erinnerung schwindet, so rasch, als wär' da kein Eindruck gewesen. Dies alles trifft zu – und doch wirkt nichts krankhaft daran. Ein paar Leute mag die Diskrepanz von Erwartung und Realität vielleicht irritieren – aber die meisten, an falsche Werte gewöhnt, werden bloß sagen: »Ein recht netter Mensch – aber nicht viel dahinter ...«, und ihn in der nämlichen Stunde vergessen.

Die Wahrheit haben Sie ja vielleicht schon erraten: Sie sind neben *niemand* gesessen, Sie haben mit *keinem* geredet, haben mit niemandem Blicke getauscht. Die Unterhaltung hat keinerlei menschliches Echo in Ihnen erweckt, war nicht gut und nicht schlecht, auch nicht indifferent. George Isley – den *gibt* es ja gar nicht! Und solche Entdeckung wird Ihnen keinerlei Schauder vor unbegreiflichen Dingen erwecken, weil die äußre Erscheinung so angenehm ist. Der George Isley von heut' ist ein Bild ohne jede Bedeutung, dessen Reiz in der Färbung und Harmonie eines harmlosen Dinges beruht. Unauffällig bewegt er sich in den Kreisen jener Gesellschaft, für die er geboren wurde, in automatischer Sicherheit auf jener Bahn, die er von früher gewohnt ist. Und niemandem fällt etwas auf – bis auf die wenigen, die ihn von früher her eingehend kennen. Doch auch die hat sein unstetes Leben in alle Winde zerstreut – sie haben vergessen, was er einst war. Er entspricht so perfekt dem Allgemeinbild eleganter Erscheinung, daß keiner Frau seines »Standes« ein Unterschied auffällt zu ihrer gewohnten Bekanntschaft. Man tauscht Komplimente in akzeptierter Sprache aus Anstandsbüchern, man redet vom Auto, über Golf oder Glücksspiel in der geregelten Art dieser gesonderten Welt. Er ist ein bewundernswerter, perfekt funktionierender Automat. Also ein *Nichts* – eine menschliche Hülse.

II

George Isleys Name stand schon seit mehreren Jahren im Blickpunkt der Öffentlichkeit, als wir, nach geraumer Zeit, in Ägypten in einem Hotel einander wiedersahen. *Ich* war aus Gesundheitsrücksichten hier, *er* aus Gründen, die ich – zunächst – nicht kannte. Aber ich kam bald dahinter: Archäologie und Ausgrabungen hatten Besitz ergriffen von ihm – doch war das so unauffällig vor sich gegangen, daß offenbar niemand davon erfahren hatte. Ich weiß nicht, ob er besonders erfreut war, mich so plötzlich vor sich zu haben: jedenfalls war er bei meinem Anblick zurückgeschrocken, offenbar unangenehm berührt, sich entdeckt sehn zu müssen. Dann, als hätte er sich's überlegt, kam er mir zögernd entgegen. Er begrüßte mich mit kurioser Körperbewegung, als müßte er etwas abschütteln, das ihn meiner Person vergessen gemacht. Eine Betontheit lag in seiner Haltung, als wäre er auf mein Mitgefühl aus. »Während der letzten drei Jahre war ich gelegentlich hier in der Gegend«, berichtete er, nachdem er mir von seinem Tun und Lassen erzählt hatte. »Es ist die lohnendste Liebhaberei, die sich denken läßt – führt zur Rekonstruktion – rein imaginativ, meine ich – einer enormen Sache, die der Welt längst abhanden gekommen ist. Eine großartige, anregende Arbeit, das kannst du mir glauben, und eine unglaublich betö—« er verbesserte sich allzu rasch – »bezwingende noch dazu!«

Ich weiß noch, wie erstaunt ich ihn angesehn habe – von oben bis unten. Etwas an ihm war verändert – war nicht mehr da! Seiner Begeisterung fehlte ein Ton, seiner Stimme die Farbe, seiner Art die alte Ursprünglichkeit. Die Zutaten waren ganz anders gemischt als in früheren Tagen. Doch ich setzte ihm nicht erst mit Fragen zu, sondern stellte nur ganz für mich und im stillen die leichte Veränderung fest. Offenbar präsentierte sich hier eine neue Façette des Mannes. Was ehedem unabhängig gewesen an ihm, ja fast aggressiv, war nun einer Leere gewichen, die Mitleid erweckte. Noch im physischen Habitus zeigte sich das – als ein befremdliches Schwinden. Ich blickte genauer hin: Ja, Schwinden, das war der richtige Ausdruck! Irgendwie war er kleiner geworden. Erschreckend war das – und nicht ganz geheuer!

Er hatte, wie üblich, das gesamte Wissensgebiet parat – in den Fingerspitzen, wie man so sagt. Er kannte alle betreffenden Leute und hatte in die neue Aktivität viel Geld investiert. Lachend erinnerte ich an seine Bemerkung, Ägypten bedeute ihm nichts, übe auf ihn keine Anziehungskraft aus, sondern preise den eignen Theaterzauber allzu marktschreierisch an. Doch indem er den Irrtum zugab mit wegwerfender Geste, tat er ebenso leichthin auch meinen Einwand ab. Indes, seine Art, im Verein mit der Hitze, in die er auf einmal geriet, steigerten nur das Erstaunen, das ich zu Anfang empfunden. Die Stimme wurde bedeutsam, beinah beschwörend. »Komm mit mir hinaus«, sprach er gedämpft, »und sieh selbst, wie wenig Bedeutung all diese Touristen haben, wie läppisch die ganze Ausgräberei wirkt, verglichen mit dem, was da noch zu tun übrigbleibt, und wie gigantisch« – er betonte das Wort ganz besonders – »der Bereich für Entdeckungen ist!« Dabei bewegte er Schultern und Kopf auf eine Art, die das Gigantische noch unterstrich, denn er war von massiger Figur, von strengem Gesichtsschnitt, und seine tiefliegenden Augen blickten durch mich hindurch mit einem düsteren Glanz, welchen ich mir nicht erklären konnte. Doch das Geheimnisvolle an sich lag in der Stimme. In ihr schwang ein sonst nicht hörbarer Unterton mit: »Ägypten«, setzte er fort – und wurde dabei so ernst, daß ich irrtümlich annahm, er meine es bloß theatralisch – »Ägypten hat das Gepränge so vieler Kulturen im Blut – es hat die Perser vereinnahmt, die Griechen und Römer, dann Sarazenen und Mamelucken, hat mehrfach Besetzung und Fremdherrschaft überdauert: was könnten da bloße Touristen oder Entdecker ihm weiter noch anhaben? Die Ausgräber kratzen ihm nur an der Haut, scharren Mumien aus dem Boden. Und gar die Touristen!« – er lachte verächtlich – »Die sind nichts als Fliegen auf einem verschleierten Antlitz, sind fort mit der ersten Heraufkunft von Hitze! Ägypten nimmt sie gar nicht erst wahr, denn das *echte* Ägypten liegt unter der Erde, im Dunkel. Touristen aber brauchen das *Licht*, um zu sehn und gesehen zu *werden*. Und die da den Boden aufscharren –!«

Er hielt inne mit einem Lächeln, darin sich Verachtung und Mitgefühl paarten, dem ich aber nicht folgen konnte, weil ich persönlich die unermüdlichen Ausgräber tief respektierte. Und dann fügte er noch hinzu, anklagend, als hätte er niemals selber »gegraben«: »Leute, die Tote freilegen, Tempel ergänzen oder Gerippe rekonstruieren im Glauben, sie hätten damit in Ägyptens pulsierendem Herzen gelesen ...« Er hob seine breiten Schultern, und so hätte der Rest seines Ausspruchs vielleicht als Protest eines Mannes aufgefaßt werden können, der seine Liebhaberei bloß in Schutz nimmt – wäre da nicht jene unangemessene Ernsthaftigkeit, jene Schwere gewesen, die meine Verwunderung nur noch bestärkte. Er fuhr fort, von der Seltsamkeit dieses Landes zu reden, das eigentlich nur ein Streifen Vegetation längs des uralten Nilstromes sei, im übrigen aber nichts als Ruinen und Wüste, sonnendurchglühter Todesbezirk, und doch überquellend von Wundern, von Kraft und einem beunruhigend starken Gefühl von Todlosigkeit. Für ihn war's ein Ort besonderer, geistiger Offenbarung, hier, wo Vergangnes noch immer machtvolle Gegenwart war. Er sagte das so, als würde darunter das Heute erlöschen.

Die Feierlichkeit, von der solche Rede getragen war, machte es mir wirklich schwer, das Gespräch fortzusetzen, und als eine Pause eintrat, überbrückte ich sie mit zweifelnder Überraschtheit, die, wie ich glaube, nicht unpassend war. Ich spürte ja einen starken Glauben in ihm, ein umfassend-großes Gefühl, das ich nicht begriff. Und ich fühlte mich mitgerissen, obwohl ich es nicht verstand ... Als er dann weitersprach, nahm er die Stimme zurück, erzählte von Tempeln, von Gräbern und Göttern – von seinen eignen Entdeckungen und deren Wirkung auf ihn –, doch ich hörte ihm nur mehr mit halbem Ohr zu, weil in der gehobenen Sprache, die er gleich anfangs verwendet hatte, etwas anderes meine Neugier erweckte – recht unbehaglich erweckte.

»So hat jener Zauber«, begann ich, und rief mir dabei den Effekt ins Gedächtnis, den Ägypten zwei Jahre zuvor auf mich selber geübt, »dich ebenso sehr erfaßt wie die Mehrzahl der Leute – nur mit noch größerer Macht?«

Er sah mich durchdringend an, sein zerfurchtes, interessantes Gesicht wurde unruhig. Ich glaube, daß er mir mehr sagen wollte, als er dann über sich brachte. Jedenfalls zögerte er.

»Ich bin nur froh«, versetzte er nach einer Weile, »daß es mich nicht schon früher gepackt hat! Das hätte mich aufgebraucht – jedes andere Interesse wäre erloschen in mir. Jetzt« – und wieder verschattete seinen Blick ein seltsam hilfloser, mitleidheischender Ausdruck –, »jetzt, wo ich im Begriff bin, hinunterzusteigen ... ist es nicht mehr so wichtig.«

Hinunterzusteigen! Wie ungeschickt, solche sich bietende Chance zu versäumen! Sie kehrte nie wieder. Irgendwie war mir die einzigartige Wendung entgangen. – Erst später erkannte ich ihre volle Bedeutung, doch da war's nicht mehr möglich, darauf zurückzukommen. Er hatte ja meine Bereitschaft, zu helfen, mit ihm zu fühlen, Anteil an seinem inneren Leben zu nehmen, auf die Probe gestellt – und ich hatte den Hinweis total überhört! Im Augenblick galt ja mein Interesse einer praktischeren Erwägung seines Geredes, und da ich zu denen gehörte, die mit Bedauern vermerkten, daß er seine Kraft nie einer bestimmten Sache verschrieben und es deshalb auch nie zu Ruhm gebracht hatte, hob ich nur unbestimmt meine Schultern. Er verstand sofort, was ich meinte – ach, er war ja so froh, sich aussprechen zu können! Wahrscheinlich spürte er meine uneingestandene Sympathie.

»Nein, nein, du verstehst mich da falsch«, entgegnete er voll Nachdruck. »Was ich ausdrücken wollte – und wer wenn nicht *ich* sollt' es wissen! –, ist nur, daß wir von sehr vielen Ländern etwas empfangen, wogegen andre uns ärmer machen. In Ägypten wird man verändert. Niemand, der sich hierzuland aufhält, bleibt wie er ehedem war.«

Ich war ganz verblüfft – und neuerlich erschrocken. Seine Art war so ernst. »Und Ägypten, so meinst du, gehört zu den Ländern, die uns etwas *nehmen?*« fragte ich deshalb. Der ausgefallne Gedanke beunruhigte mich.

»Anfangs nimmt es dir *etwas*«, sagte er schlicht, »doch am Ende nimmt es *dich selber*. Es gibt Länder, die uns bereichern«, setzte er fort, »und andere machen uns ärmer. Von Indien, Italien, Griechenland – von all diesen Ländern mit alter Kultur kehrst du zurück und hast *nichts*. Ihr Glanz verblendet uns nur, er ist ohne Sinn. In unserm Innern geht eine Veränderung vor sich, eine Leere entsteht, eine unerklärbare Sehnsucht – aber man findet nichts vor, den fühlbaren Mangel zu stillen. Es stellt sich nichts ein, das Verlorene zu ersetzen – ausgelaugt kehrt man zurück, vertrocknet, von innen her!«

Ich sah ihn nur wortlos an und nickte dazu. Insgesamt hatte er recht – für das sensible Temperament eines Künstlers traf das Gesagte zu, entsprach aber keinesfalls einem oberflächlichen, allgemein akzeptierten Urteil. Mehrheitlich ist man der Ansicht, Ägypten erfülle uns bis an den Rand. Doch ich begriff den tieferen Sinn, den er solcher Gegebenheit beimaß. Sein Gedankengang nahm mich auf seltsame Weise gefangen.

»Das Ägypten von heute«, setzte er fort, »ist ein zivilisatorischer Trick und sonst nichts.« Bei aller Gelassenheit klang es gepreßt, als würd' ihm das Atmen schwer. »Aber das Alte Ägypten liegt auf der Lauer – es wartet ab, ist untergründig verborgen. Nach außen hin tot, ist es bestürzend lebendig. Und du spürst seinen Zugriff – es nimmt von dir etwas weg. Es bereichert sich an deinem Selbst. Und nach deiner Heimkehr – bist du geringer geworden.«

Was mir dabei durch den Kopf ging, ist schwierig zu sagen. Eine Art visionärer Einbildungskraft hatte mich überkommen. An einen griechischen Helden des Altertums mußte ich denken, und wie er vom herrlichen Kampf gegen die Götter berichtet – wissend, daß er unterliegen wird, und dennoch voll Lust, weil er im Untergang sich vereint sehen wird mit den verklärten Gestalten des Jenseits. Um bei der Wahrheit zu bleiben, ich spürte bei Isley beides: Selbstaufgabe und Widerstreben in einem. Schon empfand er die friedvolle Ruhe nach einem langen und ungleichen Kampf, überließ sich, dem Schwimmer vergleichbar, der über die eigenen Kräfte gegen die Strömung angekämpft hat, dem mächtigen Schwall, der ihn gleichgültig und glatt auf den ruhigen Wasserfall zutrieb.

Doch waren es nicht so sehr seine Worte, die einer unleugbaren Wahrheit so pittoresken Anstrich verliehen und mir den Geist mit Geheimnis und Dunkel umgaben, sondern die Überzeugungskraft, mit der sie geäußert worden. Zwar funkelten seine Augen, die mich so beharrlich fixierten, doch wirkten sie ruhig und normal wie die eines Arztes, der die Symptome des täglichen Kampfes erörtert, dem wir allesamt schließlich zum Opfer fallen. Ganz unwillkürlich stieg solcher Vergleich in mir auf.

»Es *gibt* da« – ich stockte ein wenig, fing an zu stottern – »ein unkalkulierbares Etwas in diesem Land... ein Element, das sich zugegebenermaßen nicht so leicht orten läßt. Aber *du* hast die Worte dafür, wenn auch ein wenig zu starke, meinst du nicht auch?«

Er antwortete gelassen und blickte dabei auf das Fenster, welches den makellos blauen Himmel gegen den Nil hin umrahmte.

»Das wahre, das unsichtbare Ägypten«, raunte er dann, »erscheint mir wirklich – nun, eher *zu* stark. Ich weiß nicht recht, wie man ihm beikommen könnte. Weißt du« – er wandte sich wieder herüber und lächelte wie ein ermüdetes Kind –, »ich glaube wahrhaftig, daß dieses Ägypten *mir* beikommt!«

»Es zieht dich –« setzte ich an, schrak aber zusammen, weil er mich scharf unterbrach.

»Hinüber – in das Vergangene.« Er sagte es auf eine Weise, die aller Beschreibung spottet. Eine Fülle von Glanz, ein Gefühl von Frieden und Schönheit, von überstandenen Kämpfen und endlich erlangter Ruhe lag in seinen Worten. Kein Heiliger hätte »Himmel« so leidenschaftsvoll, so verlockend aussprechen können! Und er ging *willig* »hinüber«, zog den Kampf nur hinaus, um danach die Erfüllung noch intensiver, noch reiner zu spüren.

Und er redete weiter, als nähme in ihm solcher Kampf seinen Fortgang, so daß ich den Eindruck gewann, er benötige Hilfe. Jetzt verstand ich auch den ergreifenden Beiklang, der schon zu Anfang unsres Gespräches merkbar gewesen. Von Natur aus war seine Art ja geprägt von unabhängiger Stärke. Jetzt aber schien er schwächer geworden, als hätte man etliche Fibern aus seinem Wesen entfernt. Und ich wußte mit einem Mal, daß der Zauber Ägyptens, dessen Empfindungs-Aspekt man so leichthin zerredet und dessen plane Macht so wenig bekannt ist – daß dieser unsäglich schleichende Einfluß, der so tief unter Tage beginnt und von dort seine zarten Fühlhörner streckt, ihm schon das Blut durchsetzt hatte. Ich selber, bei aller Unwissenheit, hatte das gleichfalls empfunden: es ist unausweichlich. In Ägypten begegnet man seltsamen, unerklärlichen Dingen. Das empfindet sogar der prosaischste Mensch. Das tote Ägypten ist aufs Wunderbarste lebendig...

Durch die großen Fenster blickte ich über ihn weg auf die Wüste, diese leere, auf Meilen hinaus sich erstreckende Weite, aus der von jenseits des Nils zwei riesige Pyramiden so fordernd herübersahen, und hatte – auf unerklärliche Weise, so schien es mir später – urplötzlich den Gefährten aus den Augen verloren, ihn, dessen kraftvolle Gestalt soeben noch vor mir gesessen! Er hatte sich aus dem Sessel erhoben, stand nun ganz nahe bei mir – und dennoch, ich nahm ihn nicht wahr! Eine Verschattung, ein hauchfeiner Schleier, breitete sich über mich und mein Denken, benahm mir die Sicht. Momentan wußte ich nicht, wo ich war, auch meine Identität war verflogen. Ich dachte, sah, fühlte nichts mehr – alles versank in der Leere des sonnendurchglühten Sands – und weiter, buchstäblich ins Nichts, fort aus dem Heute, hinweggelockt, aufgesaugt ... Und als ich dann hinter mich blickte, um Antwort zu geben oder vielmehr nach dem Sinn seiner kuriosen Worte zu fragen – war er schon fort. Mehr als nur überrascht – dieses Verschwinden war ja schockierend – spähte ich suchend umher. Ich hatte ihn gar nicht weggehn gesehen. Er hatte sich fortgestohlen, sich geräuschlos davongemacht, insgeheim und – so *leicht*. Ich weiß noch, daß es mich schauderte, sobald mein Alleinsein mir recht zu Bewußtsein kam.

Hatte auch mich etwas von seiner Geistigkeit überkommen? Hatte sein Zustand schon abgefärbt auf den meinen? War mein Mitfühlen schuld an dem inneren Widerhall dessen, was er *voll* empfand – diesen beständigen Rückschritt, den Verlust an Vitalität, die geheime Lockung der Maßlosigkeit aus nichts als nur Sand, welcher die lebenden Toten schützte vorm unbekümmerten Einbruch und Zugriff des Heute ...?

Ich setzte mich wieder, um nachzudenken und, weil es sich so ergab, auch das gloriose Untergehen der Sonne mitanzusehn. Doch was er gesagt hatte, wollte mir nicht aus dem Sinn, kam immer wieder, wie fernes Glockengeläut. Nicht, was er über Gräber und Tempel geredet – aber das *andere* blieb. Und es regte mich sonderbar an. Seine Redeweise war ja seit je kurios gewesen, entsann ich mich jetzt. Länder, die geben, und Länder, die nehmen – was mochte damit gemeint sein? Was hatte Ägypten hinweggenommen von ihm? Immer deutlicher wurde mir jetzt, daß seiner Person etwas *fehlte* – etwas, das ihr zu eigen gewesen, war nicht mehr da! Ein Schatten, so schien es mir, lag über ihm. Angestrengt dachte ich nach, aber es führte zu nichts ... und so erhob ich mich ein wenig später und trat an ein anderes Fenster, in dem Bewußtsein, daß mein vages Unlustgefühl ja ebensosehr meinem Freund galt. Ich empfand Mitleid mit ihm, doch dahinter meldete sich eine verzehrende Neugier. Er schien sich zurückzuziehen in nebelverhangene Fernen, und mich kam der drängende Wunsch an, ihn einzuholen dabei, *mit* ihm in jenen Bereich verschwundener Großartigkeit zu gelangen, den er wiedergefunden hatte. Solche Empfindung war um so bemerkenswerter, als sie auch Sehnsucht in sich schloß – die Sehnsucht nach einer unnennbaren, unserer Welt verlorengegangenen Schönheit und Anmut. Ja, es war auch in mir.

Bei Hereinbruch der Dämmerung wird auch das Denken verschattet. Der leere Gästeraum hinter mir war schon recht dunkel. Und Dunkelheit legte sich auch auf die Wüste, breitete sich als Schleier über die finstre Gelassenheit ihrer gesichtslosen Züge. Immer fahler wurde die Ferne, und ihre unermeßliche Fläche bereitete sich für die Nacht. Schon flimmerten erste Sterne, hingen vereinzelt am Himmel wie goldne, zu pflückende Beeren. Die Sonne stand schon unterm libyschen Horizont, wo goldene und karmesinrote Tinten sich zu Violett verfärbten und ins Nachtblau hinüberspielten. Stehend wohnte ich dem Geheimnis dieser ägyptischen Dämmerung bei, während ein seltsamer Zauber Unglaubliches mit sich brachte, in unbehagliche Nähe der langsam hinschwindenden Sinne ... Und plötzlich wußte ich es: auch über George Isley, seinen Geist, seine Lebenskraft – über sein Denken, sein Fühlen legte sich eine Art Dunkel – kriechend, kaum wahrnehmbar! Etwas in ihm war ermattet, und nicht das Alter war daran schuld: ein Licht war erloschen, eine *innere* Nacht hatte sich über das Heute geschoben und es verdeckt. Dennoch, er sah einem Morgen entgegen. Den ägyptischen Bildwerken gleich, war sein Blick gegen Osten gerichtet!

Was er verloren hatte, so erkannte ich jetzt, war aller persönliche Ehrgeiz. Er sei froh, hatte er gesagt, daß diese ägyptischen Studien ihn nicht schon in jüngeren Jahren gepackt hätten. Und er hatte dabei recht spezielle Worte gewählt: »Jetzt, wo ich im Begriff bin, hinunterzusteigen, ist es nicht mehr so wichtig.« Gewiß, kein sehr fester Boden für meine Erkenntnis, doch ich war ziemlich sicher, auf der richtigen Fährte zu sein. Etwas hielt ihn gepackt, und zwar gegen den eigenen Willen! Das Heute in ihm stand gegen das Gestern. Noch wehrte er sich, doch die Hoffnung war schon geschwunden. Der Wunsch, *nicht* gewandelt zu werden, wohnte nicht mehr in ihm ...

Ich wandte mich ab von dem Fenster, um die graue, lauernde Wüste nicht mehr vor Augen zu haben – meine Entdeckung beunruhigte mich. Ägypten erschien mir plötzlich als lebendige Wesenheit, begabt mit enormen Kräften! Und es begann sich zu regen – eben jetzt! Dieses reglos ebene Land gab nur vor, keiner Bewegung fähig zu sein, und war dennoch millionenfach geschäftig, das Herz einzuengen. Unmerklich reduzierte es meinen Freund. Schon fehlte in dem komplexen Gewebe seiner Persönlichkeit ein lebenswichtiger, für die gesamte Textur hochbedeutsamer Faden – der Ehrgeiz. Es war mein Hirn, das dies Gleichnis wählte – aber im traurig gestimmten Herzen drängte sich mir ein anderes auf, eins, das der Wahrheit viel näher kam: der »Faden« wurde darin zur »Schlagader«! Eilig wandte ich mich und ging hinauf in mein Zimmer, wo niemand mich stören konnte. Der Vorstellung haftete etwas Entsetzliches an.

III

Doch beim Ankleiden fürs Mittagessen entfaltete sich diese Vorstellung weiter – wie nur je ein lebendiges Ding! Ich sah in George Isley nunmehr jenes große Fragezeichen, das es ehedem noch nicht gegeben hatte. Nun schleppt freilich jeder von uns irgendein Fragezeichen mit sich herum, nur wird's bis ans Ende kaum sichtbar. Auch bei ihm, in der Vollkraft des Lebens, war es nur ab und zu merkbar gewesen. Wie ein scharfes Krummschwert schwebte es ihm überm Haupt. Noch mitten im Leben schien er freiwillig tot zu sein. Denn trotz aller Suche nach einer plausiblen Erklärung gelangte ich nur zu dem wenig befriedigenden Ergebnis, eine spezielle Energie, die mit körperlicher Gesundheit überhaupt nichts zu tun hatte, sei aus ihm entfernt worden. Und sie war mehr als nur Ehrgeiz, denn sie schloß auch das Wollen mit ein, das Wünschen und Selbstvertrauen. Sie war das Leben an sich. Er existierte nicht mehr im Heute – er war nicht mehr *da*.

»Es gibt Länder, die uns bereichern, doch andere machen uns ärmer ... Ich weiß nicht recht, wie man Ägypten beikommen könnte. Es erscheint mir ...« und dann jenes simple Eigenschaftswort: »zu stark.« An Erinnerung und Erfahrung gemessen, lag der gesamte Erdkreis wie eine Landkarte vor ihm. Und nur an Ägypten war es gewesen, ihn dies wunderbar Neue zu lehren – aber nicht das Ägypten von heute, sondern das untergegangne

Ägypten hatte ihn seiner Kräfte beraubt. Er selber hatte es so bezeichnet – als unterirdisch, versteckt, auf der Lauer ... Zum andernmal überlief es mich kalt, wie aus innerstem Herzen kam es mich an, jene Erfahrung mit ihm zu teilen in einem aus Mitempfinden kommenden Einverständnis. Mitempfinden bedeutet ja stets, etwas von seinem persönlichen Selbst herzugeben. Und jedesmal, wenn ich es spürte, schien etwas mich zu verlassen. Ich dachte im Kreis, gelangte zu keinem Fixpunkt, wo ich hätte einhaken können und sagen »das ist es, jetzt kenn' ich mich aus«. Daß ein Land uns etwas zu geben habe, war leicht zu verstehen. Doch die Vorstellung, von ihm beraubt, an ihm ärmer geworden zu sein, machte mich kopfscheu. Ein Vorgefühl, dunkel und warnend, hatte Besitz ergriffen von mir – und es galt *meiner* wie *seiner* Person.

Während des Mittagessens – er hatte mich eingeladen, mit ihm zu speisen – verflüchtigte sich mein Eindruck größtenteils wieder, so daß ich mich insgeheim weibischer Übertriebenheit zieh. Doch im Laufe unseres Gesprächs über gemeinsam in anderen Ländern Erlebtes fiel es mir auf, daß wir die Gegenwart sonderbar aussparten. Wir ignorierten das Heute, will sagen, Isleys Gedanken schweiften nur allzu leicht rückwärts. Und jedes der Abenteuer führte uns wie von selbst zu ein und demselben – zum unermeßlichen Glanz verschollener Zeiten. Das Alte Ägypten war das »Zuhause« im mysteriösen Spiel zwischen Leben und Tod. George Isleys spezifisches Lebensgewicht – gar nicht zu reden von meiner Person – wog geringer, war ferner, war rückwärts gewandert, nach unten oder, wie er es genannt – war unterirdisch geworden. Und diese Empfindung des Sinkens war buchstäblich spürbar. ...

In dieser Situation ertappte ich mich bei der Frage, was ihn dazu gebracht haben könnte, ausgerechnet in diesem Hotel Logis zu nehmen. Ich selber war mit einem Lungenleiden hierhergekommen, das, wie der Spezialist mir versichert hatte, in der wunderbar heilkräftigen Luft von Heluan ausheilen werde. Daß aber auch mein Gefährte dieses Hotel gewählt hatte, dünkte mich sonderbar. Die Klientel dieses Hauses bestand in der Mehrzahl aus Leidenden – übrigens lauter Deutsche und Russen. Die Hotelleitung kehrte die hellere, frohere Seite des Lebens hervor. So war es das reine Erholungsheim, ein Ort der Muße und Ruhe, wo man unentdeckt und von niemand erkannt sich aufhalten konnte. Engländer frequentierten es nicht. Deshalb war es – der Gedanke stellte sich ganz von selbst ein – auch ein ideales Versteck.

»Also machst du im Augenblick nichts«, fragte ich, »was mit Ausgrabungen zu tun hat? Keine größeren Expeditionen oder Freilegungen im Moment?«

»Ich bin einfach auf Erholung«, sagte er leichthin. »Zwei Jahre war ich im Tal der Könige oben und habe dort eher übertrieben. Übrigens bin ich jetzt an einer kleineren Sache, ganz in der Nähe, gleich überm Nil.« Er wies dabei nach Sakkara hinüber, wo sich das riesige Gräberfeld des alten Memphis vier Meilen stromabwärts erstreckt, von der Dahschurpyramide bis zu den Gizehgiganten. »Hier allein gäb' es Arbeit auf hundert Jahre und mehr!«

»Du mußt doch schon eine Unmenge interessantesten Materials haben. Vermutlich willst du später was daraus machen – ein Buch, oder ...«

Sein Ausdruck verschlug mir die Rede. Wieder war jene Fremdheit in seinen Augen, die mir schon zu Beginn so unbehaglich gewesen. Als hätte sich momentan etwas heraufgekämpft, sähe trüb auf die Gegenwart – und versänke dann wieder.

»Zu viel, um es jemals aufzuarbeiten«, versetzte er teilnahmslos. »Viel wahrscheinlicher ist, daß *es mich* aufarbeitet.« Er sagte es rasch und sah dabei über die Schulter, als könnte ihn jemand belauschen. Dann lächelte er bedeutsam und blickte wieder auf mich. Er sei da viel zu bescheiden, entgegnete ich. »Dächten sämtliche Ausgräber so wie du«, sagte ich noch, »so wäre das sehr zum Leidwesen von uns Ignoranten!« Ich lachte dabei – aber es kam nicht von Herzen.

Er neigte beiläufig den Kopf. »Sie bemühn sich nach Kräften, sie tun wahre Wunder«, sagte er mit einer unbeschreiblichen Handbewegung, als wollt' er das Thema insgesamt von sich schieben, ohne dazu recht imstande zu sein. »Ich hab' ihre Bücher gelesen – und kenne auch die Verfasser, sie kommen aus aller Herrn Länder.« Er hielt inne, sein Blick wurde ernst. »Und ich verstehe dabei überhaupt nicht, wie sie das fertigbringen«, sagte er dann vor sich hin.

»Du meinst wohl die Arbeit, die klimatischen Anforderungen oder dergleichen?« Ich fragte mit Absicht so, denn ich wußte ja, daß er etwas ganz anderes meinte. Doch als er mich ansah, war's auf eine Art, die mir bis ins Innerste ging. Etwas in mir war plötzlich erwacht – und auf der Hut.

»Was ich meine«, versetzte er, »ist, daß sie ungewöhnlich viel *Widerstands*kraft haben müssen!«

Da war es! Genau jenes Wort, das mir auf der Zunge gelegen hatte! »Und das wundert mich«, fuhr er fort, »denn mit einer einzigen Ausnahme ist nichts Besondres an ihnen. Begabung – das schon. Aber nicht wie's *ich* meine. Im Sinne von *Selbst*schutz«, setzte er mit allem Nachdruck hinzu.

Er hatte »Widerstand« und auch »Selbstschutz« auf eine Weise gesagt, daß es mich kalt überlief. Erst viel später brachte ich in Erfahrung, daß er in den letzten zwei Jahren überraschende Funde gemacht und daß er tieferen Einblick ins priesterliche Leben des Alten Ägypten gewonnen – bei weitem mehr als seine Vorgänger oder Mitarbeiter –, wonach er die Forschungen unerklärlicherweise abgebrochen und eingestellt hatte. Aber das alles sagten mir andere, später. Im Augenblick fiel mir bloß jene sonderbare Verlegenheit auf. Zwar verstand ich ihn nicht, doch hatte ich das Gefühl, er rühre da an persönlichste, ihn allein betreffende Dinge. Jetzt schwieg er und wartete auf meine Antwort.

»Ägypten geht vielleicht nur durch sie durch«, sagte ich aufs Geratewohl. »Und sie setzen dabei ganz mechanisch zu, ohne viel drauf zu achten, *wie*viel sie zusetzen. Dann berichten sie Fakten ohne zu interpretieren. Dagegen entdeckst *du* den wahren Geist des Vergangnen. Du legst ihn frei – *lebst* ihn gewissermaßen. Du *spürst* das Alte Ägypten und schließt es uns auf. Die Gabe, dich in etwas hineinzuversetzen, hast du ja schon immer gehabt – und sie ist mir nie ganz geheuer gewesen.«

Ein Aufleuchten seines verschatteten Blicks verriet mir, daß ich ins Schwarze getroffen hatte. Mir war's, als hätte ein Drittes sich an unsern kleinen Tisch in der Ecke des Saales gesetzt. Etwas drängte plötzlich herzu, herbeigerufen von dem, was in unsrem Gespräch zwar gestreift, aber dann doch nicht erwähnt worden war. Groß war es und schattenhaft – und ließ uns nicht aus den Augen. Ägypten glitt jetzt herzu, staute sich auf neben uns. Ich sah es gespiegelt im Antlitz, im Blick des Gefährten. Die Wüste war durch die Wände gedrungen, kam durch die Decke, erhob sich unter den Füßen, setzte sich fest rings um uns – horchend, spähend und wartend. Unangekündigt, bedrückend und allesbeherrschend war diese fixe Idee! Riesengroß trieb sie herein durch die Fenster, kam zwischen den Pfeilern und Bögen dieses modernen Speisesaals auf uns zu. Ich fühlte den frostigen, von keiner Sonne durchschienenen Hauch an meiner Hand, spürte, wie er sich hervorstahl unter granitenen Monolithen. Und hinter ihm kam die stickige Luft von erhitzten Grabkammern, vom Serapeion, dieser Apis-Kultstätte, und aus Gängen und Kammern der Pyramiden! Wie das Geräusch unzähliger Schritte in weiter Ferne, wie das Rieseln des quer durch die Zeitalter ziehenden Treibsands war das! Und vor solchem Eindruck erstaunlicher Großartigkeit nahm Isleys Gestalt ein merkwürdig schrumpfendes Aussehen an: sekundenlang schien er vor meinen Augen kleiner zu werden! Tatsächlich, er wurde mir fernergerückt! Seine Konturen verschwammen, als ständ' er bis an die Hüften in treibendem Dunst, aus dem nur mehr Schultern und Haupt hervorsahen. Ich erblickte ihn wie aus großer Entfernung.

Es war nur mein *inneres* Bild von ihm, was ich da objektivierte – eine dramatisierte Empfindung, nichts weiter. Seine anfangs geäußerte Wendung, »Jetzt, wo ich im Begriff bin, hinunterzusteigen«, ging mir durch den Sinn, mit plötzlichem Unbehagen. Doch vielleicht war auch das nur eine erfühlte Abspiegelung seiner Geistesverfassung in mir. Ich wartete unter nahezu spürbarem Druck, der nicht von mir weichen wollte. Die Frist bis zu seiner Antwort schien nicht zu verstreichen, und als er endlich zu reden anfing, zitterte ihm die Stimme von unterdrückter Erregung. Ich weiß nicht warum, aber ich sah ihn nicht an, sondern starrte vor mich auf den Tisch, lauschte jedoch mit um so größerer Aufmerksamkeit.

»*Du* hast die Gabe, dich in andere zu versetzen, nicht ich«, sagte er sonderbar distanziert – es klang wie ein Echo zwischen den hallenden Wänden. »Ich glaube, es *gibt* da etwas, das sich der genauen Erkundung entzieht – es widersetzt sich aller Entdeckung, ja nimmt – man könnte fast sagen, *Anstoß* daran.«

Rasch sah ich auf – doch gleich darauf wieder zu Boden. Es war einfach peinlich, dergleichen von einem heutigen Engländer hören zu müssen! Zwar war es nur leichthin geäußert, doch strafte die Miene des Sprechers den leichten Ton Lügen. Nichts Spaßhaftes war in den todernsten Zügen, und in der gedämpften Stimme schwang etwas mit, das mich neuerlich schaudern machte. Nur als »untergründig« kann ich bezeichnen, was er da sagte. Alles Geistige in ihm war versunken, so daß er den Anschein erweckte, aus der Erde zu sprechen: nur der Kopf und die Schultern waren noch sichtbar. Nahezu geisterhaft war das!

»Und was für unglaubliche Hindernisse dir in den Weg gelegt sind«, fuhr er fort, »sobald unsre Neugier zu nahe ans Eigentliche – an das Reale gerät! Hindernisse physischer, äußerer Art meine ich. Oder aber, der Geist verliert sein Fassungsvermögen. Eins von den beiden passiert« – seine Stimme sank zum Geflüster herab –, »und damit hat alles Entdecken von sich aus ein Ende.«

Nur wenig danach richtete er sich ruckweise auf wie einer, der seinem Grabe entsteigt, und lehnte sich über den Tisch. Er nahm einen Anlauf, innerlich, und war nahe daran, das glaube ich felsenfest, einen prägnanten Ausspruch zu tun, etwas, das ihn persönlich betraf – so bekennerhaft war seine Haltung. Ich glaube, er wollte von seiner Arbeit in Theben erzählen und deren abrupten Abbruch begründen. Mir war dabei wie einem Menschen zumute, dem die Einweihung in ein Geheimnis bevorsteht, das prekäre Verantwortlichkeit mit sich bringt. Von Unbehagen erfüllt, hob ich widerstrebend die Augen – und sah, daß ich gründlich im Irrtum war: sein Blick galt nicht mir, sondern war über mich weg auf die breiten, noch offenen Fenster gerichtet. Zum andernmal war da der selbstverlorene Ausdruck – etwas hatte dem Sprecher Einhalt geboten.

Instinktiv wandte ich mich – und sah, was *er* sah. Zumindest im Sinne der äußern Details sah ich es.

Über den Glanz und Schimmer des kompromißlos modernen Speisesaales hinweg, jenseits der dichtbesetzten Tische und über dem wenig einladenden Anblick essender deutscher Touristen sah ich – den Mond. Seine rötliche Scheibe, unwirklich schwebend und groß, hob das gebreitete Leichentuch von der Wüste, so daß es zu treiben schien, losgelöst von dieser Welt. Das breite Fenster wies gegen Osten, wo die arabische Wüste ausmündet in ein Trümmergelände aus nichts als Schründen, Felsklippen und flachen Gebirgskämmen. Abweisend war dieser Anblick, unheilverkündend, gefahrvoll. Anders als bei den freundlicher wirkenden Dünen der libyschen Wüste, lag es wie drohende Lockung dort draußen, hinter der schattenden Flut. Und das Mondlicht verstärkte noch solchen Aspekt: die gespenstische Trostlosigkeit, die grausame, feindliche Ödnis wurde ins Mörderische gewendet.

Denn kein Wasserlauf macht die arabische Wüste wirtlich, statt sandiger Sanftheit hat sie Fänge aus Kalkstein, die scharf sind und angriffsbereit. Und darüber hinweg, im Mondlicht eben noch sichtbar, winkte als Faden von fahlerem Grau der alte Kamelpfad nach Suez. Er war's, der George Isleys Augenmerk so sehr auf sich zog.

Gewiß, es war ein bühnengerechter, ein theatralischer Ausblick, wenngleich er unglaublich verführerisch wirkte. »Komm herüber«, schien er zu raunen, »hab teil an meiner ehrwürdigen Schönheit! Komm her zu mir, verlier dich und stirb, komm und folg meiner mondenen Spur ins Vergangene ... dorthin, wo nur Friede ist, Unbewegtheit und Stille! Unwandelbar ist mein unterirdisches Reich. Komm herab, doch komm leise – komm durch die sandigen Gänge unter dem Tand deiner heutigen Welt! Komm zurück und herab in das Gold der vergangenen Tage ...«

Ein heißes Verlangen stahl sich mir ins Herz. Ich wurde mir plötzlich der drängenden Sehnsucht bewußt, auf- und davonzueilen in widerstandslosem Gehorsam. Der momentane, gespenstische Blick auf die draußen sich breitende Welt hatte mich über die Maßen beeindruckt. Die haarigen Fremden in ihrer geschmacklosen Kleidung, jeder für sich im grellen, elektrischen Licht mit seiner Mahlzeit beschäftigt, standen im ärgsten Kontrast zu meinen Gefühlen. Ein Hauch dessen, was wir als überirdisch bezeichnen, schwebte dort in der Ferne hinter den Fenstern und wirkte nicht ganz geheuer: Ägypten blickte auf uns herein – bewachte uns, lauschte, ja winkte uns zu durch die Fenster des Herzens, zu kommen und einszuwerden mit ihm. Mochten Verstand und Einbildungskraft sich's nach Belieben deuten – doch etwas in dieser Art ereignete sich unleugbar, ob auch der sprachliche Ausdruck nicht hinreicht, es zu fixieren. Und George Isley, der jenen Blick auf sich fühlte, sah unmittelbar in das uralte Antlitz – gebannt und verzaubert.

Seine sonnengebräunten Züge verschatteten sich, spielten ins Grau. Selbst *ich* empfand immer deutlicher diese Verlockung – den Wunsch, ins Mondlicht zu treten, fort von den Artgenossen, und ziellos hinaus in die Wüste zu wandern, die silbrig schimmernden Schluchten zu sehen und die Frische herbkühler Luft auszukosten. Aber mehr als das spürte ich nicht, wogegen mein Partner viel tiefer gepackt war von der Anziehungskraft jener fernher schimmernden Fläche, daran zweifle ich nicht. Ja, ich glaubte sogar, er werde schon in der nächsten Sekunde fort und dahin sein. Halb aufgerichtet saß er vor mir, schien mit sich zu kämpfen – und ließ sich zurückfallen in seiner ganzen, schweren Körperlichkeit. Er wirkte jetzt kleiner, nicht mehr so eindrucksvoll, schien reduziert auf geringeres Maß, ganz, als wäre aus ihm soeben etwas entfernt und noch seine Physis dadurch beeinträchtigt worden. Und als er zu sprechen begann, war's mit resignierendem Beiklang, und die Stimme klang leblos, als wär' sie des männlichen Timbres beraubt.

»Es ist immerdar draußen«, flüsterte er, beinah kraftlos in seinen Sessel gelehnt. »Unwandelbar wartet es ab, es lauert und horcht. Fast wie ein Untier im Märchen, nicht wahr? Und es verrät sich durch keine Bewegung, verstehst du? Es ist viel zu stark für dergleichen. Es verharrt nur in Schwebe, halb in der Luft, halb auf Erden – ein riesenhaftes Gespinst. Und seine Beute fliegt ihm ins Netz. Es ist Ägypten – allüberall. Spürst du es *auch,* oder ist es für dich nur eingebildetes Zeug? *Ich* habe den Eindruck, als würde es nur seine Zeit abwarten. So kriegt es dich rascher zu fassen. Und am Ende *mußt* du ganz einfach gehn.«

»Etwas Mächtiges ist ja zu spüren, gewiß«, versetzte ich nach einer Weile. Ich hatte mich erst noch sammeln, zurechtfinden müssen, das Morbide seines Vergleichs war mir zuwider. »Und für manches Gemüt mag es auch eine Art Schrecknis bedeuten – für schwächliche Temperamente, die der Einbildung allzu leicht unterliegen.« Mein Denkvermögen war durcheinander, ich fand nicht gleich die passenden Worte. »Zum Beispiel, ein Ausblick wie dieser hat etwas Packendes, Großartiges.« Ich wies auf das Fenster. »Man fühlt sich gezogen – als *müßte* man ihm einfach folgen.« Die seltsame Wendung wollte mir nicht aus dem Sinn: »Und am Ende *mußt* du ganz einfach gehn.« Aus tiefster Seele war sie gekommen! »Ich denke, daß eine Fliege«, setzte ich noch hinzu, »oder ein Nachtfalter sich von der tödlichen Flamme angelockt fühlen. Oder wird's ihnen gar nicht bewußt?«

Er nickte bedeutsam. »Nun gut«, sagte er. »Aber die Fliege ist nicht unbedingt schwach, und der Nachtfalter nicht mißleitet. Waghalsig vielleicht, aber beide gehorchen der Gesetzlichkeit ihrer Art. Sie werden gewarnt – auch sie –, doch wenn der Falter *zu* viel wissen will, macht ihm das Feuer ein Ende. Flamme *und* Spinne – sie leben beide vom Wissen um die Natur ihrer Beute. Und Fliege wie Falter kommen so lange wieder, bis ihr Los sich erfüllt hat.«

Trotz allem – George Isley war so normal wie der Oberkellner, der unser Interesse an jenem Fenster bemerkt hatte und jetzt mit der Frage herzutrat, ob uns die Zugluft etwa störe und er es schließen solle. Isley, das sah ich, schlug sich damit herum, Worte für einen Seelenzustand zu finden, der so singulär war, daß kein treffender Ausdruck sich fand. Es gibt eine Sprache des Geistes, doch keine der Seele. Ich fühlte mich unbehaglich: all das war so überaus fremd an der gesunden, kraftvollen Person dieses Mannes, wie ich sie von früher her kannte!

»Aber, mein Bester«, stotterte ich, »stellst du das gute Alte Ägypten nicht auf eine Weise hin, die es gar nicht verdient? *Ich* empfinde bloß seine bestürzende Kraft, seine Schönheit. Auch Ehrfurcht, wenn du so willst, aber nichts von dem Negativen, aus dem du solch ein Geheimnis machst!«

»Trotz allem verstehst du mich«, sprach er gelassen. Neuerlich schien er sich etwas von der Seele reden zu wollen. Mein Unbehagen nahm zu. Kein Zweifel, etwas bedrückte ihn über die Maßen. »Und notfalls könntest du mir sogar helfen. Schon dein Mitgefühl, glaube ich, ist ziemlich hilfreich.« Er hatte es halb zu sich selber gesagt, und mit gedämpfter Stimme.

»Hilfreich!« stieß ich hervor. »Mein Mitgefühl! Ja, natürlich, wenn –«

»Man hätte dann einen Augenzeugen«, murmelte er, ohne mich anzusehn. »Einen, der mich begreift und doch nicht für wahnsinnig hält.«

Seine Stimme klang dermaßen bittend, daß es mich ankam, alles Erdenkliche für ihn zu tun. Unsere Blicke trafen einander, und so versuchte ich auf diese Art, ihm meine Bereitschaft zu zeigen. Ob ich dazu etwas sagte, und was, weiß ich nicht mehr so genau – ich war zu verwirrt, und die Sprache versagte mir wie einem Schüler. Nein, ich war *mehr* als nur durcheinander! In solcher Verwirrung erfaßte ich eben noch das Ende eines weiteren Satzes, dessen Worte »Erleichterung haben ... jemand, an den man sich halten ... wenn die Auslöschung kommt ...« mir wie aus dem Traum ans Ohr klangen. Doch insgesamt war mir der Ausspruch entgangen, und ich wagte nicht, um Wiederholung zu bitten.

Ich brachte ein paar teilnehmende Worte über die Lippen, weiß aber nicht mehr, welche. Immerhin schienen sie ganz gut zu passen, denn er lehnte sich über den Tisch und drückte mir kurz, doch vielsagend die Hand. Eiskalt fühlte die seine sich an, doch über die sonnengebräunten Züge glitt ein dankbarer Ausdruck. Er seufzte. Wir verließen den Tisch und betraten den weiter drinnen gelegenen Rauchsalon, um Kaffee zu bestellen. Die Fenster gingen dort auf eine Säulenterrasse, ohne Ausblick auf die umgebende Wüste. Er lenkte dann das Gespräch in nicht so persönliche Bahnen, die gottlob auch nicht so gefühlsbetont und geheimnisvoll waren. Worüber wir sprachen, ist mir entfallen. Interessant war es ja, doch auf andere Weise. Sein alter Charme, seine frühere Kraft meldeten sich zu Wort, und so kehrte denn auch die Achtung zurück, die ich seit je für sein Wesen und seine Begabung empfunden. Dennoch, das Mitleid war stärker und ging mir nicht aus dem Sinn. Die Veränderung, die in ihm vorging, wurde mehr und mehr offenbar. Er beeindruckte nicht mehr so stark, wirkte nicht so suggestiv, so überzeugend wie früher. Bei allem Reichtum an Kenntnis ermangelte er jener geistigen Qualität, die den Nagel stets auf den Kopf trifft. Auf gespenstische Weise war er nicht mehr so *real*. Und als ich nach oben zu Bett ging, war ich recht elend und wohl auch verstört. »Es ist nicht das Alter«, sagte ich mir, »und was er fürchtet, ist nicht der Tod, obwohl er von Auslöschung spricht. Es ist rein mental – im tiefsten, im innersten Sinn. Gläubige Menschen würden es Seele nennen. Es geht etwas vor mit seiner *Seele*.«

IV

Und das Wort »Seele« ging mir bis zum Ende nicht mehr aus dem Sinn. Ägypten schickte sich an, ihm die Seele zu nehmen – in die Vergangenheit. Und was an ihm wertvoll war, fügte sich willig. Der Rest, ein nicht so bedeutsamer Teil seines Wesens, widersetzte sich noch, hielt sich ans Heute, lag mit dem Gestern im Kampf. Doch nach und nach wurde auch er ausgelöscht.

Wie ich zu derart monströser Folgerung kam, ist mir heutigentags ein Geheimnis. In Wahrheit verhält sich's wohl so, daß uns aus dem Gespräch eine allgemeine Vorstellung erwächst, die stärker ist als die geäußerten oder vernommenen Worte. Was ich bisher davon mitteilen konnte, ist natürlich nur fragmentarisch – ist ein Bruchteil von dem, was an sprachlichem oder gedanklichem Austausch geschah – durch Gestik und Mimik, ja Schweigen, und wird der Sache nur andeutungsweise gerecht. So kann ich nur sagen, daß mein verwirrendes Urteil in mir zur Gewißheit wurde. Und diese Gewißheit begleitete mich nach oben – blieb neben mir, wachend und horchend. Das mysteriöse Dritte, herbeigerufen durch unser Gespräch, war größer als jeder von uns für sich allein. War es der Geist des Alten Ägypten – war's, allgemeiner gesagt, das Vergangne schlechthin? Jedenfalls wich dieses Dritte mir nicht von der Seite und raunte mir die erstaunlichsten Dinge ins Ohr. Ich trat auf den kleinen Balkon, um noch eine Pfeife zu rauchen und vor dem Zubettgehn die tröstlichen Sterne zu sehn – und es begleitete mich. Es war überall. Ich hörte das Bellen der Hunde, das fern-monotone Getrommel aus der Gegend von Bedraschin, den Singsang seiner Bewohner in ihren Hütten und auf den spärlich erhellten Straßen. Doch hinter all diesen gewöhnlichen Lauten stand unsichtbar jenes Dritte. Auch im enormen, sternübersäten Himmel der Nacht war's zu spüren. Es verriet sich im Hauch des frostigen Winds an den Wänden, es brütete draußen über der schlaflosen Wüste. Fast, als hätt' ich George Isley persönlich an meiner Seite gehabt, so wenig fühlte ich mich allein – und in diesem Moment fiel mein Blick auf eine Gestalt, die sich dort unten bewegte! Mein Fenster befand sich im sechsten Geschoß – doch gab's keinen Zweifel an jener großen, soldatisch strammen Erscheinung, die das Hotel soeben verließ: George Isley trat langsamen Schritts in die Wüste hinaus!

Der Anblick war nicht weiter ungewöhnlich: es war erst zehn Uhr am Abend, und ohne konträre Empfehlung des Arztes hätte auch ich so gehandelt. Doch als ich mich über die Brüstung beugte und hinter ihm hersah, überlief es mich kalt: ein unerklärbares, namenloses Gefühl hatte sich meiner bemächtigt. Was George Isley beim Abendessen gesagt, stieg sonderbar eindringlich wieder herauf: rings um ihn lag Ägypten gebreitet, still wie ein maßloses, graues Gespinst. Seine Füße waren verfangen darin. Und es zitterte: die silbrigen Maschen im Mondlicht zeigten es mir – von Memphis bis Theben hinauf, auch jenseits des Nilstroms, vom versunkenen Sakkara bis zum Tal der Könige hin. Ein Beben schien durch die Wüste zu ziehn, und abermals, wie im Speisesaal unten, begannen die Meilen aus Sand sich rieselnd und knisternd zu regen. Der Eindruck drängte sich auf, ich sähe George Isley im Augenblick seines Verschwindens.

In jenem Moment empfand ich das Geisterhafte der rätselhaft lautlosen Macht, die Ägypten zu eigen ist, und ein Anhauch der zaubrischen Strahlung seines gewaltigen Gestern überschwemmte mich gleich einer Woge. Mag sein, daß ich damals das gleiche empfand wie George Isley: der ziehende Sog solcher Woge nahm etwas aus mir mit sich fort, hinüber ins Gestern. Auf unbeschreibliche Weise zog ein plötzlich erwachtes Verlangen die Lebenskraft aus meinem Herzen – weckte ein heißes Begehren nach dem Glanze vergeistigter Leidenschaft, wie es ihn längst nicht mehr gab. Dies schmerzvolle Glück war stärker als alle Worte, und mein hiesiges Selbst – oder doch ein vitaler Teil meines Wesens – erlag fast der Kraft so starker Verlockung.

Ich stand und ich schaute, nahezu steinern erstarrt. Aufrecht und stetig, um die Vergeblichkeit seines Widerstands wissend, zu gehen gewillt und dennoch zu bleiben bemüht, fast schon den Eindruck erweckend, als schwebte er über dem Boden – so schritt nun George Isley in Richtung der fahlgrauen Linie, die als Kamelpfad von Suez zum Roten Meer führte. Mich jedoch überkam das befremdliche, tiefe Gefühl aus Mitleid, aus Pathos und Sympathie, das jeder Erklärung spottet und rätselhaft ist wie geträumtes Leid. Ein Hauch ehrfürchtiger Einsamkeit stahl sich mir in das Herz – ein Alleinsein, durch nichts auf Erden zu lindern. Des Heute beraubt, war er auf der Suche nach einem chimärischen Gestern. Nicht einmal die lautlose Hoheit dieser ägyptischen Nacht war imstande, den Traum von ihm zu nehmen. Makellos war die friedvolle Stille, betäubend die Luft aus der Wüste – und alles trug dazu bei, solches Träumen noch tiefer zu machen.

Obschon ich mir die Emotion nicht zu deuten vermochte, war ihre alles durchdringende Kraft so real, daß mir ein Seufzer entfuhr und ich fast schon die Tränen heraufsteigen fühlte. Ich blickte George Isley nach und wußte doch, daß ich kein Recht dazu hatte. Leise trat ich zurück, im Gefühl, seine Privatheit belauscht zu haben. Doch vorher noch hatte ich seine Konturen draußen verschwimmen gesehn, vergehend im Dämmern der sandigen Wüste, die unmittelbar an den Hotelmauern anfing. Er trug einen grünen Umhang, der ihm fast an die Füße reichte, und diese Farbe verschmolz mit den meerfarbnen Tönen der silbrig schimmernden Ödnis. Erst noch umhüllt von ihrem Schein, war er darin verschwunden, zugedeckt von einer Falte jenes geheimnisvollen Gewands, das ohne Saum oder Besatz sich tausend Meilen weit über Ägypten erstreckt. Die Wüste hatte ihn aufgenommen, Ägypten das Netz über ihn geworfen. Er war nicht mehr da.

Von Schlaf konnte jetzt keine Rede sein. Der Wandel in ihm hatte auch *meine* Selbstgewißheit erschüttert. Nun spürte ich meine Nerven.

Lange Zeit saß ich rauchend am Fenster, körperlich müde, doch mit irritierend wacher Einbildungskraft. Dann erloschen die Leuchtschilder des Hotels. Eins ums andre wurden jetzt auch die Fenster geschlossen. Die Straßenlaternen waren schon abgeschaltet, und Heluan sah nun aus, als lägen da Baukastensteine weithin verstreut auf dem Teppich des Kinderzimmers. Alles wirkte so winzig inmitten der maßlosen Weite. Ein glitzerndes Muster, fast wie ein Leuchtkäferschwarm, eingefallen in eine Mulde der unermeßlichen Wüste. Nahezu ängstlich spähte der Ort zu den Sternen empor.

Die Nacht war überaus ruhig. Eine brütende Schönheit lag über allem und barg in sich einen Hauch des Sinistren, gemildert nur durch das Leuchten der funkelnden Sterne. Und nichts lag wirklich in Schlaf. Da und dort, in weiten Abständen, zeigten sich in der verdüsterten Welt die Posten der Ewigkeit – eine feierlichunwandelbare Wache: die ragenden Pyramiden, die gewaltige Sphinx, die grimmigen Memnonskolosse, die leeren Tempelanlagen, die längstverlassenen Gräber. Als Horchposten der Nacht, obschon nicht zu sehen, nahmen Geist und Bewußtsein sie wahr. »Ägypten ist hier: jetzt bist du wahrhaft in Ägypten«, raunte die Stille. »Achttausend Jahre Geschichte breiten sich atmend vor deinem Fenster. *Ägypten* liegt da, schlaflos, mächtig und todlos. Es versteht keinen Spaß. Sieh dich vor! Oder es wird auch noch *dich* seinem Reich anverwandeln!«

Meine Einbildungskraft lieferte mir einen Hinweis: Ägypten *ist* schwer zu realisieren. Es entzieht sich dem Geist, bleibt legendäre Idee aus dem Fabelbereich. So viel enorme Bausteine lassen sich insgesamt nicht so leicht assimilieren. Das Herz droht uns stillezustehn – es braucht Atem und Zeit, und die Sinne wollen uns schwinden. Und am Ende ergreift eine geistige Starre Besitz von unserm Gehirn, legt sich als Betäubnis darüber. Seufzend stellt man die Gegenwehr ein, der Geist streckt die Waffen und nimmt die Bedingungen an: Ägypten ist Sieger. Nur die Ausgräber und Archäologen, die sich strikt an das Greifbare halten, leisten erfolgreichern Widerstand. Jetzt begriff ich schon besser, weshalb George Isley von »Widerstand« und von »Selbstschutz« geredet hatte. Und wo mich die Logik im Stich gelassen, hatte mich Intuition durch diesen Hinweis zur Lösung geführt, zum Erkennen der Einflüsse, die hier am Werk waren: George Isley realisierte das Alte Ägypten viel stärker als jeder andre – erlebte es so, wie es wirklich gewesen.

Und ich rief mir die Wirkung herauf, die Ägypten erstmals auf *mich* ausgeübt hatte, und wie es mir nachmals nicht möglich gewesen, im Erinnern damit fertig zu werden. Nur ein koloßhaftes Durcheinander, ein gigantischer, vielfarbner Schleier aus nichts als Wirrnissen war da heraufgestiegen. Was sich dem Herzen eingeprägt hatte, waren Geringfügigkeiten – im übrigen sah ich nur Chaos: Sandstrecken unter blendendem Licht, granitene, riesige Gänge, erstaunliche Steinfiguren, die unbewegt in die Sonne starrten, einen schimmernden Strom und verschattete Ödnis, endlos wie der Himmel, berghoch sich türmende Pyramiden und gigantische Monolithen, Heere von Häuptern, Gesichtern und Tatzen – und alles in atembenehmender Größe. Schon im einzelnen lähmend, betäubend, entzog sich's in seiner Gesamtheit allem Begreifen. Ein Blendendes, Glanzvolles breitete sich vor dem Blick, zu nahe für deutliches Sehen – und doch auch sehr fern – und niemals zur Gänze erkannt.

Erst später, nach Wochen, erwachte es langsam zum Leben in mir. Es hatte mich unbemerkt attackiert, und sein Zugriff war ungeheuer. Aber mitteilen, malen, beschreiben ließ es sich nicht. Gänzlich unerwartet flammte es auf – in nebligen Londoner Straßen, im Club, im Theater. Irgendein Laut genügte, um die arabischen Kaufrufe in mir heraufzubeschwören, ein zufälliger Duft brachte die Hitze des Sandes unter den Palmengehölzen zurück. Die alltäglichsten Dinge erstrahlten auf einmal im Glanze Ägyptens, der im Herzen verschüttet gewesen, unerreichbar dem Treiben des Tags. Auch ein Unbehagen lag drin verborgen, das nicht zu erklären war. Ehrfürchtigkeit, ein Hauch von ewiger Kälte, von etwas, das unwandelbar und erschreckend weiterbesteht – eine erhabene Schönheit, überirdisch geworden in der Verschattung durch Ferne und Zeit. Die Melancholien des Nilstroms, die Großartigkeit von hundert zerfallenden Tempeln legten in unaussprechlicher Schönheit sich auf das Herz. Wüstenluft wehte heran, mit ihren bleichleuchtenden Schatten und jener kahlen Trostlosigkeit, die dennoch von Lebenskraft überquillt. Ein Araber auf seinem Esel trabte da farbenfroh durch das Bild und verlor sich als Punkt in der Weite. Eine Kamelkarawane stand silhouettenhaft scharf vorm karmesinroten Himmel. Ein gewaltiger Wind, maßlose, blendende Fernen, große, erhabene Nächte, herrliche Tage aus goldenem Glanz stiegen herauf aus dem Straßenpflaster, aus der Theaterloge – und London, das düstere England, ja noch das gesamte heutige Leben – sie schienen mit einem Mal reduziert zu erbärmlicher Kleinheit, aus der die zehrende Sehnsucht nach der versunkenen Pracht von Millionen Dahingegangener stieg. Sekundenlang rauschte Ägypten gleich einer Woge durchs Herz – und war wieder fort und dahin.

Ich erinnerte mich, selber dergleichen Phantastereien erlegen zu sein. Man mag's nach Belieben drehen und wenden – die Tatsache bleibt, daß dieses Ägypten gewissen Temperamenten einiges fortnehmen kann von dem, was sie bisher der Gegenwart abgewonnen. Auch für mich war Erinnern zum integrierenden Teil meiner Person geworden: etwas in mir verlangte nach jener absonderlichen, ehrfurchtgebietenden Schönheit. »Der da von den Wassern des Nilstroms getrunken, wird wiederkehren und abermals trinken davon ...« Wenn das schon bei *mir* möglich war – was mochte da erst in einem Menschen von Isleys Wesensart vor sich gehen? Ein Hauch von Verstehen dämmerte mir. Das versunkne, verborgne, Alte Ägypten hatte sein Netz ihm über die Seele geworfen. Verschattet vom Heute, wurde sein Leben jetzt langsam hinübergezogen in ein goldenes, wiedererstandenes Gestern, wo es sich wahrhaft entfalten konnte. Es gibt Länder, die uns bereichern, und andre, an denen wir ärmer werden. Und bei George Isley lohnte sich solche Beraubung ...

Beunruhigt von derlei ausgefallenen Spekulationen, trat ich vom offenen Fenster zurück, um es zu schließen. Doch wurde dadurch jenes Dritte nicht ausgesperrt. Die frostige Nachtluft strich hinter mir her. Ich ging zu Bett, zog das Moskitonetz zu, ließ aber die Lampe noch brennen. Auf einem Zettel schrieb ich nach bestem Vermögen meine kuriosen Eindrücke nieder, mußte aber erkennen, daß mir die Bilder zwischen den Worten zerflossen. Derlei visionäre, rein spirituelle Wahrnehmungen lassen sich nicht in ein Sprachkorsett zwängen. Jetzt, da ich nach Jahren meine Notiz überlese, fällt es mir schwer, mir ins Gedächtnis zu rufen, welche Bedeutung und namenlose Erregung mir damals den Bleistift geführt. Die Rhetorik scheint allzu seicht, der Inhalt arg übertrieben. Damals jedoch hat jede Silbe von Wahrheit gebrannt. Ägypten, seit seinem Beginn von aller Welt ausgeraubt und geplündert – nun nimmt es Rache, sucht sich seine Opfer einzeln heraus. Seine Zeit ist gekommen. Hinter heutiger Maske wartet es ab, auf der Lauer, äußerst aktiv im Bewußtsein verborgener Macht. Geschändet von längstvergangenen Reichen, liegt es nun friedlich unter den alten Gestirnen, nicht beeinträchtigt in seiner Anmut, im Glanz des gehämmerten Goldes der Zeit, die Brüste entblößt, die gewaltigen Gliedmaßen schimmernd unter der Sonne. Noch ragen die alabasternen Schultern aus dem Treibsand hervor, und so überschaut es die kleinen Figuren des Heute. Und trifft seine Wahl ...

Mir hat damals, in jener Nacht, nichts geträumt, und ebensowenig sank ich vollständig in Schlaf. Während der langen Dunkelheit wiederholten sich unablässig die Bilder, immer wieder stand mir vor Augen, wie George Isley sich fortgestohlen, hinaus in die mondene Wüste. So überaus rasch hatte die Nacht ihren Schleier um ihn geworfen – so rätselhaft war er untergetaucht in dem reglosen Etwas, welches das Alte umhüllt. Dann ward es beiseite geschoben – eine riesige Schattenhand, sachte und doch von Granit, hatte sich über Meilen nach Isley gestreckt. Und er war darunter verschwunden.

Es heißt, daß die Wüste regungslos sei und keine Gebärden habe! Aber in jener Nacht hab' ich ihre Bewegung gesehen, und sie war rasch. Die Wüste hetzte hinter ihm her – ist verständlich, was ich damit sagen will? Offenbar nicht! Nun, die Erregung *erzeugt* so befremdlichen Eindruck, und das Schreckliche daran ist der Moment, in welchem man hilflos kapituliert: dann wünscht man sich, *selber* verschlungen zu werden. Man läßt es kommen, direkt auf sich zu! Für George Isley war's wie ein Gespinst – jedenfalls ist's immanente Macht, verborgen unter der glanzvollen Fläche, welche die Leute als Zauber Ägyptens bezeichnen. Der Sitz solcher Macht wird nicht sichtbar. Behaust ist sie unter der Erde, beim Alten Ägypten. Hinter der Ruhe heißer, windstiller Tage, hinter dem Frieden reglos-gewaltiger Nächte lauert sie unwirklich, unwiderstehlich, monströs. Mein Geist begriff es so wenig wie jenes andere Faktum, daß Jahr für

Jahr unser Sonnensystem Millionen von Meilen auf einen Stern im Sternbild des Herkules zurast, obschon uns dessen Konstellation heute nicht näher erscheint als schon vor sechstausend Jahren. Aber ein Fingerzeig war mir geworden: George Isley, mit all seinem Denken, Erleben und Fühlen, wurde auf ähnliche Weise hinübergesaugt. Und ich, als ein winzig kleiner Trabant, hatte die schreckliche Kraft solchen Ziehens erfahren. Das war überwältigend schön ... Und auf dem Kamm solch ungeheurer Woge sank ich in Schlaf.

V

Die nächsten paar Tage verstrichen ereignislos. Auch während der folgenden Wochen war es nicht anders. Untergetaucht in kosmopolitischer Zuflucht, lebten wir unbemerkt, fast wie am Rande der Zeit. Man bekam das Gefühl, *sie* wähle die Gangart – wähle sie ganz nach Belieben – bald schneller, bald langsam, und manchesmal schien sie stillezustehn. Die Gleichheit der strahlenden Tage zwischen den herrlichen Auf- und Untergängen der Sonne erweckte den Eindruck, einen einzigen, endlosen Tag zu erleben, welcher durch nichts unterteilt war. Alles geistige Maß war aus der Ordnung gerückt. Die Zeit lief nach hinten. Ein Datum gab es nicht mehr. Monat und Jahreszeit waren versunken, ja noch das Jahrhundert ging unter im Gleichmaß der Tage.
Das Heute war auf kuriose Weise abhanden gekommen. Zeitungen und Politik waren ohne Bedeutung, Nachrichten interessierten nicht mehr, das Leben in England war in gestaltlose Ferne gerückt, Europas Affären lagen im Schatten. Der Daseinsstrom nahm eine andere Richtung – floß rückwärts, stromauf sozusagen. Gesichter und Namen der Freunde zeigten sich nur wie im Nebel. Die neueingetroffenen Gäste schienen vom Himmel gefallen zu sein, so plötzlich waren sie da: man sah sie im Speisesaal an, als wären sie aus einer anderen Welt, die irgendwo, früher einmal, die eigne, reale gewesen. Gewiß, ein Dampfer ging viermal die Woche, die Reise währte fünf Tage, man wußte dergleichen und nahm es dennoch nicht wahr. Der Umstand, daß wir hier mitten im Sommer lebten, während drüben der Winter regierte, trug nicht dazu bei, die Entfernung schätzbarer zu machen. Wir sahn in die Wüste hinaus, machten Pläne. »Wir

wollen dies unternehmen und jenes – müssen noch *dort*hin, haben noch den und den Ort zu besuchen ...« Doch nichts dergleichen geschah. Stets blieb es bei »morgen«, bei »gestern«, und wir erfuhren an uns, was schon Alice im Wunderland an sich erfahren: nie gab es ein wirkliches »Heute«. Denn in Gedanken war *alles* möglich, und das war genug. Es *war* ganz einfach geschehen. Es war eine Traumwirklichkeit. Ägypten war eine Traumwelt und machte die Herzen verkehrtherum schlagen: die Zeit verrann *rück*wärts.

So kam's, daß ich während der folgenden Wochen dem Hinschwinden eines Lebens beiwohnen konnte. Selber hellwach und voll Mitgefühl, konnte ich dennoch nichts tun, was hilfreich gewesen wäre. Eine Vielfalt an Einzelheiten verriet mir den Fortschritt des ungleichen Kampfes, den George Isley innerlich ausfocht, doch war mir der Beistand verwehrt durch das Faktum, daß *ich* mich in ähnlicher Lage befand. Was *er* im großen als Abschluß erfuhr, geschah auch an mir, wenngleich nur im kleinen und für den Moment: auch ich schien am Rande des unsichtbaren Gespinsts mich verfangen zu haben. Meine Empfindungen waren genugsam darin verflochten, um mich verstehen zu lassen, was da in Wahrheit vor sich ging ... Und der Verfall seines Wesens war erschreckend mitanzusehn. Auch sein Charakter war einbezogen. Ich sah, daß seine Begabung abnahm, sah seine Persönlichkeit schwinden, ja, daß ihm die Seele zerging in so tückisch hereingebrochner Verführung. Er setzte sich kaum noch zur Wehr. Ich dachte an jene Insekten, die auf abscheuliche Weise das Bewegungssystem ihrer Opfer paralysieren und sie dann mit Muße verzehren – lebendig! Solche Lästerlichkeit vollzog sich buchstäblich und vor meinen Augen – doch geschah sie rein geistig und läßt sich deshalb nicht nach Art eines Kriminalromans schildern. Dergleichen hängt auch vom Schreiber ab – es ist der Aspekt *einer* Version unter vielen. Wer das *echte* Ägypten erkannt hat, jenes, das nichts gemein hat mit Staudämmen oder Nationalismen, mit dem Elend seiner Fellachen, wird mich verstehen. Die Ausplünderung seiner toten Altvordern erleidet Ägypten noch immer: doch bei Gelegenheit nimmt's an uns Heutigen, Lebenden, Rache.

Die Anlässe für George Isleys Entselbstung waren alltäglich genug. Was sie so fesselnd machte, war einzig der Einblick, den sie ins Innere gewährten, in den Prozeß, der sich unter der Kühle des Außen vollzog. So entsinne ich mich einer gemeinsamen Mahlzeit in Mena, nach der wir etliche Ausgrabungen am Fuße der Pyramiden von Gizeh in Augenschein nahmen. Der Heimweg führte uns dann an der gewaltigen Sphinx vorüber. Der Abend stieg schon herauf, und die Hauptmasse der Touristen war bereits abgezogen. Nur wenige Dutzend Schaulustige verweilten bei Eseltreiber- und Bakschischgeschrei noch in der Gegend. Auf seinen Schultern ragte das mächtige Haupt urplötzlich vor uns aus dem Sand – schien gewichtslos zu treiben darauf, ohne unterzugehn. Düstergewaltig im scheidenden Licht, war es bedrohlich wie eh und je – eine Wesenheit, deren Züge außerhalb alles Menschlichen lagen. Keine Vertrautheit vermochte der Größe Eintrag zu tun: das Bedrückende solchen Entwurfs, die Selbstverlorenheit in diesem Antlitz ist zu gewaltig, als daß man ein Menschenantlitz darin erblicken könnte. Noch nach tausendfacher Besichtigung bleibt seine Macht ungebrochen. Aus einer fremden, anderen Welt ist es herniedergekommen zu uns. Beide, George Isley und ich, wandten uns im Vorübergehn nach diesem fremden, bedrohlichen Etwas. Wir hielten nicht inne auf unserem Weg, verlangsamten nur unsre Schritte. Wir konnten nicht anders. Und dann hob Isley die Hand, so plötzlich, daß ich zusammenschrak, und wies auf die rundum verharrenden Gaffer.

»Schau«, sagte er leise, »zu jeder Stunde, bei Tag wie bei Nacht, findest du hier eine Menge von Leuten um dieses Gebilde versammelt. Achte auf ihr Verhalten! Vor keiner andern Ruine auf dieser Welt hab' ich dergleichen jemals gesehn!« Was er meinte, war das Bestreben der Menschen, für sich zu bleiben, sich zu vereinzeln, um ungestört und allein in dies erstaunliche Antlitz zu blicken. Weit voneinander getrennt, an verschiedenen Punkten der sandigen Senke, verharrten Männer wie Frauen einzeln für sich, stehend, kauernd oder auch liegend, gesondert von der Reisegesellschaft, die der zungenfertigen Impertinenz ihrer Dolmetscher lauschte.

»Es ist echtes Bedürfnis nach Einsamkeit«, sprach Isley jetzt halb zu sich selbst, während wir kurz hier verweilten. »Das Gefühl, verehren zu müssen, erzwingt diese Absonderung.«

Es war auffallend, und kein noch so großes Reklamegeschrei konnte das Eindrucksvolle solch unergründlichen Antlitzes mindern, in dessen steinerne Augen die schweigenden Menschen starrten. Auch der Rotrock in dem gigantischen Ohr[2] brachte den Alltag nicht näher. Indes hatten die Worte meines Gefährten einen neuen Zug in das Schauspiel gebracht, welcher, nicht so gehoben vielleicht, dennoch der sandigen Senke etwas wie Schrecknis verlieh: sekundenlang war es gar nicht so schwer, sich auszumalen, daß diese Touristen dem mächtigen Standbild ihre Verehrung darbrächten – gezwungenermaßen! Oder, sich einzubilden, das steinerne Monstrum nähm' ihre Gegenwart wahr! Würde ganz langsam das ehrfurchtgebietende Haupt wenden, die Tatze bewegen, von der schon im nächsten Moment der Sand zu rieseln begänne! Mit einem Wort – daß all diese Gaffer vereinnahmt würden – und von Grund auf gewandelt!

»Komm«, unterbrach mich George Isley, als hätte er meine Gedanken erraten. »Es wird schon spät, und mit diesem Ding hier alleinzubleiben, ist mir im Moment unerträglich. Nicht wahr, du hast doch bemerkt, wie wenig all die Touristen bedeuten? Anstatt solcher Wirkung Eintrag zu tun, machen sie sie nur noch stärker. Die Sphinx macht die Menschen *sich* untertan.«

Aufs neue durchlief mich ein Kältegefühl, wahrscheinlich hervorgerufen durch Isleys nervlichen Zustand, oder auch nur durch die Ernsthaftigkeit seiner Worte. Etwas von mir blieb zurück in der sandigen Mulde, niedergestreckt vor einer Immensität, die als Symbol für die Vergangenheit stand. Eine sonderbar drängende Sehnsucht hatte mich plötzlich erfaßt, ein intensives Begehren, genau zu verstehn, weshalb jene Schrecknis dort stand – ihrer wahren Bedeutung innezuwerden, die sie vorzeiten für Herzen gehabt, welche dies Monument dem Sonnenaufgang entgegengestellt – und welche Rolle es wirklich gespielt, welche Seelen es aufgewühlt hatte in jenem System aufgetürmten Vertrauens und einer Gläubigkeit, deren unzerstörbares, emblematisches Bild es noch immer war. Überaus feierlich stand die Vergangenheit um diese Drohung versammelt, und ich spürte ganz deutlich die spirituelle, rückwärtssaugende Kraft, der mein Gefährte so leichthin erlag, unerachtet seines normalen, heutigen Selbst. Alle drei Hauptmerkmale des tiefen, ägyptischen Zaubers waren in diesem Bildwerk verkörpert: Größe, Geheimnis und Starrheit.

Indes, und zu meiner Erleichterung, ließ ihn der billige, allgemeine Aspekt ägyptischen Zaubers kalt. Was man gemeinhin als

---

2 Ägypten war damals britisches Herrschaftsgebiet. Anm. d. Ü.

Rätsel empfand, bewegte ihn nicht. Er erging sich in keinerlei Mumiengeschichten, rührte nie an die übernatürlichen Dinge, die dem Gemüt der Majorität so packend erscheinen. Für ihn war dies alles kein Spiel. Der Einfluß, dem *er* unterlag, war von ernsterer, wesentlicher Natur. Und obschon ich um seine strengen Ansichten über das Ruchlose jedweder Störung der Grabruhe wußte, schrieb er dem so sehr geschändeten Gestern keinerlei rächende Eigenschaft zu. Was an Geschichten darüber im Umlauf war, nahm er erst gar nicht zur Kenntnis – das war bloß für Kinder und abergläubisch gestimmte Gemüter. Die Gottheiten, die *seiner* Seele nachstellten, waren von höherem Rang. Er lebte, wenn man so sagen darf, schon in jener Welt, die er im Herzen und aus dem Erinnern aufs neue ins Dasein gerufen. Nun zog sie ihn mit sich hinab – in gänzlich andere Richtung. Mit moderner, sensualistischer Lebensauffassung hatte er nichts mehr zu schaffen. Er lebte verkehrtherum, rückwärtsgewandt. Ich sah ihn zurückgehn, traurig vielleicht, doch niemals sentimental, hinein in die übergoldeten Weiten wiedergewonnener Tage. Die maßlosenorme Seele eines begrabnen Ägypten zog ihn hinunter. Daß er dabei immer kleiner erschien, war nur mein persönlicher Eindruck, war Auslegung und sonst nichts. Doch ging damit auch ein zweiter einher, rein seelischer Art – und war wunderbar und erschreckend zugleich, denn während George Isley äußerlich abnahm und kleiner wurde nach Gegenwärtigkeit und Erscheinung, wuchs er innerlich zu fast gigantischer Größe. Mehr und mehr nahm das Maß des Alten Ägypten ihn ein. Und so gewaltige Proportionen begannen, jedwede Präsentation seines Selbst zu begleiten – türmten ihn auf vor meiner inneren Schau! Schon hatten zwei der drei Eigenschaften des Landes Besitz ergriffen von ihm: Starre und Großartigkeit.

Damit erwachte in mir auch jene ehrfürchtige Scheu, auf die unser heutiges Treiben so verächtlich hinabsieht. Mitunter empfand ich fast etwas wie Furcht vor seiner Präsenz – denn ein ganz bestimmter Aspekt dieses ägyptischen Zaubers erklärt sich aus purer Größe und Massivität. Der Hast unsrer Gegenwart abhold, findet das Herz sich nur schwer in vergangener Größe zurecht: und in Ägypten erschreckt solche Größe uns nur umso mehr, schiebt sich mit allem und jedem in unser Gemüt und verdrängt das Heute daraus. Die Weiten der Wüste lassen sich nicht mehr nach Meilen ermessen, die Quellen des Nil sind so fern, daß sie nicht auf der Karte, sondern in unserm Innern entspringen. Jeder Versuch, sie zu realisieren, erlahmt: sie könnten ebensogut auf dem Mond liegen, auf dem Saturn. Die schmucklose Hoheit der Wüste entzieht sich unserm Begreifen, ganz wie unser Denken die innere Proportioniertheit der Pyramiden und Tempel, der Pylonen und Memnonskolosse eben noch streift, ohne sie zu durchdringen. Alles bleibt außerhalb, verhüllt ins erstaunliche Maß jenes Gestern. Und die uralten Religionen sind nicht nur Teil der titanischen Wirkung, sondern vergrößern sie noch. Insgesamt stuft alles sich auf zu bedrohlicher Immensität, so daß die Mehrzahl der Menschen fluchtartig umkehrt und sich voll Erleichterung wieder den überschaubaren Dingen des besser handhabbaren Heute zuwendet. Eilzug und Flugzeug, atlantische Liniendampfer – sie sind, verglichen mit den Pylonen von Karnak, den Pyramiden, dem Innern des Serapeion, unserem Fassungsvermögen gemäßer und verursachen keinerlei Unbehagen.

Überdies folgt solcher Größe die Monstrosität auf dem Fuß: nicht nur in Sand und Gestein tut sie sich kund, nein, auch in nicht ganz geheueren Schatten und Lichteffekten, im Glanz der untergehenden Sonne, im magischen Dämmer – sogar noch im Fluge der Vögel, im Leben der Kreatur. Die schweren Häupter der Büffel verraten es ebenso wie die Schwärme der Geier, der zahllosen Falken und das groteske Lippenspiel der Kamele. Die wilde, unermeßliche Landschaft ist auf Schritt und Tritt voll davon. Nichts Lyrisches findet sich vor in dem Land so häufiger Luftspiegelung. Die ungeschlachte Immensität nimmt kaum Notiz vom Gewimmel der Menschen. Die Tage ziehen dahin – eine Flut aus goldenem Glanz. Man überläßt sich ihr hilflos, sie ist unaufhaltsam, schwemmt uns hinunter ins Gestern. Lautlosen Schritts bewegt sich die Einwohnerschaft in ihren bunten Gewändern vor einem riesigen Vorhang, und hinter ihm lauert die Seele des Alten Ägypten – das eigentlich Wirkliche, wie es George Isley genannt hat – und wacht über allem, mit schlaflosem Blick aus grauer Unendlichkeit. Und zuweilen regt sich der Vorhang, sein Saum schlägt sich um – unsichtbar schiebt eine Hand sich darunter hervor und rührt an die Seele. Und so mancher bleibt dann verschwunden.

VI

Der Prozeß solchen Zerfalls mußte schon lange vor meiner hiesigen Ankunft eingesetzt haben. Doch der weitere Wandel vollzog sich erschreckend rasch.

Es war nun George Isleys drittes Jahr in Ägypten. Zwei Jahre war er ununterbrochen in der Gegend von Theben gewesen, in Gesellschaft eines Ägyptologen, Moleson mit Namen. Ich kam bald dahinter, daß jene Region ein besonderer Anziehungspunkt für ihn war – der Mittelpunkt des »Gespinstes«, wie er es nannte. Nicht Luxor natürlich, nicht die Bildwerke des rekonstruierten Karnak – sondern der grimmig-abweisende Höhenzug, wo das Königtum irdisch wie spirituell für seine sterblichen Reste Ewigen Frieden gesucht. Dort hatten, inmitten erhabener Trostlosigkeit, die Hohepriester und Pharaonen ihre Grabstätten sichergewähnt vor jeder Entweihung. In unterirdischen Grabkammern hatten sie sich vertrauensvoll auf Jahrhunderte eingerichtet, bewacht von der Stille glanzvollen Dunkels. Dort lagen und warteten sie, im Schlafe sich unterredend mit der vergehenden Zeit, gewärtig des göttlichen Ra und seines Heraufrufs zur Erfüllung des uralten Traums. Und dort auch, im Tale der Königsgräber, wurde ihr Traum zerbrochen, ward die herrliche Prophetie zum Gespött, die Glorie verdüstert von der Ruchlosigkeit aller Neugier.

Daß George Isley und sein Gefährte ihre Zeit nicht nur an Grabungen und Dechiffrieren gewendet hatten wie ihre praktisch gesinnten Kollegen, sondern an allerlei kuriose Versuche zur Wiedererweckung des Gestern, war Gegenstand offner Kritik bei der fachlichen Bruderschaft. Und daß Unglaubliches sich ereignet habe, war Hauptgesprächsstoff während mindestens zweier Saisons. Ich erfuhr freilich erst später von diesen Geschichten – sie klangen recht unwahrscheinlich: jenes verlassene Felsental sollte in mondhellen Nächten sich plötzlich bevölkert haben, der Rauch ungewöhnlicher Feuer sei über die flachen Höhen gestiegen, der Glanz längstvergessener Huldigungsriten sei aus den Bergen gebrochen, das Echo machtvoller Beschwörungsgesänge aus der Ödnis unwegsamer Felsen ertönt. Derlei Gerüchte waren natürlich maßlos übertrieben – nomadisierende Beduinen hatten sie weiterverbreitet, und Fremdenführer wie Dragomans fügten allerlei mysteriöse Dinge hinzu, bevor das ganze, vom Personal weidlich ausgeschmückt, den Gästen zu Ohren kam. Auch die Behörden erfuhren davon. Dann verstummten diese Gerüchte ziemlich abrupt – und das war das einzige, was ich damals mit einiger Sicherheit feststellen konnte. Überdies hatten George Isley und Moleson ihre Gemeinschaft gelöst. Und Moleson war, wie ich erfuhr, der Urheber jenes Handels gewesen. Ich kannte ihn noch nicht persönlich. Einzig sein fesselndes Buch »Eine moderne Wiedererweckung des Sonnenkults im Alten Ägypten« war für mich die Verbindung zu diesem ungewöhnlichen Geist. Offenbar betrachtete er die Sonne als Gottheit einer wissenschaftlich fundierten, künftigen Religion, welche die anthropomorphen Gottvorstellungen kindischen Glaubens ersetzen sollte. Aus jeder Seite leuchtete diese Ansicht hervor. Das Leben, so hieß es, beruhe auf Wärme, sie komme allein von der Sonne, und die Menschen seien ein Teil dieser Sonne, ganz in dem Sinn, wie jeder Christ ein Teil des persönlichen Gottes sei. Am Ende stand Absorption und Verschmelzung. Seine Beschreibung der Sonnenanbetungsriten war überaus realistisch und von sehr großer Schönheit. Doch war dies einzigartige Buch auch schon alles, was ich über ihn wußte – bevor er uns in Heluan besuchte, obschon ich unschwer erkannt hatte, daß nur *sein* Einfluß den Wandel in meinem Gefährten ausgelöst haben konnte.

So war denn bei Theben das aktive Zentrum jener Einflüsse zu suchen, die meinen Freund vom Hier und Heute abgelenkt hatten. Dort auch, so stand zu vermuten, hatten die von Isley erwähnten »Hindernisse« sich der allzu engen Gemeinsamkeit beider entgegengestellt. In jenem gespenstisch bedrückenden Tal, wo das Ehrwürdige mit dem Profanen handgemein wird und die Neugier geschäftig ist, wo aber sogar die Touristen die verhüllte Feindschaft verspüren, die sich noch der Schaulust phantasieloser Gemüter widersetzt – dort, in der Nachbarschaft der hunderttorigen Stadt, hatte Ägypten den Hauptsitz seiner unversöhnlichen Feindschaft. Und eben dort, inmitten des Trümmerfelds glorioser Vergangenheit, hatte George Isley Jahre an seine magischen Wiedererweckungsversuche gewendet und sich dabei Einflüssen ausgesetzt, die nun sein gesamtes Dasein bestimmten.

Wiewohl dieser innere Kampf nicht direkt zur Sprache kam, entsinn' ich mich etlicher Andeutungen, die seine Bereitschaft bezeugten, vom Heute zu lassen. Wir unterhielten uns einmal über die Furcht, wenn auch nur im erwähnten, losen Zusammenhang. Ich beharrte darauf, daß der Verstand, sobald er vorgewarnt wäre, Herr seiner selbst bleiben und einen drohenden Unglücksfall abwenden könne.

»Aber das macht eine Drohung doch um nichts weniger wirklich«, gab er zu bedenken.

»Unser Verstand kann das Unglück verhindern«, erwiderte ich. »Und ihm damit alle Wirklichkeit nehmen.«

Er bewegte verneinend den Kopf. »Was nicht wirklich ist, leugnet man nicht. Verleugnung ist bloß ein kindischer Selbstschutz vor etwas, dessen Eintritt man dennoch erwartet.« Er blickte mir kurz in die Augen. »Du verleugnest etwas, wovor du dich fürchtest« – er lächelte unbehaglich –, »und weißt ganz genau, daß es am Ende doch noch geschieht.« Jedem von uns war insgeheim klar, worauf das Gespräch sich bezog, das so gewagt und unpassend schien – denn in Wahrheit ging es ja ums Psychologische von George Isleys Verschwinden aus unserer Welt. Und so unangenehm mir das Thema auch war – seine Anziehungskraft ließ mich dennoch nicht los ... »Sobald die Furcht einmal da ist«, sagte er plötzlich, »ist alle Sicherheit unterminiert, ist das Daseinsgefüge erschüttert, und du gehst weg – still und gelassen. Allem zugrund liegt der Glaube. Der Mensch ist nur das, was er von sich *glaubt*. Und in Ägypten glaubst du mitunter an Dinge, an die du anderswo nicht einmal *denkst*. Ägypten greift dir an den Wesenskern.« Er seufzte, doch klang's fast belustigt. Ein resignierend-erleichtertes Lachen huschte über sein furchiges Antlitz. Das Lustvolle seiner Selbstaufgabe hatte ihn schon erfaßt.

»Auch der Glaube«, sagte ich protestierend, »muß sich auf gewisse Erfahrungen gründen.« Es war einfach gräßlich, so verdeckt und andeutungsweise von seiner kranken Seele zu sprechen. Nur Isleys offne Bereitschaft machte das ganze entschuldbar.

Sogleich stimmte er mir bei. »Erfahrungen dieser und jener Art«, sagte er dunkel, »– die gibt es immer. Sprich mit den Leuten, die hier draußen leben. Frag jeden, der sich Gedanken macht oder genug Phantasie hat, sich etwas vorzustellen: die Antwort ist immer dieselbe, wie immer die Worte auch lauten mögen. Sogar Touristen und kleine Behördenvertreter empfinden nicht anders. Und das liegt nicht am Klima, nicht an den Nerven, auch nicht an offenbaren Tendenzen – und ebensowenig am orientalischen Denken. Nein, es ist etwas, das zuerst *dich aus dem Alltagsleben* – und danach dieses Alltagsleben *aus dir* nimmt. Und du verzichtest freiwillig auf eine Gegenwart, die dir nichts mehr bedeutet. Sind die Tore erst einmal geöffnet, so gibt's keine Halbheiten mehr.«

In diesen Worten lag so viel unleugbar Wahres, daß ich nichts Stichhaltiges zu entgegnen wußte. Jeder Versuch in dieser Richtung war zum Scheitern verurteilt. Er war zum Fortgehn entschlossen. Meine Worte konnten ihn nicht mehr dran hindern. Er wollte nur einen Zeugen – empfand Furcht vor der Einsamkeit solchen Entschlusses, aber duldete keine Intervention. So gegensätzliche Positionen schlossen für jeden von uns eine verwirrende Stimmung in sich. Das Atmosphärische dieses bezwingenden Lands, heutigentags so banal, vorzeiten so ungeheuer, bewirkte unzweifelhaft eine Ausweitung unserer seelischen Schau, die überraschende Möglichkeiten enthüllte.

VII

Während der windstillen Tage des wunderbaren Dezember spürte Moleson, der Ägyptologe, uns auf – stattete Heluan einen Kurzbesuch ab. Seine Geschäfte führten ihn ja landauf und landab, doch schien er die Zeit sich freizügig einteilen zu können und blieb deshalb ein wenig länger. Sein Eintreffen brachte ein Neues ins Spiel, das ich noch nicht abschätzen konnte – obschon, und ganz allgemein ausgedrückt, sein Hiersein den inneren Wandel in meinem Gefährten noch stärker hervorhob – auffälliger machte. Molesons überraschende Ankunft war, so vermutete ich, nicht sehr willkommen. »Nicht im Traum hätte ich erwartet, dich *hier* anzutreffen«, sagte er lachend. Doch ob er damit das Hotel meinte oder nur Heluan im weiteren Sinn, war nicht ganz klar. Ich glaube, er meinte beides. Ich mußte dran denken, daß ich dies Hotel für ein gutes Versteck gehalten. George Isley war unwillkürlich erschrocken, als man ihm beim Tee die Visitkarte brachte. Ich glaube, er wär' seinem frühern Genossen viel lieber ausgewichen. Aber Moleson hatte ihn nun einmal aufgespürt. »Ich habe gehört, daß du mit einem Freund hier Station gemacht hast, um weitere Experi –, also Arbeiten zu besprechen mit ihm.« Er hatte sich allzu rasch korrigiert.

»Das *eine* stimmt, wie du siehst – das andere *nicht*«, versetzte George Isley trocken und nahezu abweisend. Die beiden, ich sah es, kannten einander seit langem sehr gut. Was immer sie sagten und taten, dem war ein verdeckter Sinn unterlegt, der mir entging. Auf etwas Bestimmtes waren sie aus – nein, waren sie aus-*gewesen*. Und Isley hätt' sich schon damals, wenn möglich, viel lieber davongemacht!

Moleson steckte voll Ehrgeiz und Energie, ging völlig auf in seinem Beruf, war sich des poetischen wie auch des praktischen Wertes der Archäologie durchaus bewußt und hatte auf mich den besten Eindruck gemacht. Ein instinktives Flair für sein Fach hatte ihm schon in jungen Jahren zu Erfolg, ja sogar Bekanntheit verholfen. Von gelehrtenhaft-akkuratem Wissen, war sein Geist in der längst versunkenen Kultur buchstäblich zu Hause. Ich vermutete hinter der lässigen, äußern Erscheinung eine komplexe, leidenschaftliche Natur, die mein Interesse um so stärker erweckte, als ich vor mir einen Menschen erblickte, für den die uralte Sonnenanbetung heute noch glaubhaften Schönheits- und Realitätswert besaß. Vieles aus seinem befremdlichen Buch wurde mir jetzt erst verständlich, nachdem ich dem Autor persönlich begegnet war. Ich kann es aber nur so erklären, daß etwas an ihm es mir auf besondere Weise begreiflich machte. Obwohl er bis in die Fingerspitzen ein heutiger Mensch war, erfüllt von den Strömungen unserer Zeit, schien da noch ein anderes, heimliches Selbst in ihm zu wohnen, das sich würdevoll fernhielt von allem, woran sein »geschulter« Geist solchen Anteil nahm. Fast könnte man sagen, unter aller musealen Etikettierung habe er das lebendige Geheimnis enträtselt. Ganz normal trat er aus dem Umkreis der Pharaonen ins Heute, und mir wurde sehr bald nach unsrer Bekanntschaft klar, daß er ein Mensch war, der nicht nur über ungewöhnliche Kräfte zum »Widerstand« und zum »Selbstschutz« verfügte, sondern auch innerhalb seines Tätigkeitsfeldes als »ungewöhnlich« gelten konnte. Sein Gehaben war unbeschwert, bei stark ausgeprägtem Sinn für Humor, als wäre das Lachen für ihn die geeignetste Art, mit dem Leben fertigzuwerden. Indes, es gibt auch ein Lachen, das anderes vor uns verbirgt. Jedenfalls war dieser Moleson, wie ich aus seiner Redeweise, seiner Lebensart, ja noch seinem Schweigen zu erkennen glaubte, eine tiefangelegte, singuläre Persönlichkeit. Und falls ihm hier in Ägypten schon Außergewöhnliches begegnet war, so hatte er es bewundernswert überstanden. Es gab da zumindest *zwei* Molesons – und für mich sogar *mehrere*.

Hochaufgeschossen und abgezehrt von Erscheinung, ja fast schon entfleischt, mit ausgetrockneter Haut und mumienhaft runzligen Zügen, bekannte er lächelnd, die Natur habe ihn schon rein physisch für sein »Geschäft« ausersehn: und tatsächlich, man glaubte zu *sehen*, wie er sich seinen Weg durch beengende Tunnels bis in die sandigen Grabkammern bahnte und sich ohne allzu große Beschwer in den finstern, stickig-heißen Passagen zurechtfand. Sein nahezu fließend geschmeidiger Geist kam auch im Körperhaften zum Ausdruck. Jede beliebige Richtung, vorwärts wie rückwärts, ja zwei entgegengesetzte Wege zugleich, hätte er einschlagen können – zu niemandes Überraschung.

Solcher erste Eindruck vertiefte sich binnen weniger Tage. Unverantwortlichkeit wohnte in diesem Menschen, irgendwo wirkte er unaufrichtig, nahezu herzlos. Seine Moralität war gewiß nicht die *unserer* Tage und seine Gesinnung höchst zweifelhaft. Ich glaube, daß unsere heutige Welt, der er sich nicht verbunden fühlte, ihn irritierte, ja kopfscheu machte. Ein Gefühl der Unsicherheit begleitete ihn. Sein Interesse an Isleys Person galt allein dem psychologisch gesehenen »Objekt«. Ich gedachte der Schilderung in seinem Buch, nach welchen Gesichtspunkten man alle Mitwirkenden an dem unglaublichen Sonnenkult ausgewählt hatte, und konnte mich der Idee nicht erwehren, daß – nun, daß auch Isley auf ähnliche Weise den Zielsetzungen solch reaktivierender Kräfte entsprach. Von Kopf bis Fuß ließ dieser Mann ihn nicht aus den Augen – aber das war's nicht allein: auch Motive und Emotionen erkannte er schon, bevor sie durch Handlungen oder Gebärden sich offenbarten. Auch mit mir selber war es nicht anders: er beobachtete mich unablässig. Diese innere Observation schien automatisch vor sich zu gehen.

Moleson wohnte nicht im Hotel. Er hatte sich anderwärts einquartiert, wo es mehr Gesellschaft gab. Indes, er kam häufig zum Lunch oder zum Mittagessen und verbrachte auch manchen Abend in Isleys Räumlichkeiten, wo er uns mit gekonntem Klavierspiel und dem Singen arabischer Weisen oder der Intonation altägyptischer Ritualsprüche unterhielt, zu selbsterfundenen Rhythmen. Jene altägyptische Musik war sowohl nach Melodik als auch Harmonie viel ausgeprägter, als ich mir vorgestellt hatte, weil ja beim Zeremoniell die Verwendung von Klängen besonders bedeutsam gewesen. Vor allem diese Intonationen gelangen ihm wirklich effektvoll. Ob das jedoch bloß an der klangvollen Stimme lag, an besonderer Vokalisierung, oder ob es tiefere Ursachen hatte, kann ich nicht sagen. Jedenfalls war das Ergebnis ganz einzigartig: es beschwor das Alte Ägypten so sehr herauf, daß dessen riesenhafte Präsenz im Zimmer nahezu spürbar wurde. In Pracht und in Größe trat es herein und umhüllte sogleich den Geist auf erschreckende und bedrückende Weise. Wie Ruhe der Ewigkeit lag's in den Klängen, und bei jedem Anhören dieser verwandelnden Töne hatte ich binnen kurzem das Tal der Könige vor Augen, die verödeten Tempel, die gigantischen Steingesichter, die gewaltigen Bildwerke mit ihren Tierkreiszeichen und – über allem – die beiden Memnonskolosse.

Ich brachte dies letzte Detail zur Sprache.

»Kurios, daß auch *Sie* das empfinden – kurios, daß Sie's *aussprechen*, meine ich«, versetzte Moleson, ohne mich anzublicken, doch mit einer Miene, als hätt' er's erwartet. »Für mich sind die Memnonskolosse ein besserer Ausdruck des Alten Ägypten als sämtliche anderen Monumente zusammengenommen: gesichtslos sind sie, ganz wie die Wüste. Sie beschwören Ägypten herauf, aber künden uns nicht seine Botschaft. Denn, nicht wahr, sie können es nicht.« Er lachte in sich hinein. »Sie haben nicht Augen, nicht Lippen noch Nase – ihre Gesichtszüge sind dahin.«

»Und doch sagen sie ein Geheimnis aus – für jene, die Ohren haben, zu hören«, fiel ihm Isley beinahe flüsternd ins Wort.

»Eben *weil* ihnen die Worte versagt sind. Und bei Anbruch des Morgens tönen sie noch«, sagte er lauter. Es klang fast herausfordernd. Ich war überrascht.

Moleson wandte sich ihm zu, tat schon den Mund auf – zögerte –, blieb aber stumm. Ich kann nicht beschreiben, *was* mich an dem Blick, den sie tauschten, so sehr alarmierte – ich war plötzlich auf etwas gefaßt, das außerhalb aller Wahrnehmung lag. Meine Nerven begannen zu zittern. Wie ein kühlerer Hauch strich es über uns hin. Jetzt wandte sich Moleson wieder an mich. »Fast könnte man glauben«, sagte er lächelnd, als ich ihm zu seiner Darbietung gratulierte, »ich sei im früheren Leben ein Amon-Ra-Priester gewesen, denn mir fließt die Musik rein instinktiv in die Finger. Plotinus[3], Sie wissen ja, hat nur wenige

---

3 Ägyptischer Neuplatoniker. Anm. d. Ü.

Meilen von Alexandria gelebt – seine große Idee ist gewesen, daß alles Wissen nichts als Erinnerung sei.« Es klang amüsiert, fast schon zynisch. »Jedenfalls«, setzte er bedeutsam hinzu, »war in jenen Tagen die Götterverehrung real, und ihr Zeremoniell echter Ausdruck großer Ideen und Lehren. Es lag sehr viel Kraft darin.« *Zwei* Molesons wurden erkennbar im Kontradiktorischen solcher Äußerung.

Isley war unruhig geworden – ich sah seinen Regungen an, wie unbehaglich ihm war. Er verbarg das Gesicht in den Händen – er seufzte – er machte eine Bewegung, als wollte er etwas verscheuchen, abhalten von sich. Aber Moleson erlaubte ihm nicht, das Thema zu wechseln, wenn sich auch dessen Grundton kaum merklich verändert hatte. Immer wieder kam es zu solchen Gelegenheiten, bei denen ich merkte, daß beide Männer auf ein bestimmtes Geschehnis anspielten – eines, das Moleson erörtern, Isley jedoch von sich schieben wollte.

Ich ertappte mich überm Studieren von Molesons Person – doch kam ich über einen gewissen Punkt nicht hinaus. Scharfsinnig, klug, von rascher, obschon nicht sehr weitgespannter Intelligenz, war er ebenso zynisch wie unaufrichtig – aber ich kann nicht beschreiben, auf welchem Weg ich zu zwei ganz anders gearteten Schlüssen gelangte: erstens, daß solcher Mangel an Aufrichtigkeit, daß diese Herzenskälte erst späteren Datums war – und zweitens, daß er auf Gesellschaft Wert legte, auf Zerstreuung, und zwar mit ungewöhnlicher Zielstrebigkeit. Und ich stellte mir vor, daß das eine der Stempel Ägyptens war, das andre jedoch nichts als Abwehr und Selbstschutz.

»Wär's nicht um die Lustigkeit«, sagte er einmal so flüchtig, daß die Bedeutsamkeit eben noch durchschimmerte, »so müßte der Mensch hier innerhalb Jahresfrist untergehn. Das Gesellschaftsleben ist hier recht unbekümmert und übertrieben – die Leute tun Dinge, an die sie daheim auch im Traume nicht dächten. Vielleicht ist es Ihnen schon aufgefallen«, setzte er noch hinzu und blickte mich plötzlich an. »Kairo und so weiter – sie stürzen sich in den Trubel, als triebe sie etwas dazu – als hinge das Exzessive schon in der Luft.« Ich nickte zustimmend, obschon mir die Art und Weise, in der er's geäußert hatte, nicht ganz behagte. »Es ist ein Gegengift«, sagte er beißend. »Mir selber war früher alle Gesellschaft zuwider – jetzt aber hat ihre Lustigkeit, sozusagen als Nervenkitzel ohne besondere Folgen, für mich Bedeutung gewonnen. Nach einer gewissen Zeit fängt dieses Ägypten an, uns an die Nerven zu gehn. Die moralische Komponente läßt aus, die Willenskraft wird geschwächt.« Dabei sah er heimlich zu Isley hinüber, als wäre das Ganze auf *ihn* gemünzt. »Das häßliche Heute stößt auf das majestätische Gestern – das mag es wohl sein.« Er grinste.

Isley hob nur wortlos die Schultern. So fuhr Moleson fort, von Bekannten und Freunden zu reden, denen Ägypten gleichfalls nicht gutgetan hatte: von Barton, dem Oxforder Lehrer, der so lange darauf bestanden hatte, in einem Zelt zu kampieren, bis die Regierung ihn seines Postens enthob. Er aber hielt daran fest, sein Leben im Zelt zu verbringen, er durchstreifte die Wüste wie unter Zwang und ohne Gedanken ans Heute. Ihn hatte ein Verlangen erfaßt, dessen Lockung zu definieren ihm einfach nicht möglich war. Schließlich geriet auch sein Denken aus allen Fugen. »Jetzt ist er wieder beisammen. Erst heuer in London hab' ich ihn wiedergesehn – aber er kann nicht erklären, *was* damals in ihn gefahren ist und warum er so reagiert hat. Er ist ganz einfach ein andrer geworden.« Auch von einem John Lattin berichtete Moleson. Ihn habe in Oberägypten eine schreckliche Platzangst befallen; und von Malahide, den der Nil fast zum Selbstmord verleitet hatte, zum freigewählten Ertrinkungstod; ferner sei da Jim Moleson, sein Vetter (er hatte gemeinsam mit Isley und ihm bei Theben kampiert), den inmitten der sandigen Ödnis ein besonderer Größenwahn überkommen habe – und allesamt seien sie nach dem Verlassen Ägyptens zwar restlos geheilt, doch ohne Ausnahme verändert gewesen, bis in die innerste Seele.

Das alles erzählte er uns in lockerer, nicht sehr zusammenhängender Art, und obwohl manches davon recht phantastisch klang, machte es irgendwie Eindruck, wahrscheinlich zufolge jener gesteigerten Emotion, die er hervorzurufen verstand.

»Die Monumente wirken auf uns nicht durch ihre Masse, sondern durchs Majestätische der Symmetrie.« Noch heute habe ich diese Worte im Ohr. »Allein schon die Wahl ihrer Form – zum Beispiel, der Pyramiden. Kein anderer Umriß war denkbar: ob Kuppel, ob Quader, ob Türme – all das hätte scheußlich gewirkt und in keiner Weise entsprochen. Die Keilform der Masse, von immenser Grundfläche sich zur Spitze verjüngend – *das* ist die Lösung gewesen! Glaubt ihr, ein Volk ohne innere Größe wäre so großer Entscheidungen fähig? Und welcher seelischen Ausgewogenheit hat es bedurft, die ans Wunder grenzende Harmonie dieser Tempel zu schaffen! So statuarische Größe kommt einzig aus Wahrheit und Wissen! Auch die Kraft aller Bildwerke ist der direkte Ausdruck von Ewigem, Essentiellem, das diesem Volke vertraut war.«

Wir hörten ihm schweigend zu. Jetzt war er in seinem Element, ging darin auf. Doch lag hinter seinem lässigen Tonfall und belustigtem Fragen eine Leidenschaft auf der Lauer, die mir gar nicht gefallen wollte! Er steuerte spürbar auf einen Punkt zu, der sein und auch Isleys Leben und Sterben betraf. Noch konnte ich ihn nicht orten. Mein Mitgefühl hatte mir Einblick gewährt – doch kein Verstehen. Auch Isley, ich sah es, befand sich nicht wohl – doch warum, das hätt' ich nicht sagen können.

»Fast möchte man glauben«, setzte der Sprecher nun fort, »daß da noch immer ein Rest der verschollenen Zeiten über uns schwebt.« Er verengte den Blick, doch das befremdliche Leuchten darin war noch immer erkennbar. »Und das befällt unsern Geist auf den Wegen der Einbildungskraft. Bei manchen verändert es deren Grundkonzeption – nimmt ihre Seele mit sich, zurück in vergangne Gegebenheiten gänzlich verschiedener Art, die auch ein andres Bewußtsein bewirkt haben mögen.«

Er schwieg eine Weile und blickte uns an. »Die *Intensität* in jenen Tagen«, hub er neuerlich an, weil keiner von uns reagierte, »war bestürzend – dergleichen kennt man nirgendwo in der heutigen Welt. Es war alles so sicher, so positiv. Beruhte nicht nur auf theoretischer Spekulation, meine ich. Als hätte da etwas im Klima, eine bestimmte Konstellation der Gestirne, die ›Lage‹ dieses speziellen Erdenstrichs in bezug auf die Sonne – nun ja, den Schleier durchscheinender werden lassen zwischen der Menschheit und anderen Dingen. Die Hierarchie jener Götter war nicht nur idolhaft. Tiere und Vögel, Mischwesen und was nicht noch – sie alle standen für Spirituelles, für geistige Kräfte, welche das tägliche Leben regierten. Und das Merkwürdige daran ist – man hat es *gewußt!* Jenes wissenskundige Volk fiel nicht auf törichten Aberglauben herein. Man verfertigte Farben, die sechstausend Jahre gehalten haben – sogar im Freien. Man hat ohne Meßinstrumente – eine enorm diffizile, verwickelte Kalkulation – die genauen Tag-und-Nachtgleichen-Punkte errechnet. Waren Sie schon in Dendera?« Er sah mich neuerlich an. »Nein? Nun gut – eine Intelligenz, welche die Tierkreiszeichen erkannt hat, kann doch wohl kaum geglaubt haben, die Göttin Hathor sei eine Kuh!«

Isley räusperte sich. Offenbar wollte er etwas erwidern, doch Moleson schnitt ihm das Wort ab und legte von neuem los – jetzt in verändertem, angriffslustigem Ton. Was er sagte, schien nicht nur Vermutung zu sein – zuviel ehrliche Überzeugtheit klang darin mit. Ich glaube, er streifte an größere Dinge, als ihm selber und seinem Gefährten bewußt war – doch in Wirklichkeit wollte er sehen, wie sehr ich seiner Attacke schon offen war, wie weit mein Empfinden mich mitgehen hieß. Mir wurde nun klar, daß beiden, George Isley und ihm, jenes größere Etwas gemeinsam war und daß es auf einer Erkenntnis beruhte, die ihnen aus Experimenten erwachsen sein mußte.

»Denken Sie nur an die große Lehre des jungen Pharao Echnaton, der das gesamte Ägypten erneuert und zu immenser Blüte gebracht hat! Er predigte die Verehrung der Sonne – wenngleich nicht der sichtbaren Sonne. Gottheit hat keine Gestalt. Die große, strahlende Scheibe war Manifestation und sonst nichts – und jeder befruchtende Strahl lief aus in eine segnende Hand. Es war eine Gottheit ewiger Energie, voll unerschöpflicher Liebe und Macht, und dennoch für jedermann wahrnehmbar in seinem täglichen Leben. Und auch verehrbar im Auf- und im Untergang ihres Gestirns, mit aller Inbrunst echtester Frömmigkeit. Und keinerlei anthropomorphes Idol hat sich dahinter verborgen!

Und noch etwas war den Ägyptern von damals aufs wunderbarste bewußt«, sagte er beinahe flüsternd. »Nämlich, daß mit dem Äquinoktial ihrer Gottheit ganz neue Impulse die Menschenwelt überkamen. Jeder Zyklus – jedes Zeichen im Tierkreis – brachte besondere Kräfte mit sich, die man alsbald in riesigen Abbildern personifizierte: Effigien, denen wir heute nur unsre öd-musealen Bezeichnungen geben. Und jedes der Sternbilder hat um die zweitausend Jahre für einen Durchgang benötigt. Darüber hinaus bedeutete jedes auch eine Veränderung im Bewußtsein der Menschen. Zwischen Himmel und Menschenherz gab es diese Verbindung und Abhängigkeit, und alle wußten darum. Ging die Sonne durchs Zeichen des Taurus, so huldigte man dem Stier. Bei Aries war es der Widder, der zur granitnen Symbolfigur wurde. Dann brach, wie Sie wissen, mit Pisces der große Neubeginn an – der Zenit aller Größe war schon überschritten, der Fisch wurde nun zum Emblem der gewandelten Kräfte, die dann im Christentum ihre Verkörperung fanden. Die Seele des Menschen, so glaubte man, sei den Veränderungen der ursprünglichen Gottheit auf der immensen Reise durch den himmlischen Tierkreis ein Echo, und das Wahrwort ›Wie im Himmel also auch auf Erden‹ sei der Schlüssel zu aller Verkörperung des Lebens. Und in heutiger Zeit, da die Sonne ins Zeichen des Wassermanns tritt, kommen neue Kräfte über die Welt. Das Alte – jenes, das zweitausend Jahre gegolten – zerfällt nun, vergeht und stirbt ab. Frische Kräfte, ein neues Bewußtsein klopfen an unsere Türen. Es ist eine Zeit der Veränderungen. Und Zeit ist es auch« – er beugte sich vor, bis wir nahezu Aug in Aug waren –, »solche Veränderung zu vollziehen. Die Seele kann ihre Bedingungen wählen. Sie kann –«

Ein plötzlicher Krach übertönte den Rest dieses Satzes. Ein Sessel war umgefallen und klappernd neben dem Teppich aufs nackte Parkett geschlagen. Ob ihn Isley beim Aufstehn versehentlich umgestoßen, oder ob er's mit Absicht getan, wußte ich nicht. Ich sah nur, daß er sich plötzlich erhoben und ebenso rasch wieder hingesetzt hatte. Fast kam es mir vor, als wär's ein vereinbartes Zeichen gewesen: es war so pünktlich gekommen. Auch seine Stimme, so schien mir, klang recht gezwungen.

»Nun gut, Moleson – aber wir kommen auch ohne das alles zurecht«, fiel er dem Gefährten mit schneidender Schärfe ins Wort. »Ich halt' es für besser, wir machen jetzt wieder Musik!«

VIII

Das war nach dem Essen gewesen, in seinem Zimmer, und er war bis zu diesem Ausbruch sehr still in der Ecke gesessen. Moleson erhob sich wortlos und trat ans Klavier. Ich bemerkte – wenn mich nicht alles getäuscht hat – einen veränderten Ausdruck auf seinen verwitterten Zügen, der nichts Gutes verhieß.

Von da an – vom Moment seines Aufstehns und seiner Schritte über den flauschigen Teppich – nahm er mich gänzlich gefangen. Die Atmosphäre, welche durch seine Geschichten und die Art ihrer Wiedergabe entstanden war, blieb. Seine hageren Finger liefen über die Tasten, und er spielte zunächst allerlei Weisen aus populären Operetten, Stücke, die unterhaltend und nicht weiter anstrengend waren. Ich hörte sie ganz nebenher, ohne zu lauschen. Mich beschäftigte anderes – und zwar die Art seines

Gehens: wie er die wenigen Schritte über den Teppich getan, war eigentümlich kraftvoll gewesen. Er war ein andrer geworden – unterschied sich plötzlich von seinem früheren Selbst. Mir schien er – ganz wie mitunter auch Isley – größer geworden zu sein. Auf zaubrisch bedrückende Weise beschäftigte seine Gegenwart nun meine Einbildungskraft, als wäre da eine vollkommen andere Autorität in ihm erwacht!

Ich verließ meinen Platz in der hinteren Ecke und setzte mich auf einen Stuhl in der Nähe des Fensters – näher auch zum Klavier. Isley, ich sah es, hatte sich Moleson zugewandt, um ihn zu beobachten. Aber jetzt war es ein anderer Isley, obzwar ich den Wandel mehr fühlte als sah. Kaum merklich hatten sich beide Männer verändert. Sie schienen gewachsen zu sein, und ihre Konturen wirkten fast schattenhaft.

Isley, wach und begierig, ließ den Spieler nicht aus den Augen und folgte, ganz im Geist früherer Jahre – das ging klar genug aus seiner Miene hervor – der leichten Musik, wenngleich es ihm schwerfiel, ja Anstrengung machte. »Spiel das noch einmal, bitte!« vernahm ich ihn von Zeit zu Zeit. Er versuchte, es sich zu merken, sich zu klammern daran, wollte zurückfinden zu jener innern Bedingtheit, wo diese Musik ihn dem Heute verbunden – zu jener Geistesverfassung, die, wie er dennoch erkennen mußte, unwiederbringlich dahin war. Sie war ihm kein Halt mehr, dessen war ich gewiß, ja ich möchte fast schwören, daß ich das richtig erkannte. Zwar kämpfte er um sein früheres Selbst, doch das führte zu nichts. Ich studierte ihn ganz genau in seiner düsteren Ecke mir gegenüber. Der große Blüthnerflügel stand wie ein Klotz zwischen uns. Und darüber, sich wiegend, der hagere, spielende Moleson, ein schattenhaftes Gebilde. Wie ein Flüstern ging's durch das Zimmer: »Ihr seid in Ägypten.« Nirgendwo sonst hätte dies fremde Gefühl aus Vorahnung oder Erwartung so leicht Fuß fassen können! Allesamt waren wir emotionalisiert bis ins letzte, ich spürte es. Noch der geringste Gedanke ans Heute war uns abscheulich. Ich sehnte mich nach einem alten, vergessenen Glanz, der verlorengegangen war.

Die Szene hielt meine Aufmerksamkeit ständig wach, denn ich hatte erkannt, daß Moleson auf etwas Bestimmtes aus war – auf etwas Wohlüberlegtes, dessen Absichtlichkeit er nur unvollkommen verbarg. Was er da zum Erklingen brachte – es war Ägypten, war Ausdruck innerer Wahrheit, und er beobachtete deren Wirkung auf uns – führte uns sehr behutsam in das Vergangne. Mit dem Heute beginnend, spielte er uns hinüber, persuasiv, eindringlich und voll Bedeutung. Ihm war gegeben, Vergangnes als wirklich heraufzubeschwören, indem er ihm vorerst den Anstrich des Heute verlieh. Er spielte beschwingte Londoner Weisen, wechselte übers Geklingel der Operettenmusik, über Ragtime- und sinnliche Tangorhythmen unmerklich hinüber zu der Musik des Konzertsaals und »kultivierterer« Kreise. Ich erkannte in dem parodierenden Spiel sehr viel Ultramodernes: Tumultuarisches von Richard Strauss, die heidnische Schönheit des frühesten Debussy, die metaphysisch-ekstatische Fremdheit von Skrjabin. Mit derlei Extremen zauberte er den Klang unseres Heute in das Privatzimmer dieses Wüstenhotels, und George Isley lauschte gebannt und wurde ganz unruhig auf seinem Sessel.

»›Après-midi d'un Faune‹«, sagte Moleson verträumt auf die Frage, was er da spiele. »Sie wissen ja, Debussy. Und davor war's aus dem ›Till Eulenspiegel‹, von Strauss – *Richard* natürlich.«

Er sagte es langsam, fast affektiert, den Oberkörper in rhythmischem Einklang mit der Musik, und machte Pausen in seiner Rede. Seine Aufmerksamkeit galt nicht nur uns Zuhörenden, und ein Ton schwang in seiner Stimme, der meine Ahnung bestärkte. Irgendwie fürchtete ich für George Isley: etwas war da im Kommen, Moleson rief es herauf. Noch nicht klar zu erkennen, war's in der Musik schon zu spüren. Und es kam aus dem untergründig Verborgnen in Moleson. Eine Verzaubrung, eine hauchfeine Verwandlung kam über das Zimmer – und nicht minder über mein Herz. Mein Urteilsvermögen verließ mich, als glitte mein Denken zurück und verlöre dabei seine vertraute, geltende Orientierung.

»Das hat viel von Heute in sich, oder nicht?« sprach Moleson stoßweise weiter. »Klugheit vielleicht – Intellekt – Erfindungskraft obenhin – doch nichts ist von Tiefe, von Dauer – nur Sensation und Brillanz der gegenwärtigen Zeit.« Er blickte herüber und sah mich scharf an. »Nichts *Ewiges*«, sprach er bedeutsam. »Es sagt alles aus, was es *weiß* – und das ist recht wenig –«

Das Zimmer schien enger zu werden bei diesen Worten. Ein anderer, größerer Schatten legte sich auf unser kleines Geviert. Durch die geöffneten Fenster streckte die Ewigkeit lautlos die Hand nach uns aus. Die Atmosphäre war sichtbar erweitert. Moleson spielte soeben ein wunderbares Fragment aus Skrjabins

»Prometheus« – aber der Ton war kraftlos und flach. All diese moderne Musik war hier nicht am Platz, klang banal, ja nahezu komisch. Unmerklich wechselten unsre Gefühle zu tieferen Dingen, für die's keine Namen gibt in unsren Wörterbüchern, weil die Begriffe aus anderen Zeiten stammen. Ich sah zu den Fenstern hinüber, wo steinerne Säulen den düsteren Ausblick auf jenes Ägypten flankierten, das uns von draußen zuhörte. Der Himmel war mondlos. Nur Scharen von Sternen blinkten hernieder. Voll Ehrfurcht gedachte ich des mysteriösen Wissens, das einem längstvergangenen Volk um diese Gestirne, um die Bahn unsrer Sonne und um den Tierkreis zu eigen gewesen.

Und plötzlich, wie aus dem Traum, erhob sich ein Bild vorm bestirnten Himmelsgewölbe: schwebend zwischen ihm und der Erde, zog vor meinen Augen ein Panorama aus herrlichen Tempeln vorüber – von Dendera über Edfu bis Abu Simbel. Im Verweilen begann es zu flimmern – und löste sich auf. Noch schwebte unsägliche Feierlichkeit in der Luft – aber der Anblick so flüchtigen, leisen Vorüberzugs hatte in mir ein Gefühl für das Maß ausgelöst. Natürlich, so sagte ich mir, war solche Vision nur aus dem Erinnern erstanden, in mir hervorgerufen durch die Musik – und doch hatte ich den Eindruck, schon im nächsten Moment könnte das *ganze* Ägypten auf ähnliche Weise an mir vorüberziehn – Ägypten auf dem Zenit seines unwiederholbaren Gestern. Hinterm Geklimper dieses Klaviers war's wie die Schritte zahlloser Füße im Sand ... voll von unbeschreiblichem Leben. Dem Flüchtigen in mir ward Einhalt geboten ... und als ich mich wandte, um durch einen Blick auf das Zimmer meinen befremdlichen Zustand zu zügeln, sah ich, daß Moleson mich ständig fixierte: unverwandt sah er mich an, das Leuchten in seinen Augen wurde hypnotisch, und ich erkannte, daß alles nur *seine* Beschwörung gewesen. Jetzt erhob sich George Isley. Das Etwas, von mir so vage erwartet, war nähergerückt. Und in diesem Moment wechselte Moleson die Tonart.

»Vielleicht gefällt euch *das* besser«, raunte er halb zu sich selbst, doch mit hallendem Unterton. »Es entspricht weit mehr diesem Ort.« Wirklich, die Stimme klang wie aus dem Innern der Erde. »Alles andere wär' fast Entweihung – hier und in dieser Stunde.« Dann verlor sein Gerede sich im Rhythmus gebändigter Modulationen. Sein Spiel klang gedämpfter. Fast war's, als kämen die Töne nicht aus dem Klavier, sondern schon aus dem Spieler.

»Diesem Ort! Welchem Ort?« fragte Isley sofort und wandte sich rasch herüber. Erschreckend fern und verloren klang seine Stimme.

Der Musiker lachte in sich hinein. »Ich meine damit, dies Hotel ist die pure Impertinenz«, erwiderte er und beugte sich tiefer über die Noten, nach denen er so vorzüglich spielte. »Und die fadenscheinigste Vorgeblichkeit – wenn man sich's recht überlegt. In Wahrheit befinden wir uns in der Wüste. Und draußen stehen die Memnonskolosse und all die geplünderten Tempel – oder *sollten* doch stehen!« setzte er mit erhobener Stimme hinzu und bedachte mich mit einem weiteren Blick.

Er straffte sich – sah nach dem sternübersäten Himmel hinter George Isleys Schultern.

»*Das*«, rief er plötzlich voll lockender Vehemenz, »*das* ist's, wo wir sind und wofür wir hier spielen!« Die Stimme schwoll an bis zum Aufschrei: »*Das*«, rief er nochmals, »ist jenes Etwas, das unsre Herzen mit sich nimmt!« Die Klangfülle war erstaunlich.

Nämlich, die Art, wie er jene Silbe hervorgestoßen, enthüllte urplötzlich den Menschen *unter* der äußeren Hülle aus nichts als zynischem Lachen – erklärte die Herzlosigkeit und das geheime Leben dahinter: auch *er* war mit Leib und Seele entrückt worden in die Vergangenheit! Sein emphatisch geäußertes »*Das*« war beredter und verriet mehr, als seitenlange Beschreibung es jemals vermöchte. Sein Herz lebte in den Gängen der Tempel, sein Geist hatte längstverschollenes Wissen wieder ans Licht des Tages gebracht – aufs neue hüllte die Seele sich in die verlockende Pracht alles Alten. Immer stärker behext, hauste er im erneuerten Glanz jener Bauten, die für uns bloß Ruinen sind. Er und George Isley – gemeinsam hatten sie eine Macht vom Tode erweckt, durch die sie nun rückwärtsgezogen wurden. George Isley wehrte sich noch, kämpfte dagegen an. Moleson jedoch war dort schon auf Dauer zu Hause. Was mich zur Vision des Vorüberzugs jener Tempel befähigt hatte, zeigte mir nun auch dies – und wies es gnadenlos deutlich. Aller Maskierung entblößt, saß Moleson jetzt *nackt* an seinem Klavier.

Ich sah ihn ganz klar. Kein Spott, kein Gelächter verbarg ihn vor mir. Schon seit langem hatte er sich unterworfen – war selbstverloren dahingegangen und beobachtete nun von drüben, wie George Isley sich anschickte, ihm nachzufolgen. Er lebte schon unter der Erde, im Alten Ägypten, und das große Hotel stand höchst exponiert auf der äußersten Haut dieser Wüste. Tausend Grabkammern, Hunderte Tempel lagen dort draußen, in Rufweite fast. Und Moleson war aufgegangen in jenem »*Das*«.

Gleich meiner luftigen Vision ging diese Erkenntnis durch mich – und Vision wie Erkenntnis entsprachen der Wahrheit.

Inzwischen war, was er jetzt spielte, unglaublich stärker geworden, voll strömender, unbeschreiblicher Kraft. Gewaltig, von düsterer Feierlichkeit, verriet es auch etwas von jener Macht, die sich schon in seinem Gehen gezeigt. Eine Ferne schwang darin mit – doch nicht nur räumliche Ferne. Ein schwebender Hauch von Entlegenheit war es, gepaart mit Fremdheit und Trauer und melancholischer Sehnsucht aus unermeßlichem Zwischenbereich. Das wandelte vor sich hin wie in größter Entfernung, und die Wiederkehr der Motive gewann mehr und mehr das Rhythmische einer wogenden, durch die Jahrhunderte lautlos gewordenen Menge. Es war wie Gesang, doch das Singen kam aus der Erde – wie aus Gängen unter erstickendem Treibsand. Als ein verlorener, wandernder Wind strich es seufzend darüber hinweg. Der Kontrast zu den billigen Klängen unserer Zeit war erschütternd – und doch war der Übergang durchaus natürlich gewesen.

»Anderswo würde das leer klingen, bloß monoton – in London zum Beispiel«, sprach Moleson sehr langsam und wiegte sich zu diesen Klängen. »Aber hier ist es groß und voll Glanz – einfach *wahr*! Hört ihr es?« sprach er voll Feierlichkeit. »Und *versteht* ihr es auch?«

»Was ist es?« frug Isley stumpf und nahm mir damit das Wort von den Lippen. »Ich hab' es vergessen. Jedenfalls ist es zum Weinen schön – es übersteigt meine Kräfte.« Er hatte den Satz nur mühsam beendet.

Moleson sah gar nicht hin bei seiner Antwort – er blickte nur mich an.

»Aber du *solltest* es kennen«, versetzte er, und seine Stimme folgte dabei dem Steigen und Fallen der Rhythmen. »Du hast es schon früher gehört – es ist jene rituelle Beschwörung, welche wir damals –«

Isley sprang auf und gebot ihm zu schweigen. Der Rest des Satzes entging mir. Die verrückte Idee schoß mir durch den Sinn, die Stimmen der beiden seien nicht mehr ihre eigenen Stimmen! Mir war's – so unmöglich das klingt –, als sängen die beiden Memnonskolosse einander zu im Anbruch des Morgens!

Erstaunliche Bilder sprangen mich an – und zogen vorüber. Als wären Symbole des Kosmos zum Leben erwacht, die man hierzuland einstmals entdeckt und dann göttlich verehrt hatte. Mein Bewußtsein ward allumfassend – mich überkam das bange Gefühl, ganze Zeitalter träten hervor und trügen mich mit sich davon. Überwältigend war das – wie strömendes Wasser zog es die Füße unter mir weg, schwemmte mich fort! Ich fühlte mich rückwärtsgerissen – ich wurde verwandelt – auch ich war ein andrer geworden!

»Ich weiß – ich erinnere mich«, sprach Isley jetzt leise, und Ehrfurcht war in seiner Stimme, aber auch Schmerz und Bedauern. Er stand im Begriff, die Gegenwart zu verlassen. Die letzten Ufer des Heute trennten sich ab mit schmerzendem Riß. Ich vermeinte, sehr fern seine Seele weinen zu hören – von unten herauf.

»Ich werde es singen«, murmelte Moleson. »Denn es bedarf unsrer Stimme. Rhythmus und Melodie sind einfach göttlich!«

IX

Sogleich hub er an, eine Reihe von langgezognen Kadenzen zu intonieren, die vom Ursprung jedweder menschlichen Sprache zu stammen schienen. Ein nahezu greifbarer Zauber kam über mich, ich fühlte mich eingesponnen, Arme und Beine waren verfangen in einem Netz. Ein Schleier aus feinstem Gespinst umflorte den Blick, die bezwingende Macht dieser Rhythmen griff mir an die Seele, brachte sie magisch zum Schwingen. Allüberall war's lebendig um mich – ob nah oder fern, ob in den Kammern der Toten, ob in den Gängen der felsigen Berge. Theben erhob sich, und Memphis, voll wimmelnden Lebens, zeigte sich über den Ufern des Nil. Die Welt unsrer Tage fing an zu schwanken – schien unterzugehn in dem Klang, der das Vergangne heraufrief – und die beiden vor mir wohnten in ihm und hatten ihr Dasein darin. Das Getümmel heutigen Lebens wehte hinweg über sie, die da *unter* der Erde hausten – ausgelöscht, fort. Auf einer Woge aus Klang waren sie abwärts gefahren in ihr königlich wiedererstandenes Reich.

Mich fröstelte, und ich schüttelte mich, suchte mich aufzurichten – und sank resignierend und hilflos zurück. Meine Anstrengung war vergebens, ich glitt mit den beiden gemeinsam hinüber in ihre befremdliche Haft. Mein Denken, Empfinden, mein Urteil – alles war gänzlich anders zentriert. Das gesamte Bewußtsein veränderte sich – ich sah nun die Dinge mit anderen Augen – mit denen des Altertums.

Des Heute vergessend vor dieser Herrschaft des Alten, verlor ich den Sinn für Realität. Unser Zimmer wurde zur winzigen Spiegelung in einem Wassertropfen, wogegen die unterirdische Welt immense Ausmaße annahm. Das Herz schlug mir im gigantisch-ruhvollen Takt alles dessen, was einmal gewesen. Die Proportionen nahmen beständig zu, ihr Format nahm mich gänzlich gefangen. Und die ins Monströse gewendete Größe nahm alles Gefühl für das Maß mit sich fort. Von sonnenvergoldeter Hand ward ich genommen und neben die beiden ins Zittern solchen Gespinstes gesetzt. Ich hörte das Knistern der sich beruhigenden Fäden – und das Scharren der Füße im Sand. Ich hörte das Flüstern der Toten in ihrer Behausung ... Hinter der Monotonie so priesterlicher Musik vernahm ich sie in ihren düsteren, steinernen Kammern. Die uralten Stollen waren erwacht – das Leben undenklicher Zeiten wogte in Scharen rings um mich her!

Alles Reale so unglaublich fremder Erfahrung verflüchtigt sich zwischen den Worten – wird nicht zur Sprache. So kann ich nur dies als Beweis geltend machen: daß auch das tiefste, umfassendste heutige Wissen bedeutungslos schien vor der kraftvollen Hoheit des Gestern, das nun an der Macht war. Dieses moderne Zimmer mit dem Klavier und den beiden Gestalten von heute war ein erbärmliches Nichts, geheftet an einen riesigen Vorhang aus Transparenz, hinter der es sich drängte von Tempelsymbolen, von sphinxhaften Bildwerken und Pyramiden. Und hinter ihnen erstreckte das riesige, schwebende Grau sich hinüber in einen Glanz, wo die Städte der Toten sich aus dem Sande befreiten und den Raum zu füllen begannen bis an den Horizont und noch weiter hinaus ... Noch die Gestirne, das All waren einbezogen in solches Geschehen. Zeitalter zogen an mir vorüber, und ich glaubte, um Generationen früher zu leben ... Verkehrt worden war mir das Dasein – ich lebte rückwärts.

Zeitlosigkeit und Größe Ägyptens nahmen mich leicht in sich auf. Allbezwingende Grandiosität verdrängte jeden Begriff unsrer Tage. Die Landschaft türmte sich auf – die Wüste erhob sich, der Horizont glitt empor. Granitene, hoheitsvolle Gestalten umringten unser Hotel, riesige Steingesichter schwebten darüber hinweg und davon. Gewaltige Arme langten nach den Gestirnen, um sie zu pflücken und an die Himmel der labyrinthischen Gräber zu setzen. Die Koloßhaftigkeit des uralten Landes brach aus den Ruinen hervor, wiedererstanden – und voll brennenden Lebens.

Ich ertrug es nicht länger. Wollten die dröhnenden Klänge denn gar kein Ende mehr nehmen, die Rhythmen in ihrem bestürzenden Takt nicht verstummen? Ich sehnte das Sonnenlicht über der Wüste herbei, die Frische der Luft an den Ufern des Nil, das abendlich-violette Verdämmern über den Bergen. Ich lehnte mich auf – nahm alle Kraft für die Umkehr zusammen.

»Was Sie da singen, ist schrecklich! Um Gottes willen, lassen Sie uns was Arabisches hören – oder sonstwas von heute!«

So stark meine Anstrengung war – sie brachte nichts ein. Ich schwöre, ich hab' jene Worte gesagt. Und wenn sie sonst niemand gehört hat, so habe doch *ich* sie vernommen, denn ich erinnere mich ganz genau, wie der ungeheuere Raum sie verschluckt hat und meinen Aufschrei zum Vogelgezirp, ja, zum Insektengesumm werden ließ! Der aber, den ich für Moleson gehalten, schwoll statt zu antworten an, wurde größer und größer wie sonst nur Figuren des Märchens. Kaum weiß ich es noch – und ganz gewiß kann ich's nicht schildern. Der schwindende Teil meines Selbst, der das Geschehen noch denkend verfolgte, nahm dies erstaunliche Wachstum zur Kenntnis, als wär's das Natürlichste von der Welt!

Und unmittelbar danach begann der gesamte Zauber zu wirken: das Lustvolle der Unterwerfung empfand ich, *und* das Entsetzen, von allem zu lassen, was Realität gewesen bisher. Ich verstand jetzt Molesons vorgebliches Lachen und auch Isleys stumme Resignation. Ein überraschender Einfall durchfuhr das im Wandel begriffne Bewußtsein – nämlich, daß diese Auferstehung ins Gestern, diese von beiden erstrebte geistige Wiedergeburt, auch die Wandlung zum Aussehn der alten Symbole in sich schloß. Wie der Embryo alle Entwicklungsstufen durchläuft, bevor er zu menschlichen Formen gedeiht, ganz ähnlich durchliefen die Seelen dieser zwei Abenteurer die vielfältige Emblematik des alten, bezwingenden Glaubens. Andächtigen Betern werden ja Eigenschaften der Gottheit zuteil, und so war's auch mit unseren beiden: in fließendem Wechsel nahmen sie Züge der alten Gottheiten an, so intensiv, daß ich es sehen, ja die einzelnen Götter manchmal erkennen konnte: die Gegenwart war pränatal geworden – war Stadium *vor* einer Wiedergeburt, die in die Vergangenheit führte!

Doch nicht nur Moleson allein unterlag dem bedrückenden Wandel: *beider* Gesichter nahmen ägyptisches Maß an – wurden beängstigend groß inmitten der Kleinheit des Zimmers! Kein Zerrspiegel könnte dergleichen erzeugen, weil ja die Proportioniertheit keine Entstellung erfuhr. Aber die menschliche Physiognomatik war fort! Ich sah die Gedanken der beiden, blickte in ihre vergrößerten Herzen, erkannte, wie sich Ägypten festsetzte darin, indem es ihnen die Liebe zum Heute entzog. Ehrfurchtgebietende Würde breitete sich über beide, geheimnis- und machtvoll – und starr wie der reglose Stein.

Zunächst hatte Molesons Gesicht sich zu falkenhaftem Aussehn verändert – wurde zum Abbild der finsteren Horusgottheit, aufragend über dem spielzeughaft kleinen Klavier. Scharf sah er aus, verschlagen und beutegierig. In den Augen funkelte es wie vom Aufgang der Sonne. Isley, nicht weniger riesig, wirkte noch kräftiger, und seine wachsende Breitschultrigkeit erinnerte schon an die Sphinx. Seine Züge wiesen die unergründliche Macht von Tempelbildwerken. Doch waren das nur die ersten Anzeichen einer Besessenheit, denen alsbald noch weitere folgten: in immer rascherer Folge, wie gleitende Projektionen der Zauberlaterne auf einer Leinwand, huschten die alten Symbole über die Riesengesichter der beiden. Unterscheidung war nicht mehr möglich. Die sukzessiven Abbildungen legten sich übereinander wie auf mehrfacher Photographie – erschienen und waren verschwunden, bevor man sie deutlich gesehen, während ich diese innere Alchemie mir vermittels der äußern, den Sinnen vertrauteren Zeichen zu deuten suchte. Ägypten hatte Besitz von den zweien ergriffen und brachte in ihrer Körperlichkeit sein Wesen zum Ausdruck, indem es sich auf unglaubliche Weise seiner immensen Regenerationskraft bediente ...

Die Bilder wechselten dermaßen rasch, daß ich kaum die Hälfte erkannte – bis schließlich die Abfolge in einem einzigen Bild kulminierte, das ehrfurchtgebietend auf jedem der beiden verharrte. Die gesamte Reihe war zu dem Einen verschmolzen, es stand mir als meisterlich letztes vor Augen, alle anderen subsumierend in majestätischer Stille. Und das gigantische Etwas wuchs auf zu unglaublicher, statuarischer Größe. Aller Geist des

Alten Ägypten ward zur Synthese in so monströsem Symbol und löschte die beiden Gefährten vollkommen aus: was da vor mir thronte, waren die grimmigen Formen der Memnonskolosse, halb schon versunken im Sand, die Nacht über sich – und das Dämmern des Tages erwartend!

X

Gewaltsam trachtete ich, mich wiederzufinden – mein Denken aufs Heute zu konzentrieren. Doch als ich Ausschau hielt nach dessen nächsten Details – nach Moleson und Isley –, mußte ich feststellen, daß sie verschwunden waren! Die vertrauten Gestalten der beiden Gefährten waren nicht mehr zu sehen.

Ich erkannte das ebenso klar wie vor mir das lächerlich kleine Klavier – doch nur momentan. Der Moment war aber von Dauer, Ägyptens Ewiges war noch um uns: das erschreckend grausige Paar verharrte noch immer gebeugt, hielt die Häupter anbetend gesenkt. Beide verweilten im Zimmer, als Abbild der Macht jenes unvergänglichen Gestern, das sich in den kleinen, betenden Menschenfiguren manifestierte. Das Zimmer, die Wände, die Decke – sie waren verflogen. Statt ihrer nur Sand und offener Himmel...

Seite an Seite erhoben die beiden sich vor dem geweiteten Blick. Ich wußte nicht, wohin ich sehen sollte. Wie einem Kind war mir zumute, das im Spielzimmer aufblickt zu seinen riesigen Eltern – *ich* erstarrte zu Stein, war keines Gedankens mehr fähig, auch keiner Bewegung. Ich starrte bloß vor mich hin, strengte den Blick an, diesen Männern etwas Vertrautes abzugewinnen – und hatte doch nur die Symbole vor mir. Und nicht einmal *sie* sah ich deutlich. Ihre Gesichter waren ins Große verzerrt, die Schultern, Hälse und Arme hoch über mir in der Luft. Der Wüste gleich, war da wohl Physiognomie, doch kein persönlicher Ausdruck – alles Menschliche untergründig verborgen in der Massigkeit bröckelnden Steins. Wangen und Münder waren nicht mehr unterscheidbar, nur tote Augen und Lippen aus zerborstnem Granit. Reglos, gewaltig und rätselhaft füllte Ägypten sie aus, nahm sie zu sich. Und zwischen uns, in grotesk sich verkehrender Perspektive, stand als winziges Zeugnis des Heute das Blüthnerpiano. Entsetzlich war das. Ein Hauch majestätischen Horrors befiel mich. Ich zitterte, mich überlief's heiß und kalt. Alle Kraft war aus mir gewichen, ich war nicht mehr fähig zu sprechen oder mich zu bewegen in Momenten vollkommener Lähmung.

Die Verzauberung war aber nicht nur aufs Zimmer beschränkt. Allenthalben war sie zu spüren, auch draußen im Freien: das Gestern staute sich rings an den Mauern dieses Hotels. Die Weite rückte herzu – und mit ihr die Zeit. Jener Beschwörungsgesang rief das Gigantische in seinem alten Glanze herauf. In schattiger Prozession scharte es sich rings überm Sande zusammen wie ein gewaltiger, lautloser Heerbann. Pyramiden türmten sich auf, steinerne Gottheiten traten herzu. Tempel in wiedererstandener Schönheit reihten sich an, ernst wie die Nacht jener Zeiten, aus der sie aufgetaucht waren. Und dann die Konturen der Sphinx, starr und doch angriffsbereit, als düsterer Klotz vor dem Himmel. Das Maßlose unterredete sich mit der Maßlosigkeit ... Riesige Zeitintervalle, unfaßbare Weiten ereigneten sich – und doch geschah's im Moment und auf winzigstem Raum. Alles war *hier* und war *jetzt*. Ewigkeit raunte durch jede Sekunde, noch im geringsten Sandkorn war sie zu spüren. Doch blieb mir trotz dieser Vielfalt erstaunlichster Einzelheiten, die ich gleichzeitig erkannte, in Wahrheit nur *eines* bewußt: daß der Geist des Alten Ägypten mich ansah aus diesen zwei Schreckensgestalten, und daß mein so peinvoll-glorios überdehntes Bewußtsein zwar alles umfaßte – und doch von Ägypten umfaßt *war*, gemeinsam mit den zwei andern.

Denn es hatte den Anschein, auch ich sähe aus wie die beiden Gefährten. Ein weiteres, weniger großes Symbol, obschon von der nämlichen Art, hatte sich meiner bemächtigt! Ich wollte mich rühren, doch die Beine gehorchten nicht, waren versteint, die Arme fixiert – der Körper war gebettet in Fels. Treibender Sand rieselte an meinem Außen, wirbelte an mir hoch im frostigen Wind. Aber ich spürte ihn nicht: *hörte* nur das Geprassel der stäubenden Körnchen gegen die steinerne Härte der Haut ...

So erwarteten wir den Anbruch des Tags; harrten der Wiederkunft ewiger Göttlichkeit, welche der Ursprung ist und die Beseeltheit all unsres Lebens ... Die Luft wurde schärfer und frischer. Fernhin verfärbte der rosenfarbene Himmel sich zu Violett und zu Gold. Dann wurde die Wüste von rötlichem Schein überhaucht. Nur mehr wenige Sterne hingen vergehend am Himmel. Schon erhob sich der Wind, welcher der Sonne voraufgeht. Das ganze gewaltige Land bereitete sich dem Kommen der mächtigen Gottheit...

In solche Erwartung tönte ein kurioser, fast schon erwarteter Klang – vertraut wie seit langem. Schwören hätte ich mögen am Anfang, daß es George Isley war, der dem Gefährten nunmehr respondierte. Hinter den machtvollen Tönen pulsierte der nämliche Takt, doch so staunenswert stärker geworden, daß er, obzwar erst durch Molesons Beschwörung erweckt, nun wie von sich aus ertönte. Die vibrierenden Resonanzen von Molesons Gesang waren hinabgedrungen an jenen Ort, wo die Antwort geschlafen. Und *beide* – Beschwörung wie Antwort – tönten synchron! Es war Ägypten, das aus ihnen sprach. Das dumpfe Grollen von Tausenden Trommeln murrte darin, als meldete sich die Wüste zu Wort in erstaunlicher Rede. Das steinerne Herz stand mir still, während ich lauschte: *zwei* Stimmen füllten den Himmel – unterredeten sich im Hereinbruch des Morgens:

»So mühelos herrschen wir über das Land... indes die Jahrhunderte kommen und gehen.«

Kraftvoll *und* sanft rollten die Silben dahin, mit der hallenden Tiefe untergründiger Höhlen.

»Man hat unsre Ruhe gestört. Hebt euch hinweg mit der Menge, nach Osten... Wir singen im Dämmer des Morgens noch immer die Weisheit vergangener Welt... Hören soll man unsre Rede – doch nicht mit leiblichem Ohr. Im Anbruch des Tags gehn unsre Worte hinaus über die Weiten aus Sand und aus Zeit, quer durch das Licht dieser Sonne... Und kehren am Abend zurück wie auf Schwingen des Adlers zu unsern steinernen Lippen... Jede Silbe ist ein Jahrhundert, und noch ist kein Satz zu Ende gesprochen. Zerborsten sind uns die Lippen von solcher Rede...«

Stunden, Monate, Jahre schienen vorüberzuziehn, während ich lauschte auf meinem sandigen Lager. Bald verklangen die Wortfetzen weit in der Ferne – bald tönten sie nahe am Ohr. Es war, als sängen über den Wolken die Gipfel der Berge einander zu. Der Wind verwehte die Klänge – und brachte sie wieder zurück...

Dann, in sich höhlender Pause, die Jahre zu dauern schien und in sich den Hingang von Zeitaltern trug, wurde die Botschaft klarer vernehmbar. Gleich einer Woge durchflutete mich das Grollen der machtvollen Stimme:

»Wir warten und wachen und lauschen in unserm Alleinsein.

Nie schließen wir unsere Augen. Mond und Gestirne ziehen hinweg über uns, und unser Strom findet zum Meer. Ewigkeit bringen wir eurem zerbrochenen Leben ... Wir sehen euch stählerne Strecken bauen durch unser Land, unter schwachem, weißlichem Rauch. Wir hören das Heulen der eisernen Botschafter in unsrer Luft ... Die Völker kommen und gehen. Weltreiche verwehen nach Westen und lösen sich auf ... Die Sonne altert darüber, die Sterne erbleichen ... Horizonte werden gewandelt vom Wind, und unser Strom verändert den Lauf. Wir aber bleiben, ewig und unwandelbar. Von Wasser, von Sand und von Feuer ist unser innerstes Wesen – und doch fest gefügt in der allesumhüllenden Luft ... Es gibt keinen Stillstand im Leben, es gibt keinen Abbruch im Tod. Veränderung weiß nichts von Ende. Die Sonne kehrt wieder ... Nur Ewige Wiederkehr gibt es ... Doch liegt unser Königreich *unter* der Erde, im Schatten, nicht wahrgenommen von eurem nichtigen Alltag ... So kommet doch, kommt! Noch ist versammelt Tempel bei Tempel, noch ist, euch zu segnen, die Wüste bereit! Die Füße kühlt euch unser Strom. Reinigen soll euch der Sand, unserer Gottheit Feuer wird euch der Weisheit verschmelzen ... So kommet und neigt euch in Ehrfurcht, denn nah ist die Zeit. Es dämmert der Tag ...«

Die Stimmen versanken in Tiefen, die der Sand vieler Zeitalter überdeckte, während im Osten das erste Leuchten des Tags den Himmel durchflammte. Die Heraufkunft der Sonne, des ewigen Auferstehungssymbols allen Lebens, stand nahe bevor. Noch umgab mich in maßloser, nachtüberschatteter Pracht das gesamte Alte Ägypten und harrte fast ohne Atem dem Moment der Anbetung entgegen. Nicht länger abweisend und schreckenerregend im Glanz ihrer langen Vergessenheit, ragten die Bildwerke auf: sondern leidenschaftlich verklärt, ein aus Stein errichteter Wald. Die granitenen Lippen waren geöffnet, die uralten Augen geweitet. Und alle blickten nach Osten. Nahe und näher rückte die Sonne herauf, an den Rand der wartenden Wüste.

XI

Emotion in dem *mir* geläufigen Sinn war nicht zu spüren. Falls ich etwas empfand, so war es der unterste Grund zweier Ur-Sensationen – von Freude und Ehrfurcht ... Die Dämmerung hellte sich zusehends auf. Gold war in ihr, als verstreute Nubiens Sand seinen Glanz noch übers geringste Detail. Verklärung lag über allem, als hätten die Sterne im Abfluten ihrer Gezeit noch einmal ihr Licht ausgegossen über die Welt. Und Leidenschaft kam nun hinzu – die Inbrunst jedweden Glaubens aus sämtlichen Zeiten, die ihre Fülle zurückgab – der steigenden Sonne. Ägyptens Ruinen erstanden ineins, zum elementaren, gewaltigen Tempel: sein Grund war die Ödnis der Wüste, aber die Wände reichten bis an die Sterne.

Damit erlosch der Beschwörungsgesang mit all seinen Rhythmen – untergetaucht, erstickte sein Tönen im Sand. Und die Sonne strahlte hernieder auf ihre uralte Welt ...

Mich erfüllte brennende Wärme. Ich konnte die Glieder wieder bewegen! Triumphierend kehrte das Leben in meinen versteinten Körper zurück! Einen flüchtigen Augenblick lang vernahm ich das Peitschen sandiger Teilchen gegen mein Außen, als wehte Treibsand an mir empor, doch konnte ich nunmehr den stechenden Schmerz auch *empfinden*. Dann war es vorbei. Die alles durchdringende Hitze badete meinen Körper, die steinerne Fühllosigkeit war der neuen Gewißheit gewichen, aus Fleisch und Bein zu bestehn. Die Sonne war aufgegangen ... Ich lebte, doch war ich – verändert.

Mir schien, ich hätte erst jetzt die Augen geöffnet. Maßlose Erleichterung kam über mich. Ich wandte mich um – tat einen tiefen, labenden Atemzug. Ich streckte das Bein auf den grünen, flauschigen Teppich. Etwas war von mir gewichen – ein anderes wiedergekehrt. Ich setzte mich auf, im Bewußtsein, endlich entlassen zu sein – wieder frei nach gelungener Flucht!

Dann geschah ein gewaltsam-verwirrender Bruch: Ich fand zu mir selber zurück, hatte nun Moleson wieder vor Augen, und auch George Isley. Er hatte, von mir nicht bemerkt, seinen Platz im Zimmer verlassen. Jetzt stand er aufrecht. Sein Anblick traf mich wie ein Schlag. Ich sah ihn die Arme bewegen – und Feuer flammte ihm unter den Händen: doch hatte er bloß das elektrische Licht angedreht. Aus mehreren Richtungen kam es – von den Wänden und vom Alkoven, von der Zimmerdecke herab und vom Schreibtisch herüber. Und eine der Wandleuchten hätte mich fast schon geblendet, so nahe stand ich davor. Ich befand mich wieder im Heute, umgeben von heutigen Dingen.

Doch während die Einzelheiten sich erst nach und nach meinen erholten Sinnen enthüllten, war Isley wiedergekehrt in kuriosem Effekt aus Ferne und Raschheit – wie ein Schlag durchs Gehirn! Aus gewaltiger Höhe und erstaunlicher Dimensioniertheit war er herniedergestürzt, als gälte es, über mich herzufallen. Moleson hingegen war einfach »da«. Nichts von der Raschheit des andern, kein plötzlicher Wandel verriet sich an ihm. Regungslos saß er an seinem Klavier, die langen, hageren Hände auf dessen Tasten, doch ohne zu spielen. Nur Isley war wie der Blitz in die Enge des Zimmers gefahren, auf seinen Zügen noch immer die Spuren monströser Verwandlung. Abwehr und Anbetung mischten sich in den tiefliegenden Augen, doch die geschlossenen Lippen verklärte ein Lächeln. Schaudernd erkannte ich, wie eine Ungeheuerlichkeit sich von seinen Zügen hob, als glitte ein Wolkenschatten von einer Felsenpartie. Die Proportionen verschoben sich auf erschreckende Weise: die koloßhafte Kraft, die sein Wesen befallen hatte, zog sich langsam nach innen zurück. Das glich einem Kollaps. Und auf dem gebräunten, zerfurchten Gesicht glitzerte eine Träne.

Mich überfiel brennender Ekel: das Heute erschien mir zerlumpt und in Fetzen. Die Reduktion auf sein Maß war nahezu schmerzhaft. Ich sehnte mich plötzlich nach dem verschwundenen Glanz, der noch gespenstisch in Reichweite war. Die Schäbigkeit dieses Hotelzimmers, seine aufdringlich häßliche Ausstattung, die Niedrigkeit heutiger Ideale, wo Nutzen vor Schönheit, Gewinnsucht vor Ehrfurcht das Leben regierten – all das, im Verein mit dem Schrumpfen meiner Gefährten zur Erbärmlichkeit von Marionetten, verursachte mir eine schmerzliche Gier nach dem Gestern, die kaum noch erträglich war. Im blendenden Licht sah ich das Zifferblatt der Kaminuhr, welche halb zwölf anzeigte. Zwei Stunden waren vergangen, seit Moleson zu spielen begonnen! Mit diesem Erkennen des Zeitmaßes schwand alle Illusion. Ich befand mich tatsächlich wieder im Heute, und das Mechanische unserer Tage nahm mich aufs neue gefangen.

Geraume Zeit rührte sich keiner von uns, äußerte niemand ein Wort. Der plötzliche Wandel hatte uns alle verwirrt. Wir waren aus großer Höhe herniedergestürzt, vom Gipfel der Pyramide, von einem Stern – und durch den Aufprall der Landung war unser Denkvermögen erschüttert. Verstohlen sah ich zu Isley hinüber, verwundert ob seines Hierseins. Auf seinen Zügen malte sich Resignation anstelle der früheren Kraft, und auch die Träne war weggewischt worden. Nichts von Gegenwehr war da zu sehen – nur restlose Übergabe. Er wirkte nichtssagend und leer: der reale George Isley war anderswo – er war nicht wiedergekehrt.

Unbeholfen, beinahe verkrampft, kamen wir drei auf alltägliche Dinge zu sprechen – unterhielten uns ganz gewöhnlich, stellten einander Fragen, gaben Antwort darauf, griffen zur Zigarette, rauchten sie an und so weiter. Moleson entlockte seinem Piano etliche Allerweltsmelodien, sagte ab und zu etwas, redete leer vor sich hin, doch keiner von uns hörte zu. Isley kam langsam herüber – bot uns Zigaretten an. Sein gebräuntes Gesicht war verschattet. Er wirkte erschöpft und verbraucht – ein Soldat, gezeichnet vom Krieg.

»Hat's dir gefallen?« fragte er tonlos. Kein Interesse, kein Ausdruck lag in seiner Stimme. Was mich da anredete, war nicht der wirkliche Isley – war nur jenes nichtige Stück, das zurückgekehrt war. Sein Lächeln war das eines künstlichen Menschen.

Mechanisch nahm ich die Zigarette, die er mir anbot, und überlegte verwirrt, was ich antworten könnte.

»Es ist unwiderstehlich«, murmelte ich. »Ich sehe jetzt, es ist leichter, zu gehen.«

»Und auch besser«, raunte er seufzend, »und namenlos herrlich!«

XII

Beim Anzünden der Zigarette zitterte mir die Hand. Eine plötzliche Lust nach Gewaltsamkeit kam mich an – nach kraftvollem Schwung, um etwas von mir wegzustoßen, es zu vertreiben.

»Was ist das gewesen?« fragte ich herausfordernd laut, und meinte damit den Mann am Klavier. »Darbietungen dieser Art – und vor andern –, ohne erst um Erlaubnis zu fragen – das gehört sich doch nicht, das ist –«

Und Moleson gab Antwort. Meinen Tadel ließ er beiseite, als hätt' er ihn gar nicht vernommen. Gemächlich trat er herüber zu uns, griff nach einer weiteren Zigarette und drückte sie zwischen den hageren Fingern zurecht.

»Sie können leicht fragen«, sagte er ruhig, »aber die Antwort ist weniger leicht. Gefunden haben wir es« – und er wies mit dem

Kopf auf Isley – »vor zwei Jahren, im ›Tal‹, bei der Mumie eines Priesters, offenbar eines bedeutenden Mannes. Es hat sich als Teil eines Rituals der Sonnenanbetung erwiesen. Jetzt befindet es sich im Museum – Sie können's zu Bulak besichtigen –, unter der schlichten Bezeichnung ›Hymnus an Ra‹. Es stammt aus der Zeit des Echnaton.«

»Die Worte, ja«, warf jetzt Isley ein, der aufmerksam zugehört hatte.

»Die *Worte?*« echote Moleson erstaunt. »Es *gibt* keine Worte. Das Ganze ist nur eine Abfolge von Vokalen. Und der Rhythmus, die Invocatio oder wie immer man's nennen will – das habe ich selber erfunden. Die Ägypter, nicht wahr, haben ja ihre Musik nicht niedergeschrieben.« Er streifte mich mit einem forschenden Blick. »Falls Sie geglaubt haben, Worte zu hören, so war's das Produkt Ihrer Auslegung und Phantasie.«

Ich starrte ihn an, ohne etwas zu sagen.

»Wovon die Ägypter so rituellen Gebrauch gemacht haben, das nannten sie ›Sprache des Wesens‹«, setzte er fort. »Und die bestand nur aus Vokalen. Denn die Vokale, nicht wahr, reihen sich ohne Anfang und Ende, wogegen die Konsonanten den Fluß unterbrechen, beenden oder zumindest begrenzen. Ein Konsonant klingt nicht *aus sich*. Hingegen ist *echte* Sprache kontinuierlich.«

Wir standen wortlos und rauchend im Zimmer. Ich begann zu begreifen, daß Molesons Spiel und Gesang auf genauester Kenntnis beruhte. Das Fragment eines uralten Rituals hatte er wiedergegeben – eine Beschwörung, die beide, Isley und er, der Erde entrissen hatten. Und wissend um deren Wirkung auf den Gefährten, hatte er sie auch an mir ausprobiert. Anders war dieser unglaubliche Einfluß nicht zu erklären. Im Glauben wie in der Dichtung einer Nation liegt auch deren seelisches Leben, und so flammte hinter der Rhythmik des langen und monotonen Beschwörungsgesangs der gigantische Glaube Ägyptens. Sein Herz, sein Blut, seine Nerven waren darin. Millionen hatten den Tönen gelauscht – hatten Tränen vergossen, gebetet, Sehnsucht empfunden. Beseeltheit war das, Leidenschaft jener staunenswerten Kultur, deren Gottheit die Sonne gewesen, und die nun verschüttet lag unter der Erde, wartend, noch immer voll Leben. Der majestätische Glaube des Alten Ägypten stieg da herauf – jene gewaltige, brennende Konzeption eines Ewigen Lebens nach allem Tod, die der Angelpunkt jener Tage gewesen. Jahrhundertelang hatten unzählige Menschen, geführt von den Priestern und Pharaonen, dies nämliche Ritual vollzogen – hatten daran geglaubt, es gefühlt und gelebt. Und sein Höhepunkt war noch immer der Aufgang des Tagesgestirns. Noch haftete seine geistige Kraft an der großen Ruinensymbolik: der Glaube einer versunknen Kultur flammte zurück in das Heute – bis in unser Herz.

Eine seltsame Hochachtung mischte sich in meine Abneigung gegen den Menschen, der es verstand, zwei heutige Geister so sehr unter diesen Einfluß zu zwingen. Heimlich beobachtete ich seine verwitterte Miene. Sie war noch immer verschattet von dem, was noch vorhin in ihm gewesen. Die hageren Wangen wirkten versteint, und irgendwie schien er kleiner geworden zu sein, reduziert – auch im Innern. Und ich dachte daran, wie er noch vor kurzem ausgesehn hatte: gefangengenommen, besessen von seinen steinernen Wächtern ...

»Ungeheuerlich, diese Kräfte darin – eine ehrfurchtgebietende Macht«, stammelte ich, mehr, um der bedrückenden Stille ein Ende zu machen, als aus dem Bedürfnis, mit ihm zu reden. »Auf ganz einzigartige Weise beschwört es Ägypten herauf – ich meine, das *Alte* Ägypten –, bringt es uns nahe, bis an das Herz.« Wie von selbst kamen die Worte mir über die Lippen, und unbewußt hatte ich meine Stimme gedämpft. Ich war voller Ehrfurcht. George Isley war ans Fenster getreten, und so stand ich allein, Aug in Aug mit dieser befremdlichen Inkarnation einer längstversunkenen Zeit.

»Das muß wohl so sein«, gab er zu, in den Augen noch immer das innere Leuchten. »Es liegt ja die Seele der alten Tage darin. Keiner, der es mitanhört, ist danach noch derselbe. Es drückt die beseelende Leidenschaft aus, und auch die Schönheit prunkhafter Anbetung, glanzvollen Glaubens – jener vernünftigen, intelligenten Sonnenverehrung, des einzigen, wissenschaftlich fundierten Bekenntnisses, das es jemals gegeben. Natürlich war seine volkstümliche Form weitgehend vom Aberglauben bestimmt, aber die geistliche – die von den Priestern gepflegte –, der die Beziehung von Farbe, von Klang und Symbolik bekannt war, sie ist –«

Er verstummte abrupt, als hätte er bisher nur zu sich selber gesprochen. Wir setzten uns beide. Nur George Isley blieb stehn, aus dem Fenster gebeugt, mit dem Rücken zu uns. Er sah in die mondlose Nacht der Wüste hinaus.

»Haben Sie denn die Wirkung schon früher erprobt – an andern?« fragte ich aufs Geratewohl.

»Nur an mir selbst«, versetzte er kurz.

»An anderen nicht?« fragte ich nochmals.

Er zögerte einen Moment.

»Ein einziges Mal – und nur an einer Person«, gab er zu.

»Mit Absicht?« Etwas beunruhigte mich bei dieser Frage.

Er hob kaum merklich die Schultern. »Ich bin bloß ein spekulativer Archäologe«, sagte er lächelnd, »vielleicht auch ein phantasievoller Ägyptologe, und an die Pflicht gebunden, das Vergangene so wiederherzustellen, daß es auch für andre zum Leben erwacht.«

Am liebsten wäre ich ihm an die Gurgel gesprungen!

»Und Sie wissen natürlich sehr wohl um die magische Wirkung, die – wenn auch nur vermutlich – ausgeht davon?«

Er fixierte mich hinterm Rauch seiner Zigarette. Bis heute kann ich nicht genau sagen, *was* an diesem Menschen mir solchen Schauder einjagte.

»*Genau* weiß ich gar nichts«, versetzte er leichthin. »Doch halte ich eine Erprobung für legitim. Magisch, wie Sie es nennen – dieses Wort bedeutet mir nichts. Wenn es so etwas gibt, so ist es bloß fachlich zu nehmen – als noch unentdecktes oder vergessenes Wissen.« Der Blick, den er mir dabei zuwarf, wirkte anmaßend, ja aggressiv, und der Tonfall war nahezu schroff. »Ich nehme an, Sie beziehen sich nicht so sehr auf die eigne Person, sondern vielmehr auf unsern gemeinsamen Freund?«

Es fiel mir nicht leicht, seinem Blick standzuhalten. Molesons gesamtes Wesen strahlte noch immer Bedrohung, etwas bezwingend Verlockendes aus. Auf einmal war alles neuerlich spürbar – das unsichtbare Gespenst, der dünne, durchscheinende Vorhang, die reglos ihr Opfer belauernde Macht inmitten des Netzes, auch die monströsen Rätselgebilde und Wachtposten über Jahrhunderte weg. »Eigentlich meinen Sie seine veränderte Haltung zum Leben – sein Fortgehn daraus?«

Eisiger Schrecken durchfuhr mich, als er die Wendung wortwörtlich gebrauchte. Doch ehe ich etwas erwidern, ja bevor ich noch mein Entsetzen bemeistern gekonnt, sprach er schon weiter – im Flüsterton: und schien ebensowohl zu sich selber zu sprechen.

»Die Seele, so glaube ich, hat das Recht, von sich aus ihre

Umgebung und ihre Konditionen zu wählen. Sich fortzubegeben, ist Überwechseln, aber nicht Untergang.« Eine Weile rauchte er schweigend. Dann sah er mich an und sagte sehr ernst etwas Merkwürdiges, nicht mehr zynisch, sondern voll Überzeugung: »Die Seele ist ewig, sie wählt sich jedweden Ort – achtet nicht aller Dauer. Was könnte sie binden ans gewöhnliche, künstliche Heute? Was bietet ihr in dieser Gegenwart jenen sicheren Halt, jenen Glauben und jene Schönheit, worin sie das Essentielle des Lebens zu finden vermöchte? Wie könnte sie denn daheimsein in dieser zerfallenden, nichtigen Welt und ihrer Hast? Soll sie ewig in diesem Jammertal zappeln, wenn doch ein lebendiges Gestern sie schon erwartet – voll Schönheit und Kraft und Verklärung?« Er trat auf mich zu, griff nach meinem Arm. Schon hauchte sein Atem mir ins Gesicht. »Kommen Sie doch mit uns«, flüsterte er tiefernst. »Kommen Sie mit in das Gestern! Lösen Sie sich von dem Schutt dieser müßigen Häßlichkeit. Kommen Sie mit, huldigen Sie mit uns dem vergeistigten Gestern! Nehmen Sie teil an dem uralten Glanz, an dem Ruhm, an der gewaltigen, wunderbaren Gewißheit, dem unauslöschlichen Wissen ums Wesen der Dinge! Noch liegt es gebreitet um uns, noch ruft es nach uns wie seit je. Es ist schon ganz nah. Durch die Tage und Nächte zieht es uns an – und es ruft nach uns – ruft uns, und ruft ...«

Seine Stimme verlor sich ins Ferne – noch heute kann ich sie hören, und auch den leisen, verhallenden Unterton ihres Ersterbens: »Es ruft nach uns – ruft uns, und ruft ...« Doch seine Augen straften ihn Lügen, denn sie verrieten nichts Gutes. Plötzlich empfand ich die finstere Kraft dieses Menschen – erkannte den Aberwitz in seinem Denken und Wesen. Die Vergangenheit, welche er glorifizierte, sah ich nur schwarz, wie unterm verwehrenden Düster ägyptischer Plagen. Und nicht die Schönheit, sondern den Tod hörte ich nach uns rufen.

»Es ist ganz real«, sprach er weiter, ohne mein inneres Erschrecken wahrgenommen zu haben, »und hat mit Traum nichts zu tun. Diese zerfallnen Symbole verbinden uns allem, was war. Ihre Kraft ist noch immer so stark wie vor sechstausend Jahren. Gleich hinter ihnen wird jenes Gestern bestürzend lebendig. Was uns so bedrohlich erscheint, ist nicht nur steinerne Masse, sondern der sichtbare Ausdruck gewaltiger Kräfte, und noch immer – *erfahrbar.*« Er senkte den Kopf, sah mich von unten her an und dämpfte die Stimme. Sein Blick war jetzt voll Geheimnis.

»Ich hab' Ihren inneren Wandel bemerkt«, flüsterte er, »wie *Sie* ihn in *uns* bemerkt haben. Nur Anbetung kann ihn bewirken. Dabei nimmt die Seele etwas vom Wesen der Gottheit an, der solche Anbetung gilt. Der Gott nimmt Besitz von der Seele, gleicht sie sich an. Auch *Sie* haben das empfunden – waren besessen davon. Ihr Gesicht ist zum steinernen Antlitz der Gottheit geworden.«

Mir war zumut wie einem übergossenen Pudel, der das Wasser abschüttelt. Ich stand auf. Ich weiß noch, daß ich abwehrend die Hände ausstreckte, um etwas zurückzustoßen, einen kriechenden Einfluß von mir zu scheuchen. Und noch etwas weiß ich: denn trotz aller Realität des weitern Geschehens und unerachtet des heute noch greifbaren Resultats in Gestalt des dahingegangenen Isley – des Verlustes all dessen, was einstmals George Isley *gewesen* – haftete jener Szene auch etwas Komisches an. Komödienhaft war sie, obschon auch erschreckend gespenstisch. Hinter der Lächerlichkeit verbarg sich ein tiefes Entsetzen. Schauspielerei verhüllte die Wahrheit. Die Szene erschreckte, *weil* sie so real war.

Im großen Spiegel an der Rückwand des Zimmers erblickte ich Moleson und mich. Weiter hinten, am offenen Fenster, war auch noch Isley zu sehn. Unsre Haltung glich der von lebendigen Hieroglyphen: meine Arme waren gehoben, doch nicht nur zur Abwehr, wie ich geglaubt, sondern unnatürlich und steif, in der Stumpfwinkligkeit altägyptischer Reliefkunst, die Handflächen aufwärts, unsre Köpfe rücklings geneigt, die Beine im Schreiten erstarrt, die Körper versteinert zum Abbild vergessenen, uralten Daseins. Und diese dreifache, physische Gleichform wirkte unglaublich monströs. Dennoch war solche Plumpheit der Gestik beherrscht von Wahrheit und Ehrfurcht. Ein fremdes Etwas hatte die Form inspiriert, die wir körperlich angenommen: unsre Haltung war Ausdruck begrabner Bestrebungen, Sehnsüchte, Emotionen – oder was immer der Geist jenes Gestern in uns heraufgerufen.

Ich sah jenes Spiegelbild nur momentan – und senkte die Arme, beschämt ob so törichter Haltung. Moleson tat einen langen Schritt auf mich zu, und auch Isley beeilte sich, von seinem Fenster herüberzukommen. Wortlos blickten wir einander an. Es dauerte nur Sekunden, doch war's mir in jener Pause, als zöge die ganze Welt an mir vorüber: Jahrhunderte strichen vorbei – das

Heute versank – nicht mehr gerade verlief alles Dasein, es wurde zum Kreis, in dessen Zentrum wir Drei verharrten, reglos, umringt von Künftigem wie Vergangnem, das jederzeit zugänglich schien. Und alle drei *fielen* wir – fielen *zurück* ...

»Kommt mit«, ließ Moleson sich feierlich, doch mit der Vorfreude eines Kindes vernehmen. »Kommt jetzt mit mir! Wir wollen gemeinsam gehen – die Barke des Ra hat die untern Bereiche durchmessen, die Finsternis ist überwunden! Laßt uns gemeinsam hinausgehn, dem Morgen entgegen. Hört ihr ihn nicht? Er ruft nach uns – ruft uns, und ruft ...«

XIII

Mich überkam's wie die Empfindung des Fliegens – doch es war nur die Seele, die solchen schwindelerregenden Wandel erfuhr. Zahllose Emotionen intensivster, verschiedenster Art durchzuckten mich rasch wie der Blitz: zwar erkannte ich sie, doch fand ich dafür keine Namen. Das Leben vieler Jahrhunderte nahm mich rückwärts mit sich, und wie im Ertrinken zog dieser Abriß des Daseins mich binnen Sekunden die steilen Abstürze hinab, die das Gestern so mühsam errichtet hatte. In ununterbrochenem Wechsel raste es an mir vorüber, ich betete, weinte, verehrte – ich liebte und litt – ich kämpfte, verlor und gewann. Durch rückwärts gestufte Zeitalter, wie auf verkehrtherum teleskopierter, gigantischer Treppe, glitt meine Seele nach unten in reglose, starre Vergangenheit ...

Ich weiß noch, welch lächerliche Details den immensen Abstieg einleiteten: ich schlüpfte in meinen Mantel, ich setzte den Hut auf. Jemand sagte zu mir – und es klang so verloren, als sänge ein Vogel um Mitternacht aus dem Schlaf: »Wir nehmen die hintere Tür, der Haupteingang ist schon versperrt.« Und ich entsinne mich vage der großen Konturen unsres Hotels, seiner Terrassen und Kolonnaden, die sich hinter mir auflösten in leere Luft. Doch all das vollzog sich nur unter Geflimmer, war so rasch vorüber, als stürzte ich erdenwärts von einem fremden Gestirn und flöge dabei an losem Gefieder, an wehenden Blättern vorbei. Keinen Widerstand, keine Reibung verspürte ich auf diesem seelischen Flug in die Zeit – er vollzog sich so leicht und geräuschlos, als wär' er geträumt. Ich fand mich hinuntergesaugt in Abgründigkeiten, deren Leere zurückwich vor mir..., bis zuletzt die erschreckende Schnelle des Sturzes von sich aus langsamer wurde und der schwindelerregende Flug zum sanften Schwebegefühl. Kaum wahrnehmbar, war er zum Gleiten geworden, als hätte sich seine Neigung verflacht. Die Füße verspürten Grund unter sich, auf ganz natürliche Weise, und schritten dahin durch ein rieselndes Etwas, das an ihnen haften blieb.

Ich blickte nach oben und sah das leuchtende Sternenmeer. Vor mir erkannte ich flache, verschattete Höhen. Zu beiden Seiten dehnte sich eine vertraute Ödnis, und neben mir, linker und rechter Hand, schritten schattenhaft meine beiden Gefährten. Wir befanden uns in der Wüste, doch war es die Wüste vor Tausenden Jahren. Und meine Begleiter, wiewohl ich um sie zu wissen glaubte, waren wie Fremde oder doch nur sehr ferne Bekannte. Vergebens bemühte ich mich um ihre Namen: Mosley – oder Ilson, ging's mir im Kopf durcheinander. Und als ich verstohlen nach ihnen sah, um endlich Gewißheit zu haben, hatte ich leere Konturen vor Augen, körperlose Marionetten von grotesk-hieroglyphischer Gestik. Sekundenlang wähnte ich, ihre Arme hinter dem Rücken verbunden zu sehn auf unmögliche Weise und die Köpfe in scharfer Wendung längs der Geradlinigkeit ihrer Schultern.

Doch das währte nur einen Moment. Schon auf den zweiten Blick wirkten sie wieder normal und kompakt. Auch ihre Namen fielen mir ein. Zu dritt und eingehängt ineinander, schritten wir weiter voran. Eine lange Wegstrecke hatten wir schon hinter uns, denn die Gliedmaßen taten mir weh und das Atmen wurde mir schwer. Es war kalt und vollkommen still. Im schwachen Licht dieser Sterne schien die Wüste unter uns wegzugleiten, als hätte es unserer Schritte nicht erst bedurft. Felsformationen, die Gipfel verhüllt, zogen an uns vorüber, Geröllberge, sandige Hügel glitten vorbei. Und dann erklang eine Stimme zur Linken – kein Zweifel, sie kam von Moleson:

»Unser Fuß ist gen Enet gerichtet.« Halb gesungen war's, halb geraunt. »Gen Enet-te-ntore. Allda, im Haus der Geburt, werden uns Herzen und Dasein aufs neue geweiht.«

Sprache und Intonation erfüllten mich mit Entzücken – mir war ja bewußt, daß er von Dendera sprach, in dessen erhabenem Tempel einstige Hände mit unauslöschlichen Farben die Symbole kosmischer Abhängigkeit und unsrer Verbindung zum Tierkreis verewigt hatten. Auch war Dendera unser Huldigungsort, um der Göttin Hathor zu opfern, der ägyptischen Aphrodite, welche Liebe und Lebenslust spendet. Der falkenköpfige Horus war ihr Gemahl, und von seinem Sitz in Edfu kam uns die Raschheit der Kräfte. Auch war es zum Zeitpunkt des Neuen Jahrs, der großen Feierlichkeiten, wenn die Kräfte der lebenden Erde sich erheben zu glückhaftem Wachstum.

Wir befanden uns auf dem Weg durch die Wüste nach Dendera, und der Sand unsres Wegs war der Sand vor Tausenden Jahren.

Die Paralyse aus Zeit und aus Ferne schloß eine bestürzende Leichtheit des Geistes in sich, die schon an Ekstatik grenzte. Die Seele war wie betäubt. Ich war weder von den Sternen getrennt, noch von der uns begleitenden Wüste. Frei wehte der Wind durch mich hin, und der fernher schimmernde Nilstrom zur Rechten, mit seinen plätschernden Wellen, war mir in beide Hände gelegt. Ägyptens Leben war mir vertraut – war in mir, über mir und ringsum, und ich war ein Teil davon. Wir glitten sorglos dahin, wie Vögel, dem Aufgang der Sonne entgegen. Kein Zeitmaß, kein Intervall konnte uns hindern. Wir schwebten voran in einem Zustand der Ruhe. Das Leben schien endlos zu sein. Zukunft wie Gegenwart gab es nicht mehr: wir waren im Königreich des Vergangnen.

Noch wurde an den Pyramiden gebaut, noch waren sie überragt von zahllosen stolzen, eben erst aufgerichteten Obelisken. Das hunderttorige Theben öffnete sich dieser Welt. Das neue, glanzvolle Memphis spiegelte sich in den Wassern, deren Flut von den Tränen der Isis durchsüßt war, und die Felswände von Abu Simbel ragten noch unberührt in den Himmel. Einzig die Sphinx verband alle Zeitlosigkeit mit der Zeit und brütete unbegreiflich und absolut über befremdlicher Welt. Wir bewegten uns mitten im Altertum auf Dendera zu ...

Wie lange der Fußmarsch gedauert hat, wie rasch und wie weit wir gegangen sind, ist mir genauso entfallen wie die erstaunlichen Reden meiner Gefährten. Ich weiß nur mehr, daß ein plötzlicher Schmerz meinem Glück und der scheinbar nie mehr zu erschütternden Ruhe ein Ende machte: auf einmal klangen die Stimmen der beiden erschreckend. Angst, ein Gefühl von Verlust und alptraumhafter Verwirrung kamen wie kalter Wind über mich. Was den zwei andern natürlich erschien und ihren Herzen entsprach, lebte *ich* bloß zeitweilig mit, aus einer Art Wesensverwandtschaft. Doch jetzt war der Zeitpunkt gekommen, an dem meine Kraft mich verließ. Erschöpfung überwältigte mich – ich erlahmte. Die Angespanntheit, jene abnormal rückwärtsgekehrte Erstreckung meines Bewußtseins, die mir von anderen auferlegt war, gab nach und zerriß. Die Stimmen der beiden tönten jetzt grausig und fern. Alle Freude in mir war erloschen. Eine glosende Helle lag auf der Wüste, und die Sterne verkündeten Unheil! Die angstvolle Gier nach dem sichern, zuträglichen Heute hatte die aberwitzige Sehnsucht nach allem Gestern besiegt. Ich geriet aus dem Schritt. Das Fluggefühl dieser Wüste erstarb. Ich löste die Arme aus denen meiner Begleiter. Gemeinsam blieben wir stehen.

Der Ort des Geschehens ist mir noch heute bekannt. Ich suchte ihn später noch einmal auf – habe ihn photographiert. Er liegt nicht allzu weit vom Hotel – nur wenige Meilen jenseits der einzelnen Palme, wo Wellen abschüssigen Sands den Anfang eines befremdlich verlockenden Tales markieren, des Wadi Gerrawi. Es führt immer weiter hinaus und scheint uns einladend zu winken, das ist das Verlockende dran. Inmitten zerklüfteter Ödnis aus Kalkstein breitet sich unversehens in sanften Wellen der Sand und verleitet zum Weiterschreiten. Es geht viel zu leicht: stets will man auch noch die *nächste* Anhöhe, die *nächste* Senke erspähen und gelangt immer weiter hinaus in die Wüste. Sie scheint den Wanderer zu ködern. Die Felsen ringsum sagen Nein, aber der treibende Sand lädt uns ein. Seine golden gewellten Linien sind wie ein Zauber.

Und eben hier, an der Ausmündung solchen Tales, hielten wir an. Unsre Schritte hatten den Rhythmus verloren, die Herzen ihren gemeinsamen Schlag. Die bisher empfundene Lust war von mir gewichen, und ich verspürte nur Angst: die Gegenwart hatte nach mir gegriffen – mir wurde bewußt, daß ich mich hier am Rande des Wahnsinns bewegte. Etwas klärte sich in meinem Hirn – hob sich von meinem Denken.

Die *Seele* konnte unstreitig »ihre Bedingungen wählen«: doch ein vollkommen anderes, zeitversetztes Leben zu führen, das hieß, den Wahnsinn zu wählen! Und geschieden von allem zu sein, was uns vertraut ist am heutigen Leben, bedeutete ein Exil, das noch schlimmer war als aller Wahnwitz – es bedeutete Tod. Mein Herz begann, heiß für George Isley zu schlagen, ich gedachte der Träne auf seiner Wange, nahm plötzlich Partei in seinem qualvollen Kampf. Doch für *ihn* hieß Realität, was bei *mir* reflektierendes Mitgefühl war. Er war schon *zu* weit gegangen, er *konnte* sich nicht mehr wehren ...

Nie werde ich die Trostlosigkeit jener Szene unter verblassenden Sternen vergessen. Die Wüste lag da und belauerte uns. Wir standen am Rande des Steilabfalls, blickten hinab auf das Tal jenes goldschimmernden Sands. Keine zehn Schritt unter uns funkelte er im Sternenlicht aufs Wunderbarste herauf. Der Abstieg war leicht – aber ich rührte mich nicht. Ich weigerte mich, auch nur *einen* Schritt weiter zu tun. Die Gefährten im Dämmerlicht neben mir spähten über den Rand, Isley knapp hinter Moleson.

An ihn wandte ich mich, wußte genau, was ich wollte, und gleichzeitig auch, wie hilflos ich war. Wie ein Strohhalm kam ich mir vor, von der Strömung weitergewirbelt und vergeblich bemüht, die Flut, die ihn trägt, anzuhalten. Die Stille des Augenblicks war mit Konflikten geladen – ein verharrender Wirbel im ewigen Strom der Gezeiten. Und dann begann ich zu reden. Ach, wie ich mich schämte ob der Nichtigkeit meiner Worte und der Bedeutungslosigkeit meiner Person!

»Moleson, wir gehen nicht weiter mit Ihnen. Wir sind schon *zu* weit gegangen. Jetzt kehren wir um.«

Hinter dem, was ich sagte, standen lumpige dreißig Jahre. Ihnen stellte er mit seiner Antwort sechzig Jahrhunderte entgegen. Und seine Stimme war wie das Flüstern des Winds überm gelblichen Sand unter uns. Dabei lächelte er.

»Unser Schritt ist gen Enet-te-ntore gerichtet. Es gibt keine Umkehr. So hört doch! Es ruft nach uns – ruft uns, und ruft!«

»Wir kehren jetzt *um* – gehen *heim*!« schrie ich ihn an, vergeblich bemüht, einen befehlenden Ton anzuschlagen.

»Unser Zuhause liegt drüben«, sang er und wies mit dem hageren Arm nach dem heller werdenden Osten. »Uns ruft der Tempel, und der Nilstrom nimmt unsere Füße auf. Wir erwarten im Haus der Geburt den Aufgang der Sonne –«

»Sie lügen!« schrie ich dagegen. »Aus Ihnen spricht nur der Wahnsinn, und die Vergangenheit, nach der Sie suchen, ist ein einziges Haus des *Todes* – das Reich der *Unter*welt ist sie!«

In ohnmächtigem Zorn stieß ich die Worte hervor und packte George Isley am Arm.

»Du gehst jetzt mit mir zurück«, sagte ich in beschwörendem Ton, und das Herz tat mir weh um seinetwillen. »Wir nehmen die eigene Spur. Komm nach Hause mit mir – komm zurück! Die Gegenwart ruft dich – hörst du sie nicht?«

Sein Arm entzog sich erschreckend rasch meinem vermeintlich so festen Zugriff. Moleson, schon unter uns auf dem gelbschimmernden Sand, wurde bei wachsendem Abstand kleiner und kleiner. Unheimlich rasch entfernte er sich – schon glich er nur mehr einer Puppe, so klein sah er aus, und seine Stimme tönte herauf wie aus bodenloser Abgründigkeit.

»Ruft nach uns ... ruft uns ... ihr hört es immer und ewig ...«

Seine Stimme verwehte im Wind, der durch das sandige Tal strich, und Vergangenheit flutete über den immer heller werdenden Himmel. Ich schwankte, als triebe ein Sturm mich voran – verlor die Balance – war schon im Begriff, den bröckelnden Steilhang hinunterzuklettern.

»Komm mit mir zurück! Komm nach Hause!« rief ich noch einmal, doch nicht mehr so laut. »Nur das Heute ist wirklich – es hat Arbeit für uns, Ehrgeiz und Pflichten! Auch Schönes – die Schönheit des Lebens! Und Liebe! Und ... eine Frau ... sie ruft nach dir, ruft dich ...«

Aber die Stimme dort unten meldete sich zu Wort. Von fern scholl ihr wiederholender Ruf zwischen den sandigen Wänden herauf, und ihre schmerzliche Sehnsucht rührte ans Herz.

»Unser Schritt ist gen Enet-te-ntore gerichtet. Es ruft nach uns ... ruft ...!«

Die eigene Stimme verscholl mir ins Leere. George Isley war weit unter mir, ein dunklerer Punkt vor der gelben Helle des Sands. Und der Sand geriet in Bewegung – aufs neue begann die Wüste zu schweben! Immer rascher vergingen die beiden Figürchen ins Gestern, das sie sich wiedererschaffen hatten durch die verlangende Kraft ihrer Seelen.

Alleingelassen stand ich am Rande des bröckelnden Kalksteinabsturzes und sah ihnen nach, ohne helfen zu können. Ein erstaunlicher Anblick bot sich mir dar, während der Morgen den Himmel mit Rot übergoß. Die unermeßliche Wüste erwachte zum Leben, ward bis an den Horizont in Gold getaucht, Silber und Blau. Die purpurnen Schatten spielten ins Graue – die flachen Bergketten begannen zu leuchten – die Botschaft des Lichts flammte allerwärts auf: und die grelle Heraufkunft der Sonne benahm mir die Sicht.

Doch bei aller äußeren Blendung war mein innerer Blick nur um so schärfer auf das nun folgende Schauspiel gerichtet: ich wurde zum Zeugen von George Isleys Verschwinden! Ein schrecklicher Zauber lag über dem Bild. Die beiden Gestalten, sehr klein und sehr fern, wirkten dennoch silhouettenhaft scharf in der sandigen Mulde dort unten, gemahnten an klarumrißne Insektengebilde vor dem Unmaß der Szenerie. Doch verglichen mit der überschaubaren, räumlichen Ferne, waren sie geistig Jahrhunderte fern. Ein dunkler, mächtiger Schatten lag über ihnen – und war nicht der Schatten der Berge: kriechend schob er sich über den Sand, schloß beide ein – und löschte sie aus. Wie Insekten in rinnendem Bernstein, ich sah es, wurden sie eingeschlossen, kleiner und kleiner, bis sie aufgeschluckt waren – vereinnahmt, restlos absorbiert.

Und dann bemerkte ich die Konturen: zum zweitenmal schon, doch nunmehr flach auf die Wüste gebreitet – die monströsen Schatten jenes bedrohlichen Doppelsymbols. Die Seele des Alten Ägypten lag über dem Land, ungeheuerlich vor dem Dämmern des Tags, gerufen von der aufsteigenden Sonne. Anbetend hingestreckt lag sie vor ihrer Gottheit, und anbetend ausgestreckt war auch der doppelte Schatten der ragenden Memnonskolosse. Die winzigen Menschenwesen mit ihrem ehrfürchtigen Herzen waren gefangen darin.

Am deutlichsten war George Isley zu sehen – in schrecklicher Klarheit, ja Realität! Nackt war er, ausgeraubt, aller Kleidung entledigt. Als Knochengerippe lag er dort unten, wie im Säurebad kahlgefressen, entfleischt. Sein Leben lag nun verborgen im machtvollen Gestern. Ägypten hatte ihn aufgezehrt. Er existierte nicht mehr ...

Ich schloß meine Augen – doch sie gehorchten mir nicht: wie von selber gingen sie auf. Wir näherten uns zu dritt dem großen Hotel, das sich im rötlichen Licht der frühesten Sonne vor uns erhob mit abgeblendeten Fenstern. Ein frischer, nördlicher Wind blies von den Mokkatambergen, kleine, fast kugelförmige Wolken durchsetzten den Himmel, und jenseits des Nil, auf dem ein weißlicher Nebelstreif lag, sah ich die Spitzen der Pyramiden gleich goldenen Berggipfeln schimmern. Ein Zug Kamele, mit weißen Steinen beladen, zog an uns vorüber. Ich hörte die Rufe der Leute auf Heluans Straßen, und als wir die Treppe erstiegen, kamen die Reitesel an und nahmen mit ihren *bersim* Aufstellung an der sandigen Straße, um auf die Touristen zu warten.

»Guttmorgen«, schrie Abdullah, der Besitzer. »Sie alle nach Sakkara heute, oder nach Memphis? Schöner Tag heute, und auch Esel serr gutt!«

Moleson begab sich wortlos hinauf in sein Zimmer, und Isley tat es ihm nach. Mir war's, als hätt' er ein wenig gezögert, ehe er an der Korridorecke aus meinem Blickfeld entschwand. Auf seinen Zügen lag eine Leere, die manche für inneren Frieden halten. Irgendwie leuchteten sie. Es machte mich schaudern. Mit schmerzendem Körper und Geist, ohne ein einziges Wort gesprochen zu haben, folgte auch ich dem Beispiel der beiden, begab mich nach oben zu Bett – fiel in traumlosen Schlaf und erwachte erst wieder, als die Sonne schon untergegangen war.

XIV

Und ich erwachte mit dem verlorenen, tristen Gefühl, von einer ebbewärts laufenden Flut am Strande zurückgelassen zu sein, allein und verzweifelt. Der erste Gedanke galt meinem Freunde George Isley. Ich gewahrte das weiße Kuvert mit meinem Namen in seiner Handschrift.

Ich war auf den Inhalt gefaßt, noch bevor ich den Umschlag geöffnet hatte.

»Wir fahren nach Theben«, wurde ich schlicht informiert. »Wir nehmen den Nachtzug. Falls Dir daran liegt, uns –« Doch die anderen zwei Wörter waren gestrichen, obschon nicht bis zur Unleserlichkeit. Es folgten noch die Adresse des Ägyptologen und eine energische Signatur: »Immer der Deine – GEORGE ISLEY.« Ich sah nach der Uhr, es war schon sieben vorbei. Der Nachtzug ging morgens halb sieben. Sie waren bereits unterwegs ...

Es schmerzte mich tief, so im Stich und alleingelassen zu sein. Doch was ich für *ihn*, den alten Freund und Genossen empfand, war fast *noch* schmerzlicher, weil ohne Hoffnung. Furcht und auch Konventionalität hatten mich abgehalten, den entscheidenden Schritt durch die offenen Tore zu tun – in einen Bewußtseinsgrad, der durch *Verwirklichung* des Vergangnen alles Heutige abgetan und mit solchem Schritt aus der Zeit mir die Ewigkeit eingebracht hätte. Solcher Verlockung war ich entgangen dank des unbeeinflußten Widerstands meiner alltäglichern Seele. Dennoch, mein Freund, in vermeintlichem Sieg unterliegend, hatte ein schreckliches Los gezogen – ach, nur zu gut sah ich die Kehrseite dieser Medaille –, das Los einer Unbewegtheit, die nur Stagnation bedeutet, das imaginierte Glück vorgetäuschten Entrinnens, den Traum von der Schönheit jenseits der heutigen Dinge. Aus solchem Traum erwachen zu müssen, war gewiß allzu grausam. Sich klammernd an längstvergangene Sterne, erlag er der ältesten Illusion dieser Welt. Für mich war's das Nein zum Leben, was ihn so sehr mißleitet hatte, und ich empfand tiefes Mitleid mit ihm.

Doch mir »lag nicht daran«, ihm »zu folgen«, ihm und seinem Freund. Ich erwartete in Heluan seine Rückkehr und füllte die Leerheit der Tage mit ebenso leeren Deutungsversuchen. Ich kam mir vor wie ein Mensch, dem das, was er liebte, vor seinen Augen im klaren Wasser versinkt, in eine Tiefe hinab, wo es zwar noch erkennbar, doch unwiderruflich dahin ist. Moleson hatte ihn mit sich nach Theben genommen: und Ägypten, dieses monströse Abbild des Gestern, hielt nun die Beute gepackt.

Der Rest läßt sich unschwer berichten. Ich habe Moleson nie wiedergesehen, auch bis zum heutigen Tage nicht mehr. Nur seine weiteren Bücher sind mir bekannt, sowie der banale Umstand, daß man ihn jetzt zu den fanatischen, irregeleiteten Religionsgründern zählt, die's zu Bekanntheit und einigen Anhängern bringen – und sehr bald vergessen sind.

George Isley jedoch kam zwei Wochen später nach Heluan zurück. Wir verbrachten viel Zeit miteinander, führten Gespräche, gingen gemeinsam zum Essen. Sogar kleine Ausflüge haben wir unternommen. Er war so fügsam und reizend wie eine Frau, die einem einstmals verehrten Wunschbild noch immer nachhängt – doch nur in der Rückschau. Alles Grobe war von ihm gewichen: er wirkte glatt und poliert – ein Kristall, der nur widerspiegelt, was ihm nahe genug ist. Und doch, seine äußre Erscheinung schockierte mich unaussprechlich: es war nichts mehr da in ihm – *nichts*. Nur ein Abbild des frühern George Isley war aus Theben zurückgekehrt, nur seine äußern Merkmale – eben die Hülse, die Londons heutige Straßen durchschreitet. Nichts von dem, was ich einst an George Isley gekannt, fand sich vor. Den alten George Isley gibt es nicht mehr.

Ich verbrachte noch einen weiteren Monat mit diesem unglaublichen Automaten. Hand in Hand damit ging das Entsetzen, das Hotelzimmer mit einem Menschen zu teilen, der sich als Gespenst durch die Allerweltsgesellschaft bewegte – eine Spukgestalt mitten im Sonnenlicht, deren Heimat anderswo ist – und gewiß nicht in unsrer heutigen Welt.

Dieser leere Abklatsch George Isleys war meine Gesellschaft im Heluaner Hotel, bis die Winde des Frühmärz seiner Physis abträgliche Wetterbedingungen ankündigten, und daß er genausogut anderswo Aufenthalt nehmen könnte. Und das Anderswo lag weiter nördlich.

Seine Abreise war wie sein Hiersein – rein automatisch. Sein Hirn gehorchte dem konventionellen Impuls, der seinen Nerven und Muskeln vertraut war. Es hört sich so töricht an – aber er löste die Fahrkarte rein automatisch, erläuterte seinen Beweggrund rein automatisch, wählte sein Schiff und dessen Bestimmungsort rein automatisch – ganz so, wie auch andere Menschen es tun. Er nahm Abschied wie jeder, der sich von Zufallsbekanntschaften trennt, aber »hofft«, sie wiederzusehen. Gewissermaßen lebte er nur durch das Hirn. Sein Herz, sein Empfindungsvermögen, seine Persönlichkeit, sein Temperament – alles, was aus dem System des Sympathikus kommt und was wir als Seele bezeichnen, war fort. Der einstmals so starke, talentvolle Mensch war zum normalen, umgänglichen Bürger geworden, den jeder verstehen konnte – zur Nullität allen Durchschnitts. Er entsprach dem Wunschbild der Majorität – er war *gewöhnlich*. Ein guter Gesellschaftsmensch und Mann von Welt. Er war »entzückend«. Ein Spiegel des täglichen Treibens, doch ohne teilzuhaben daran. Den meisten fiel das gar nicht auf. Er galt allgemein als »sehr angenehm«. Verflogen war seine Zielstrebigkeit, sein rastloser Ehrgeiz. Der unermüdliche Eifer, dessen treibende Kraft dem Verlangen nach Neuem entspringt, war von ihm gewichen und hatte nur physische Kraft hinterlassen, ohne seelischen Anspruch. Die Seele hatte ihr Nest gefunden, war dorthin zurückgeflogen. Er lebte jetzt im chimärischen Gestern, heiter, gelassen, gelöst. Als hoheitsvolle Schattenfigur erblickte ich ihn, im Stehen erstarrt – nicht etwa bewegt! – zu einer Ruhe, die da Genüge findet am *Un*vermögen zum Wandel. Die Größe, das Rätsel, die Starre, die ihn umfangen hielten – sie waren mir fürchterlich! Und ich wagte nicht, solche Privatheit von mir aus zu stören, weil's keine

Vertrautheit mehr gab zwischen uns. Niemals fragte ich ihn, *was* er denn in Theben erlebt habe – irgendwie war's mir nicht möglich, es erschien mir unangebracht. Und auch er ließ kein Wort der Erklärung verlauten – nicht mitteilbar war sie einem Bewohner des Heute. Jeder von uns respektierte die unsichtbar trennende Wand. Teilnahmslos, ohne Lust, ja apathisch sah er aufs heutige Leben, wie durch einen hauchfeinen Vorhang, hinter dem er verblieb.

Die Leute rings suchten Sakkara auf, die Pyramiden, wollten die Sphinx bei Mondschein betrachten, zu Edfu und Dendera sich ihren Träumen hingeben. Andre verfaßten Beschreibungen ihrer Fahrten nach Assuan, Khartum und Abu Simbel, oder schilderten bis ins Detail das Kampieren bei Nacht in der Wüste – windiges Zeug, nichts als Wind! Aber die Winde Ägyptens *wehten* und *sangen* und *seufzten*. Vom Weißen, vom Blauen Nil kamen die Reisenden an – aus dem Fayum und von namen- und zahllosen Ausgrabungen –, kein Ende wollte das nehmen! Sie redeten und schrieben Bücher. Sie waren vollgestopft mit dem Wissen heutiger Schwätzer. Die Ägyptologen – große wie auch geringe – lasen die Schrift an der Wand, übersetzten die Hieroglyphen und die Papyri in heutige Sprachen. Doch nur einem einzigen war das Geheimnis *bekannt:* nur George Isley, der es auch *lebte.*

Aber die Leiden- und *Er*leidenschaft solcher Stille, ihre erhabene Schönheit, der magische Glanz, welcher den Zauber des dreifach durchgeisterten Landes bewirkt – sie waren auch mir in die Seele gebrannt, eben noch tief genug, um die Bedingnisse Isleys erklären zu können. Auch *mir* war's nicht möglich, dies Land zu verlassen, und wenn, so doch nur, um wiederzukehren. Mich zog es nach jenem Ägypten, das *ihm* vertraut war. Aber ich sagte kein Wort. Die Sprache reichte nicht aus. Gemeinsam wanderten wir längs der Ufer des Nil, durchstreiften die Palmengehölze, wo einstmals Memphis gewesen. Die Mokkatamhöhen, purpurn am Abend und golden im Anbruch des Morgens, bewahrten unsere Schatten, wann immer wir schweigend vorüberschritten. Kein Aufgang, kein Untergehen der Sonne, die ihn nicht im Freien gesehen hätten! Ich aber hatte mir angewöhnt, ihn zu begleiten – die freudvolle Anbetung in seiner Seele grenzte ans Wunderbare! Der gewaltige, stille Himmel Ägyptens blickte auf uns hernieder, die schwebenden Sterne, das gigantische, blaue Gewölbe. Wir fühlten gemeinsam den heißen Wind aus dem Süden. Die goldne

Wärme der Sonne im Blut, blickten wir hinter den großen, vorm Nordwind stromaufwärts treibenden Nilseglern her. Unermeßliche Größe hüllte uns ein – und die goldne Magie ihres Tagesgestirns ...

Doch nur in der Wüste, wo unter Sonne und Wind die Zeichen der Zeit fast nicht mehr wahrnehmbar sind, wo der Raum uns nichts mehr bedeutet, weil nichts mehr ihn unterteilt und nichts unser Herz an das Heute gemahnt – nur in der Wüste zeigte sich jener Vorhang, der so trennend zwischen uns hing. Durchscheinend war er. Und Isley, auf dessen anderer Seite, war umgeben von einer unzählbaren Menge. Reichend bis an den Mond und dennoch ins Gestern zurück bis zum brennenden Grund seines Lebens – zu innerer, maßloser Größe gediehen in Sonne und in der kristallklaren Luft: so begleitete mich Isleys Seele, mir nahe und doch auch so fern hinterm Nebel vergangener Zeit.

Und manchesmal regte er sich. Ich sah ihn Gebärden beschreiben. Den Kopf hielt er lauschend nach oben gerichtet. Der eine Arm schwang über das Meer aus geborstenen Felsen. Langsam und meilenfern stieg eine sandene Linie herauf. Ein Rieseln wurde vernehmbar. Ein andrer, enormer Arm reichte herüber zu uns, nahm den seinen – und zwei riesenhafte Gestalten erhoben sich vor meinem Blick. Über die Zeiten geneigt, doch auf Jahrhunderten thronend, wurden sie eins mit der Ewigkeit. So mühelos herrschten sie über das Land! Die Augen nach Osten gerichtet, erwarteten sie den Morgen. Und ihr erstaunlicher, so lang vergeßner Gesang strich aufs neue über die Welt ...

Die Nacht des Pan

I

Ein »Idiot« war für Heber eine Person mit gehemmter Intelligenz – der Instinkt funktioniert, die Vernunft aber nicht. Bei einem Verrückten hingegen war die Vernunft durcheinandergeraten, der Gehirnmechanismus gestört. Der »Idiot« war wie jeder Normale *en route,* wenn auch ein wenig verlangsamt.

Sei dem wie immer – jedenfalls war es Heber bewußt, daß man auf Verrückte nichts geben durfte, wogegen man bei »Idioten« – nun, die »Idiotin«, in die er sich verliebte, verfügte gewiß über geheimes, instinkthaftes Wissen, das nicht bloß begrüßenswert, sondern die pure, naturhafte Lust war, ja vielleicht die urtümliche Freude am Leben, die von der Vernunft so leichthin als Unbildung abgetan wird. Jedenfalls nahm er – mit dreißig – dieses Mädchen zur Frau und ließ die Verlobte und Tochter der Herzogin stehen. Und unser Paar führt seither das beschwingte, natürliche, ungebundene Leben, das viele als »idiotisch« bezeichnen, uneingedenk einer Welt, die von der Mehrheit »vernünftiger« Leute einzig gelebt wird, um »gesehen« zu werden und andere an sich zu erinnern.

Obschon sein Herkommen es ihm erschwerte (er war ins gekünstelte Cliquenwesen gehobner Gesellschaft hineingeboren), lagen ihm stets nur die einfachen Dinge am Herzen, und ganz besonders hatte es ihm die Natur angetan. Einen Wald voller Glockenblumen zog er bei weitem allen Loireschlössern vor, und der bloße Gedanke an ein Gebirgstal zauberte auch in den vornehmsten Häusern Einsamkeit um ihn her. Trotzdem, in jenen Häusern mußte er wohnen! Nicht, daß er weltliche Dinge geringgeschätzt hätte – ihr Wert war ja allzu ersichtlich –, doch stand ihm der Sinn nach ganz andrem. Er war sich nur nicht im klaren, *was* er denn eigentlich wollte – bis jene »Idiotin« es ihm verdeutlichen sollte.

Ihr Fall war möglicherweise nur von der leichteren Art: man betitelte sie rein gefühlsmäßig so, ohne es ernsthaft zu meinen. Ihre Familie sprach nie von »Schwachsinn«. Allenfalls räumte man ein, sie sei ein wenig »verloren«, sei »nicht ganz da«. Es mochte ja sein, daß sie Bäume ansah wie Menschen oder die Welt wie durch ein verdunkelndes Glas... Heber, der sie zwar ein- oder zweimal gesehn, aber noch keine Silbe mit ihr gewechselt hatte, zerbrach sich nicht weiter den Kopf über die Art ihrer Schau: ihn befiel beim Gedanken an sie insgeheim eine staunende Freude, die fast schon scheue Bewunderung war. Jener Teil von ihr, der »nicht ganz da« war, mußte ja »anderswo« sein, und ihn verlangte, dies »Anderswo« kennenzulernen. Er wollte es mit ihr teilen. Sie schien sich gewisser erstrebenswerter, erfreulicher Dinge bewußt zu sein, die üblicherweise von der Vernunft und zu vielem Denken verdeckt waren.

Er empfand das rein intuitiv, ohne es analysiert zu haben. Der Wert, den sie jeweils den Dingen beimaß, war immer der gleiche. Geld war für sie bloß geprägtes Metall, Berühmtheit nur Schall und Rauch, Geltung und Position galten ihr nichts. Sie sah auf die Leute, wie etwa ein Hund oder Vogel sie sieht – sie waren freundlich, oder auch nicht. Ihre Eltern hatten beträchtliche Mittel zusammengescharrt und es zu Ansehn gebracht, machten auch viel davon her, nicht ohne Erfolg. Da aber *sie* solchem Ehrgeiz weder durch ihre Erscheinung noch durch ihre Absichten förderlich war, schätzte man sie gering, ja verleugnete sie. Man schämte sich ihres Daseins. Besonders ihr Vater rechtfertigte Nietzsches treffenden Ausspruch, niemand mit lauter Stimme könne leisen Gedanken zuhören.

Sie konnte für sechzehn gelten – doch entsprach (obwohl sie nicht danach aussah) achtzehn bis neunzehn schon eher ihrem Geburtsschein. Der Mutter war es ganz recht, daß sie sich jugendlich trug: vor Fremden konnte man sie dadurch leichter als »kindlich« bezeichnen und brauchte die peinliche, geistige Schwäche nicht erst zu erwähnen.

»Kind, du wirst *nie* einen Mann bekommen – und erst recht nicht einen nach deinem Geschmack, wenn du immer so schafsmäßig dreinsiehst«, tadelte sie. »Auf diese Weise angelt man sich keinen jungen, adretten Mann von der Sorte, wie wir sie heute im Haus haben werden! Jedes hergelaufne Revuegirl, längst nicht so begütert wie du, schnappt ihn dir weg – vor der Nase! Deine Schwester war viel gescheiter. Warum machst du es denn nicht wie sie? Wer wird denn so schüchtern sein oder gar Angst haben?«

»Mama, ich *bin* gar nicht schüchtern, ich *hab'* keine Angst. Ich fühle mich nur belästigt – ich meine, von *ihnen* –, sie sind mir ganz einfach fad.«

Nichts wollte helfen bei diesem Mädchen: sie blieb wie sie war. Der gelangweilte Blick – der schafsmäßige Ausdruck, als wäre sie gar nicht zugegen, sondern ganz anderswo, wurde zwar manchmal durch einen andern ersetzt, doch geschah das nicht oft, und ganz gewiß nie in Gesellschaft. Doch eben jene Veränderung war es, die in unserem jungen Mann eine ganz eigene Freude, ja Liebe auslöste. Insgesamt läßt es sich, wenn überhaupt, nur vage beschreiben – es war wie ein Wunder: sie sah dann weder wie sechzehn aus noch wie neunzehn – sondern, als wär' sie schon tausend Jahre auf dieser Welt.

Die Hausparty nahm den in Hebers Kreisen gewohnten Verlauf. Daß Eheleute gemeinsam erschienen, war nicht erwünscht. So zynischer Mißachtung aller dezenten (durchaus nicht albernen) Konventionen haftete etwas wie Preisgabe wenn nicht sogar Dekadenz an. Er war der Einladung nur gefolgt, weil er hoffte, die »zurückgebliebene« Tochter wiederzusehn. Ihre schwerreichen Eltern machten ihn krank, und die Schaustellung und Eleganz dieser Leute war ihm gründlich zuwider. Die affektierte Sprache gehobener Kreise, die Vermeintlichkeit eigner Bedeutung, die Behandlung des Hauspersonals, die Selbstgefälligkeit der geladenen Gäste, ihr kalkuliertes Agieren – es irritierte ihn heute noch stärker als sonst. Im Grunde war ihm die ganze Sippschaft von Herzen verhaßt. Er fühlte sich unbehaglich, vollkommen fehl am Platz. Ohne selbst überheblich zu sein, verabscheute er die Gewohnheit, sich für den Gipfelpunkt vornehmen Lebens zu halten. Ihn stieß ihre offene Unmoral ab, das wahllose Liebesspiel und Geflirt schien ihm verwerflich, und er beobachtete kritisch die junge Dame, an die er schließlich geraten war, denn ihr Verhalten entsprach den Erwartungen dieser Clique in jedem Punkt. Vor so viel »Modernität« empfand er nur noch das Bedürfnis, sich stracks aus dem Staub zu machen. Der Tee war vorbei, die Sonne würde bald untergehn, ihn hungerte es nach Bäumen und Feldern, wo keine Selbstgefälligkeit war – und so machte er sich davon. Die flammende Hitze des Junitags kühlte schon ab, der Abend hing über dem alten Gebäude und verhüllte auch allen anmaßenden Prunk des neuerrichteten Flügels. Und an der Kurve zur Auffahrt, wo die Birken im Abendwind schwankten, hatte Heber auf einmal das »idiotische« Mädchen vor Augen. Und das Herz schlug ihm höher!

Sie stand, mit dem Rücken zu ihm, an eine der gräßlichen Statuen gelehnt – es war ein Satyr, welcher zur Rasenbewässerung diente – und blickte auf eine Gruppe verwitterter Fichten unten im Park. Nachdem er momentan innegehalten, beschleunigte er seine Schritte und suchte dabei verzweifelt nach ihrem Namen. Schon war er auf Sprechweite an sie herangekommen.

»Fräulein Elisabeth!« rief er gedämpft, auf daß die Gerufne nicht ebenso rasch verschwände, wie sie aufgetaucht war. Sogleich wandte sie sich herum. Ihr Blick und ihr Lächeln zeigten ihm, daß er willkommen war. Weder Verstellung noch Überraschtheit lagen darin.

»Du bist der erste von allen, der's *richtig* sagt«, rief sie aus, während er auf sie zutrat. »Jeder nennt mich ›Elisabeth‹ anstatt Elsbeth – das ist doch zu dumm! Sogar der richtige *Name* ist ihnen egal!« »Wirklich, zu dumm«, stimmte er zu, ohne den Irrtum richtigzustellen. Vielleicht *hatte* er »Elsbeth« gerufen – es war ja derselbe Name. Die ungekünstelte Stimme tat seinen Ohren wohl – sie war so beruhigend. Voll Bewunderung sah er die Sprecherin an, von oben bis unten, und sie bemerkte es, fand Gefallen daran und machte kein Hehl daraus. Gekleidet war sie salopp – trug schadhafte, graue Strümpfe an den schlanken, kräftigen Beinen, und einen recht kurzen Rock, der Kotspritzer aufwies. Das volle, nußbraun glänzende Haar fiel ihr offen über die Schultern, und statt des üblichen Gürtels war ein buntes Tuch um die Taille geschlungen. Einen Hut trug sie nicht. Was sie in solchen Zustand versetzt hatte, während die Eltern eine »vornehme« Party gaben, wußte er nicht, doch ließ es sich unschwer erraten: Bäume erklettern oder sattellos im Herrensitz reiten – das mochte es sein. Doch stand solche Aufgelöstheit ihr gut zu Gesicht, und die offne Willkommensfreude auf ihren Zügen befeuerte ihn. Sie entsann sich seiner Person und freute sich seines Erscheinens. Auch er war erfreut – ein Glück, das von nichts getrübt war, erfüllte sein Herz. »Wie gegen Abend das Wild«, sagte er, »hab' ich dich plötzlich vor mir gesehen –«

»Um auf meine Art mit mir zu sein«, kam's rasch zurück, und der einladende Blick brachte sein Blut in Wallung.

Für einen Moment an die Statue gelehnt, fragte er sich, weshalb ihn dies junge Aschenbrödel und Parvenükind so sehr beschäftigte, wo doch all diese Londoner Schönheiten ihn vollkommen kalt gelassen? Aber bei *diesem* Mädchen wurde ihm leicht ums

Herz – ihre schlanke, geschmeidige Anmut machte das schlampige Äußre vergessen, als trüge sie überhaupt keine Kleider! An eine sich bäumende Raubkatze mußte er denken, so sprungbereit war ihre Haltung: der eine Arm auf dem marmornen Sims, die Beine gekreuzt, der Hüftschwung vogelhaft leicht! Waldtier oder Vogel, schoß es ihm durch den Sinn: ungezähmt und natürlich. Schon im nächsten Moment mochte sie auf- und davonspringen – oder ihm in die Arme!

Seine tiefinnere Freude hatte ihm dieses Bild vor Augen gezaubert. »Rein und natürlich«, raunte es in seinem Herzen. »So gewiß wie *jene* es *nicht* sind!« Wie ein Pfeil, der ins Schwarze trifft, bohrte sich die Erkenntnis in die Unrast seines erzwungenen Lebens. An diesem Mädchen war alles rein und natürlich. Er und sie glichen einander – und was in ihm echt und ursprünglich war, brach auf und erwachte.

Während der wenigen Sekunden ihrer Gemeinsamkeit vor dem vulgären Bildwerk ging ihm das durch den Kopf. Doch er ließ sich nichts anmerken – redete nur ganz formell, obschon ihm das Lachen viel näher war.

»Man hat dich zur Party also nicht eingeladen? Oder liegt dir nicht viel daran? Was ist der Grund?«

»Beides«, antwortete sie und blickte ihn freimütig an. »Aber seit zehn Minuten steh' ich schon da. Wo warst du so lange?«

Solche Direktheit hatte er nicht erwartet – und doch war er nicht überrascht. Durchdringend war dieser Blick, arglos und ohne Hintergedanken. An ein junges Reh gemahnte sie ihn, das gestreichelt sein will. So gab er der Wahrheit die Ehre: »Ich konnte nicht früher weg. Mußte herumtun mit –« Aber sie schnitt ihm das Wort ab:

»*Die* mögen dich nicht«, rief sie verächtlich. »Aber ich schon!«

Und noch ehe er eine Antwort parat gehabt hätte, berührte sie ihn mit dem Fuß, streckte ihn vor und wies auf das aufgegangene Schuhband. Mit dem Kopf darauf deutend, hob sie ein wenig den Rocksaum, während er sich schon niederbeugte.

»Und trotzdem«, setzte sie fort, als er an dem Band herumnestelte und dabei ihren Knöchel berührte, »nimmst du eine von ihnen zur Frau. Ich hab's aus der Zeitung. Du wirst sehr unglücklich sein – es ist einfach zu dumm!«

Das Blut stieg ihm plötzlich zu Kopf – doch ob das vom Bücken oder von sonst etwas kam, hätt' er nicht sagen können.

»Ich bin nur gekommen – habe nur zugesagt«, gab er hastig zur Antwort, »um *dich* wiederzusehn.«

»Gewiß. Und *ich* hab' Mama gebeten, dich einzuladen.«

Er reagierte rein impulsiv. Hingekniet wie er war, beugte er sich noch tiefer, küßte den grauen Strumpf – stand auf und blickte ihr in die Augen. Sie lachte beglückt, nicht im geringsten verlegen oder verärgert. Nur Freude malte sich auf ihren Zügen.

»Ich habe dir einen Knoten gemacht, der nicht so leicht wieder aufgeht –«, stotterte er und verstummte. Noch während er es gesagt, hatten die großen, hellbraunen Augen ihren Ausdruck verändert, und etwas zwang ihn, den Blick zu erwidern. War es der scherzhafte Kuß auf den Knöchel, oder die Art, wie sie's aufgenommen – jedenfalls war dieses neue Gefühl so intensiv, daß er nicht mehr wußte, wer er nun eigentlich war und wen er da ansah. Schauplatz und Zeit, die eigene Identität wie auch jene des Mädchens waren vergessen... Der Rasen verging ihm unter den Füßen, nahm auch die vergehende Sonne mit sich. Fort waren die Gastgeber und ihre Gäste, ja noch der eigene Name war ihm entfallen, wie der seines Vaters. Eine gewaltige Woge trug ihn davon, an der Seite des Mädchens. Immer ferner wurde die Küste, halb schon vergessen war der feste Grund von Erziehung und Studium, Lebensart und Gesellschaft – kurz, alles, wozu ihn der Vater so sorgsam hingeführt hatte, als den Sproß einer englischen, alteingesessenen Familie! Das Mädchen hatte den Anker gelichtet. Allerdings war dieser Anker schon vorher ein wenig locker gewesen – möglicherweise infolge der eigenen, unbewußt-rastlosen Anstrengungen...

Wohin nahm sie ihn jetzt mit sich? An welcher Insel würde man landen...?

»Ich bin jünger als du – und um gar nicht so wenig«, sprach sie mitten hinein in sein jagendes Denken. »Aber das macht uns nichts aus, meinst du nicht? In Wirklichkeit sind wir gleich alt.«

Im unbeschwerten Klang ihrer Stimme verging alles überspannte Gefühl – oder wurde doch wieder normal. Daß es geraume Zeit vorgehalten, bewies ihm der Umstand, daß mittlerweile die Statue weit hinter ihnen lag, das Haus nicht mehr sichtbar war, und sie Seite an Seite zwischen dichtem Rhododendrongesträuch dahinwandelten. So erreichten sie schließlich das Tor, das mit seinem Quergestänge den Zugang zum Park gleich fünffach versperrte. Sie lehnten sich über die oberste Stange, wobei ihre Schulter die seine berührte – ihn anstieß in der gemeinsamen Schau auf das entlegene Fichtengehölz.

»Ich fühle mich jung wie noch nie«, sagte er ohne Hintergedanken, »und hab' doch schon tausend Jahre und länger auf dich gewartet.«

Noch erhellte das schwindende Abendrot ihre Züge, überhauchte ihr das gelöste Haar und die zerknitterte Bluse mit bernsteinfarbenem Schimmer. Nicht nur lammfromm und sanft sah das Mädchen jetzt aus, sondern bezaubernd und schön. Zum andernmal war der befremdliche Ausdruck in ihrem Blick, die Lippen hielt sie kaum merklich geöffnet, ihr Atem ging leicht, von Kopf bis Fuß schien sie freudig erregt. Und während er sie betrachtete, wurde ihm klar, daß alles, was er soeben empfunden, von ihrer Nähe herrührte, ihrer Ausstrahlung, ihrem Duft, von der Wärme und Kraft ihres Körpers. Aus ihrem *Wesen* war's auf ihn übergesprungen.

»Gewiß«, versetzte sie lachend, und ihr Atem strich ihm übers Gesicht. Er beugte sich zu gleicher Höhe mit ihr – sah ihr in die Augen, die noch immer aufs Feld jenseits des Tores blickten. Hell waren sie wie quellklares Wasser, und auf ihrem Grund, in photographischer Schärfe, spiegelte sich aus hundert Schritt Abstand das Fichtengehölz: jede Einzelheit war zu erkennen – verlassen und reglos stand es im Dämmer des Juniabends.

Dann irritierte etwas sein Auge: er prüfte das Bild genauer, trat noch näher hinzu. Fast streifte jetzt sein Gesicht schon das ihre, sekundenlang wußte er nicht, wem die Augen gehörten, die ihm da zum Spiegel dienten. Seiner gespannten Aufmerksamkeit zeigte sich eine Bewegung, ein huschendes Her und Hin, als tummelten sich Gestalten zwischen den Bäumen ... Und dann erlosch dieses Bild: sie hatte die Lider gesenkt. Er hörte sie sprechen – und wieder strich ihm ihr Atem übers Gesicht.

»*Im Herzen jenes Waldes wohne ich.*«

Sein eigenes Herz schlug ihm neuerlich höher – noch heftiger als vorhin, denn der Ausspruch traf ihn gleich einer magischen Formel. Beschwingtheit und Rhythmik lagen in den Worten, Staunen und Schönheit verklärten sie zur Poesie. Hauptwörter und Fürwort waren besonders betont, als wär' es die letzte Zeile eines Beschwörungsgedichts:

»Im *Herz*en jenes *Wald*es wohne *ich* ...«

Die Erkenntnis kam ihm wie ein Blitz: jenes bewegte, von

lebenden Wesen bevölkerte Fichtengehölz – es war ja ihr eigenes Denken! *Sie* sah es so, dachte sich's auf solche Weise! Ihre Wesenheit zog sich dorthin zurück, in ein ihr verständliches Dasein – ein Leben, das ihrer bedurfte und nach ihr rief! Mit den prahlerischen, gekünstelten Werten, die sie umgaben, fing sie so wenig an, wie die ausgesucht vornehme Partygesellschaft ihrer ehrgeizbeseßnen, auf falsches Dekorum bedachten Eltern mit *ihr* anzufangen wußte. Man nahm sie dort nicht einmal wahr – so wenig wie eine Schwalbe oder wildblühende Rose.

Nun wußte er um ihr Geheimnis – sie hatte es ihm verraten. Und es war auch das seine. Er und sie glichen einander wie Vögel, wie Tiere. Sie waren beide geschaffen zu freiem und offenem Leben, ohne Hemmnisse, wild und natürlich. Und dieses ungebundene Leben war nun um sie, durchpulste die Adern der beiden und war frei von Schuld wie der Wind und die Sonne, weil ebenso frei hingenommen.

»Elsbeth!« rief er aus, »komm, nimm mich mit dir! Wart nicht länger – komm und beeil dich, bevor wir vergessen, was Glück ist, und uns der früheren Klugheit erinnern –!«

Es verschlug ihm die Rede, noch eh er zu Ende gesprochen, denn ein Duft zog plötzlich vorbei von Abend und Sommer, aber durch einen Zauber versüßt, dessen erinnerte Lust ihm beinah die Sinne benahm. Keine Blume, kein duftendes Gartengesträuch konnte dergleichen verströmen! Es war das Aroma jungen, überschäumenden Lebens und einer Reinheit, die unbefleckt war von aller Vernunft. Das Mädchen drängte sich näher herzu und strich ihm mit ihrem losen, nur von den Fingern gebündelten Haar über Wangen und Augen, wobei sie sich lachend gegen ihn preßte in schlanker und atmender Körperlichkeit.

»*Erst, wenn es dunkel ist*«, flüsterte sie ihm ins Ohr. »*Erst, wenn der Mond das Gebäude über die Statue schiebt!*«

Und er verstand. *Ihre* Welt lag *hinterm* vulgären, glotzenden Tag. Er wandte sich ab – vernahm das Flattern von Röcken – und sah eben noch ihre grauen Strümpfe im wuchernden Rhododendron verschwinden. Schon war sie fort.

Lange Zeit blieb er so stehen – über das Tor und dessen fünf Balken gelehnt ... Erst als man zum Umkleiden schellte, ward ihm die scheinbare Gegenwart wieder bewußt. Als er langsam die Tür zum Gewächshaus durchschritt, vertrat ihm sein hochfeiner Vetter den Weg – jener Cousin, der dem Mädchen, das ihm als

Gattin vermeint war, den »letzten Schliff« geben sollte. Er blickte ihn an und erkannte, wie lasterhaft jener war – zutiefst verderbt und sonst nichts! Da gab's weder Sonne noch Wind, auch keine Blumen, aber Verworfenheit, Wollust statt Lachen, Nervenkitzel statt Glück. Alles geschah aus Berechnung, nichts kam spontan aus sich selber. Absichtlichkeit lag darin – doch keinerlei Freude. Der Bursche verstieß gegen alle Natur!

»Kein einziges Mädchen da drin, das auch nur das Anschauen lohnte«, rief der Cousin gelangweilt und wie zur Rechtfertigung seines Verhaltens. »Morgen früh bin ich fort!« Er hob die blaublütigen Schultern. »Geh mir weg mit den Millionären! Ihre Jagden sind ja ganz amüsant, doch das Theater auf ihren Wochenend-Partys – bah!« Und die begleitende Handbewegung vervollständigte, was er von dieser da hielt. Er musterte den Gefährten lauernd und fast schon obszön: »*Du* machst den Eindruck, als hättest du was gefunden!« Er grinste bedeutsam. »Oder ist dir gar das Gespenst begegnet, das im Kaufpreis des Hauses enthalten war?« Er lachte schallend und ließ das Monokel fallen. »Deine Lady Hermione wird eine Erklärung verlangen – meinst du nicht auch?«

»Idiot!« erwiderte Heber – und ging rasch nach oben, um sich fürs Abendessen zurechtzumachen.

Aber das Wort traf nicht zu, fiel ihm ein, als er die Tür hinter sich zuschlug. »Du bist ja vollkommen vertrottelt«, hätte er sagen sollen, und noch Ärgeres dazu! Dieser geriebne, heutige Typ des Verführers und Herzenbrechers war nicht nur eklig – er war bestialisch!

II

Erst gegen Mitternacht ging er zu Bett, nach einem Abend nicht mehr erträglichen Amüsements. Die Preisgabe aller Moral, die allen gemeinsame Roheit, die Verachtung der andern außer der eignen Person, die geschmacklosen Witze, der ganze Unfug einer Gefühllosigkeit, die man für Launigkeit ansah – und vor allem die Schamlosigkeit dieser Weiber, die unterm Deckmantel feiner Erziehung das Emanzipiertsein nachäfften: es war ihm bis zur Verzweiflung lästig gewesen!

Er sah jetzt so klar wie noch nie, was da in Wahrheit vor sich ging. In nichts unterschieden sie sich von seinem Cousin – es war ein und dasselbe! Sie nahmen das Dasein mit eiserner Frechheit, die sie für Freiheit ansahen – und leugneten so alles Leben. Er fühlte sich ausgelaugt und erniedrigt, alle Spontaneität und Natur war nun aus ihm gewichen. Die Tatsache, daß man die Schlafzimmergeographie ganz offen erörtert hatte, war nur noch ein letzter Beweis allen Lasters gewesen und löste Übelkeit in ihm aus. Die Art dieser Menschen war ekelhaft und sonst nichts. Er war auf und davon gegangen – heimlich und unbemerkt.

Er sperrte die Tür ab, trat an das offene Fenster, sah in die Nacht hinaus – und erschrak! Rasen und Park schimmerten silbern herauf, der Schatten des Hauses lag auf dem gepflegten Garten, und der Mond stand schon so hoch am Himmel, daß er »das Gebäude über die Statue schob«: die Schatten der Schornsteinaufsätze berührten den unteren Sockelrand.

»Komisch!« rief er aus. »Komisch, so sehr den rechten Moment zu erwischen –!« Unwillkürlich mußte er lächeln bei dem Gedanken, wie falsch das vereinbarte Abenteuer ihm ausgelegt – dessen Sinn und natürliche Harmlosigkeit in den Schmutz gezerrt werden mochte, falls man ihn dabei bemerkte. »Und irgendwer *wird* mich bemerken in dieser herrlichen Nacht. Noch immer treiben sich etliche Pärchen im Garten herum.« Und er spähte nach den verschwiegenen Pfaden hinter den inselhaft in der Juniluft schwebenden Büschen.

Sekundenlang stand er so im Geviert der elektrischen Helle – dann trat er ins Zimmer zurück. Und in diesem Moment klang's von unten herauf wie der Ruf eines Vogels! Flötend und sanft, als bliese da jemand zwei Töne auf einem Schilfrohr. Sie hatte ihn also gesehen – erwartete ihn! Ohne zu überlegen, erwiderte er das Signal, traf den Ton merkwürdig genau – und drehte das Licht ab.

Drei Minuten danach, in gewöhnlicher Kleidung, die Kappe über die Stirn gezogen, stand er auf dem hinteren Rasen – er war durchs Billardzimmer und durchs Gewächshaus gekommen. Jetzt blieb er stehen, hielt Umschau. Niemand war da, aber die Lichter brannten noch alle. »Idiotisch«, lachte er vor sich hin, »sich so vom Instinkt verleiten zu lassen!« Dann begann er zu laufen.

Die linde Nachtluft war wie ein Bad. Der Rasen glänzte vom Tau. Man vermeinte, den Duft der Sterne zu spüren. Zigarrenrauch, Weindunst, Parfümgeruch lagen jetzt weit hinter ihm –

vergessen war aller Atem des Zivilisierten, seine plumpen Gedanken, der Geruch übertrieben gekleideter, bedenkenlos stimulierter Körperlichkeit. Er betrat eine magisch verwandelte Welt. Ein Hauch wie aus offenem Himmel strich über ihn hin. In Schwarz und in Weiß lag der Garten, überquellend von Schönheit im silbrigen Schein des uralten Monds unterm Altgold der Sterne. Und im Dickicht des Rhododendrongesträuchs rauschte der Nachtwind.

Alsbald war die Statue erreicht, jetzt schon vom Haus überschattet. Lautlos löste das Mädchen sich aus dem Dunkel. Er spürte zwei Arme um seinen Hals und die Sanftheit des Haars an der Wange, voll berauschenden Dufts nach Erde und Laubwerk und Gras – und im nächsten Moment eilten sie beide davon, in Richtung des Fichtengehölzes! Geräuschlosen Schrittes ging es durchs taunasse Gras, so rasch, daß der Luftzug ihr Haar ihm über die Augen wehte.

Die Plötzlichkeit solchen Kontrasts war wie ein Schock, der jedes alltägliche Ding aus der Erinnerung löschte: dies war kein vereinzeltes Abenteuer – es war wie Gewohnheit und erweckte natürliche Lust!

Nichts daran war ihm neu. Ein Glück, das ihm längst vertraut war, empfand er – vielleicht auch Verführung. Sie eilten über die Kiespfade, die den gepflegten Rasen durchschnitten, hüpften über die Beete, die zu Figuren zurechtgestutzt waren, und kletterten über das Schmiedegitter, ohne des leichteren Wegs durch das Parktor zu achten. Das höhere Gras durchnäßte mit Schauern von Tau seine Knie. Er bückte sich, sie zu schützen – und merkte erst jetzt, daß er barfüßig war. *Ihr* Kleid war frei und geschürzt, denn auch sie trug nichts an den Füßen. Ihre zarten, nassen Gelenke glänzten im Mondlicht – und er warf sich zu Boden, um sie zu küssen, badete das Gesicht im tropfnassen, duftenden Gras. Ihr klingendes Lachen mischte sich mit dem seinen, als sie sich niederbeugte zu ihm. Ihr Haar glich einer silbernen Wolke, und die Augen strahlten darunter hervor und erwiderten seinen Blick. Dann badete sie ihre Hände im taunassen Gras und strich ihm übers Gesicht, so lind wie ein südlicher Wind.

»Jetzt bist du gesalbt mit der Nacht«, rief sie aus. »Keiner mehr kann dich erkennen. Nun hat dich die Welt vergessen. So küß mich doch schon!«

»Für immer«, rief jetzt auch er, »spielen wir nun das ewige

Spiel, das schon ein altes gewesen, als unsre Erde noch jung war!« Er hob sie zu sich empor und küßte ihr Augen und Lippen. Eine naturhafte Freude am Lachen, an Tanz und Gesang durchdrang ihm das Herz, und eine urhafte Lust umfing unsre beiden, wie der Wind und die Sonne das Astwerk der Bäume umfangen. Sie tat einen Sprung in seine gebreiteten Arme – und saß ihm auch schon auf den Schultern. Er rannte blindlings drauflos unter der Last – warf sie ab und fing die Fallende fürsorglich auf. Dann tanzte sie vor ihm her, um nicht nochmals gefangen zu werden – reichte ihm nur den Arm, auf daß er ihr folge. Hand in Hand liefen sie durch das mondene Licht dieses Sommers – doch ihn streifte dabei etwas Sanftes an Hals und an Schultern, und er gewahrte, daß ein enges, lohfarbenes Fell die Gefährtin bedeckte und ihre Haut – ganz wie die seine – dunkelbraun war!

Er zog sie herzu, sah ihr ins Gesicht. Aber sie sträubte sich lachend, umhalste ihn plötzlich und zog, noch eh er sich aus ihrem Zugriff gelöst, aus seinem dichtlockigen Haar, knapp über beiden Ohren, zwei kurze Hörner hervor und fingerte dran herum.

Und erst dies Fingerspiel war die Vollendung des Zaubers – von Kopf bis Fuß verband es ihn mit dieser Erde: ohne zu denken, in wilden Sprüngen, lief er drauflos, unter Singen und Lachen. Der Wein immerwährender Jugend schoß ihm durch die Adern, erfüllte sie mit Lust – und auch die uralte Welt war wieder jung, schäumte über von Lebensfreude wie an ihrem ersten Tag!

Frühlingshafte Erwartung durchbebte ihn mit verschwendrischer Kraft. Nichts war natürlicher, als aus dem Strauchwerk zu fliehen, hinaus in die offene Weite!

Als wär' es die eigene Haut, umschlossen ihn Mondlicht und Wind. Und nicht minder natürlich hatte er Jugend und Schönheit zu seinen Gespielen – das tanzte und lachte und sang, unzählig waren die Küsse! Und beide gingen sie auf in Natur, frei und gemeinsam wie in längstvergessenen Tagen, da »Pan durch die Rosen sprang unter dem Junimond...!«

Auf den Schultern das hierhin und dorthin sich neigende Mädchen, welches ihm schelmisch-begehrlich die Hörner umspannt hielt und ihm die Augen verschleierte mit ihrem wehenden Haar – so sprang er tanzend auf die Gefährtinnen zu, die jenseits der mondbeschienenen Lichtung im Fichtengehölz ihrer harrten...

III

Fast ein wenig *zu* spitz ragten sie gegen das Mondlicht, diese englischen Fichten. Man konnte sie ebensowohl für Zypressen halten. Ein Wasserlauf sprudelte an ihren Wurzeln durch Farnkraut und Moos und flechtenbewachsnes Gestein. Es gab keine Dunkelheit hier – das Silber des Monds drang ungehindert durchs Laubwerk, ein Abglanz des Sonnenlichts, das es in Wirklichkeit war, und eine Luft strömte beiden entgegen, die war berauschender und noch viel klarer als Wein.

Schon im nächsten Moment wurde das Mädchen ihm von den Schultern gewirbelt und von einem Dutzend erhobener Arme entführt, mitten hinein ins fröhlich-sorglose Treiben! In einem Husch war sie auf und davon – doch eine Andre, noch Schönere, war jetzt statt ihrer da, ihm auf den Schultern, mit ebenso glatter Haut und nicht minder kräftigen Knien. Ihre Augen glichen flüssigem Bernstein, mit Trauben waren die Brüste geziert, glatter als Marmor umschlangen ihn ihre Arme – und ebenso kühl. Kristallhell tönte ihr Lachen.

Doch er schüttelte sie so energisch von sich, daß sie hineinflog in eine Gruppe von größern Gestalten an einem geborstenen Wurzelstock. Die erhoben ein Freudengeheul, das wie ein Windstoß allen Gesang übertönte, hielten sie fest, bedachten sie weidlich mit Küssen – und ließen sie dann wieder laufen. Der frohgemute Gesang war ihnen lieber. Die Pokale von Stein in ihren kräftigen Händen waren gefüllt mit rotschäumendem Trunk.

»Die Berge liegen jetzt hinter uns!« rief's im Vorübertanzen. »Wir haben das Tal unsrer Freuden erreicht! Trauben und Brüste und rote, schwellende Lippen! Auf! Es ist Zeit, den Saft dieses Lebens aus ihnen zu pressen!« Und hoch über sich einen Farnwedel schwenkend, verschwand die Gestalt in einer Wolke aus Lachen und Singen.

»All das ist unser – nehmt euch davon!« kam's mit tiefer, hallender Stimme zurück. »Zu eigen sind uns die Täler – überwunden die Berge!« Und wie ein Windstoß erhob sich von allen Seiten die Antwort: »Es lebe das Leben! Reich ist es, überschäumend – greift zu, nehmt Anteil daran!«

Ein Rudel Nymphen eilte vorbei – offenbar auf der Flucht vorm Gewirr sich streckender Arme, verlangender Lippen, nach denen sie's dennoch verlangte. Und *er* jagte hinter den Fliehenden her durch das schwingende Laubwerk, während *sie,* die ihn hergeführt hatte, ihn verfolgte, ja überholte und wieder enteilte! Drei der braunschimmernden Leiber bekam er zu fassen – fiel zwischen sie, atemlos und von Lachen geschüttelt – machte sich los, entfloh ihrem gierigen Zugriff und eilte der schlankeren, schönern Gestalt nach, die sich, im letzten Moment, auf einen der unteren Äste geschwungen, von wo sie sich niederbeugte zu ihm, mit hängendem Haar und glücklichen Augen. Knapp außer Reichweite lachte sie auf ihn herab und streichelte ihn – sie, die ihn hergebracht hatte, nach der er seit je auf der Suche gewesen, wie *sie* auf der Suche nach *ihm* ...

Zum zügellosen Spiel wilder Kinder wurde das Ganze, zum Freudentanz voller Leidenschaft unterm Leuchten des Monds. Und die Welt war so jung und voll Leben, das ihre glücklichen Kinder erhitzte. Alles lief durcheinander, das Lachen schlug um zu Gesang und stieg zu den Sternen. Alle Mühsal der Berge war nun vergessen. Wie schön, dieses herrliche, fruchtbare Tal zu erleben und darin glücklich zu sein! Und glücklich waren sie alle, voll Lebenskraft und Energie, wie sonst nur die Vögel und Tiere, unterworfen der tieferen Rhythmik schlichterer Tage – naturhaft und rein wie das Wehen des Winds und das Strahlen des Sonnenlichts.

Und doch trug dieses entfesselte Treiben den Hauch der Schönheit in sich. Ob auch die Hingabe fast schon zur Orgie wurde – ob alle Sorglosigkeit ausartete zum Exzeß: so blieb ihr doch jene Schönheit erhalten, die alles Natürliche heiligt. Klarheit und Absicht erfüllten die Nacht, Vollziehung reinster Gesetzlichkeit, und überdies – Ehrfurcht. Nur die Form war vielleicht so befremdlich und wild, doch darunter schlummerten Unschuld und Reinheit, noch aus der Gewaltsamkeit flammte ein göttlicher Funke.

Nämlich, er hatte nach allem das Mädchen wiedergefunden, sah sich an ihrer Seite. Ganz außer Atem war sie, schnappte nach Luft, ihre sanften, gebräunten Glieder glühten noch von der Hitze vergeblicher Flucht. Die Augen strahlten wie Sterne, im Übermaß dieses Treibens jagte der Puls – und hilflos ergab sie sich seiner Kraft, von ihm niedergehalten im Wurzelgeflecht. Sein Blick bemeisterte sie, die ergeben und glücklich aufsah zu ihm, noch erfüllt von der Lust, mit der sie zuvor in andere Arme gesunken. »Nun hast du mich *doch* noch erwischt«, seufzte sie. »Ich habe ja bloß ein wenig gespielt!«

»Jetzt halt' ich dich fest auf immer und ewig«, versetzte er und mußte staunen, wie rauh seine Stimme war.

Ein Hauch wie von Ehrfürchtigkeit legte sich auf ihr Gesicht, auf den willfährigen Blick und die geöffneten Lippen. Alle scheinbare Gegenwehr war nun erloschen.

»Horch!« raunte sie. »Von der Lichtung her nähern sich Schritte. Die Iris, die Lilie – sie tun sich auf! Die Erde bereitet sich, ist voll Erwartung: auch *wir* müssen nun bereit sein – denn jetzt naht sich *Er*!«

Er ließ sie los und erhob sich. Die andern taten's ihm nach. Allesamt standen sie nun, die Häupter geneigt. Fast war's wie Panik, doch nur momentan – dann war da nur Ehrfurcht vor der Herabkunft der Gottheit. Schon strich es wie Wind durchs Gezweig, mit einem Laut, als wär' es der älteste dieser Welt und also der jüngste. Und darüber schwebte der hohe, kaum hörbare Ton einer Hirtenflöte ...

Doch nur die echten Geräusche waren vernehmbar: von Luft und von Wasser. Das Tropfen von Tau, das Flüstern des Laubwerks im Wind. Sie aber hatten's für Flötentöne gehalten. Noch die Sterne schienen zu lauschen in dieser Stille – der Tumult setzte aus, die Orgie war erstorben. Alle warteten ab, hingekniet, lauschend, mit der Erde in Eintracht.

»Nun kommt Er... Er ist's, der sich naht...« atmete es durch das Tal.

Ferne Schritte näherten sich durch die Unverstörtheit der Welt. Und ihr Laut war wie Wasser und Wind und erfüllte das Tal mit Schönheit und Leben. Durch den Wald und über die Bäche nahten sie sich – behutsam, und dennoch voll Würde und Kraft.

»Nun kommt Er... Er ist's, der sich naht...« hob sich's wie Raunen von Wasser und Wind vom Heer der geneigten Häupter.

Immer näher kamen die Schritte, durch eine ehrfürchtig schweigende Welt. Jetzt waren sie da – in nicht mehr erträglicher Schönheit, voll Lebensfreude im Übermaß. Tausend Gesichter hoben sich wie eine Wolke. Das Flötengetön war ganz nah ... und Er trat in Erscheinung.

Und sie bedeutete Segen. Sein erstaunliches Hiersein verbreitete Freude – erweckte aufs neue die Lust zu dem reichen, naturhaften Leben, das rein war wie Sonne und Wind. So schritt Er durch alle hindurch. Bewegung erhob sich – und war wie brausende Wälder, stürzende Wasser, wogende Ährenfelder im Wind, und dennoch so sanft, als sickerte Tau aus einer geöffneten Blüte. Und im Vorüberschreiten berührte Er jedes der Häupter, strich zart über jedes Gesicht, verharrte vor jedem pulsierenden Herzen. Anmut und Stille und Frieden hatte Er mit sich gebracht, und, vor allem, das Leben. Jede naturhafte Lust hieß er gut, jedwede Leidenschaft segnete Er aus der Kraft seines Wesens... Und doch sah Ihn jeder auf andere Weise: die einen begehrlich als Weib oder Mädchen, die andern als Jüngling oder Gemahl, die dritten als stern- oder nebelverhüllte, hoheitsvolle Gestalt. Und wieder andre – die wenigsten, höchstens zwei oder drei – als jenes Rätsel und Wunder, das unsre Herzen aus ihrer vertrauten Umgebung hinüberlockt in verworrene Magie ohne Fleisch, ohne Blut...

Und zweien kam Er so nahe, daß sie Seinen Atem auf ihren Augen verspürten – den Hauch von Hügeln und Feldern. Mit machtvollen Händen berührte Er sie – strich über die marmornen Brüste – befühlte die winzigen Hörner... und als die beiden sich *noch* tiefer beugten, so daß ihre Lippen einander berührten, nahm Er die Arme des Mädchens und legte sie um den Hals des Gefährten, auf daß sie ihn noch fester hielte...

Dann verklangen die Schritte fernhin durch die Welt... Er war fort, verschwunden in Wind und in Wasser, woher Er gekommen. Die tausend Gesichter hoben sich wieder, noch immer von Ehrfurcht und Scheu überhaucht. Es herrschte die harrende Stille vorm nahenden Morgen. Über Wäldern und Feldern verscholl das Geflöt – war erstorben. Allesamt sahen sie einander an... Und lachten – und nahmen ihr Spiel wieder auf.

»Gehen wir!« rief sie, »werfen wir einen Blick auf die andere Welt, wo das Leben die Blicke vergittert wie ein Gefängnis!«

Schon waren sie unterwegs durch das taunasse Gras, über Rasen und Blumenbeete, bis vor die Mauern des klotzigen Hauses. Er spähte durch eines der Fenster, hob die Gefährtin empor, daß auch sie sehen könne. Da war sie – die Welt, der er äußerlich angehörte – und er begriff. Ihm entrang sich ein würgender Laut, und der Schauder des Mädchens sprang auf ihn über. Sie wandte den Blick ab. »Schau nur«, flüsterte sie ihm ins Ohr, »wie häßlich das alles ist – und wie wenig natürlich. Schuldig fühlen sie sich, und beschämt. Keine Spur von Arglosigkeit oder Unschuld!« *Sie* meinte die Männer – *er* betrachtete eher die Weiber.

Da lehnten und lümmelten sie herum, anmutslos, doch voll Herausforderung, die Ungebundenheit vortäuschen sollte – zigarettenrauchend die Weiber, einladend, heimlich und doch unverhohlen. Jetzt hatte er seine vertraute Umgebung in gänzlicher Nacktheit vor Augen: die Rücken entblößt, bei aller gekünstelten Kleidung, unkeusch die Brüste, in den Augen ein Schimmer, dem Sonnenlicht fremd war. Begehrenswert wollten sie wirken, verführerisch auch – und scheuten sich dennoch, es offen zu zeigen. Alles war Vorspiegelung. Er sah keinen Wind, keine Tautropfen in ihrem Haar, sondern nur künstliche Blumen, die Schönheit nachäfften, glanzlose Flechten, geborgt aus den Elendsquartieren der Städte und ihrer Fabriken. Er sah ihren Umgang mit Männern – vernahm zweideutige Sätze, folgte den halben Gebärden, deren Schuldbewußtheit dem Vergnügen – so wähnten sie – förderlich war. Die Weiber waren berechnend, doch keineswegs froh, die Männer erfahren, doch freudlos. Vorgebliche Unschuld, überdeckt von Getuschel, verstohlen, beschämt – doch mit eherner Stirn und unaufrichtigem Lächeln. Das Laster in der Verkleidung fragwürdigsten Amüsements. Die Schönheit war zur Berechnung verkommen, alles war Unnatur, Freude kannte man nicht.

»Das ist sie – die Vorhut aller Kultur!« lachte sie an seinem Ohr und kniff ihn nahezu schmerzhaft in seine Hörner. »Rückständig sind nur *wir!*«

»Unreinlich sind sie«, murmelte er, unbewußt in der Sprache der Welt, die er vor Augen hatte.

Sie waren gebildet, zivilisiert! Von fortschrittlich-feiner Erziehung! Das ging so seit Generationen – sorgfältigste Partnerwahl garantierte den Schliff ihrer Kaste auf Händen und Antlitz, wo es gleißte an jeder nur möglichen Stelle vom lachhaft geschmacklosen Tand der Juwelen und Ringe, Halsketten und Ohrgehänge.

»Aber – sie sind nur zum *Spaß* so gekleidet«, sagte er, mehr zu sich selber als zu dem Mädchen im Fell, das ihn mit nackten Armen umhalst hielt.

»*Ent*kleidet!« verbesserte sie und hielt ihm scherzhaft die Augen zu. »Nur, daß sie auch *das* noch vergessen haben!« Abermals übertrug sich ihr Schaudern auf ihn. Er wandte sich ab und verbarg das Gesicht im Fell der Gefährtin. Und während er ihren Körper mit Küssen bedeckte, zog sie, unter glücklichem Lachen, ihn an den Hörnern zu sich.

»So schau doch!« flüsterte sie und hob wieder den Kopf. »Sie kommen ins Freie!« Und er sah, daß jetzt ihrer zwei, ein Mann und ein Mädchen, unter heimlichem Austausch von Blicken, sich aus dem Zimmer gestohlen hatten und schon an der Gartentür des Gewächshauses standen: seine Zukünftige war's – mit seinem vornehmen Cousin!

»Beim Gewaltigen Pan!« rief das Mädchen mutwillig aus, löste sich aus seinen Armen und wies auf das saubere Paar. »Wir gehn ihnen nach! Wir wollen ihnen die schwächlichen Adern mit Leben erfüllen!«

»Oder mit panischem Schrecken«, gab er zur Antwort, griff nach dem gelblichen Pantherfell und folgte ihr rasch hinters Haus. Er hielt sich im Schatten, wogegen sie sich im vollen Mondlicht bewegte. »Sie können uns ja nicht sehen«, rief sie leise und über die Schulter zu ihm zurück. »Höchstens *spüren* können sie uns – und auch das nur vielleicht.« Und als sie über den Rasenplatz tanzte, war's wie ein Birkenschößling, vom Winde gebeugt und wieder zum Himmel schnellend.

Sich knapp vor den beiden haltend, führten sie nun das Paar auf eine Weise, die nur instinktiv und nicht mitteilbar ist, zu dem kleinen, wartenden Fichtengehölz. Im Gezweig rumorte der Nachtwind, ein Vogel erwachte mit plötzlichem Zwitschern. Das alles war deutlich vernehmbar. Vier kleine, gespitzte Ohren jedoch vernahmen noch andere, wilde Geräusche hinter dem Seufzen des Winds – hörten Geschrei und Gelächter, das Hopsen und fröhliche Singen der Artgenossen im Hain.

Doch plötzlich verstummte der fröhliche Lärm – alle belauschten die Ankunft der »Zivilisierten«. Jetzt standen sie vor dem Gehölz, blickten um sich, zögerten einen Moment – und traten dann hastig, als fürchteten oder schämten sie sich, in den Schattenbereich.

»Gehn wir *da* hinein«, sagte der Mann in nüchternem Ton. »Die Fichtennadeln sind trocken, und man kann uns nicht sehen.« Er ging voran. Sie schürzte die Röcke und schritt hinterher durch das hohe, taunasse Gras.

»Da liegt ein gefällter Baumstamm, wie auf Bestellung«, sagte er kurz danach, nahm darauf Platz und zog sie mit einem zufriedenen Seufzer in seine Arme. »Setz dich mir auf die Knie – das ist besser für deine hübsche Figur.« Er lachte verhalten. Man war offenbar recht intim, denn ihr Zögern war reines Theater, und auch seine Unverblümtheit störte sie nicht. »Sind wir denn *wirklich* ungestört hier? Bist du sicher?« kam's unter seinen Küssen hervor.

»Na, und wenn *nicht?*« versetzte er, während er sie zurechtrückte auf seinen Schenkeln. »Aber in Wirklichkeit ist es hier sicherer als daheim bei mir.« Gierig küßte er sie. »Beim Jupiter, Hermione – du bist göttlich!« rief er voll Leidenschaft. »Göttlich und schön! Ich bin dir verfallen mit allen Fasern des Seins – aus tiefster Seele liebe ich dich!«

»Ja, Liebster, ich weiß – ich meine, ich weiß, daß du das glaubst, nur –«

»Nur *was?*« rief er ungeduldig.

»Diese entsetzlichen Detektive –«

Er lachte, doch klang es verärgert. »Meine Angetraute *ist* schon ein Luder, nicht wahr? Mich dermaßen überwachen zu lassen«, sagte er dann.

»Sie sind überall!« Ihre Stimme klang plötzlich gedämpft. Sie warf einen Blick auf die Bäume und setzte dann bitter hinzu:

»Sie ist mir zuwider – ich kann sie nicht *ausstehn* deshalb!«

»Aber ich *liebe* dich doch!« rief er und riß sie an sich. »Das andre spielt jetzt keine Rolle! Verlieren wir keine Zeit mit solchem Gerede!«

Sie tat, als schauderte sie, und barg das Gesicht an seinem Rock, während er ihren Hals und ihr Haar mit Küssen bedeckte.

Und die ernsten Fichten sahen den beiden zu, das silbrige Mondlicht beleuchtete ihre Gesichter, der Heuduft gemähter Wiesen strich über sie hin.

»Aus tiefster Seele liebe ich dich«, betonte er nochmals, und noch intensiver. »*Alles* würde ich tun, aufgeben und auch ertragen für dich – für nur *einen* Moment deines Glücks! Ich schwör' es, bei Gott!«

Von den Bäumen hinter den beiden kam ein leises Geräusch – die Dame schrak auf, war plötzlich hellwach! Hätte *er* sie nicht umfangen gehalten, sie wär' auf die Beine gesprungen!

»Zum Teufel – was ist denn los mit dir heute?« rief er, hörbar verärgert. »Du tust ja, als wäre man hinter *dir* her, und nicht hinter *mir!*«

Sie antwortete nicht sofort, hielt nur warnend den Finger an ihre Lippen. Dann wiederholte sie langsam und leise:

»Hinter uns her – genau das ist's, was ich fühle! Und ich spüre es, seit wir hier drinnen im Wald sind.«

»Unsinn, Hermione! Du hast einfach zu viel geraucht!« Neuerlich schloß er sie in die Arme, hob ihren Kopf, um sie leichter küssen zu können.

»Wahrscheinlich ist es nur Unsinn«, stimmte sie lachend bei. »Wie auch immer – jetzt ist es weg.«

Er fing an, ihr das Haar zu liebkosen, bewunderte dann ihr Kleid, ihre Schuhe, strich ihr über die Knöchel, und sie zierte sich auf eine Art, die einstudiert war und viel Übung verriet. »Es bin ja nicht *ich,* die du liebst«, sagte sie schmollend und trank ihm dabei jedes Wort von den Lippen. Sie lauschte seinen Beteuerungen, er liebe sie »aus tiefster Seele« – und war offensichtlich bereit, dafür jedes Opfer zu bringen.

»Bei dir fühle ich mich geborgen«, flüsterte sie, denn auch *sie* kannte jeden Zug in dem Spiel. Schuldbewußt blickte sie zu ihm auf, während er auf sie niedersah mit einer Gier, die er möglicherweise für Freude hielt.

»Noch vor Ende des Sommers wirst du verheiratet sein«, sagte er jetzt. »Aller Reiz, das Erregende aller Spannung ist dann dahin ... Arme Hermione!« Sie lehnte sich in seinen Armen zurück, zog sein Gesicht zu sich nieder, küßte ihn auf die Lippen. »Du wirst mehr an ihm haben, als dir vielleicht lieb ist – meinst du nicht auch? Soviel wie du brauchst, ganz gewiß.«

»Ich werde mehr Freiheiten haben«, flüsterte sie. »Alles wird leichter sein als bisher. Und heiraten *muß* ich ja irgendwen –«

Zum andernmal machte der Schreck sie verstummen: *wieder* hatte sich etwas geregt hinter ihnen! Aber der Mann hörte nichts – gewiß klopften ihm die Schläfen zu laut.

»Was war's denn *jetzt* wieder?« fragte er aufgebracht.

Sie spähte in das Gehölz, wo sich Schatten und Mondlicht zu verwirrenden Mustern mischten. Ein naher, niederer Zweig schwankte kaum merklich im Wind.

»Hast du's gehört?« fragte sie nervös.

»Es ist nur der Wind«, sagte er ärgerlich, weil ihr gewandelter Sinn ihm das Vergnügen verdarb.

»Aber etwas hat sich bewegt –«

»Ein Zweig war's, nichts weiter. Glaub mir, wir sind ganz allein und völlig sicher«, sagte er rauh. »Phantasier nicht soviel – ich bin ja bei dir!«

Sie sprang auf, stand im Mondlicht – unter dem teuren Kleid kam ihre gute Figur zu besonderer Geltung. Durch die vorgebliche Gegenwehr hatte ihr Haar sich ein wenig gelöst. Ihr Partner wandte den Blick nicht von ihr, beschrieb eine ungeduldige Geste – und hielt plötzlich inne: er hatte erkannt, wie verängstigt sie war.

»Horch! – Oh, was *ist* das?« flüsterte sie erschrocken, bei erhobenem Finger. »Ich möchte wieder ins Haus! Ich mag diesen Wald nicht! Ich habe Angst!«

»Dummes Zeug«, rief er aus und wollte sie wieder umfassen.

»Im Haus sind wir sicherer – in meinem Zimmer – oder in deinem –« Sie unterbrach sich. »Da ist es *wieder* – hörst du's denn nicht? Das waren Schritte!« Ihr Gesicht war bleicher noch als der Mond.

»Glaub mir, es ist nur der Wind in den Zweigen«, wiederholte er ungehalten. »So *mach* doch schon endlich! Jetzt *waren* wir fast schon soweit! Wir haben hier nichts zu befürchten! Warum glaubst du mir nicht?« Er versuchte gewaltsam, sie auf seine Knie zu zwingen. Ein lüsternes Grinsen lag auf seinen Zügen.

Sie blieb auf Distanz, blickte lauschend und unruhig um sich.

»Du machst mich fertig!« sagte er schroff, faßte neuerlich nach ihrer Taille – doch seine Leidenschaft war schon verflogen, und die erlittne Enttäuschung machte ihn grob.

Das Mädchen entzog sich ihm hastig, wandte sich ab, spähte rundum – und schrie leise auf.

»Jetzt *war* da ein Schritt! Oh nein – direkt neben uns! Ich hab' es gehört! Man beobachtet uns!« rief sie entsetzt. Sie sprang zu ihm hin, schrak wieder zurück. Diesmal wagte er nicht mehr, sie anzufassen.

»Dieser verdammte Mondschein!« murrte er vor sich hin. »Jetzt hast du mir – hast du uns alles verdorben mit deiner blöden Nervosität!«

Aber sie achtete gar nicht auf ihn, zitterte wie unter plötzlicher Kälte.

»Da – jetzt hab' ich es *wieder* gesehn! Diesmal bin ich ganz sicher! Etwas ist an mir vorbeigestrichen, ich habe den Luftzug gespürt!«

Und er, voll Enttäuschung ob des verdorbnen Vergnügens, erhob sich schwerfällig und mit verärgertem Blick. »Schön«, murrte er. »Eh du dich noch länger so anstellst, gehen wir lieber. Vielleicht ist's im Haus wirklich sicherer. Du kennst ja mein Zimmer – na, komm schon!« Indes, *das* Risiko war ihm sicher zu hoch. Er liebte sie ja mit der »Seele«!

Sie stahlen sich fort aus dem Wäldchen – das Mädchen, knapp vor ihm her, sah immer wieder furchtsam zurück. Angsterfüllt, schuldbewußt und beschämt, ertappt wie auf frischer Tat, schlichen die beiden quer durch den Garten und verschwanden im Haus.

Und hinter ihnen erhob sich der Wind und durchrauschte den Wald, als gälte es, ihn zu säubern. Er verscheuchte den künstlichen Duft und alle vorgebliche Scham und brachte das Lachen und fröhliche Treiben zurück. Er wirbelte durch den Park, rüttelte an den Fenstern des Hauses – und legte sich ebenso plötzlich, wie er gekommen war. Regungslos standen die Bäume, wahrten still ihr Geheimnis im reinen, schimmernden Mondlicht. Und die Welt träumte weiter – bis der Morgen herankam, und die Sonne des neuen Tags ihre Erde mit alter Freude erfüllte.

Der andere Flügel

I

Es war ihm unbegreiflich, daß immer nach Dunkelwerden über die Kante der Schlafzimmertür ihn jemand *ansah* – aber den Kopf so rasch zurückzog, daß er das Gesicht nicht erkennen konnte. Wenn die Kinderfrau ging und die Kerze mit sich nahm, war es immer das gleiche: »Gutnacht, Master Tim«, sagte sie und hielt die Hand vor das Licht, um ihn nicht zu blenden. »Träum schön von mir, wie ich von dir träumen will!« Dann verließ sie langsam den Raum. Der scharfumrissene Schatten der Tür lief wie ein Eisenbahnzug über die Decke der Kammer. Dann kam vom Korridor draußen das leise Getuschel – natürlich betraf es *ihn* –, und dann war er allein. Er hörte noch Schritte, sie verloren sich tiefer und tiefer ins Innere des alten Landhauses – klapperten über die steinernen Fliesen der Eingangshalle – und manchmal vernahm er auch noch den dumpfen Fall der Polstertür zu den Dienstbotenräumen. Dann war es still. Und erst, wenn das letzte Geräusch, das letzte Lebenszeichen verhallt war, schob das Gesicht sich blitzschnell hinterm Türrand hervor und blickte ihn an. Das war immer dann, wenn er sagte. »Jetzt schlaf' ich ein. Schluß mit Nachdenken. Gutnacht, Master Tim, und schöne Träume!« Er redete gern mit sich selber: es war dann, als unterhielte man sich mit einem Gefährten.

Die Schlafkammer lag ganz oben im Haus – ein großer, sehr hoher Raum, und das Bett an der Wand hatte ein eisernes Gitter. Man fühlte sich sicher darin und geborgen. Der Vorhang am anderen Ende der Kammer war zu. Man konnte den Feuerschein sehn, seinen Tanz auf den schweren Falten betrachten, und deren Muster studieren: den Spaniel, welcher Jagd machte auf den langschwänzigen Vogel im buschigen Baum – das war lustig und interessant, man wurde nicht müde dabei. Man zählte, wieviele Hunde es waren und wieviele Vögel und wieviele Bäume – aber die Zahl stimmte nie: irgendwie war da ein Plan in dem Muster. Käme man ihm auf die Spur, so kämen auch Hunde und Vögel und Bäume »richtig heraus«. Hundert- und aberhundertmal hatte er dieses Spiel schon gespielt, denn der Plan in dem Muster erlaubte ihm ja, Partei zu nehmen für den oder den, aber der

Hund und der Vogel waren stets *gegen* ihn: jedesmal blieben sie Sieger! Denn immer, wenn er im Vorteil war, wurde er müd, schlief er ein! Der Vorhang hing meistens ganz still, aber manchesmal regte er sich, wie mit Absicht – um einen Hund oder Vogel vor Tim zu verstecken und ihn nicht gewinnen zu lassen! Wenn er zum Beispiel elf Bäume und Vögel beisammen hatte und sich einprägte: »Jetzt sind's elf Bäume und auch elf Vögel, aber Hunde sind es erst *zehn*«, und wenn seine Augen abschweiften, um auch noch den elften Hund zu entdecken und endlich ... da bewegte sich plötzlich der Vorhang, und alles war durcheinander! Nein, der elfte Hund blieb verschwunden! Tim fand das Verhalten des Vorhangs abscheulich. Eigentlich war es komisch, denn so ein Vorhang bewegt sich doch nicht von alleine! Aber meist war er so sehr aufs Zählen versessen, daß ihm gar keine Zeit blieb, um sich zu fürchten.

Die Feuerstelle, dem Bett gegenüber, war voll rot- und gelbglühender Kohlen. Und wenn man den Kopf seitlich drehte, konnte man wunderbar durch das Kamingitter sehn. Wenn eine Kohle zerfiel, gab's einen sachten, staubigen Knacks – er sah jedesmal von dem Vorhang aufs Gitter, um dahinterzukommen, *welches* Stück da soeben zerplatzt war. Solange noch Glut war, klang das sehr lustig – doch manchmal erwachte er spät in der Nacht, die Kammer war eine einzige, riesige Schwärze, das Feuer fast aus – und dann klang es *nicht* mehr so lustig: dann erschreckte es ihn! Die Kohlen rührten sich nicht mehr von selbst! Irgendwer schien sie ganz sachte zu schüren! Und auch der Schatten vorm Gitter war viel dichter geworden! – Aber kaum wurde es hell, da war's mit dem Feuer wie mit dem Vorhang: die erkalteten, aschenen Schlacken mit ihrem blechernen Knistern ließen ihn kalt, hatten alle Bedeutung verloren.

Doch solang er vorm Schlafen noch wach lag, schon müde des Spiels mit Vorhang und Kohlen – wenn er schon drauf und dran war, zu sagen »Jetzt schlaf' ich ein«, kam jenes komische Ding: benommen starrte er noch ins erlöschende Feuer, zählte mitunter die Strümpfe und die Flanellsachen, die zum Trocknen vorm hohen Kamingitter hingen – da sah von der Tür her jemand blitzschnell ins Zimmer und war schon wieder weg, noch bevor man den Kopf nach ihm wenden konnte! Und immer geschah dieses Auftauchen und Verschwinden staunenswert rasch!

Dabei zeigten sich nur der Kopf und die Schultern, schattenhaft, lautlos – nur, es *war* gar kein Schatten! Eine Hand hielt die Türkante auf – das Gesicht schoß um sie herum, sah ihn an – und war weg wie der Blitz! Unmöglich, sich etwas noch Rascheres vorzustellen: es schnellte herein, unhörbar – und war wieder fort! Aber *ihn hatte* es wahrgenommen, ihn von oben bis unten betrachtet, prüfend, was er denn anfinge mit dieser blitzschnellen Inspektion: es wollte ganz einfach wissen, ob er noch wachlag oder schon schlief! Und auch, wenn es weg war – von ferne sah's immer noch her, wartete ab irgendwo, wußte *alles* über ihn. *Wo* es sich aufhielt, war unvorstellbar. Vielleicht kam es hinter dem Haus hervor, vielleicht übers Dach, am wahrscheinlichsten aber aus dem Garten oder vom Himmel. Doch bei aller Befremdlichkeit war es nicht schrecklich. Nein, es war freundlich, hielt Wache – das spürte er deutlich. Und niemals rief er um Hilfe bei solcher Erscheinung, weil sie ihn einfach der Stimme beraubte.

»Es kommt durch die Nachtmahr-Passage«, sagte er sich, »*ist* aber kein Nachtmahr.« Höchst rätselhaft war das.

Und überdies kam es auch mehr als nur einmal in ein und derselben Nacht. Er war ziemlich sicher – wenn auch nicht *ganz* –, daß es sich niederließ in seiner Kammer, sobald er erst richtig schlief. Es nahm Besitz von dem Raum – hockte vielleicht vorm erlöschenden Feuer, oder stand steif hinterm Vorhang, ja legte sich gar in das freie Bett, wo sein Bruder schlief, wenn er zurück war vom Internat. Vielleicht spielte es gleichfalls das Vorhangspiel oder schürte die Kohlen! Und bestimmt wußte es, wo der elfte Hund sich versteckte! Es ging ein und aus, ganz gewiß – und wollte dabei nicht gesehen werden! Denn schon öfter, um Mitternacht plötzlich erwacht, war er ganz sicher gewesen, daß es am Bett stand, gebeugt über ihn! Er hörte es nicht, aber *spürte* es deutlich! Dann glitt es lautlos davon. Es bewegte sich staunenswert leise – aber *bewegte* sich, das war gewiß! Er spürte den Unterschied, wie man so sagt: erst war es nahe – dann war es weg. Aber es kam auch zurück – immer dann, wenn *er* wieder schlief. Und doch war sein mitternächtliches Kommen und Gehn ganz anders als jene erste, zaghafte Annäherung. Denn beim Schein des noch brennenden Feuers war es *allein* gekommen – wogegen es in der Finsternis *andere* bei sich hatte.

Und ferner sagte er sich, daß so rasche und leise Bewegung wohl nur auf Flügeln geschah. Natürlich, es *flog!* Und die es im Finstern begleiteten, konnten nur »seine Kleinen« sein. Und alle waren sie gutartig, sagte er sich, trostvoll, beschützend. Doch obwohl ganz gewiß *kein* Nachtmahr, kam es doch über die Nachtmahr-Passage zu ihm! »Siehst du, das ganze ist *so*«, erklärte er seiner Kinderfrau: »Das Große besucht mich *allein*, und bringt seine Kleinen erst mit, wenn ich ganz tief und fest schlafe.«

»Also ist's um so besser, je rascher du einschläfst, nicht wahr, Master Tim?«

»Könnte man sagen«, versetzte er. »Und das *tu'* ich ja auch. Die Frage ist nur, *woher* sie wohl kommen!« Aber er sagte es so, als wüßte er schon die Antwort.

Doch die Kinderfrau war viel zu unbeholfen, und so gab er es auf und probierte es bei seinem Vater. »Das ist ganz klar«, erklärte geduldig der vielbeschäftigte Mann. »Entweder *ist* da gar niemand, oder es ist nur der Schlaf, der dich ins Traumland hinübernimmt.« Es hatte bei aller Freundlichkeit eher verweisend geklungen, denn Vater machte sich Sorgen wegen der neuen Grundsteuer und konnte sich im Moment nicht richtig auf Tims Phantasiewelt einstellen. Er zog den Jungen zu sich auf die Knie, kraulte ihn wie einen Lieblingshund – und beförderte ihn gleich danach mit einem Schwung auf den Teppich zurück. »Lauf jetzt, und frag deine Mutter«, sagte er noch. »Die kennt sich da besser aus! Und wenn du das nächstemal kommst, erzählst du mir alles – aber nicht heute!«

Tim fand seine Mutter in einem der anderen Zimmer: sie saß im Lehnstuhl und strickte beim Lesen. Das war für ihn so verwunderlich, daß er's gar nicht verstehen konnte! Als er eintrat, hob sie den Kopf, schob die Brille hinauf und hielt ihm die Arme entgegen. Er berichtete alles von Anfang an – auch das, was der Vater gesagt hatte.

»Weißt du, es ist nicht der Sandmann oder sonst irgendwer«, erklärte er eifrig. »Sondern jemand, der *wirklich* ist!«

»Aber doch *lieb*«, beruhigte sie ihn. »Jemand, der nach dir sieht – der achtgibt, daß dir nichts geschieht!«

»Oh ja, ich weiß. Aber –«

»Ich glaube, dein Vater hat recht«, sagte sie rasch. »Es wird nur der Schlaf sein, der da so plötzlich zur Tür hereinschaut. Er *hat* ja auch Flügel – das hab' ich schon immer gehört.«

»Aber die anderen – seine Kleinen?« gab Tim zu bedenken. »Glaubst du, die sind nur so was, wie wenn man kurz einnickt?«

Die Mutter antwortete nicht sofort. Sie blätterte um, strich die Seite glatt, klappte das Buch langsam zu und legte es neben sich auf den Tisch. Dann, noch bedächtiger, tat sie ihr Strickzeug beiseite und ordnete umständlich Wolle und Nadeln.

Schließlich zog sie den Jungen herzu und blickte ihm fest in die fragend geweiteten Augen: »Vielleicht«, sagte sie, »sind es die Träume!«

Tim empfand einen wohligen Schauder bei diesen Worten. Er trat einen Schritt zurück und schlug die Hände zusammen. »Die Träume!« hauchte er, gläubig und hocherfreut. »Natürlich! Daran hab' ich gar nicht gedacht!«

Aber die Mutter, bisher so weise, machte jetzt einen Fehler. Anstatt sich still ihres Erfolges zu freuen, wollte sie ihn durch Erklärungen noch vertiefen – oder, wie Tim es nannte, sie begann, »drauf herumzureiten«. Deshalb hörte er gar nicht mehr zu, sondern spann seine eignen Vermutungen weiter – und machte dem Redestrom überraschend ein Ende mit der Schlußfolgerung:

»Jetzt weiß ich, wo es sich versteckt«, verkündete er voll Geheimnis. »Ich meine, wo *es* zu Haus ist!« Und ohne auf Mutters Frage zu warten, hatte er auch schon die Antwort parat: »Es wohnt im ›anderen Flügel‹!«

»Aha!« sagte sie überrascht. »Wie schlau doch mein kleiner Tim ist!« Und damit hatte es sein Bewenden.

Von nun an stand's für ihn außer Zweifel: der Schlaf und seine Begleiter, die Träume, verbargen sich tagsüber in jenem nicht mehr bewohnten Trakt des großen, elisabethanischen Hauses, den man den ›anderen Flügel‹ nannte. Dieser andere Flügel stand leer, niemand betrat seine Gänge, die Fensterläden waren geschlossen, sämtliche Zimmer versperrt. Verschiedentlich gab es da grüne, mit Serge überzogene Türen, aber niemand öffnete sie. Abgesperrt schon seit Jahren, war der Trakt für die Kinder eigentlich ein verbotenes Gebiet. Jedenfalls wurde er von ihnen gar nicht erwähnt, kam als Spielplatz nicht mehr in Frage. Nicht einmal fürs Versteckspiel. Etwas wie Unnahbarkeit umschwebte den ›anderen Flügel‹. Schatten und Stille und Staub hatten Besitz ergriffen von ihm.

Nur Tim, der über alles seine eignen Gedanken hatte, war sich gewisser Dinge über den ›anderen Flügel‹ bewußt. Jemand *wohnte* dort, dessen war er gewiß! Nur, *wer* in den leeren, riesigen Räumen umherging, *wer* ihre breiten Gänge benutzte, *wer* sich bewegte hinter den Fensterläden – das hatte er *noch* nicht gewußt. Für ihn waren's bisher nur »sie« gewesen, und der Bedeutendste war »der Regent«. Der Regent des ›anderen Flügels‹ war eine Art Gottheit, sehr mächtig und sehr weit weg – und doch immer gegenwärtig, wenn auch nicht sichtbar.

Von diesem »Regenten« hatte er sich – erstaunlich für solch kleinen Jungen – eine ganz bestimmte Vorstellung gemacht. Er verband ihn irgendwie mit dem eigenen Denken – mit seinen allergeheimsten Gedanken. Jedesmal, wenn er ausging auf Abenteuer, die er natürlich im Innern erlebte, führte der Weg durch die Kammern des ›anderen Flügels‹. Seine Gänge und Hallen, auch die Nachtmahr-Passage, säumten den Pfad und waren die erste Station solcher Reise. Sobald jene grüntapezierten Türflügel zuschwangen hinter ihm und der lange, düstere Gang frei vor ihm lag, war der Weg zu dem jeweils erstrebten Abenteuer beschritten. Und hatte man auch noch die Nachtmahr-Passage hinter sich, dann wurde man nicht mehr erwischt, und waren die Läden von einem der Fenster erst offen, so lag die gigantische Welt frei vor Augen, denn jetzt konnte er *sehen,* wohin er da ging.

Bei einem Kinde war solche Vorstellungswelt überraschend: sie verband ja das Mysteriöse der Kammern des ›anderen Flügels‹ mit den bewohnten, wenngleich nicht bewußten Kammern des eigenen, inneren Selbst. Und durch dieses Innere, durch dessen Kammern und düstere Gänge – durch eine Passage, die bisweilen gefahrvoll sein konnte oder zumindest verrufen war, galt es hindurchzukommen, um jene wirklichen Abenteuer zu finden! Das Licht – wenn er weit genug vorstieß, um die Läden öffnen zu können – hieß Entdeckung. Tim dachte nicht eigentlich so, und noch viel weniger fand er die passenden Worte – aber es war doch *in ihm* – er *empfand* es. Der ›andere Flügel‹ lag ebensowohl in ihm selbst wie hinter den grüntuchnen Türen. Die Landkarte seiner inneren Wunder schloß *beides* in sich.

Und nunmehr, erstmals im Leben, *wußte* er, *wer* sich dort aufhielt, *wer* der Regent war. Einer der Läden war wie von selbst aufgesprungen, Licht strömte herein: er hatte eine Vermutung geäußert – und Mutter hatte ihn darin bestärkt: der *Schlaf* und all seine Kleinen, die Scharen der Träume – *sie* versteckten sich tagsüber dort! Erst bei Dunkelheit kamen sie heimlich hervor. Sämtliche Abenteuer des Lebens begannen und endeten mit einem Traum – aber man mußte dazu durch den ›anderen Flügel‹...

II

Nachdem er sich darüber klargeworden, war es sein einziger Wunsch, Entdeckungs- und Forschungsreisen zu unternehmen auf so veränderter Karte. Seine *innere* Landkarte kannte er schon – aber der Plan des ›anderen Flügels‹ war ihm noch nie vor Augen gekommen. In seiner Vorstellung kannte er ihn – er hatte ein deutliches Bild von den Hallen und Zimmern und Gängen, aber betreten hatte er jenen Boden noch nie, den Bereich einer Stille, wo unter Schatten und Staub sich tagsüber die Schar der Träume versteckte. Und es verlangte ihn sehr, in den mächtigen Kammern zu sein, worin nur der Schlaf regierte, und dem Regenten Aug in Auge entgegenzutreten. So faßte er den Entschluß, einzudringen in den ›anderen Flügel‹!

Dies zu bewerkstelligen, war nicht so leicht. Aber Tim war ein tapferer Junge und wußte genau, was er wollte. Auch wußte er, daß es gelingen werde. Er überlegte es gründlich. Während der Nacht war's nicht möglich, denn da war der Regent mit seiner Schar unterwegs – hatte bei Dunkelwerden seine Behausung verlassen und flog durch die Welt. Die Räume standen dann leer, und ihre Leere machte nur Angst. Deshalb galt es, bei Tag einzudringen. Also beschloß er, dem Flügel bei Tag einen Besuch abzustatten. Doch er überlegte noch weiter. Es gab da Gebote und Risiken – man verstieß gegen Regeln, konnte gesehen werden, würde dann unvermeidlich zur Rede gestellt von lästigen, neugierigen Erwachsenen: »Wo hast du so lange gesteckt?«, und dergleichen. Das alles überlegte er sorgsam, wonach er befand, es würde schon klappen – wiewohl er noch nicht wußte, wie... Aber die Risiken sah er jetzt klar. Und wenn man *sie* sah, war die Schlacht schon zur Hälfte gewonnen – dann konnte ihn nichts überrumpeln.

Die Idee, vom Garten her einzudringen, ließ er gleich wieder fallen. Das rote Ziegelgemäuer wies keine Zugänge auf – da war keine Tür. Auch vom Hof aus war nichts zu machen: selbst auf Zehenspitzen waren die steinernen Fenstersimse nicht zu erreichen. Bei seinen einsamen Spielen oder auf den Spaziergängen mit der französischen Gouvernante suchte er heimlich nach anderen Möglichkeiten – aber es zeigten sich keine. Die Läden, selbst wenn man an sie herankommen konnte, waren massiv und allzu solide.

Inzwischen, wenn sich die Gelegenheit bot, stand er horchend an die Mauer gelehnt, das Ohr an die undurchdringlichen, roten Ziegel gepreßt. Die Türmchen und Giebel des Traktes ragten über ihm auf, er hörte den Wind in der Dachtraufe säuseln, ja vermeinte sogar, hinter den Wänden flatterte es oder schliche auf Zehenspitzen umher! Der Schlaf und die Schar seiner Kleinen bereiteten sich für die nächtliche Reise! Sie hielten sich drinnen verborgen, aber sie schliefen nicht! In diesem nicht mehr bewohnten Flügel, der verlassener wirkte als jedwedes Landhaus, das er gesehen, übte der Schlaf mit seiner Schar gefiederter Träume und belehrte sie auch. Wunderbar war das! Ob sie etwa das ganze Land mit Träumen versorgten? Aber noch wunderbarer war der Gedanke, daß der Regent in höchsteigner Person sich herbeiließ, ausgerechnet in *seine* Kammer zu kommen, um während der Nacht am Bett Wache zu halten! Das war erstaunlich. Und sogleich schoß ihm durch seinen bohrenden, phantasievollen Sinn: »Am Ende nehmen sie mich mit sich! Noch während ich schlafe! *Das* ist der Grund für ihr Kommen!«

Doch am meisten beschäftigte ihn, *wie* der Schlaf aus dem Haus kam: natürlich, durch die grüntuchenen Türen! Und indem er alles beiseite ließ, was unwichtig war, gelangte Tim zu folgendem Schluß: auch *er* mußte eine der grünen Türen benutzen – selbst auf die Gefahr hin, gesehen zu werden!

Die nächtlichen Blitzbesuche hatten in letzter Zeit aufgehört. Die lautlose, flinke Gestalt spähte nicht mehr herein, wie sie es immer getan. Auch schlief er jetzt viel zu rasch ein, bevor noch der Sandmann den Vorraum betreten hatte, und lange vor dem Erlöschen des Feuers. Die Hunde und Vögel des Vorhangs entsprachen jetzt immer der Baumzahl, und so blieb er im Vorhangspiel mühelos Sieger. Nie gab's einen Hund oder Vogel zuviel. Und der Vorhang blieb immer ruhig! Aber erst, seit er Vater und Mutter alles erzählt hatte! Das brachte ihn zu seiner zweiten Entdeckung: die Eltern *glaubten* ja gar nicht an jene Gestalt! Nur *deshalb* hielt sie sich fern – versteckte sich jetzt! Also galt es erst recht, nach ihr zu suchen. Er hatte Sehnsucht nach ihr, sie war so freundlich, machte sich so viel Mühe um ihn – und alles nur für sein winziges Ich in der großen, einsamen Kammer! Aber die Eltern sprachen davon, als spielte sie gar keine Rolle. Er wollte sie so gern sehn – Aug in Aug – und ihr sagen, daß *er* an sie *glaube*, ja daß er sie liebhabe! Er war ganz sicher, daß sie das *gern* hören würde! Fürsorglich war sie: denn obwohl er jetzt viel zu rasch einschlief, als daß er ihr schnelles Hereinschauen oder Verschwinden hätte wahrnehmen können, träumte er seither viel schöner als jemals zuvor – und immer vom Reisen. Gewiß, das kam nur von ihr! Und überdies war er so gut wie sicher, daß sie ihn mit sich nahm im Schlaf.

Eines Abends im März, es dämmerte schon, war die Gelegenheit da: und gerade zur rechten Zeit, denn schon am Morgen sollte sein Bruder Jack von der Schule zurücksein, und wenn Jack erst im anderen Bett lag, würde sich keine Gestalt mehr zeigen. Auch war jetzt Ostern, und gleich nach den Feiertagen – noch wußte Tim nichts davon – war's endgültig aus mit der Gouvernante: da kam dann die Ganztags-Vorschule fürs spätere Wellington! Und die Gelegenheit bot sich so selbstverständlich, daß Tim sie ohne Verzug wahrnahm. Da gab's keine Frage mehr, und erst recht kein Zaudern. Es *sollte* ganz einfach so sein: vollkommen unerwartet fand er sich einem der grüntuchnen Eingänge gegenüber – und dessen Flügel *bewegten* sich noch! Jemand mußte soeben die Räume betreten haben!

Das war so gekommen: Vater – er war in Schottland, bei Inglemuir, im Revier auf der Jagd – kam erst in der Frühe zurück. Die Mutter war zur Kirche kutschiert, in Ostergeschäften. Und die Gouvernante war heim nach Frankreich gefahren. So hatte Tim das Haus ganz für sich und machte zwischen dem Tee und der Schlafenszeit ausgiebig Gebrauch davon. Mit Hindernissen wie Kindermädchen und Butler wurde er spielend fertig, und so durchstöberte er aufs gründlichste alle verbotenen Plätze – auch den sakrosankten Arbeitsraum seines Vaters. Dieses Wunder von Zimmer war das Herz des gesamten, weitläufigen Baus. Vor langer Zeit hatte Tim einmal Prügel bekommen deswegen. Auch hatte in diesem Zimmer der Vater ihm unter bedeutsamem Lächeln eröffnet: »Tim, du hast eine kleine Schwester bekommen und mußt sehr lieb zu ihr sein!« Und überdies war es der Ort, wo man das Geld aufbewahrte. Der »komische Vatergeruch« war hier am stärksten zu spüren – es roch überall nach Papier und Tabak und nach Büchern – und auch nach Schießpulver und Jagdtrophäen.

Zunächst stand er scheu an der Tür, durch die er gekommen war. Aber dann, nachdem er sich wieder gefaßt hatte, schlich er auf Zehenspitzen zu dem gewaltigen Schreibtisch, auf welchem hochwichtige Schriftstücke durcheinandergestapelt lagen. Er berührte sie nicht. Doch daneben sah er sogleich das gezackte, eiserne Bruchstück einer Granate, das Vater vom Krimkrieg heimgebracht hatte und seither als Briefbeschwerer benutzte. Er wollte es näher betrachten, aber es war fast zu schwer. Er kletterte auf den bequemen Stuhl und wirbelte ihn um und um – es war ein Drehsessel, man verschwand dabei fast in der Polsterung, aber Tim starrte trotzdem begeistert auf all die fremdartigen Sachen, die auf der geräumigen Tischplatte lagen. Schließlich wandte er sich davon ab, zu dem Stockständer in der Ecke – ihn durfte man anfassen, wie er wußte. Er hatte schon früher mit diesen Stöcken gespielt. Alles in allem waren es an die zwanzig, von allen Ecken und Enden der Welt, mit merkwürdiger Schnitzerei an den Krücken, und viele hatte der Vater eigenhändig geschnitten, an fremden, entlegenen Orten. Einer davon sprang Tim besonders ins Auge: ein dünnes, auf Hochglanz poliertes Rohr mit elfenbeinernem Griff, nach welchem es ihn schon immer gelüstet hatte. Es war genau von der Art, wie er sie später, wenn er erwachsen sein würde, selber verwenden wollte. Man konnte es biegen, das Rohr schnellte zitternd zurück, und wenn man damit durch die Luft hieb, dann pfiff es wie eine Reitgerte. Aber so biegsam es war – es war auch sehr kräftig, und als Familienerbstück recht altmodisch obendrein: es war der Spazierstock des Urgroßvaters und hatte etwas von einem andern Jahrhundert an sich – das konnte man *sehen!* Etwas wie Würde und Eleganz und auch Muße! Und plötzlich fiel es ihm ein: »Wie sehr muß ihn Urgroßvater vermissen! Ob er nicht froh wär', ihn wiederzuhaben?«

Tim wußte gar nicht, wie ihm geschah – aber nur kurz danach schlenderte er durch die verlassenen Räume und Gänge wie ein ältlicher Gentleman vor hundert Jahren, und schwang, so stolz wie nur irgendein Höfling, den Stock nach Art eines Stutzers um siebzehnhundert, der über den Markt flaniert. Daß ihm der Stock dabei bis an die Schulter reichte, war nicht so wichtig: er faßte ihn nur etwas tiefer und stolzierte unbeirrt weiter. Er war auf ein Abenteuer gefaßt, durchstreifte die Seitengänge seines inneren ›anderen Flügels‹, als wär' er hinübergenommen von diesem Stock in die Tage des alten Herrn, der ihn benutzt hatte in einem fremden Jahrhundert.

Für die Bewohner kleinerer Häuser mag es unglaublich klingen, doch in dem weitläufigen, elisabethanischen Landsitz gab's ganze Fluchten, die Tim noch niemals betreten hatte! Sein inneres Bild vom ›anderen Flügel‹ war bei weitem deutlicher als die Geographie des Gebäudeteils, den er tagtäglich durchmaß. Gänge betrat er und dämmrige Räume, lange, steinverfliese Passagen hinter der Galerie mit den Bildern, getäfelte, enge Verbindungskanäle, wo's vier Stufen abwärts ging und gleich wieder zweie hinauf, leerstehende Zimmer mit wuchtig gewölbten Decken – und alles im schummrigen Zwielicht des Märztags und aufregend unerforscht!

Mit aller Abenteuerbegier seiner unbekümmerten Jugend schritt er sorglos dahin, tiefer und tiefer ins Herz des fremden Bereichs, schwang dabei den Spazierstock, den einen Daumen unter die Achsel des blauen Serge-Anzugs gehakt, leis vor sich hinpfeifend, aufgeregt zwar, doch auf alles gefaßt – und sah sich auf einmal vor einer Tür, die jedes weitere Vordringen sperrte! Es war die grüntuchene Tür – und sie bewegte sich noch!

Er hielt davor inne – betrachtete sie, faßte den Rohrstock fester, bei angehaltenem Atem. »Der ›andere Flügel‹!« flüsterte er und verschluckte sich fast dabei.

Es war eine Zugangstür, die er noch niemals bemerkt hatte. Und er war sicher gewesen, jede der Türen aus dem Gedächtnis herzählen zu können! Aber die hier war neu. Minutenlang stand er davor und starrte sie an. Sie hatte zwei Flügel, doch nur der eine schwang hin und her, jedesmal kürzer. Er hörte den Luftzug, der durch die Schwingung entstand. Schließlich, nach einem letzten, kaum merklichen Schwung, stand der Türflügel still. Und ähnlich war's mit dem Herzschlag des Jungen – er stockte ihm momentan.

»Da ist jemand durchgegangen – eben zuvor«, sprach er bei sich. Und wußte, noch während er's sagte, *wer* dieser Jemand war! Es gab keinen Zweifel: »Das ist der Urgroßvater gewesen! Er weiß, daß ich seinen Spazierstock habe. Jetzt will er ihn von mir zurück!« Und gleich darauf meldete sich eine zweite Gewißheit: »Dort drinnen schläft er – und träumt. *Das* also bedeutet, gestorben zu sein!«

Sein erster Gedanke war: »Ich muß es Vater erzählen – der wird einfach platzen vor Freude!« Doch schon der zweite galt nur mehr ihm selber – er wollte dies Abenteuer *bestehen*! Und natürlich behielt dieser zweite die Oberhand über den ersten. Dem Vater konnte man's später sagen. Zunächst aber galt es, den ›anderen Flügel‹ durch diese Tür zu betreten! Er mußte ja den Spazierstock dem Besitzer zurückbringen – *aushändigen*.

Jetzt wurden Charakter und Wille auf die Probe gestellt. Tim verfügte über viel Einbildungskraft, und so wußte er auch, was Angsthaben heißt. Aber Zaghaftigkeit gab's nicht bei ihm. Zwar konnte er wie jeder Junge brüllen und schreien und stampfen, sobald es ihm angebracht schien, doch nur, wenn sein Temperament mit ihm durchging – und solche Auftritte waren zur Hälfte »gemacht«, weil er dann etwas durchsetzen wollte, gegen den Willen der andern! Doch jetzt war da kein anderer Wille. Auch war ihm bekannt, daß Angsthaben vor einem Nichts – also die Angst ohne Grund – nur von den »Nerven« kam. Man konnte da höchstens eine »Gänsehaut« kriegen.

Sobald's aber um etwas Wirkliches ging, kam bei Tim der Charakter zum Vorschein. Er ballte die Hände zu Fäusten, spannte die Muskeln, biß die Zähne zusammen – und flehte zum Himmel, ihn doch ein bißchen größer zu machen! Aber er wich nie zurück: seine Einbildungskraft ließ ihn das Schlimmste schon ein dutzendmal vorher erleben – noch ehe es wirklich geschah, aber wenn's dann drauf ankam, stellte er seinen Mann! Er hatte ganz einfach den Schneid, die Beherztheit eines empfindsamen Temperaments. Und auch jetzt, an diesem für einen Jungen von acht oder neun etwas kniffligen Scheideweg, ließ ihn sein Mut nicht im Stich. Also hob er den Rohrstock – und stieß den Türflügel auf! Dann schritt er drauflos – hinein in den ›anderen Flügel‹!

III

Der grüne Türflügel schwang hinter ihm zu – doch Tim war Herr seiner selbst genug, sich umzuwenden und ihn eigenhändig zu schließen: er wollte damit das dumpfe Geräusch der langsam einpendelnden Tür verhindern. Er war sich vollkommen bewußt, daß ihm Ungeheuerliches bevorstand.

Den Rohrstock krampfhaft umklammernd, durchschritt er beherzt den langen, vor ihm liegenden Gang. Alle Furcht war gewichen, nur eine gelinde Verwunderung blieb. Seine Schritte verursachten kein Geräusch – er ging wie auf Luft. Statt des erwarteten Zwielichts oder gar Dunkels war's allenthalben so schummrig und hell wie ein silbriger Rasen bei Mondschein und sternklarem Himmel. Auch kannte Tim seinen Weg und wußte genau, wo er war und wohin er da ging. Das Ganze war ihm so vertraut wie der Fußboden vor seinem Bett. Form und Länge des Gangs waren deutlich erkennbar – sie entsprachen dem Plan, den er seit langem entworfen hatte. Und obwohl er ganz sicher wußte, noch nie hiergewesen zu sein, war ihm jeder Winkel vertraut.

Deshalb war seine Verwunderung eher gelinde und brachte ihn nicht aus der Fassung. »Wieder mal hier!« – so oder ähnlich ging's ihm durch den Kopf. Was ihn überraschte, war nur der Umstand, *wie* er gekommen war. Aber er zauderte nicht, sondern schritt vorsichtig weiter, manchmal auf Zehenspitzen, die Elfenbeinkrücke seines Spazierstocks respektvoll umklammernd. Und während er so voranschritt, erstarb hinter ihm das Licht und verdunkelte damit den bisher beschrittenen Weg. Doch das entging ihm, weil er nicht hinter sich blickte. Er sah nur geradeaus durch den silbrig sich dehnenden Gang, der zu jener geräumigen Kammer führte, wo, wie er wußte, die Übergabe des Rohrstocks stattfinden sollte. Denn die Person, welche die grüne Eingangstür vor ihm benutzt hatte – diese Person war der Großvater seines Vaters und wartete dort, um ihr Eigentum zu empfangen. Tim war dessen so sicher wie seines Atems. Er bemerkte sogar, daß der silbrig schimmernde Lichtschein am hinteren Ende des Ganges heller und breiter wurde.

Und noch etwas wußte er sicher – daß dieser Gang zwischen den festverschlossenen Räumen der Nachtmahr-Korridor war. Schon oft und oft hatte er ihn durchschritten. Und jeder Raum war bewohnt. »Das ist die Nachtmahr-Passage«, raunte er vor sich hin, »aber ich kenne ja den Regenten, und so macht es nichts aus. Keiner der Nachtmahre kann jetzt heraus – keiner kann mir was tun!« Trotzdem, er hörte sie drinnen rumoren, als er vorbeiging: sie kratzten an ihren Türen, wollten hinaus. Das Gefühl, vor ihnen sicher zu sein, machte ihn sorglos, er tat etwas, das gar nicht nötig war: er strich im Vorbeigehn über die Türen! Und der Wunsch, »einmal richtig erschrocken zu sein«, wurde so übermächtig, daß er ausholte und mit dem Stock gegen eine der Türen schlug!

Er war auf das Folgende zwar nicht gefaßt, aber *hatte* jetzt seinen Schrecken: denn sogleich ging die Tür spaltbreit auf, eine Hand griff heraus, packte den Stock und wollte ihn an sich ziehen, hinein in die Kammer! Tim sprang zurück, als hätte man ihm eins übergezogen! Aus Leibeskräften zerrte er an dem Elfenbeingriff, doch half das weniger als nichts. Er versuchte, zu schreien – aber die Stimme war weg! Ihn befiel eine aberwitzige Angst, denn er konnte nicht loslassen, war nicht fähig, die Finger vom Handgriff zu lösen – sie waren ein Teil des Stockes geworden! Ein entsetzlicher Schwächezustand machte ihn hilflos – Zoll um Zoll zerrte es ihn zu der gräßlichen Tür! Schon war das Ende des Stocks in dem schmalen Türspalt verschwunden! Er konnte die ziehende Hand zwar nicht sehen, doch sie gehörte bestimmt einem Riesen! Jetzt wurde ihm klar, *warum* diese Welt so befremdlich war, *warum* Pferde so rasch galoppierten, *warum* die Eisenbahnzüge so pfiffen, sobald sie durch die Stationen rasten. Alle groteske Schrecknis des Nachtmahrs umspannte ihm eisig das Herz. Dies Mißverhältnis der Kräfte war einfach abscheulich! Und der Zusammenbruch kam, als ohne ein warnendes Zeichen die Tür lautlos zuschlug und den Rohrstock zur flachen Binse zerquetschte! So unwiderstehlich wirkte die Kraft jenseits der Tür, daß der solide Spazierstock jetzt nur mehr ein flacher und schlapper Schilfstengel war!

Er sah ihn sich an. Es *war* ein zerquetschter Schilfstengel!

Das war nicht zum Lachen, sondern dermaßen absurd, daß einem ganz elend wurde dabei! Der Schreck, eine Binse in Händen zu halten anstatt des erwarteten, hochglanzpolierten Spazierstocks – dieser gräßliche Umstand hatte das ganze Entsetzen des Nachtmahrs in sich. Man wurde ganz kopfscheu darüber: hatte man denn nicht schon immer gewußt, daß der Stock gar kein Stock war, sondern ein hohles und schwächliches Rohr ...?

Doch gleich darauf *war* es wieder ein Stock, und er hielt ihn fest in der Hand. Tim stand nur da und starrte ihn an. Drinnen der Nachtmahr war voll in Aktion: jetzt ging eine *zweite* Tür auf, die der Junge gar nicht angerührt hatte! Eine Hand, eben noch zu erkennen, drohte ihm durch den engen Spalt – das war jetzt ein neuer Nachtmahr, in grausiger Eintracht mit jenem anderen ...! Doch da erhob sich gleich neben Tim eine Gestalt bis an die Decke: hilfsbereit und beschützend – und war jene, die ihn vorm Einschlafen immer besuchte! Als er herumfuhr, den Überfall abzuwehren, stand sie ihm plötzlich vor Augen – und damit war alles Entsetzen vorbei. Es war bloß ein Nachtmahr gewesen – nicht weiter zu fürchten. Nur das Groteske des Vorfalles blieb. Tim konnte jetzt wieder lächeln.

Er nahm die Gestalt nur undeutlich wahr, sie war so groß – aber er hatte nun doch den Regenten des ›anderen Flügels‹ vor Augen und wußte sich wieder in Sicherheit. In staunender Liebe blickte er zu ihm auf und bemühte sich, klarer zu sehen. Doch das Gesicht blieb hoch oben verborgen, ja schien mit dem Himmel über dem Dach zu verschmelzen! Zu erkennen war nur, daß diese Gestalt noch größer war als die Nacht, aber viel, viel gelinder, und daß sie die Flügel schützend gefaltet hielt über ihm, sanfter, als es die Arme der Mutter vermochten. Auch gab's da Lichtpünktchen in dem Gefieder, die funkelten wie die Sterne, und überhaupt war die Erscheinung so groß, daß sie Millionen von Menschen gleichzeitig umfangen konnte! Und sie verschwamm nicht, ging auch nicht fort, sondern dehnte sich aus auf eine Weise, die ihm alle Sicht nahm. Jetzt überdeckte sie schon den gesamten ›anderen Flügel‹ ...

Und Tim rief sich ins Gedächtnis, daß dies alles ja ganz natürlich und wirklich vor sich ging. Er hatte den Gang schon viele Male betreten: die Nachtmahr-Passage war ihm nicht neu. Es war alles so wie sonst auch, und so galt es eigentlich nur, dahinterzukommen, was sich *in* jenen Räumen verbarg. Sie wollten ihn zu sich hineinziehn, verlockten ihn, daß er von sich aus einträte. Das war ihre Stärke! Und ihre besondere Kraft bestand *dar*in, daß sie ihn zu sich heransaugten und *er* sich nicht zur Wehr setzen konnte. Er wußte ganz sicher, *weshalb* er versucht worden war, mit dem Stock an die Türen zu klopfen. Aber als er's getan hatte, war er den Folgen mannhaft begegnet und konnte nun seine Reise sicher und ungestört fortsetzen: der Regent des ›anderen Flügels‹ nahm sich seiner an.

Ihn überkam eine herrliche Sorglosigkeit. Alles Feste um ihn war wie Wasser so sanft, nirgendwo stieß man sich an, oder wenn, so gab's keine Beule. Und indem er den Stock krampfhaft festhielt an dessen Elfenbeingriff, durchschritt er weiter den Gang, und es war wie auf leerer Luft.

Alsbald war das hintere Ende erreicht: er stand auf der Schwelle zu jener mächtigen Kammer, wo, wie er wußte, der Besitzer des Stocks ihn erwartete. Der schier endlose Gang lag nun hinter ihm, und vor sich erblickte der Junge nun ein Gemach, das war so groß, daß man glauben konnte, man sei im Kristallpalast, oder auch in der Halle der Eustonstation, wenn nicht gar im Portal zur St. Pauls-Kathedrale! Hohe und schmale Fenster waren tief in die Mauer geschnitten – das war die *eine* Seite. Rechterhand, an der andern, stand ein enormer Kamin voll brennender Scheite. Dicke Wandteppiche hingen bis an den steinernen Boden, und in der Mitte des Raums stand ein großer, massiver Tisch aus dunklem, glänzendem Holz, umgeben von mächtigen Stühlen mit steifen, geschnitzten Lehnen. Aber im größten der throngleichen Stühle saß eine Gestalt, die blickte ihm ernst und bedeutsam entgegen – die Gestalt eines uralten Mannes!

Obwohl ihm das Herz bis zum Halse schlug, war der Junge nicht überrascht: nur freudiger Schreck durchfuhr ihn – und wich dem Gefühl der Befriedigung. Er hatte gewußt, wen er hier erblicken und wie der Betreffende aussehen werde! So betrat er furchtlos den Steinboden, hielt den kostbaren Stock waagrecht mit beiden Händen vor sich, um ihn dem Besitzer wie ein Geschenk darzureichen. Und er tat es stolz und voll Freude, denn er hatte Gefahren auf sich genommen.

Jetzt erhob die Gestalt sich langsam und trat ihm entgegen. Würdevoll stelzte sie über den steinernen Boden. Ernst, aber liebevoll war ihr Blick über der kräftigen Adlernase. Nur zu gut war Tim dies alles bekannt: die Kniehosen von Satin, die blitzenden Schnallenschuhe, die schwarzen, tadellos sitzenden Strümpfe, die Spitzen und Rüschen an Hals und Gelenken, das farbige, offenstehende Wams – bis ins letzte entsprach das dem Bild über Vaters Kamin, zwischen den zwei Bajonetten von der Halbinsel Krim. Jetzt stand das zum Leben erwachte Bild ganz nahe vor ihm. Was ihm noch fehlte, war nur der polierte Spazierstock mit der Elfenbeinzwinge.

Tim tat drei weitere Schritte vor die Gestalt und hielt ihr mit beiden Händen den waagrechten Stock entgegen.

»Ich bringe ihn dir, Urgroßvater«, sagte er leise, doch klar verständlich und fest. »Hier ist er.«

Und der Alte beugte sich, streckte drei Finger unter der Spitzenmanschette hervor und ergriff die Elfenbeinzwinge. Dann vollführte er einen Kratzfuß vor Tim. Er lächelte freundlich, doch war es bei aller Erfreutheit ein ernstes, trübseliges Lächeln. Dann begann er zu reden, schleppend, mit tiefer Stimme. Aber sie klang auch sehr mild, voll geschmeidiger Höflichkeit früherer Zeiten.

»Ich danke dir«, sprach er, »und weiß deine Gabe zu schätzen. Mein Vatersvater hat mir den Stock überkommen. Ich aber hab' ihn vergessen, schon vor geraumer Zeit, als ich –« Die Worte kamen jetzt nicht mehr so deutlich.

»Als du – *was?*« fragte Tim.

»Nun wohlan, als ich – außer Hause ging, damals«, wiederholte der alte Herr.

»Aha«, sagte Tim und überlegte bei sich, wie schön und wie freundlich, ja anmutsvoll die Gestalt des Alten doch war! Der alte Herr ließ die hageren Finger bedächtig über den Rohrstock gleiten, prüfte zufrieden die Glätte. Besonders die Elfenbeinzwinge tat es ihm an. Kein Zweifel, er war hocherfreut!

»Ich war – dermaleinst – nicht ganz bei mir«, setzte er leise hinzu. »Mein Gedächtnis hat mich im Stich gelassen.« Er seufzte erleichtert, als wär' ihm ein Stein vom Herzen gefallen.

»Mir geht's genauso, auch ich bin vergeßlich – mitunter«, bemerkte mitfühlend Tim. Dieser Urgroßvater war wirklich zum Gernhaben! Ob er Tim wohl zu sich emporheben – ob er ihm einen Kuß geben würde? Es wäre zu schön gewesen! »Ich bin *furchtbar* froh, ihn dir gebracht zu haben«, sagte er noch, »– und, daß du ihn wiederhast!«

Sein Gegenüber blickte ihn freundlich an aus den graufarbenen Augen, und lächelte anerkennend.

»Ich danke dir vielmals, mein Junge – und stehe jetzt ganz tief in deiner Schuld! Um meinetwillen hast du dich solcher Gefahr ausgesetzt. Schon andere haben es vor dir versucht – aber die Nachtmahr-Passage – nun ja –« Er verstummte, stieß mit dem Stock wie zur Probe gegen den steinernen Boden. Dann beugte er sich ein wenig und stützte sich voll darauf. »Ah!« sagte er und seufzte erleichtert. »Jetzt kann ich ja wieder –«

Aber die weiteren Worte konnte Tim nicht mehr verstehen – sie waren zu wenig deutlich gewesen.

»*Was* kannst du jetzt?« fragte er wieder und merkte dabei, daß ihm beklommen ums Herz ward.

»– wieder umhergehn«, sagte der Alte sehr leise. »Ohne den Stock«, setzte er mit fast versagender Stimme hinzu, »könnte ich mich ... unter Umständen ... gar nicht mehr zeigen. Wirklich, es war ... beklagenswert ... unverzeihlich von mir ... so vergeßlich zu sein – Meiner Treu, junger Mann ...! Ich – ich ...«

Die Stimme erstarb ihm – wurde zum Säuseln von Wind. Dann richtete er sich empor, stieß mit der eisernen Stockspitze mehrmals laut gegen den Boden. Tim spürte dabei ein ganz eignes Gefühl in den Beinen. Auch hatten die seltsamen Worte ihn beinah erschreckt.

Der alte Herr tat einen Schritt auf ihn zu. Noch immer lächelte er, aber mit anderem Ausdruck: statt der früheren Freundlichkeit war da ein plötzlicher Ernst. Und schon die nächsten Worte schienen von weiter oben zu kommen, als hätt' sie ein kälterer Wind von draußen hereingeweht.

Dennoch, sie waren freundlich gemeint, und auch sehr gefühlvoll. Was Tim dran erschreckte, war bloß dieser plötzliche Wandel. Der Urgroßvater war doch *auch* nur ein Mensch! Aber der ferne Klang gemahnte doch sehr an die äußere Welt, aus der jener kalte Wind kam!

»Mein ewiger Dank ist dir sicher«, hörte er noch, wobei Stimme, Gesicht und Gestalt sich immer weiter entfernten, zur Mitte der mächtigen Kammer. »Ich will deiner Gutherzigkeit und Courage immerdar eingedenk sein! Zum Glück jedoch kann ich mich dir zu gegebener Zeit erkenntlich erweisen ... Jetzt aber gehst du am besten nach Hause zurück, und dies ohne Verzug! Nämlich, dein Kopf und dein Arm liegen dort schwer auf dem Schreibtisch, die Schriftstücke sind überworfen – auch ist ein Kissen zu Boden gefallen ... und mein Enkel ist heimgekommen ... leb also wohl. Verlaß mich und eil dich! Schau nur – *Er* steht hinter dir und wartet auf dich! Geh jetzt mit ihm – doch geh *gleich* ...!«

Die Szene verschwand, noch ehe die Worte verklungen waren. Tim fühlte nur Leere um sich. Eine große, schattenhafte Gestalt trug ihn hindurch wie auf mächtigen Schwingen. Er flog – er sauste dahin, er wußte nichts mehr ... bis er eine *andere* Stimme vernahm, und eine kräftige Hand ihn an der Schulter gepackt hielt.

»Tim, du Lausbub! Was machst du da in meinem Arbeitszimmer? Und auch noch im Finstern – nein so was! – Mistkerl du!

wie konntest du wissen, daß ich schon heute nacht zurückkommen würde?« Er beutelte ihn scherzhaft und küßte ihn auf das wirre Haar. »Und noch dazu eingeschlafen! Na schön – ist alles in Ordnung zu Hause? Morgen kommt Jack von der Schule zurück, du weißt ja, und deshalb ...«

IV

Jack kam anderntags wirklich nach Hause, die Gouvernante kehrte nach Ostern nicht wieder, und für Tim gab's nun Abenteuer anderer Art, an der Vorschule für Wellington. Die Zeit verging ihm wie im Fluge – er wurde zum Mann. Vater und Mutter verstarben, und auch Jack lebte nicht viel länger. Tim war der Erbe, er heiratete, richtete sich häuslich auf seiner Liegenschaft ein – und ließ auch den ›anderen Flügel‹ wiedereröffnen. Die Träume der phantasievollen Jugendzeit waren dahin – beiseitegeschoben, vielleicht auch wirklich vergessen. Jedenfalls kamen sie nie mehr zur Sprache, und als eines Tages Tims irische Gattin argwöhnte, in dem alten Hause ginge es um, ein Familiengespenst – ihr sei auf dem Gang die Gestalt eines Mannes begegnet, in der Mode von vor 1800, »ein uralter Kerl, gestützt auf einen Spazierstock« –, da hatte Tim nur ein Lachen dafür:

»So soll es auch *sein!* Und wenn diese gräßlichen Grundsteuern uns dazu zwingen, den Besitz doch noch loszuschlagen, so wird ein so respektables Gespenst den Verkaufswert beträchtlich erhöhen!«

Doch es kam eine Nacht, da weckte ihn ein Geräusch – etwas klopfte gegen den Boden! Er setzte sich auf und horchte. Es schauderte ihn. Seinen Glauben hatte er längst schon verloren – aber es ward ihm unheimlich zumut. Das Klopfen kam näher – jetzt wurden leise Schritte vernehmbar! Nun bewegte sich auch noch die Tür – aber sie war ja schon offen gewesen, nur der Spalt wurde breiter –, und auf der Schwelle stand eine Gestalt, die war ihm bekannt! Er sah ihr Gesicht in aller Schärfe der Realität! Zwar lag ein Lächeln darauf, doch es war ein *warnendes* Lächeln! Der eine Arm war erhoben. Tim erblickte die hagere Hand, eine Spitzenmanschette fiel über die langen, knochigen Finger, die einen polierten Spazierstock umfaßten. Die Erscheinung schwenkte den Stock in der Luft, ihr Gesicht schob sich vor, sie sagte etwas – und verschwand. Aber die Worte waren nicht hörbar gewesen: die Lippen hatten sich vollkommen lautlos bewegt...

Tim sprang aus dem Bett. Um ihn eine einzige Schwärze. Er drehte das Licht an: die Tür war wie immer geschlossen! Natürlich – er hatte das alles geträumt! Doch lag da ein fremder Geruch in der Luft! Prüfend sog er ihn ein, wieder und wieder – und erkannte die Wahrheit: *Brand*geruch war's!

Zum Glück war er rechtzeitig aufgewacht...

Man feierte ihn als Helden um seiner prompten Maßnahmen willen. Nach Wochen erst, als alle Schäden behoben waren und die Ruhe des Landlebens sich wieder eingestellt hatte, berichtete er seiner Frau die Geschichte – die *ganze,* von Anfang an, mit allen Phantastereien und Abenteuern der Kindheit. Seine Frau hätte gern den alten Spazierstock gesehen – und erst dieser Wunsch erinnerte Tim an eine bedeutsame Einzelheit, die er überm Hingang der Jahre vollkommen vergessen hatte. Erst jetzt entsann er sich ihrer: es war der Verlust jenes Rohrstocks gewesen, und der Wirbel, den Vater darüber veranstaltet hatte – die ganze, endlos vergebliche Suche! Aber der Stock war unauffindbar geblieben, und Tim, bis ins kleinste darüber befragt, hatte geschworen mit all seiner Kraft, nicht die leiseste Ahnung zu haben, wo der Stock sich befinden könnte!

Und *das* war die reine Wahrheit gewesen.

Heidefeuer

An jenem Septembertag, beim zweiten Frühstück in Rennies Landhaus in Surrey, besprachen die Männer natürlich die herrschende Hitze. Man stimmte darin überein, wie ungewöhnlich sie sei. Doch sonst fiel kein ungewöhnliches Wort – bis O'Hara, der Maler, die Heidefeuer erwähnte. Sie waren ja wirklich fast schon besorgniserregend, mehrmals am Tage flammten sie auf, verzehrten Bäume und Buschwerk, ja bedrohten sogar das Leben der Menschen und breiteten sich erstaunlich rasch aus. Auch waren die Flammen, anders als sonst bei den Heidebränden, ganz außerordentlich heftig gewesen – hatten haushoch emporgelodert! Der Tonfall O'Haras hatte der schleppenden Unterhaltung etwas Neues, Geheimnisvolles verliehen. Zwar hatte der Maler nichts Bestimmtes geäußert, doch sein Wesen, der Blick, die gedämpfte Stimme – kurz alles an ihm übermittelte es. Und das war nicht gespielt – es war echt! Was er *fühlte,* erreichte die andern, nicht was er *sagte*. Die Atmosphäre des kleinen Zimmers mit seinem Geißblattgerank vor den offenen Fenstern war plötzlich verändert. Man redete nicht mehr so ungezwungen drauflos, die Männer blickten einander über den Tisch hinweg an, und ihr Lachen überbrückte nur mühsam die Pausen in ihrem Gespräch. Als normalen, nüchternen Engländern war ihnen jedes Geheimnis zuwider – sie fühlten sich nicht recht behaglich dabei. Und O'Haras Hinweis hatte die elementaren Ängste berührt, die in jedem von uns auf der Lauer liegen. Von »Kultiviertheit« verdeckt, aber nie ganz verborgen, meldeten sie sich recht unwillkommen zu Wort – als eine urtümliche Furcht, wie sie uns etwa bei Unwettern, Flutkatastrophen und Feuersbrünsten befällt.

Wie von selbst, rein instinktiv, kam man sogleich auf die Ursachen jener Feuer zu sprechen. Der Effektenmakler hatte sich innerlich schon distanziert – es *roch* ja geradezu nach sinnlosen Phantastereien! Aber der Journalist zeigte sich voll informiert und gab nun sein Wissen zum besten – für ihn lag das alles, wie man so sagt, »auf der Hand«:

»In Kanada beispielsweise löst die *Sonne* all diese Brände aus – ein Tropfen Tau genügt ihr als Brennglas«, verkündete er. »Und wenn Sie dran denken, daß der Funke aus einer Lokomotive unglaubliche Strecken zurücklegen kann, ohne an Hitze wesentlich zu verlieren —«

»Aber doch nicht über Meilen«, warf einer ein, der nur halb zugehört hatte.

»*Ich* bin der Ansicht«, erklärte der Kritiker jetzt, »daß sehr viele der Brände *gelegt* sind. Man hat in Zunder gewickelte Kohlenstücke gefunden, nicht wahr!« Er war ein kleiner, mardergesichtiger Bilderstürmer, der für alles nur beißenden Zweifel und zersetzenden Unglauben hatte, doch keinen Ersatz bieten konnte für das, was von ihm zerstört worden war. Mit seinem Turmschädel, den dünnen, verkniffenen Lippen und der so spitz wie das Kinn vorspringenden Nase bohrte er ständig herum in den Belanglosigkeiten des Lebens.

»Ja, die Zeiten sind unruhig«, bekräftigte der Journalist und wollte damit das Gespräch auf die Arbeiterfrage lenken. Doch der Gastgeber wollte nun einmal über die Feuer reden. »Ich muß schon sagen«, warf er gewichtig ein, »daß etliche Brände hier in der Gegend recht ungewöhnlich verliefen, um nicht zu sagen, unheimlich. Ich meine damit – ihren sonderbar plötzlichen Ausbruch. Sie erinnern sich doch, O'Hara, an den verdächtigen Brand, vorige Woche, jenseits des Weges nach Kettlebury?«

Er legte es darauf an, den Künstler zum Reden zu bringen. Der aber spürte die allgemeine Opposition und winkte ab.

»Weshalb denn noch viel nach ausgefallnen Erklärungen suchen?« meinte schließlich der Kritiker ungeduldig. »Das alles ist ganz natürlich, wenn Sie *mich* fragen!«

»*Natürlich?* – Aber gewiß!« fiel ihm O'Hara ins Wort, so vehement wie es keiner erwartet hatte. »Vorausgesetzt, Sie beschränken das Wort nicht auf seinen landläufigen Sinn! *Nichts* auf der Welt ist ja *un*natürlich!«

Ein Lachen schnitt die nun drohende Wortflut noch rechtzeitig ab – der Journalist war's gewesen. Und er drückte ebensowohl die Meinung der anderen aus: »Ach *Sie,* Jim!« sagte er nur. »Sie sehen den Teufel schon in einem Sandsturm oder die Märchenfee noch im Kaffeesatz!«

»Und warum nicht, wenn ich bitten darf? Teufel und Feen sind nicht weniger wirklich als jede beliebige Formel!«

Jemand gab dem fruchtlosen Streit eine andere Richtung, und so beredete man die entstandenen Schäden, das häßliche Bild der vom Feuer zerstörten Heide, die brandgeschwärzte, düstere

Ödnis der Hänge, die turmhohen Flammen, das brausende Toben und die düstere Pracht der enormen Brandwolken, welche den Himmel verdunkelt hatten. Und Rennie, noch immer drauf aus, O'Hara gesprächig zu machen, wiederholte, was ihm die Treiber erzählt hatten: man habe ein Schreien gehört mancherorts, als wär' jemand eingeschlossen vom Feuer, und etliche Leute wollten gesehen haben, wie lichterloh brennende Schatten durch den stickigen Rauch gerannt seien. Denn der von O'Hara angeschlagene Ton ließ sich nicht so leicht ignorieren – noch in der banalsten Bemerkung war er zugegen. Bis zum Schluß war die Stimmung spürbar davon befallen – war befremdlich, voll drohenden Unheils, unerklärlich und mysteriös. Und zuletzt sprang unser Künstler, der sich nicht mehr zu Wort gemeldet, plötzlich vom Sitz und erklärte, sein Fieber melde sich wieder, er wolle sich lieber ein wenig aufs Ohr legen. Die Hitze mache ihn fertig! Damit verließ er den Raum.

Zunächst blieben alle still. Der Makler tat einen Seufzer, als wär' ihm der Markt geplatzt. Rennie, als alter, erfahrener Freund, sah recht bedenklich drein. »Sie mache ihn *rasend*, hätte er sagen sollen, nicht, sie mache ihn *fertig!* Er ist immer so überdreht, wenn das Schwarzmeerfieber ihn packt – er hat sich's in Batum geholt.« Aber keiner gab Antwort.

»Er ist schon den ganzen Sommer bei Ihnen, nicht wahr?« fragte einlenkend der Journalist. »Und malt da nur wild vor sich hin – Sachen, die keiner versteht!« Und der Gastgeber, erst noch erwägend, wieviel zu sagen ihm die Fairneß gestatte, versetzte – man war unter Freunden –, »Nun ja. Und im heurigen Sommer sind seine Bilder noch zügelloser geworden, erstaunlicher als je zuvor – ein ungewöhnlicher Farbenrausch – glänzend, auch im Entwurf, ihr Kritiker sagt ›Konzeption‹ – eines Feuerbrands, zu dessen bildlicher Umsetzung ihn die Hitze angeregt hat.«

Aber die andern bekundeten bloß ein höchst flüchtiges Interesse, wie ihre beiläufigen Einwürfe zeigten.

»Das hat er gemeint, als er sagte, die Brände seien ein Rätsel und bedürften der Aufklärung oder so – vor allem die Art, wie sie ausbrechen«, sagte Rennie zum Schluß.

Doch dann zögerte er – lachte kurz auf, aber es klang betreten, entschuldigend irgendwie. Er wußte nicht recht, wie er neuerlich anfangen sollte, ohne den Freund zur Zielscheibe billigen Spottes oder gar Unverstandes zu machen. »Er hat ungeheuer viel Phantasie«, fuhr er fort, weil die andern beharrlich schwiegen. »Erinnert ihr euch jenes verrückten, großartigen Bilds von Luzifers Höllenfahrt – einen Stern hat er da durch die Himmel gejagt, dessen Hitze beim Absturz fast alle Planeten erhellt und unsern alten Mond zu dem Zunder verbrannt hat, der er seither ist. Und danach so nah an der Erde vorbei, daß ihre Ozeane verdampft sind zu einer einzigen Wolke? – Seht ihr, und diesmal ist er auf etwas genauso Verrücktes aus, nur noch wirklicher, nur noch besser. Was es ist? Kurzum, er hat allem Anschein nach die Idee, daß die heurige, exorbitante Sonneneinstrahlung an manchen Orten schon tief genug in die Erde gedrungen sei – und namentlich auf den so wenig geschützten Heidegebieten, welche die Hitze besonders speichern –, daß also die Sonnenhitze eine ihr artverwandte geweckt und gleichsam das innere Feuer der Erde zu einer Antwort gezwungen habe.«

Neuerlich schwieg er verlegen, nur zu gut wissend, wie ungeschickt er sich ausgedrückt hatte. »Also gewissermaßen findet der Elternteil wieder zu dem verlorenen Kind, nicht wahr? Ist Ihnen die Grundidee klar? Die flammende ›Heimkehr des Verlorenen Sohns‹ sozusagen!«

Die Zuhörer blickten still vor sich hin, der Makler sichtlich erleichtert, weil O'Hara nicht auf der Börse notierte. Der Kunstkritiker behielt seine spitze Nase im Auge.

»Und das Zentralfeuer hat es gespürt und darauf reagiert«, sagte Rennie gedämpft. »Das ist die Grundidee, nicht wahr? Und die ist zumindest beachtlich. Auch die Vulkane sind einbezogen – ihr größter, der alte Ätna, hat gleich fünfzig neue Lavaausbrüche! Die latente Hitze ist überall, wartet nur auf den Moment, hervorgerufen zu werden! Das Zündholz, welches Sie anreißen, diese Kaffeekanne da, unsre eigene Körperwärme und was nicht noch alles – auch *ihre* Hitze kommt von der Sonne und ist deshalb Teil von ihr, diesem Ursprung sämtlicher Wärme und damit allen Lebens. Und eben deshalb hat O'Hara, der insgesamt das Universum als große *Einheit* betrachtet und – und – Nein, jetzt geb' ich es auf! Ich kann es euch nicht erklären – man muß es ihn malen lassen! Aber dort irgendwo draußen müssen heuer – keine Wolken, keine schützende Feuchtigkeitsschicht – die Strahlen der Sonne tiefer als sonst in den Boden gedrungen und bis zur verwandten Erdwärme gelangt sein. Vielleicht bringen wir ihn dazu, uns seine Vorstudien, seine Skizzen zu zeigen – die sind erstaunlich! So was habe ich noch nicht gesehen!«

Doch vor so unverrückbarem Übergewicht an Phantasielosigkeit bedauerte Rennie, überhaupt etwas gesagt zu haben. Fast kam's ihm schon vor, einen Vertrauensbruch an seinem Freund begangen zu haben! Aber schließlich, am Nachmittag, trennte man sich. Die Gäste bestellten O'Hara noch Grüße und nahmen Abschied. Zwei fuhren per Auto, der Journalist nahm den Zug. Der Kunstkritiker folgte seiner spitzen Nase nach London, um dort nach jenen Fehlern zu stöbern, deren Bloßstellung seine einzige Freude, ja sein Lebenszweck war. Endlich allein, begab sich der Hausherr eilends nach oben, um nach dem Freunde zu sehen. Die Hitze war zum Ersticken, der kleine Schlafraum ein wahrer Backofen!

Doch Jim O'Hara war gar nicht da.

Anstatt sich hinzulegen, wie's zunächst seine Absicht gewesen, war er einer heftigen Aufwallung gefolgt, hervorgerufen durch das Geschwätz der mit Blindheit geschlagenen Gäste dort unten: seine poetische Seele war plötzlich zu einer Erkenntnis gelangt, zu der Annahme einer Sache, die schlichtweg unmöglich schien! Solcher Anreiz des Wunderbaren hatte ihn nicht im Hause gelitten. Also begab sich O'Hara in größter Eile zur zerstörten Heide hinaus. Fieber hin oder her – es galt, sich durch Augenschein zu überzeugen. Hatte denn niemand Verständnis? War er der einzige, der es erkannte? ... Rasch ausschreitend, ließ er die Tümpel von Frensham alsbald hinter sich und durchquerte danach die einsame Schönheit des »Löwenrachens«. Auch hier war der Teich vertrocknet, und in der flirrenden Luft schwankte das Röhricht über dem harten, rissigen Lehmgrund. Innerhalb einer Stunde hatte O'Hara das offne Gebiet der Thursleygründe erreicht. Nach sämtlichen Seiten erstreckte sich hier die vom Brande geschwärzte Welt – ein einziger, aschener Friedhof! Das Herz schlug ihm bis zum Halse, und mit gezeitenhafter Gewalt brach die Wahrheit herein über ihn ... Die nächsten zwei Meilen brachte er fast schon im Lauftempo hinter sich, und stand dann, als einziges lebendes Wesen, inmitten des grenzenlosen, von blendendem Licht übergossenen Heidegebiets. In düsterer, zaubrischer Schönheit breitete sich das Land als ein schwarzer, riesiger Garten vor seinen Augen. Er blieb stehen, ganz außer Atem, und blickte rundum. Etwas, das lang schon geglost hatte in seinem Herzen, flammte plötzlich hellauf – tauchte die innere Welt in strahlendes Licht! Nämlich, ganz wie das Brennen heftiger Leidenschaft manche Bewußtseinssysteme belebt, die normalerweise ungenutzt bleiben – so war hier die Erde zum Leben erwacht. Mit einem Mal wußte – nein, *sah* und *verstand* er!

Hier, in den offen daliegenden Sonnenfallen, welche die Glut einsaugten und horteten, hatte von Woche zu Woche das Feuer des Universums sich angesammelt. Die sengende Hitze und Trokkenheit der jüngstvergangenen Monate und der allen Feuchtigkeitsschutzes beraubte Boden hatten den Vorgang begünstigt. So war diese Glut schließlich einwärtsgedrungen, hinab zu den Feuergeschwistern, die nun ihrer Schöpferin respondierten, ihr, dem uralten Sonnengestirn, von dem sie so lange getrennt gewesen. Voll Freudigkeit hatten sie aufgelodert, an manchen Stellen die hemmende Kruste erreicht und tanzend vor Lust den Ausbruch geschafft aus der endlosen Einkerkerung – zu endlicher Einheit mit ihrem gewaltigen Ursprung!

Das Licht dieser Sonne – was war es denn wirklich? Ach, diese nichtigen Hitzewellen, unter denen die Menschen stöhnten in ihren winzigen Häusern! Ja, es dörrte das Gras aus, versengte die Felder – aber die Erde behielt es nie lange genug, ließ es nicht in sich eindringen, verhinderte die Vereinigung mit den verwandten, dunkleren Feuern des eigenen Innern. Die aber schrien danach, doch der kalte, kühlende Fels erstickte den Schrei und ließ es nicht zu. Und die Äonen der Trennung hatten auch alles Erinnern erkalten gemacht. Feuer – sein Kuß, seine Kraft, seine umarmenden Flammen, die brennenden Lippen der Urmutter Sonne... Er hätte aufschreien mögen in letzter Verzückung, denn das Bild, das er malen wollte, schwebte ihm plötzlich fertig vor Augen als eine einzige, von gloriosem Feuer durchdrungene Leinwand aus nichts als Weite und Himmel! War denn nicht auch *sein* Leben, jene innere Hitze, die er empfand, ein Kind der Sonne?...

Abermals sah er um sich im Schweigen des Nachmittags. Regungslos lag die Welt und sonnte sich in der windstillen Hitze. Kein Zeichen von Leben war zu erkennen, denn seine üblichen Formen waren geflohen. Die Erde war voll Erwartung, wie er. Und dann lieferte ihm eine plötzliche Eingebung jenes verbindende Glied, das der prosaische Intellekt bisher nicht entdecken gekonnt, und er wußte, daß das Erwartete schon auf dem Weg zu ihm war: endlich würde er *sehen!* Die Botschaft, die er im Bilde festhalten sollte, trat ihm nun sichtbar vor Augen, obschon nicht so glorios, wie er vordem erwartet in seiner Verblendung, sondern unbemerkt fast, nur jener stillen Stimme vergleichbar, die da einstmals gleichwohl ein ganzes Volk entflammt hatte...

Ein Windhauch strich über den unverbrannten Fleck Heidekraut, wo er lag. Er hörte das Rascheln in den verkohlten Birkenskeletten und im aschenen Ginstergestrüpp. Dann belebte der Hauch die vereinzelten Kiefern, war wie das Rauschen der Brandung an sehr ferner Klippe – und erstarb. Ein bitterer Duft nach versengter Erde, ein stechender Odor zerstäubender Asche hing in der Luft. Der schwärzliche Purpur der Heidemulden glich gähnenden Mündern. Auf Meilen hinaus erstreckte sich rings die Leere des Lands – ein immenser, düsterer, magischer Garten, geschwärzt vom Fuße des Wunders, das ihn im Vorübergang zu solcher Schönheit versehrt hatte. Der Schatten so schreckensvoller Umarmung hing noch überm Land, als hätte die Nacht solche Fülle von Leid mit ihrer sanftesten Decke verhüllt.

Und die andern hatten es häßlich gefunden und von verwüsteter Schönheit geredet – hatten es als Entstellung beklagt! Er lachte frohlockend, als er dies Bild in sich aufnahm, denn der wilde, befremdliche Glanz brach nun allerwärts aus und sprang aus der Erde in seine Empfänglichkeit über! Das Wurzelgeflecht von Ginster und Heidekraut war wie versteinte, von Schatten lebende Schlangen, gesättigt mit dem Geheimnis der ewigen, untern Bereiche, von wo sie gekommen waren. Nun lag's in Erwartung der Nacht eines Schlafs, aus dem es die Flammen aufgescheucht hatten. Über den Boden hin geisterte es von salamandrischen Heeren, herangeschwemmt im verzehrenden Feuer und liegengelassen in schmerzlicher Furcht vor dem strahlenden Licht einer längst entfremdeten Sonne...

So wartete er, inmitten abgründiger Nachmittagsstille. Aus dunstiger Ferne grüßte die Crooksburyhöhe herüber, verschwommen im Kleid ihrer Kiefern, ein bläulich gefiederter Kamm, der Zeichen zu geben schien. Und nahe ringsum die düstere Pracht der minderen Hügel und Felsen, wunderlich schwarz wie von magischem Rauch. Inmitten der aschenen Gruben sah er die bläuliche Schönheit wuchernden Feuerunkrauts, das jedweder Feuersbrunst unverweilt nachfolgt. Es bebte leise im Wind. Da und dort, ein smaragdener Schmuck auf dunkelnder

Brust, sproßten die jungen Farnspitzen auf, um mit Tausenden winzigen Händen dem Herzen so exquisiter Verlassenheit Beifall zu spenden. Als zartgrüne Wolke raschelten sie in dem leisen, übers Meer aus Schwärze hinstreichenden Lufthauch ...

Und nicht anders verspürte O'Hara in sich das Hochgefühl allen Feuers, das diesem Fleck Erde zuteil geworden. Denn das Feuer, als rätselhaftes Symbol universellen Lebens und Wesens, das sich so erstaunlich verströmt, ohne je schwächer zu werden, war überwältigend hingegangen über die uralte Heide und hatte ihr Innerstes bloßgelegt – zu schamloser Nacktheit. Die Sonne hatte geliebt – und die unteren Feuer zur Antwort geweckt. Und *die* hatten jene Einheit mit ihrem Ursprung erfahren, die manche als Tod bezeichnen ...

Doch diese Feuer waren noch immer aktiv: unversehens hatte O'Haras poetisches Herz es ehrfürchtig erkannt! O Sterne aus Feuer! Der Fleck unaufgezehrter Heide, die ihm als Lagerstatt diente, war noch nicht von ihnen berührt, doch die *innere* Flamme war das verbindende Glied, um ihn *sehend* zu machen! Das wunderbare Ereignis, durch welches das Universum ihm anzeigen wollte, wie es zu malen wäre, war schon auf dem Wege zu ihm! Und die unteren Feuer, herbeigerufen vom strahlenden, mächtigen Ursprungsfeuer der Sonne, zuckten nur neuerlich auf!

Er wandte sich ab – von angstvollem Glücksgefühl fast überwältigt. Sanft strich der Wind ihm übers Gesicht – und mit seinem Hauch kam ein leises, trockenes Knistern. Es klang sehr fern und doch nahe. Und gleichzeitig, in ihm selber, ging da groß etwas Fremdes auf – größer noch als am Himmel der Mond, und weiter als all diese Wälder – und war dennoch winzig und sanft wie ein keimender Grashalm im Frühjahr. Und da erst ward ihm bewußt, daß »Innen« und »Außen« ein und dasselbe geworden waren, und daß, was er als verzehrende Hitze im Herzen verspürte, auch an der gesamten Heide geschah: auch *er* war der Sonne verbunden, so gut wie dem fernsten Gestirn, und noch im kleinen Finger der Hand zuckte die Hitze des Weltalls! *Sein eigenes, inneres Feuer* war davon angefacht worden!

Dann gebar sich ein Laut – ein fast nicht vernehmbares Knistern im Heidekraut zu seinen Füßen. Er neigte suchend den Kopf – und sah aus dem winzigen, dunklen Wurzelgewirr einen Faden Rauches aufwölken! Sehr langsam ging das vor sich, zog in spiraligem Blau an seinen Augen vorüber. Ein Schrecken befiel

ihn, der war wie der Schrecken der Berge – und dennoch so schön, daß ihm das Herz schneller schlug, von strahlender Freude erfüllt! Denn der betäubende Duft dieses feenhaft feinen Rauchfadens nahm auch seine Seele mit sich – hinauf, ihrem Ursprung entgegen! Bebend erhob sich O'Hara. Die Beine zitterten ihm ...
Er sah dem Rauchfaden zu – langsam stieg er zum Himmel und löste sich auf in der Bläue. Und auch die weithin geschwärzte Heide sah dieses Steigen mit an. Der Wind hatte sich gelegt. Das Licht der Sonne gesellte sich ihm. Eine profunde, ehrfürchtig stille Erwartung lag über der sonnendurchglühten Weite. Der gesamte, verbrannte Strich Landes ringsum war von Freude erfüllt ob des Geschehens auf diesem winzigen Fleck Heidekrauts – wußte, daß auch der hebräische Mystiker es vorzeiten erkannt hatte als die Seele des Universums, sich offenbarend im brennenden Dornbusch, der dennoch nicht aufgezehrt wurde! O'Hara, dem wispernden Knistern voll Hingabe lauschend, erkannte darin die Stimme der Zeiten. Da war keine Flamme, doch schien ihm, daß noch sein innerstes Wesen in flammender Hitze nach außen drängte, dem Ursprung entgegen ... Vor seinen Augen zerfiel das verdorrende Heidekrautbüschel, ebnete sich zur Schwärze des Landes ringsum – ward zum stäubenden, aschenen Häufchen aus zartestem Blau. Der winzige Rauchfaden löste sich auf. O'Hara sah zu, wie das Steigen verging in gespenstische Schönheit. So klein, so einfach und zart war das Wunder der Welt! Und war fort. Auch in O'Hara war etwas zerbrochen – war abgefallen in Asche und entwich nun aus ihm – eine winzig aufzüngelnde Flamme.

Nur das Bild, das O'Hara malen gewollt, wurde nicht mehr gemalt, ja gar nicht erst begonnen. Die große Leinwand zur »Feueranbetung« stand leer auf der Staffelei: dem Künstler fehlte die Kraft, den Pinsel zu halten. Kaum zwei Tage später tat er den letzten Atemzug. Das unerklärliche Fieber, dessen rascher, verzehrender Fortschritt dem Arzt so viel Sorgen gemacht, nahm den Kranken ganz leicht aus der Welt. Es war unglaublich hoch, wie ein innerer Brand verzehrte es ihn, und das Lächeln am Ende – so hat es Rennie geschildert – sei das erstaunlichste Wunder gewesen, das ihm jemals untergekommen. »Wie eine Flamme«, beteuerte er. »Eine große, strahlende Flamme.«

Besuch nach Ladenschluß

Das kleine »Photo-Atelier« in der Seitengasse hinter Shepherd's Bush war den ganzen Tag leergestanden, denn das Licht wäre auch dem bescheidensten Kunden zu dürftig gewesen. Seit frühestem Morgen hing über London ein düstrer, schneeschwangerer Himmel. Fröstelnd eilten die Leute über das Pflaster und waren schon wieder im Schatten der kleinen, häßlichen Häuser verschwunden, nur flüchtig gestreift vom Licht der elektrischen Lampen, die auf der Hauptstraße drüben den donnernden Omnibussen die Fahrbahn erhellten. Schon tanzten die ersten Flocken hernieder, zaudernd, als schreckte die Schmiere sie ab, sich darauf niederzulassen. Trübselig klagte der Wind, fing sich in den Ohren des »Kunstphotographen« Mortimer Jenkyn und hob ihm die schäbigen Rockschöße hoch, als er draußen vorm »Atelier« mit frierenden Fingern die Vorlegeläden fixierte, weil an diesem Abend – nur fünf Minuten vor sechs – kein Geschäft mehr zu machen war.

Mit einem langen Blick auf das vergrößerte Brustbild eines beleibten Herrn in Freimaurer-Adjustierung – Hauptstück und Stolz des Gassenschaufensters – schloß Mr. Jenkyn den letzten Haken und schickte sich an, ins Haus und nach oben zu gehn. Er mußte im Oberstock etliche Platten entwickeln, auch waren fertige Bilder zu rahmen – keine sehr lohnende Arbeit, doch immerhin besser, als unten im »Atelier« vergeblich auf Kunden zu warten und überdies noch das Heizöl für die zwei Öfen unnötig zu vergeuden. Doch als er die Ladentür hinter sich zuziehen wollte, sah er sich einem Mann gegenüber, der ihm aus dem Dunkel des engen Durchgangs entgegenstarrte.

Mr. Jenkyn gibt zu, einen plötzlichen Schreck empfunden zu haben. Der Mann stand ganz nahe, und doch hatte er ihn nicht kommen gesehn! Und er sah so absonderlich drein, irgendwie traurig und hilfebedürftig. Der Assistent war nach Hause gegangen, und so befand sich sonst niemand in dem kleinen, einstöckigen Haus. Der Mann mußte hinterrücks, beim Vorlegen der Läden, hereingeschlüpft sein! Aber wer war er – was mochte er wollen? Ein Bettler vielleicht, ein Kunde – ein zweifelhaftes Subjekt?

»Verehrung, guten Abend«, begrüßte ihn Mr. Jenkyn, wusch

sich schon die Hände dabei und ließ die sonstige, ölige Dienstfertigkeit außer acht. Fast hätte er noch »der Herr« angefügt, nur, um ganz sicher zu gehn – doch da trat der Fremde herzu, das Licht fiel auf seine Züge, und Mr. Jenkyn glaubte, ihn zu erkennen! Falls ihn nicht alles täuschte, stand da vor ihm der Buch-Antiquar von der Hauptstraße gleich nebenan!

»Ach – das sind ja *Sie,* Mr. Wilson!« stotterte er in unschlüssigem Ton, als wäre er noch nicht ganz sicher. »Entschuldigen Sie – ich hab' Ihr Gesicht nicht deutlich erkannt – war mit dem Zusperren beschäftigt.« Der andere neigte den Kopf, sagte aber kein Wort. »Bitte, nur näherzutreten – hier entlang, bitte sehr!«

Mr. Jenkyn wies im Vorangehn den Weg. Dabei fragte er sich, was seinen Besucher wohl hergeführt habe. Er zählte ja nicht zum Kreise der Kunden und war ihm auch sonst nur flüchtig bekannt, weil Mr. Jenkyn seinen Bedarf an Papier und sonstigem Kleinkram gelegentlich bei Mr. Wilson deckte. Aber der Mann sah besorgniserregend krank aus, erkannte er jetzt: abgezehrt, bleich, klapperdürr! Dies plötzliche Kommen brachte ihn ganz durcheinander – und der Besucher dauerte ihn, es schmerzte beinah! Kurz, Mr. Jenkyn hatte kein gutes Gefühl.

Sie betraten gemeinsam das »Atelier«, der Besucher voran, als wäre der Weg ihm bekannt, und Mr. Jenkyn bemerkte trotz seiner Verwirrung, daß der Gast im »Sonntagsstaat« war. Er hatte offenbar etwas vor. Merkwürdig war das! Schweigsam wie bisher, durchmaß er den Raum und nahm Aufstellung vor dem jämmerlichen Prospekt aus gemalten Bäumen, der Kamera gegenüber. Das »Atelier« war gut ausgeleuchtet. Jetzt nahm er im schäbigen Armfauteuil Platz, schlug ein Bein übers andre, zog das Tischchen mit den Wachsrosen in der hohen und schlanken Vase zu sich – und setzte sich in Positur: er wollte photographiert sein. Starr hielt er den Blick auf das schwarzsamtne Tuch geheftet, das noch die Linse verdeckte, nahm aber keine Notiz vom Photographen. Mr. Jenkyn, noch an der Tür, empfand einen kalten Hauch im Gesicht, der aber nichts zu tun haben konnte mit der Straßenkälte des Winters! Ihm war's, als sträubten sich seine Haare! Es schauderte ihn! Das war nicht nur Krankheit in diesem bleichen, abgezehrten Gesicht – der starre, beharrlich aufs schwarze Kameratuch geheftete Blick verriet nur zu deutlich, daß da keine Hoffnung mehr war: Mr. Jenkyn befand sich dem Tod gegenüber!

So rasch wie der Eindruck gekommen war, verflüchtigte er sich auch – währte keine Sekunde. Überhaupt hatte das ganze kaum zwei Minuten gedauert. Mr. Jenkyn riß sich energisch zusammen, verwarf seine dumme Bedrückung und wandte sich praktischeren Erwägungen zu. »Entschuldigen Sie«, sagte er, wenngleich noch ein wenig benommen, »aber ich hab' es nicht gleich voll erfaßt. Sie wünschen also, für ein Brustbild zu sitzen – natürlich. Ich hab' einen dermaßen vollen Tag hinter mir – und nicht mehr erwartet, daß sich so spät noch ein Kunde zu mir verirrt.« Bei diesen Worten schlug es sechs Uhr, aber das hörte er gar nicht. Ihn beschäftigte etwas ganz andres: »Ein Mann«, dachte er, »sollte kein Bild von sich machen lassen, wenn er so krank ist, ja womöglich schon an der Schwelle des Todes! Du *lieber* Gott, welche Heidenarbeit beim Ausfertigen und Retuschieren!«

Doch das, was er wirklich sagte, bezog sich nur auf den Kostenpunkt, das Format und das Abholdatum – eben das übliche Drumherum seiner »Berufung«, wie er es nannte. Sein Gegenüber saß nur still da und ließ keinen Ton verlauten, als hätte er's eilig, das unangenehme Geschäft erledigt zu wissen, ohne erst lange herumzupalavern. »Die Männer«, dachte der Photograph, »sind da zum Großteil ganz ähnlich: sich photographieren zu lassen, ist schlimmer für sie, als zum Zahnarzt zu gehen!«

Mr. Jenkyn füllte die Pausen mit geschäftsmäßigem Geschwätz, während der Sitzende regungslos in Positur blieb und starr die Kamera fixierte. Der Photograph schmeichelte sich ob seiner Fähigkeit, die Modelle heiter zu stimmen und ihrer Erscheinung mehr Leben und Glanz zu verleihen. Indes, *dieser* Mann da war hoffnungslos! Hinterher erst entsann Mr. Jenkyn sich des einzigartigen Umstands, daß er diesen Kunden ja gar nicht angefaßt hatte – ja, daß die Hinfälligkeit dieser todkranken Erscheinung ihn sogar davon abgehalten, näherzutreten, um die Details so überhasteter Haltung ein wenig zu arrangieren!

»Wir werden natürlich nicht ohne Blitzlicht auskommen, verehrtester Mr. Wilson!« sagte er noch und rückte dabei das Stativ noch näher heran. Der andere nickte beistimmend, aber auch ungeduldig. Am liebsten hätte ihn Mr. Jenkyn gebeten, ein andermal wiederzukommen, sobald er sich besser befände – und dann mitfühlend nach seinem Leiden gefragt, kurz, etwas Persönlicheres geäußert, das eine Beziehung hergestellt hätte! Aber die Zunge gehorchte ihm nicht, sie war wie gelähmt. Nein, diese Beziehung war nicht zu erzielen – war von vornehrein unmöglich gemacht: zwischen den beiden schien eine Wand errichtet zu sein! So blieb es beim üblichen, professionellen Geschwätz. Um die Wahrheit zu sagen, so glaubt Mr. Jenkyn, während der vollen Dauer dieses Besuchs ein wenig benommen gewesen zu sein – nicht ganz er selbst, wie er sagt. Auch sein Unbehagen nahm sonderbar zu, er hantierte zu hastig: auch *er* wollte diese Sache hinter sich bringen und seinen Besucher loswerden.

Schließlich war alles bereit, nur das Blitzlicht war noch zu zünden. Doch als Mr. Jenkyn sich bückte, den Kopf unters Samttuch steckte und durch die Linse sah – erblickte er niemanden! Wenn er sagt, »niemanden«, meint er es so: »Da war nur ein weißer, strahlender Schein, und mittendrin ein Gesicht! Grundgütiger Himmel – und welch ein Gesicht! Es war *er* und doch wieder *nicht* er, nur ein plötzlich verfliegender Glanz! Und wie der Blitz aus dem Blickfeld der Linse! Ich war wie geblendet, glauben Sie mir, halb erblindet bin ich gewesen, soviel steht fest! Höchst verwirrend, das ganze!«

Allem Anschein nach ist Mr. Jenkyn kurze Zeit unterm Tuch verfangen geblieben, bei geschlossenen Augen und stoßweisem Atmen, denn als er sich endlich freigemacht hatte und aufrichtete, um über die Kamera weg auf den Besucher zu blicken, sah er zum andernmal – niemanden. Eilig schob er die Schutzkappe, die er noch in der Linken hielt, über die offene Linse. Er fühlte sich schwindelig, warf rasch einen prüfenden Blick um sich, rannte hinüber zur Eingangspassage und stieß dabei einen Stuhl um. Auch der Vorraum war leer, der Eingang geschlossen. Der Besucher war weg – »rein, als wär' er nie dagewesen«, sprach Mr. Jenkyn entsetzt vor sich hin. Und neuerlich war's ihm, als stünde das Haar ihm zu Berge, und ein eiskalter Schauder befiel ihn. Unverweilt kehrte er um, begab sich zum andernmal ins »Atelier« und überprüfte es gründlich, trotz aller entgeisterten Fahrigkeit: der Fauteuil stand noch immer vor seinem schäbigen Baumhintergrund und daneben das runde Tischchen mit der Kunstblumenvase darauf. Vor kaum einer Minute war Mr. Thomas Wilson in diesem Fauteuil gesessen, bleich wie der Tod! »So hab' ich das alles ja *doch* nicht geträumt«, ging's Mr. Jenkyn durch seinen wirren, erschrockenen Sinn. »Ich *habe* etwas gesehen...!«

Dunkel entsann er sich etlicher Zeitungsgeschichten von seltsamen Vorzeichen, die den oder jenen vor Unheil bewahrt haben sollten – von Erscheinungen, Traumgesichten und ähnlichem Zeug. »Vielleicht«, überlegte er ganz außer sich, »steht jetzt auch *mir* ein Unglück bevor!« Doch er dachte nicht weiter darüber nach, sondern stand nur herum und starrte entgeistert um sich – fast schon vermeinend, Mr. Wilson werde nochmals erscheinen, auf so befremdliche Weise wie er verschwunden war. Wieder und wieder rief Mr. Jenkyn sich die gesamte Szene herauf, rekonstruierte sie sich bis ins kleinste Detail. Dabei kamen ihm nun erst zwei Umstände zu Bewußtsein, welche er bisher nicht ernstgenommen, die aber jetzt um so befremdlicher schienen: sein Besucher hatte kein einziges Wort geäußert, und er selber war mit ihm nicht in Berührung gekommen! ... Ohne weitern Verzug nahm Mr. Jenkyn Mantel und Hut vom Haken und eilte auf kürzestem Wege zur Hauptstraße, um sich dort Tinte und das übliche Zeug zu besorgen, obwohl er nichts davon brauchte.

Der Laden war so wie sonst, nur Mr. Wilson stand nicht hinterm vollgeräumten Verkaufspult. Ein hochgewachsener Herr unterhielt sich gedämpft mit dem Geschäftscompagnon. Mr. Jenkyn neigte den Kopf, als er eintrat, und blieb dann vor einer Vitrine mit billigen Füllfedern stehen, die er prüfend betrachtete, um auf das Ende jenes Gespräches zu warten. Unvermeidlich hörte er mit. Auch verkehrten in dem Geschäft etliche Kunden von Rang und Namen, und der Herr am Verkaufspult zählte anscheinend zu ihnen. Mr. Jenkyn konnte der Unterhaltung nur teilweise folgen, hat aber alles behalten: »Merkwürdig – oh ja, gewiß – diese letzten Worte, so kurz vor dem Ende«, sagte soeben der Große. »Höchst merkwürdig. Sie entsinnen sich doch des Ausspruchs von Newman, ›Mehr Licht‹, oder so?« Der Buchhändler nickte. »Glänzend«, sagte er, »großartig, so was!« Eine Pause trat ein. Mr. Jenkyn beugte sich tiefer über das Füllfederfach. »Auch *dieser* war großartig, in seiner Art«, versetzte der fremde Herr, schon im Gehen. »Wenn man denkt, ein altes Versprechen, nicht wahr! Zwar noch nicht erfüllt, doch auch nicht vergessen! Es taucht im Delirium plötzlich herauf – ist wieder da! Sonderbar – höchst kurios! Ein guter Mensch, gewissenhaft bis ans Ende! In den zwanzig Jahren, die ich ihn kenne, hat er kein einziges Mal sein gegebenes Wort gebrochen...«

Ein Omnibus draußen übertönte den folgenden Ausspruch, aber

dann sagte der Buchhändler, schon unterwegs, um dem Kunden die Tür aufzuhalten: »... wissen Sie, er war schon die halbe Treppe hinunter, als man ihn abfing, und hat nur immer dasselbe gesagt: ›Ich hab's meiner Frau versprochen – ich hab's ihr versprochen!‹ Es ist recht mühsam gewesen, hab' ich gehört, ihn wieder hinaufzuschaffen – so sehr hat er sich dagegen gesträubt. Und eben das hat ihm vermutlich den Rest gegeben! Fünfzehn Minuten danach war er weg – und bis zum Schluß hat er nichts andres gesagt, als ›Ich hab's meiner Frau versprochen‹ ...«

Dann empfahl sich der hochgewachsene Herr, und Mr. Jenkyn dachte nicht länger an seine Besorgung. »Wann ist es passiert?« vernahm er sich fragen und erkannte die eigene Stimme nicht mehr. Und die Antwort dröhnte ihm noch in den Ohren, als er, kaum eine Minute danach auf der Straße, seiner Behausung zustrebte: »Kurz vor sechs Uhr – nur ein paar Minuten davor. Tja, er war schon wochenlang krank. Man hat ihn im letzten Moment abgefangen, mit hohem Fieber, er war auf dem Weg zu Ihnen, Mr. Jenkyn, und hat in den höchsten Tönen geschrien, er habe vergessen, einen Phototermin auszuhandeln mit Ihnen! Traurig, wirklich sehr traurig, ich muß schon sagen!«

Indes, Mr. Jenkyn vermied es, an diesem Abend nochmals sein »Atelier« zu betreten. Er ließ dort das Licht die ganze Nacht brennen, begab sich in seine Kammer, schlief sich dort gründlich aus, und gab anderntags seinem Gehilfen die Platte, um sie von ihm entwickeln zu lassen. »Schadhafte Platte, Sir«, war das Ergebnis. »Nichts als ein Lichtfleck darauf – aber unglaublich hell.«

»Machen Sie trotzdem einen Abzug davon«, gab Mr. Jenkyn zur Antwort. Und ein halbes Jahr später, als er Platte und Abzug wieder hervorkramte und miteinander verglich, stellte er fest, daß die befremdlichen Schlieren aus Licht von Abzug wie Platte verschwunden waren. Die ungewöhnliche Helle war weg – als hätt' es sie nie gegeben.

Hingang auf Widerruf

Die drei – der betagte Physiker, das Mädchen und ihr Verlobter, ein junger, anglikanischer Geistlicher – standen am Fenster des Landhauses. Die Läden waren noch offen und gaben den Blick frei auf den düsteren Fichtenbestand inmitten des Feldes. Schwarz standen die Wipfel gegen den winterlich bleichen Himmel des Februarabends, und frischgefallener Schnee bedeckte Rasen und Hügel. Groß und rund stieg der Mond herauf.

»Ja – das ist der Wald«, sagte der Alte, »und heut sind's auf den Tag fünfzig Jahre – ein dreizehnter Februar war's –, daß dort der Mann in den Schatten getaucht und spurlos verschwunden ist: er war einfach weg, ins Unsichtbare hinüber auf unglaubliche Weise – eben an *einen anderen Ort*. Muß man sich da nicht fragen, ob dieser Wald nicht verwunschen ist?« Er lachte dazu, doch die seltsam eindrückliche Art seiner Worte strafte sein Lachen Lügen.

»Ach bitte, erzählen Sie doch«, hauchte das Mädchen. »Noch sind wir ja ganz unter uns!« Ihre Neugier behielt zwar die Oberhand, doch lag eine vage Unruhe in dem fragenden Blick, den sie schutzsuchend ihrem jungen Bräutigam zuwarf. *Seine* wohlgeformten Züge hingegen wirkten bei aller Gefaßtheit sonderbar wach und gespannt: er war ganz Ohr.

»Als ob die Natur«, fuhr der Physiker fort, halb an sich selber gewendet, »da und dort leere Stellen aufwiese, verborgene Öffnungen – Löcher im Raum« (er liebte dergleichen Spekulationen, ja wagte sich noch darüber hinaus, sagten manche ihm nach), »durch die ein Mensch plötzlich abstürzen kann, mitten hinein in die Unsichtbarkeit – eine neue Richtung gewinnt, buchstäblich, quer zu den uns bekannten drei andern: einen höher organisierten Raum, wie das die Bolyai und Gauss oder Hinton vielleicht nennen würden. Möglicherweise auch, was für *Sie*« – er streifte den jungen Gottesmann mit einem Blick – »ein geistiger Konditionswandel wäre, das Überwechseln in eine Region, wo es Zeit und Raum nicht mehr gibt, weil sie sämtliche Dimensionen ermöglicht, die dort *ein und dasselbe* sind.«

»Nein, die *Geschichte – bitte!*« flehte das Mädchen, das derlei vagen Andeutungen keinen Sinn abgewann. »Wiewohl ich nicht sicher bin, ob Arthur sie anhören sollte. Er nimmt ohnehin schon viel zu viel Anteil an solchen verschrobenen Dingen!« Lächelnd, doch leise beunruhigt, trat sie zu ihm, als könnte sie mit ihrer Körperlichkeit seine Seele beschützen.

»Na, in aller Kürze: ich hab' den gespenstischen Vorfall noch gut in Erinnerung, war aber damals noch keine zehn Jahre. Es ist am Abend gewesen – ein klarer und kalter Abend wie heute, mit Neuschnee und Mondschein –, da ist jemand zu meinem Vater gekommen und hat ihm erzählt, draußen im Wäldchen höre man eigentümliche Laute – bald wie Geschrei, dann wieder Singen und Klagen! Aber Vater gab nichts darauf, bis auch meine Schwester es hörte – sie war ganz verstört! Da hat er dann einen Stallknecht hinübergeschickt, der sollte dort Nachschau halten. Und obwohl's eine mondhelle Nacht war, hat der Mann sich mit einer Laterne versehen. Wir haben von diesem Fenster aus seinen Weg verfolgt, bis wir seine Figur bei den Bäumen aus den Augen verloren. Und da stand die Laterne auf einmal ganz still – schwankte nicht mehr, als hätt' er sie auf den Boden gestellt. Und sie blieb so bewegungslos. Wir haben eine halbe Stunde gewartet, und dann ist mein Vater, merkwürdig aufgeregt, ich weiß es noch gut – aus dem Haus gestürzt und hinüber, und ich, ganz erschrocken, gleich hinterher! Wir sind der Fußspur gefolgt, aber die war an der Laterne zu Ende – mit einem letzten Schritt, der so unmöglich lang war, daß ihn kein Mensch hätte ausführen können! Und ringsum der Schnee wies keinen einzigen Fußabdruck auf, aber der Mann war reinweg verschwunden! Und dann haben wir seine Hilfeschreie gehört – von oben, von hinten, von vorn, von allen Seiten zugleich, und doch sind die Rufe aus keiner bestimmten Richtung gekommen. Aber so sehr wir auch selber gerufen haben – er hat keine Antwort gegeben, nur sein Geschrei ist leiser und leiser geworden, als käm's jetzt aus weiter Ferne – und schließlich ist es erstorben.«

»Und der Mann selber – was war mit *ihm?*« fragten beide Zuhörer zugleich.

»Ist nie wieder aufgetaucht – ist von dem Tag an nicht mehr gesehen worden ... In wochen-, ja monatelangen Abständen ist uns zu Ohren gekommen, man höre noch immer sein Schreien – und immer um Hilfe. Doch mit der Zeit hat auch das aufgehört. Für die meisten von uns«, setzte er leise hinzu. »Mehr weiß ich nicht, kann ich nicht sagen. Das wäre das Ganze – in groben Umrissen, wie ihr ja seht.«

Das Mädchen fand keinen Gefallen an der Geschichte – der Bericht des Alten war *zu* überzeugend gewesen! Halb war sie enttäuscht, halb beunruhigt.

»Seht doch! Jetzt kommen die andern zurück!« rief sie merklich erleichtert und wies auf die fernen Gestalten, die durch den Schnee bei den Fichten auf das Haus zustapften. »Höchste Zeit, den Teekessel aufzusetzen!« Sie eilte durchs Zimmer, um sich des vertrauten Serviertabletts anzunehmen, während das Dienstmädchen eintrat, um die Läden zu schließen. Der junge Priester jedoch sprach mit dem Gastgeber weiter, vom Thema gänzlich gefangengenommen, aber so leise, daß man kaum mithören konnte. Nur die letzten Sätze waren für seine Verlobte verständlich und weckten Unbehagen in ihr: »– denn Materie, soweit wir wissen, kann sich mit Materie durchdringen«, glaubte sie zu verstehen, »und so ist vorstellbar, daß zwei Körper gleichzeitig denselben Raum einnehmen. Das Merkwürdige daran ist, daß man's nicht sieht aber hört – daß die Luft zwar den Ton überträgt, aber die Schwingung des Äthers uns keinerlei Bilder vermittelt.«

Und darauf der Alte, »– als ob da gewisse Punkte in der Natur – nun ja, zum Übertritt förmlich einlüden. Punkte, an denen so außergewöhnliche Kräfte sich aus der Erde befreien, aktiv werden wie beim lebendigen Organismus – Punkte wie etwa Inseln, Berggipfel, Fichtengehölze, und besonders vereinzelte Bäume – Solitärbäume sozusagen. Sie kennen natürlich die Merkwürdigkeiten beim Aufgraben absolut jungfräulichen Bodens, und auch die Theorie, daß die Erde *lebendig* sei –« Die Stimme sank wieder zum Flüstern herab.

»Gemütsveranlagung, innre Gestimmtheit helfen da mit – sind der Kraft solcher Orte förderlich«, war die nur zum Teil verständliche Antwort des Priesters. »Auch, wenn Musik uns beeinflußt, der wir intensiv lauschen – sogar gewisse Momente der Heiligen Messe, sei's nun durch Ekstatik, sei es auch nur –«

»Also, was *sagt* ihr dazu!« schrie eine Mädchenstimme, während die andern unter Begrüßungsworten hereinpolterten, begleitet von Tweedgeruch und einem Schwall freier Natur. »In eurem alten, verwunschenen Fichtengehölz geht's ganz schön um! Wir sind eben vorhin vorübergekommen. *Sowas* von Krach – als würde dort jemand schreien und heulen. Auch Caesar fing an zu heulen und hat dann Reißaus genommen mit eingezogener Rute.

Und Harry war nicht zu bewegen, Nachschau zu halten! Dem ist buchstäblich das Herz in die Hosen gerutscht!« Es folgte allgemeines Gelächter. »Es hat wie ein Hase geklungen, der in die Falle gegangen ist, aber nicht, wie ein Mensch schreit«, erklärte jetzt Harry, und nur sein verlegnes Erröten verdeckte die tödliche Blässe. »Mir war schon *zu* sehr nach Tee – da werd' ich mich von einem Hasenvieh nicht erst lang aufhalten lassen!«

Die Teezeit war schon vorüber, als unser Mädchen das Fehlen des Priesters bemerkte. Den Rest konnte sie sich zusammenreimen, und so eilte sie sporenstreichs zum Arbeitszimmer des Hausherrn und stürzte hinein. Nach dem Öffnen der Läden war die Gestalt des Priesters noch gut zu erkennen: er schritt durch den Schnee in Richtung des Wäldchens! Und auch er hatte eine Laterne bei sich, obwohl volles Mondlicht herrschte – ihr Schein war ein klägliches Gelb vor der strahlenden Weiße.

»Um Gottes willen, nur rasch!« schrie die Verstörte, und bleiche Angst malte sich auf ihren Zügen. »Rasch – oder wir kommen zu spät! Arthur ist ganz verrückt nach diesen Dingen! Ach, ich hätt' es ja wissen müssen, hätt' es voraussehen können! Und noch dazu in der gleichen Nacht! Entsetzlich ist das!«

Bis der Alte in seinen Mantel geschlüpft und gemeinsam mit ihr durch die hintere Tür um das Haus herum wieder nach vorn geeilt war, verstrich so viel Zeit, daß die beiden jetzt die Laterne schon nahe am Fichtengehölz schwanken sahen. Die Nacht war noch immer eiskalt. Atemlos rannten sie hinterher, folgten dem ausgetretenen Pfad. Auf halbem Wege trennte die Fußspur sich von den Spuren der anderen und lief gut erkennbar durch den frischgefallenen Schnee. Schon war's wie Geflüster im Astwerk der Bäume dort vorn, denn Fichten geben auch Laut, wenn kein Lufthauch sich regt. »Bleib ganz nahe bei mir«, gebot der alte Mann streng. Die Laterne, er sah es schon, lag vorn im Schnee, allein und für sich: weit und breit keine Menschenseele!

»Da – die Spur hat ein Ende«, flüsterte er und beugte sich an der Laterne zu Boden. Die bisher so regelmäßige Fußspur wies jetzt Schwankungen auf – der Schnee war merkwürdig zerstapft. Keiner der beiden rührte sich von der Stelle. Der letzte Schritt war sehr groß gewesen – nahezu unheimlich lang, »als wär' er von hinten gestoßen worden«, brummte der Alte unhörbar vor sich hin, »oder von vorn angesaugt – wie von einem Wasserfall.«

Das Mädchen wäre drauflos gestürzt, hätte er sie nicht noch

rechtzeitig daran gehindert. Jetzt klammerte sie sich an ihn und schrie voll Entsetzen: »Horch! Seine Stimme!« Fast weinte sie schon. Reglos lauschten die beiden. Ein Mysterium faßte ihnen ans Herz, etwas, das an Geheimnis die Nacht übertraf – das jenseits von Leben und Tod liegt und nur durch Ehrfurcht oder Entsetzen aus den Tiefen der Seele gerufen wird. Aus der Mitte des Waldes, kaum zwanzig Schritte entfernt, hob sich eine rufende Stimme, halb klagend, halb singend und überaus schwach: »Zu Hilfe! Zu Hilfe!« klang es durchs Schweigen der Nacht. »Um Gottes willen, betet für mich!«

Ein melancholisches Rauschen ging durch die Wipfel der Fichten. Und dann strich die klagende Stimme über die Häupter der beiden hinweg, kam bald von vorn, bald von hinten – tönte von überall her – wurde schwächer und schwächer – und erstarb in erschreckender Ferne... Doch das Gehölz war vollkommen leer, bis auf den raunenden Wind, und der Schnee wies keinerlei Fußstapfen auf. Der Mond malte tintige Schatten. Die beißende Kälte ging bis auf die Knochen. Rings nur Entsetzen aus Eis und aus Tod – und dazu jene klagende Stimme...

»Aber warum denn *beten*?« schrie gellend das Mädchen, vor Schrecken ganz außer sich. »Warum *beten*? *Tun* wir doch etwas, um ihm zu helfen – *unternehmen* wir was ...!« Um und um drehte sie sich, fiel fast zu Boden dabei – und mußte plötzlich gewahren, daß der alte Mann neben ihr auf den Knien lag: wahrhaftig, er kniete und *betete!*

»Weil nur die Kraft des Gebets, des Gedankens und Helfen*wollens* ihm Beistand sein kann, dort, wo er jetzt ist!« Das war alles, was sie zur Antwort erhielt. Und schon im nächsten Moment knieten sie *beide* im Schnee und beteten, wie man so sagt, sich das Herz aus dem Leib ...

Den Wirbel der Nachsuche kann man sich vorstellen – die Maßnahmen der Polizei, der Freunde, der Redaktionen – ja eigentlich des gesamten, umliegenden Lands... Indes, der befremdlichste Teil dieses an sich schon befremdlichen Abenteuers im »höher organisierten Raum« bleibt sein Ausgang – zumindest, soweit solcher »Ausgang« bekannt ist. Nämlich, nach einer Frist von drei Wochen, als schon die Märzstürme über das Land fegten, schleppte sich querfeldein die kleine, dunkle Gestalt eines Menschen in Richtung des Hauses. Abgezehrt, geisterbleich, nur noch in Lumpen gehüllt und fürchterlich ausgemergelt, aber mit einem Leuchten in Antlitz und Blick, das der Abglanz erstaunlichster Strahlung sein mußte – ein Heiligenschein, wie ihn noch niemand gesehen...

Natürlich kann's Absicht gewesen sein, doch ebensowohl auch echter Gedächtnisverlust. Niemand konnte das sagen – erst recht nicht das Mädchen, das durch solche Rückkehr dem Tod eben noch entrissen wurde. Jedenfalls war ihr Verlobter nie mehr imstande, von dem zu berichten, was sich ereignet hatte während der Zeit seiner bestürzenden Unsichtbarkeit.

»Und du darfst mich auch nie danach fragen«, sagte er nur – und wiederholte es ständig, auch nach seiner raschen und vollen körperlichen Genesung, »weil ich's einfach nicht sagen *kann*. Es gibt keine Sprache, in der man es ausdrücken könnte! Weißt du, ich war ja immer bei dir, in jedem Moment. Und doch, ich *war* es ja gar nicht – und es war auch nicht *hier*...«

Der Totenwald

Es war im Sommer, auf einem meiner Rucksack-Streifzüge durch die westlich gelegenen Gebiete. Ich saß beim Nachmittags-Imbiß im Extrazimmer des ländlichen Straßengasthofs. Da öffnete jemand die Tür, ein bejahrter Landbewohner trat ein, streifte beinah an mein Tischende und setzte sich in aller Stille auf den Stuhl unterm Bogenfenster. Wir tauschten bloß einen flüchtigen Blick – oder, genauer, ein Nicken, denn ich sah ja gleich wieder weg, mein Appetit nahm mich zu sehr in Anspruch nach den zwölf Meilen Fußmarsch durch einen unwegsamen Landstrich.

Der linde Regen von sieben Uhr abends hatte sich mittlerweile als strahlender Dunst über die Wipfel erhoben und strich nun hoch über uns durch den tiefblauen Himmel davon. Mit letzter, goldener Helle neigte der Tag sich dem Ende zu – einer von denen, die so typisch für Somerset und das nördliche Devon sind, mit schimmernden Obstgärten und mit Wiesen, die solchen Glanz noch verstärken, weil die Farben von Gras und von Blattwerk so leuchtend sind und so sanft.

Soeben betrat die Tochter des Wirts, eine schlichte, ländliche Schönheit, mit einem schäumenden Zinnkrug die Stube, fragte nach meinem Begehr und entfernte sich wieder. Den Alten auf seinem Stuhl vor dem Bogenfenster schien sie gar nicht bemerkt zu haben, und auch er hatte den Kopf nicht gewandt, um herüberzusehn.

Normalerweise hätt' ich mir über den schweigsamen Gast wahrscheinlich nicht weiter Gedanken gemacht. Weil ich jedoch der Meinung gewesen, die Stube für mich allein zu haben, und weil der andre nur geistesabwesend durchs Fenster starrte, ohne auch nur im geringsten auf ein Gespräch auszusein, sah ich ihn mir mehrmals an, irgendwie neugierig und mit der Frage beschäftigt, weshalb er wohl dasitzen mochte, stumm wie ein Fisch, mit beständig abgewendetem Kopf.

Es war ein vom Alter gebeugter Mann in ländlicher Kleidung, und sein Gesicht war so runzlig wie ein Apfel nach dem Winter. Die Kordhosen hatte er unterm Knie mit Schnüren hinaufgebunden, und die braune, baumwollene Jacke war schon recht fadenscheinig. Die hagere Hand war auf den derben Krückstock gestützt. Hut trug er keinen, auch nicht in der Hand, und so sah ich, daß sein silberhaariger Kopf recht gut geformt war, ja einen nahezu vornehmen Eindruck erweckte.

Obschon ein wenig pikiert ob so betonter Mißachtung meiner Anwesenheit, kam ich doch zu dem Schluß, er könnte ja irgendwie mit der kleinen Herberge zu tun und deshalb das Recht haben, diesen Raum nach Belieben zu nutzen. Und ich beendete meinen Imbiß, ohne das Schweigen zu brechen, setzte mich dann auf den Stuhl gegenüber, um vor meinem Weitermarsch eine Pfeife zu rauchen.

Durchs offenstehende Fenster kam der Duft der blühenden Apfelbäume. Der Garten lag voll im Sonnenlicht, das Gezweig schwankte leise im Wind. Der Rasen war weißgelb gesprenkelt mit Gänseblümchen, und die roten, üppigen Kletterrosen, welche das Fenster umrahmten, dufteten doppelt so gut im frischen Lufthauch der See.

Es war ein Ort, so recht fürs Faulenzen geschaffen, um im Gras den Nachmittag zu verträumen und beim Anblick der schläfrigen Falter den Vogelstimmen zu lauschen, welche den Himmel erfüllten. Tatsächlich, ich überlegte schon ernsthaft, ob ich für heute nicht hierbleiben sollte, anstatt den beschwerlichen Weg über die Berge zu nehmen – da sah mir der Alte von seinem Stuhl gegenüber erstmals ins Gesicht und hub an, zu reden:

Die Stimme klang ruhig, fast verträumt, und das paßte nicht übel zum Tag und zur Landschaft, doch dünkte sie mich auch sehr fern, als käm' sie von draußen, wo schon die Schatten des Abends ihr ewiges Tuch über dem Gartengrund webten. Auch haftete ihr keine Spur jener Rauheit an, die man eigentlich hätte erwarten dürfen, und jetzt erst, da sich der Sprecher mir erstmals voll zugewandt hatte, bemerkte ich beinah erschrocken, daß seine tiefen, gütigen Augen dem Klang dieser Stimme viel mehr entsprachen als der ruppigen Ländlichkeit von Gehaben und Kleidung. Was mir da so anheimelnd ans Ohr klang, hatte, wenn ich mich recht entsinne, etwa den folgenden Wortlaut:

»Ihr seid wohl fremd hier in der Gegend?« oder auch »Die Gegend hier ist Euch wohl fremd?«

Da gab es kein »Sir«, noch ein anderes, sichtbares Zeichen der Ehrerbietung, wie sie gewöhnlich das Landvolk einem Herrn aus der Stadt entgegenbringt, doch an ihrer Statt eine milde, nahezu gütige Teilnahme, die mehr als Wertschätzung verriet.

Ich sei zu Fuß unterwegs, durch eine mir fremde Gegend,

bestätigte ich, und ich sei überrascht, solch idyllischen Ort nicht auf meiner Karte verzeichnet zu finden.

»Ich hab' hier mein ganzes Leben verbracht«, sagte der Alte seufzend, »und werde nicht müd, immer wiederzukommen!«

»So wohnen Sie nicht mehr in dieser Gegend?«

»Ich bin übersiedelt«, versetzte er schlicht. Und fügte, nach einer Weile wehmütiger Schau auf das üppige Blühen vorm Fenster, hinzu: »Aber es tut mir fast leid, denn nirgendwo leuchtet die Sonne so warm, duften die Blumen so süß, säuseln die Winde und plätschern die Wasser so sanft und voll Harmonie...«

Ersterbend verlor sich die Stimme im Rascheln des Rosenlaubes am Fenster, denn er hatte, noch während er sprach, den Kopf abgewendet und sah wieder in den Garten hinaus. Ich aber konnte mein Staunen nicht unterdrücken und blickte ihn unverwandt an: so poetische Worte aus bäurischem Mund – aber gleichzeitig ging mir auf, daß sie solchem Bilde nicht widersprachen und daß ich, im Grunde, nichts andres erwartet hatte.

»Gewiß, da haben Sie recht«, bestätigte ich, als er nichts mehr sagte. »Es hängt wie Verzauberung hier in der Luft – eine Behexung, fast wie im Märchen – sie ruft mir die Kindheit herauf, mit allen Visionen von damals, als man noch unberührt war von aller – vom –«

Irgendwie war ich mitgerissen von der Diktion seiner Rede – ein innerer Antrieb zwang mich dazu. Aber das ging rasch vorüber, und schon im nächsten Moment war die Empfindung verflogen, die mich befähigt hatte zu solcher inneren Schau.

»Wahrhaftig«, sagte ich lahm und ernüchtert, »der Ort hier gefällt mir, und ich bin mit mir selber im Streit, ob ich nun weiter –«

Und in jenem Moment, ich erinnere mich, fiel's mir auf, wie komisch es war, auf solche Art mit einem wildfremden Menschen zu reden, dieser Zufallsbekanntschaft in einem ländlichen Gasthof – wo es doch allzeit zu meinen Schwächen gezählt, mit Fremden nur kurz bis zur Schroffheit zu sein! Hingegen dünkte mich *diese* Begegnung fast wie im Traum, mit lautlosen Worten und nach Gesetzen, die's in der Alltagswelt gar nicht gibt – als gälten hier andere Regeln der Zeit und des Raums. Indes, mein Erstaunen wich einem ganz neuen Gefühl, als ich gewahrte, daß mein Gegenüber sich wieder vom Fenster abgewandt hatte und mich nun ansah aus Augen, die von innen zu strahlen schienen! Die Intensität solchen Blicks war nahezu brennend, alles war plötzlich hellwach und gespannt an dem Mann! Das machte mich insgeheim schaudern! Zwar sah ich ihm fest in die Augen, doch innerlich war mir ganz anders zumute.

»So *bleibt* doch – auf eine Weile«, raunte er, jetzt mit viel leiserer Stimme. »*Bleibt* – und ich will Euch vom Zweck meines Kommens erzählen.«

Er schwieg. Meine Unruhe wurde stärker.

»So verfolgen Sie einen bestimmten Zweck – mit Ihrer Rückkehr hierher?« Fast ohne mein Wollen war's mir entfahren.

»Ich rufe nur jemanden ab«, versetzte er, eindringlich wie zuvor. »Jemanden, der noch nichts davon weiß, der aber gebraucht wird, anderswo, und auch zu besserem Ende.« Seine bekümmerte Art vertiefte nur noch meine Ratlosigkeit.

»Sie wollen doch damit nicht sagen – ?« fuhr's mir heraus, und ein unerklärliches Zittern befiel mich.

»Ich bin gekommen, weil binnen kurzem jemand von hier übersiedeln muß – so wie auch *ich* übersiedelt bin.«

Er musterte mich mit erschreckend durchdringenden Augen – aber ich hielt ihnen stand, wie sehr's mich auch schauderte, und ich fühlte dabei, daß etwas hochkam in mir, das ich bisher noch niemals empfunden hatte und wofür mir die Worte fehlten. Etwas erhob sich in mir – tat sich auf: und einen Atemzug lang zeigte sich mir, wie Gestern und Morgen zugleich bestehn, nebeneinander in einem immensen Heute – und daß *ich selber* hinging durch die Zeit in proteushafter Verwandlung!

Der Alte wandte den Blick von meinem Gesicht, und das Gefühl, in eine größere Welt gesehen zu haben, erlosch. Die Vernunft gewann wieder die Oberhand in ihrem glanzlosen, engen Bereich.

»Kommt heute nacht«, sagte der Alte nur noch, »kommt zu mir hinaus heute nacht, kommt hinauf in den Totenwald. Um Mitternacht solltet Ihr dort sein –«

Unwillkürlich suchte ich Halt an meinem Sessel, denn ich wußte auf einmal, daß da jemand sprach, der mit allem was ist und was sein wird tiefer vertraut war als ich in meiner Körperlichkeit mit ihren alltäglichen Sinnen – und so übte dies kuriose, halbe Versprechen, den Schleier ein wenig zu lüften, eine unabweisliche Wirkung auf mich.

Draußen der leichte Wind von der See hatte sich mittlerweile gelegt, unbewegt standen die blühenden Bäume. Ein gelber Falter gaukelte träge am Fenster vorbei. Die Vogelrufe waren verstummt – ich spürte die Salzluft vom Meer, roch die Hitze des Sommers über Feldern und blumigen Wiesen, den unbeschreiblichen Juniduft dieser längsten Tage des Jahres mit ihrem Gesumm unzähligen Lebens auf grünenden Wiesen, vernahm fernes Kindergeschrei und das Rauschen stürzender Wasser.

Kein Zweifel, ich stand an der Schwelle einer ganz neuen Erfahrung – einer ekstatischen Steigerung meines Daseins! Unsäglich zog es mich hin zum Leben dieses befremdlichen Menschen am Fenster vor mir, und ich wußte im nämlichen Atem, was es bedeutet, solch übermächtigen Fühlens fähig zu sein – auf dem Gipfelpunkt aller Lust! Doch schon im nächsten Moment war's vorüber – und war die gleiche, erschreckende Klarheit gewesen, die mich schon zuvor überkommen: wie sehr im Heute das Gestern und Morgen vereint sind! Und ich erkannte zuinnerst, daß Freude und Leid, Lust und Schmerz ein und dieselbe Kraft sind, denn die Lust, die ich vorhin empfunden, schloß auch jeden erdenklichen Schmerz in sich ein, der mir jemals zuteil geworden oder vielleicht noch bevorstand ...

Ein letztesmal strahlte die Sonne, nahm alle Sicht – wurde schwächer, verging. Draußen die Schatten tanzten nicht länger über das Gras – waren dunkler geworden – und lösten sich auf. Die Blüten im Obstbaumgeäst waren ein silbernes Lachen, als der Abendwind über sie hinstrich, teilnahmslos zärtlich wie je. Eine Stimme rief meinen Namen – wieder und wieder. Und mich überkam ein wunderbares Gefühl von Leichtigkeit, Freiheit und Stärke ...

Da tat sich plötzlich die Tür auf, und die Tochter des Wirts trat herein. Nach landläufigen Begriffen war sie eine bäurische Schönheit, ein unter Sternen und Wildblumen, mondbeschienenen, herbstlich vernebelten Feldern und Wassergerinnen herangewachsenes Wesen. Doch im Vergleich mit der höheren Schönheit, die ich soeben empfunden, wirkte sie fast schon gewöhnlich. Wie stumpf dieser Blick war, wie flach diese Stimme, und das Lächeln so leer wie die gesamte Erscheinung!

Während ich ihr die winzige Zeche für Bedienung und Mahlzeit auf die Tischplatte zählte, stand sie kurze Zeit zwischen mir und dem Gast an seinem Fenster. Doch als sie zur Seite trat, sah ich, daß der Stuhl leerstand, und nur mehr wir beide uns in der Stube befanden.

Das überraschte mich nicht: ich hatte es fast schon erwartet – der Alte war einfach verschwunden wie eine geträumte Gestalt und hatte mich hiergelassen als den anderen Teil solchen Traums, der nun seinen Fortgang nahm! Sobald ich aber bezahlt hatte und durch diesen praktischen Akt zurückversetzt war ins normale Bewußtsein, wandte ich mich an das Mädchen und fragte, ob sie den Alten denn kenne, der da am Fenster gesessen sei, und was es auf sich habe mit jenem »Walde der Toten«.

Merklich erschrocken, sah sie im Zimmer umher und meinte dann schlicht, sie habe niemanden bemerkt. Also beschrieb ich den Gast des langen und breiten – bis *sie,* als alles deutlich genug war, alle Farbe verlor und beinahe furchtsam bekannte, dies könne nur *einer* gewesen sein: das Gespenst.

»Das Gespenst? Welches Gespenst?«

»Na – unser Dorfgespenst«, sagte sie leise und trat näher an mich heran. Und die Geschichte, die sie mir erzählte, war, abgesehn von allem abergläubischen Beiwerk, das mit den Jahren sich um die Erscheinung des Fremden gerankt, noch fesselnd und ausgefallen genug:

Früher einmal, so berichtete sie, sei das Gasthaus ein Bauerngehöft gewesen, bewirtschaftet von einem Freisassen, einem gescheiten, wenn auch überspannten Mann von nur dürftigem Auskommen, bis ihm eines Tages – er war schon recht alt – ein Sohn in den Kolonien verstorben sei und ihm eine ansehnliche Summe hinterlassen habe, fast ein Vermögen.

Aber der Alte sei bei seinem einfachen Leben geblieben und habe das ganze Geld in die Verschönerung des Dorfes und die Unterstützung seiner Bewohner gesteckt. Und er habe das vorbehaltlos getan, als wären ihm alle gleich lieb als Gegenstand einer echten, von keinen persönlichen Dingen beeinflußten Wohltätigkeit. Die Leute hätten den Mann stets ein wenig gefürchtet, er sei ihnen unverständlich gewesen – doch im Zug seiner schlichten, menschlichen Zuwendung habe sich das bald verloren. Noch vor seinem Tod sei er nur mehr als »Vater des Dorfes« bekannt gewesen, von jedermann hochgeschätzt und verehrt.

Indes, kurz vor seinem Tod habe sich sein Verhalten merkwürdig verändert: zwar verwendete er sein Geld so umsichtig wie bisher, doch mochte sein plötzlicher Reichtum ihm den Kopf verdreht haben, wie die Leute es nannten. Er behauptete plötzlich, Dinge zu sehn, die kein anderer sah, ja Stimmen zu hören und Visionen zu haben. Dennoch und augenscheinlich war er kein »harmloser Spinner«, sondern ein Mann von Charakter und persönlicher Überzeugung, und die Leute wurden geteilter Meinung, ja selbst der Vikar, ein angesehener Mann, betrachtete ihn als »besonderen Fall«. Für viele verband sich das Wesen, ja schon der Name des Alten mit einem geistigen Einfluß, der ihnen zweifelhaft schien. Man verbreitete Spottverse über ihn – ging ihm nach Möglichkeit aus dem Weg und vermied es, im Finstern an seinem Haus vorüberzukommen. Keiner verstand ihn, doch da die meisten ihn schätzten, umgab man ihn mit einem Hauch von Geheimnis und Furcht – ein Produkt des dummen Geschwätzes einiger weniger, die es nicht besser wußten.

Ein Fichtenwald hinter dem Haus – das Mädchen zeigte ihn mir durch das Fenster, er zog sich den Berghang hinauf –, das sei der Wald der Toten, habe der Alte gesagt, denn kurz bevor im Dorf jemand sterbe, sehe er ihn diesen Wald betreten, und der Betreffende singe dabei. Und niemand, der ihn betreten habe, komme je wieder zurück. Oft nannte er seiner Frau jene Namen, so daß binnen einer Stunde das ganze Dorf wußte, was er ihr anvertraut hatte. Und jedesmal stellte sich dann heraus, daß die Person, die er im Walde verschwinden gesehn – tatsächlich sterben mußte! Manchmal, in warmen Sommernächten, nahm er den alten Stock, strich draußen unter den Fichten umher, ohne Hut, denn er liebte den Wald und pflegte zu sagen, er treffe dort mit seinen alten Freunden zusammen und würde irgendeinmal selber in jenen Wald gehn, um nie mehr wiederzukommen. Zwar versuchte die Frau, ihm auf gütliche Weise diese Gewohnheit auszureden, doch er ließ sich nicht davon abbringen. Und als sie ihm einmal heimlich gefolgt war und ihn mitten im Wald bei einer mächtigen Fichte eingeholt hatte, wo er allen Ernstes mit jemandem sprach, den sie nicht wahrnehmen konnte, hatte er sich ihr zugewandt und sie sanft zur Rede gestellt, wenngleich mit solchem Nachdruck, daß sie den Versuch nie mehr wiederholte:

»Mary, du solltest mich hier niemals stören, wenn ich mit den anderen rede! Denk immer daran, daß ich durch sie die erstaunlichsten Dinge erfahre – ich muß ja noch sehr vieles lernen, bevor sie mich aufnehmen in ihren Kreis!«

Diese Geschichte verbreitete sich wie ein Lauffeuer im ganzen

Ort, beim Weitererzählen kam vieles hinzu – bis schließlich jeder die großen, verhüllten Gestalten, welche die Frau unter den Bäumen bei ihrem Manne gesehen hatte, bis ins letzte Detail zu beschreiben wußte. Damit war der harmlose Wald endgültig zum Geistergehölz geworden, und die Bezeichnung »der Totenwald« wurde so selbstverständlich, als wär' sie seit eh und je festgelegt vom Amt für Landesvermessung.

Am Abend seines neunzigsten Geburtstages begab sich der Alte nach oben zu seiner Frau und küßte sie liebevoll. Doch bei all seiner Sanftheit war etwas an ihm, das sie besorgt machte und ihr das Gefühl gab, er sei nicht mehr von dieser Welt.

Er küßte sie zärtlich auf beide Wangen, schien aber durch sie hindurchzublicken, sie beim Reden gar nicht mehr wahrzunehmen.

»Meine Liebe«, sagte er, »ich bin da, dir Lebewohl zu sagen, denn ich gehe hinauf in den Totenwald und komme nicht mehr zurück. Komm mir nicht nach, laß auch nicht nach mir suchen – sei aber bereit, über kurz oder lang die nämliche Reise zu machen.«

Die Gute begann zu weinen und wollte ihn abhalten von seinem Weg, doch er entzog sich ihr sanft, und sie getraute sich nicht, ihm zu folgen. Sie sah, wie er langsam im scheidenden Sonnenlicht das Feld überquerte und im Schatten des Waldes verschwand.

In der selben Nacht, als sie geraume Zeit später erwachte, lag er neben ihr friedlich im Bett. Den einen Arm hielt er nach ihrem gestreckt – und war tot. Man glaubte ihr damals nur halb, doch schon wenige Jahre danach wurde ihre Geschichte in der gesamten Umgebung für bare Münze genommen. Zum Begräbnis erschienen die Leute in sehr großer Zahl, und jedermann hieß die Gedenkworte gut, welche die Witwe unter dem üblichen Grabsteintext einmeißeln ließ: »Der Vater des Dorfes«.

Dies also ist die Geschichte vom Dorfgespenst, aus all dem zusammengereimt, was mir die kleine Wirtstochter an jenem Nachmittag anvertraut hat.

»Aber Sie sind nicht der erste, der ihn gesehn hat«, sagte das Mädchen zum Schluß. »Und Ihre Beschreibung ist so, wie wir's schon immer gehört haben, und das Fenster, so heißt es, ist eben jenes, wo er gesessen ist, als er noch lebte. Da hat er gedacht und gedacht – und manchmal auch geweint. Stundenlang ist das gegangen!«

»Und wärst du besorgt, wenn *du* ihn bemerkt hättest?« fragte ich sie, weil sie gar so aufgeregt schien, so beteiligt an dieser Geschichte.

»Ich glaub' *schon*«, versetzte sie furchtsam. »Und gewiß, wenn er zu mir was *gesagt* hätte. Mit Ihnen *hat* er geredet, das hat er doch, Sir, oder nicht?« fragte sie nach einer Weile.

»Er komme, um jemanden abzuholen, hat er gesagt.«

»Um jemand zu holen?« sprach sie mir nach. »Und hat er gesagt –« setzte sie zaudernd hinzu.

»Nein, er hat keinen Namen genannt«, sagte ich rasch, weil ich bemerkte, wie ängstlich sie war.

»Sind Sie ganz sicher, Sir?«

»Vollkommen sicher!« sagte ich munter. »Ich hab' ihn auch gar nicht gefragt.« Das Mädchen sah mich wohl eine Minute lang an, als hätt' sie noch was auf dem Herzen. Aber dann sagte sie gar nichts, nahm nur das Tablett vom Tisch und verließ auffällig langsam die Stube.

Statt meiner ersten Absicht zu folgen und mich auf den Weg nach der nächsten Ortschaft hinter den Bergen zu machen, bestellte ich mir ein Zimmer und verbrachte den restlichen Abend mit dem Durchstreifen der Felder, mit Faulenzen unter den Obstbäumen, wobei ich den Wolken zusah, wie sie hinaussegelten übers Meer. Den Totenwald sah ich nur aus der Ferne, aber im Ort besichtigte ich den Grabstein des »Dorfvaters« – der Alte war also nicht nur ein Mythos – und ferner die Zeugnisse so schöner Selbstlosigkeit: die Schule, die er gebaut hatte, die Dorfbücherei, das Altenheim für die Armen und die kleine Krankenstation.

In der Nacht, vom Kirchturm schlug es halb zwölf, stahl ich mich aus dem Gasthof und schlich durch den finsteren Obstgarten und über die Wiese hinüber zum Berg, auf dessen Südhang sich jener Wald der Toten erstreckte. Echtes Interesse trieb mich zu diesem Abenteuer, doch muß ich auch eingestehn, daß mir beklommen ums Herz war, als ich im Dunklen das Feld überquerte, denn ich bewegte mich auf etwas zu, was sich als Ursprung echter, ländlicher Mythe herausstellen mochte – und als ein Ort, der in der Phantasie vieler Leute schon in den Bereich des Verwunschenen, Übelverheißenden aufgerückt war.

Der Gasthof lag tief unter mir, die Häuser des Orts umdrängten ihn als schwärzlicher Schatten, den kein einziger Lichtschein erhellte. Die Nacht war noch mondlos, aber vom Licht der Sterne hinlänglich klar. Allenthalben herrschte die Ruhe des Schlafs. So still war's ringsum, daß ich vermeinte, mein Stolpern über die Steine müsse im Dorfe zu hören sein und werde die Schläfer wecken.

Langsam stieg ich den Hügel hinan und hatte dabei vor allem die Großherzigkeit des Alten im Kopf, der die Gelegenheit, seinen Mitmenschen Gutes zu tun, so unverweilt wahrgenommen. Und ich fragte mich ernsthaft, weshalb wohl die treibenden Mächte unseres Seins nur ab und zu sich eines so tauglichen Werkzeugs bedienen! Gelegentlich kreiste ein Nachtvogel über mich hin, aber die Fledermäuse schliefen schon wieder, und auch sonst war kein Zeichen von Leben zu merken.

Dann ragten, erschreckend plötzlich, die ersten Bäume des Totenwalds als schwarze Wand vor mir auf. Wie riesige Lanzen standen die Wipfel gegen den sternklaren Himmel! Und obwohl ich auf Stirn und Wangen nicht den leisesten Wind verspürte, vernahm ich das schwache Rauschen, mit welchem die Nachtluft über das zahllose Heer aus winzigen Nadeln hinstrich. Über mir war es wie fernes, gedämpftes Gemurmel – doch es verstummte gleich wieder. In diesen Bäumen legt sich der Wind nie ganz zur Ruhe, und noch an den windstillsten Tagen ist es wie flüsterndes Knistern im Nadelgezweig.

Ich verschnaufte ein wenig am finsteren Waldrand, wobei ich angespannt lauschte. Köstlicher Rinden- und Erdgeruch schlug mir aus dem undurchdringlichen Dunkel entgegen, und nur das Bewußtsein, einem Befehl zu gehorchen, der so sonderbar an mich ergangen war und ein großes Vorrecht in sich schloß, gab mir den Mut, weiterzugehn und unter die Bäume zu treten.

Schon im nächsten Moment umringten mich ihre Schatten, und ein Etwas kam aus dem Zentrum der Finsternis auf mich zu! Es läge ja nahe, das Phantastische faktisch zu untermauern, indem ich sagte, eine eiskalte Hand habe die meine ergriffen und mich auf nicht sichtbaren Pfaden ins Dickicht des Waldes geleitet. Jedenfalls aber schritt ich aus, ohne zu straucheln und in dem sichern Bewußtsein, mich auf kürzestem Weg dem gemeinten Ziele zu nähern. Voll Zuversicht schritt ich voran, obwohl es so finster war, daß kein einziger Stern durch das dichte Nadeldach schimmerte. So ging es, selbander, hinein in den Wald, und die Stämme zogen vorüber, Reihe um Reihe, Schwadron um Schwadron, als wären's die Formationen eines gewaltigen, lautlosen Heers!

Schließlich erreichten wir einen vergleichsweise offenen Platz: die Bäume lichteten sich, traten zurück, und aufblickend sah ich die Milchstraße über mir, deren Licht aber schon einem andern zu weichen begann, das sich zusehends über den Himmel ergoß.

»Der Morgen kommt schon heran«, sprach's neben mir, deutlich vernehmbar und doch nur wie Blättergeraun. »Wir stehen nun mitten im Walde der Toten.«

Wir setzten uns auf einen moosbewachsenen Felsen, um dem Aufgang der Sonne entgegenzuharren. Staunenswert rasch, wie mir schien, wurde das Licht aus dem Osten zum strahlenden Morgen, und als nun der Wind erwachte und in den Wipfeln zu rauschen begann, drangen auch schon die Strahlen des steigenden Tagesgestirns durchs Dickicht der Stämme und malten ein goldenes Rund um unsere Füße.

»Komm jetzt mit mir«, raunte mir der Begleiter ins Ohr. »Es gibt keine Zeit an diesem Ort, und was ich dir zeigen will, wartet schon – *draußen*, im Freien!«

Gemächlich und leise schritten wir über den federnden Grund aus trockenen Fichtennadeln. Die Sonne stand jetzt schon hoch über uns, und die Schatten der Bäume drängten sich an deren Wurzeln zusammen. Der Wald wurde neuerlich dichter, doch wies er jetzt ab und zu kleinere Lichtungen auf, voll vom Geruch der sonnendurchwärmten, knisternden Nadeln. Und auf einmal fanden wir uns am Saum dieses Walds: vor mir breitete sich eine gemähte, grellbeschienene Wiese, und auf ihr stand ein mit zwei Pferden bespannter, hochbeladener Heuwagen.

So lebhaft und so realistisch war dieses Bild, daß ich mich noch deutlich entsinne, wie dankbar ich die Kühle des Schattens empfand, wo wir uns gelagert hatten, um auf die herrschende Hitze hinauszublicken.

Jetzt war auch das letzte Heubüschel auf der duftenden Fuhre verstaut, und die kräftigen Pferde harrten schon ihres Kutschers, der nun langsam nach vorn kam und ihre Zügel ergriff. Er war ein stattlicher Bursche, tiefbraun von der Sonne. Nun erst bemerkte ich auch die Gestalt eines schlanken Mädchens, das auf der schwankenden Heuladung thronte. Ihr Gesicht war nicht zu erkennen – nur das zerzauste, braunschimmernde Haar unterm Weiß ihres Kopftuchs, und daß sie in ihren noch dunkleren Händen einen alten Heurechen hielt. Sie schäkerte mit dem Kutscher, der immer wieder bewundernd hinaufsah zu ihr, was ihr zu gefallen schien, denn sie erwiderte seine Blicke mit Lachen und leisem Erröten.

Jetzt bog der Wagen in den Karrenweg ein, kam längs des Waldrandes auf uns zu. Gespannt sah ich hin und vergaß fast darüber, wieviel merkwürdige Schritte nötig gewesen, um mich zum Zeugen der Szene zu machen.

»Komm herunter zu mir«, rief jetzt der Bursche, trat vor die Pferde und breitete beide Arme. »Spring ab – ich fange dich auf!«

»Ach nein«, kam es lachend zurück, und es war das glücklichste, fröhlichste Lachen, das ich jemals von einem Mädchen vernommen. »Ach nein – hier heroben ist's wunderschön – und außerdem bin ich die Heukönigin, die geht nicht zu Fuß!«

»Dann muß eben *ich* dich begleiten auf deiner Fahrt«, rief er hinauf und schickte sich an, über den Sitz nach oben zu klettern. Sie aber, silberhell auflachend, glitt nach hinten über die Ladung hinab und eilte längs des Weges davon. Ich konnte sie deutlich sehen, nahm auch die natürliche Anmut ihrer Bewegungen wahr und die Verliebtheit der Blicke, die sie dem Verfolger über die Schulter zuwarf: offenbar *wollte* sie gar nicht entwischen – oder wenn, so gewiß nicht auf immer!

Mit wenigen, großen Sprüngen war er schon knapp hinter ihr – er hatte die Pferde sich selbst überlassen – und mußte sie schon in der nächsten Sekunde eingeholt haben, ihren schlanken Körper umfassen, um sie an sich zu drücken! Doch in diesem Moment erscholl neben mir ein ganz eigener Schrei – der Alte hatte ihn ausgestoßen: gedämpft, doch erschreckend –, es ging mir durch Mark und Bein!

Er hatte das Mädchen beim Namen gerufen – und sie hatte es gehört!

Sie blieb stehn – sah erschrocken zurück. Dann, mit verzweifeltem Aufschrei, änderte sie ihre Richtung und war auch schon unterm Schatten der Bäume verschwunden!

Aber der Bursch, es schon vorher erkennend, schrie ihr mit aller Kraft nach:

»*Nicht* dort hinein, Liebste! *Nicht* dort hinein! Es ist ja der Wald der Toten!«

Noch einen lachenden Blick warf sie ihm zu, der Wind erfaßte ihr Haar und fächerte es zu braunschimmernder Wolke. Und kurz danach war sie bei mir, an meinen Gefährten geschmiegt, in einem fort seufzend, und sagte nur immer wieder: »Vater, du hast mich gerufen, und ich bin gekommen. Und bin hier aus freiem Willen, denn ich bin ja so grenzenlos müd.«

Ich jedenfalls hab' es so verstanden, und überdies war's mir, als mischte sich eine Antwort darunter, die ich schon zu wissen glaubte ... »Jetzt wirst du schlafen, mein Kind, sehr lange schlafen – bis zu dem Tag, an dem deine Reise aufs neue beginnt.«

Und als ich, schon in der nächsten Sekunde, Gesicht und Stimme der Tochter des Wirts erkannt hatte, kam keine Minute danach ein klagender Schrei von den Lippen des Burschen, der Himmel ward schwarz wie die Nacht, Wind fuhr ins Gezweig über uns, und ringsum die Szene versank in einer Woge aus dichtester Finsternis!

Abermals fühlte ich meine Hand von kalten Fingern ergriffen, und dann ging's den nämlichen Weg zurück, auf dem wir den Waldrand erreicht hatten. Und nach Überqueren der noch im Sternenlicht schlummernden Wiese betrat ich heimlich den Gasthof und begab mich zu Bett.

Ein Jahr danach, als ich mich zufällig wieder in jener Gegend befand, kam mir die befremdliche Sommervision erneut ins Gedächtnis, jetzt freilich gemildert durch die Ferne der Zeit. Ich suchte das alte Dorf wieder auf und nahm meinen Tee im nämlichen Gasthof, unter denselben Obstbäumen.

Aber die Tochter des Wirts zeigte sich nicht, und ich erkundigte mich beim Vater, wo sie denn sei und wie es ihr gehe.

»Gewiß schon unter der Haube«, sagte ich lachend, obschon mit beklommenem Herzen.

»Ach nein, Sir«, versetzte der Wirt mit trauriger Miene. »Unter der *Haube*, nein, das ist sie nicht, obwohl sie nur kurz davor stand – aber unter der *Erde*. Der Hitzschlag hat sie getroffen, beim Einbringen des Heus – das war ein paar Tage nach Ihrem Besuch, glaube ich. Und keine Woche danach – ist sie dahingewesen.«

Doktor Feldman

I

Schlag halb zwölf stand der junge Pelham vor dem Haus des Arztes. Als er auf den Knopf der Nachtklingel drückte, empfand er Genugtuung ob der bewiesenen Pünktlichkeit: auf die Minute genau hatte er die getroffne Vereinbarung eingehalten. Er sah aus wie ein eben dem Zug entstiegner Tourist, der seine Kleidung der sommerlich warmen Nacht noch nicht angepaßt hat. Etwas wie Abenteuer zeigte sich in den suchenden Augen. Nebst seinem dicken Mantel war er mit einer wollenen Reisedecke bepackt, ein Rucksack hing ihm von der Schulter, Filzhut und derber Krückstock vervollständigten diese Aufmachung. Wohl zum zwanzigsten Mal überschlug er bei sich den Inhalt des Rucksacks: Kerzen, die Thermosflasche heißen Kaffees, belegte Brote, ein Buch, die Pistole. Die Schlüssel trug er in der Tasche. Es war alles da, vergessen hatte er nichts. Die hellen Augen verrieten Gespanntheit. Er war erregt – doch ob's ihn auch schauderte jetzt, mitten im Juni, so war das bloß die Vorwegnahme dessen, was er sich vorgenommen. Was sonst hätt' es sein sollen? Er entsann sich, dem Freunde versichert zu haben, er werde auf *jeden* Fall gehen. »Und ich werde wachsitzen bis Tagesanbruch«, hatte er Dr. Feldman gesagt, »und kommst du nicht mit, so geh' ich *allein*.« Er hatte es ernst gemeint, wörtlich – doch war das bei Tage gewesen, und jetzt, in der Finsternis, sahen die Dinge doch anders aus: eine Begleitung, empfand er, wäre höchst wünschenswert! Die Gegenwart des stämmigen Arztes, sein schwarzer Vollbart, die tiefe Stimme, die mächtigen Schultern und, vor allem, der Blick dieser klarbraunen Augen wären hier fraglos willkommen!

Er läutete nochmals, stärker als vorher, denn inzwischen waren Minuten verstrichen. »Ich war pünktlich auf die Sekunde«, sagte er sich und sah neuerlich auf seine Uhr. »Und er hat versprochen, Punkt halb zwölf fertig zu sein, falls nicht ein dringender Anruf ihn davon abhielte. »Ein Anruf – natürlich!« Unter plötzlichem Unbehagen fiel es ihm ein: »Das hätt' ich beinahe vergessen!«

Da – hinterrücks eine Stimme! Er schrak zusammen, fuhr hastig herum: in der offenen Haustür stand die Sprechzimmerhilfe. *Sie* hatte ihn angeredet, erkannte er schon im nächsten Moment – aber *was* sie gesagt hatte, war ihm entgangen! Dann stockte ihm beinah der Puls: »Hausbesuch?« stammelte er, sichtlich bestürzt. »Aber der Doktor hat mich erwartet! Wir waren verabredet!« Er war ganz verwirrt. »Es ist genau elf Uhr dreißig – wie er gesagt hat!«

»Es war ein dringender Anruf, Sir! Herr Dr. Feldman hat *das* hinterlassen für Sie.« Er überflog die Notiz noch auf der Türmatte. »Man hat mich gerufen«, lautete sie. »Ein dringender Fall. Ich *muß* gehen. Es wird nicht lang dauern, ich komme ins Haus nach, sobald ich kann. Schieb den Schlüssel unter die Tür. M. F., 11^h nachts.«

»Der Herr Doktor läßt Ihnen sagen, Sir, er werde nachkommen dorthin«, vernahm er das Mädchen, enttäuscht wie er war. »Und er hat alles Nötige mit für die Nacht.«

Der junge Mann war ganz aus der Fassung geraten. »Ach ja, ich weiß schon«, murrte er lahm vor sich hin. »Wir wollten zu Fuß gehn, kein Taxi nehmen, um nur ja kein Aufsehn zu machen –« Er hielt inne, erkennend, daß das Mädchen nicht wußte, wovon er da sprach. »Wollen Sie eintreten, Sir, und hier auf ihn warten?« fragte sie, als sie sein Zögern bemerkte. Nein, doch lieber nicht. Und vielen Dank noch. »Es geht schon in Ordnung!« So beiläufig wie möglich sagte er's, wandte sich ab – es war gar nicht so leicht – und schritt langsam die ausgestorbene Straße hinunter, *allein*.

Dieses »gar nicht so leicht« fiel ihm auf: er hatte das Mädchen und den beleuchteten Eingang so ungern verlassen! Auch die Schwere seiner Enttäuschung beunruhigte ihn – stark bis zur Bitternis war sie! Etwas, das schon den ganzen Tag unbeachtet in ihm gewesen, war mit der Dunkelheit immer stärker geworden: was er geflissentlich vor sich verleugnet hatte, stand nun so deutlich vor ihm, daß er sich's eingestehn *mußte*! Weitere Ausflüchte wären bloß kindisch gewesen. Also sah er dem Neuen ins Auge: die Aussicht, eine einsame Nacht in dem leeren Haus zu durchwachen, wollte ihm *gar* nicht gefallen! »Absurd«, gestand er sich ein. »Aber vermutlich sind's doch nur die Nerven!«

Er nahm seinen Weg äußerst langsam und überquerte den halbdunklen Bloomsbury-Platz in Richtung jenes leerstehenden Hauses, wobei er sich ab und zu umsah, ob ihm gewiß niemand folge. Er hätte viel drum gegeben, die massive Figur des Freunds über die Straße kommen zu sehn, mit wehendem Vollbart! Aber es gab fast keine Passanten, und noch seltener waren die bärtigen Männer. Obwohl erklärlich, hatte das Ausbleiben seines Freundes ihn stärker verwirrt, als er sich eingestehn wollte. »Dringende Anrufe ausgenommen«, hatte der Arzt ihm bedeutet, und man *hatte* ihn angerufen – ein unglücklicher, wenn auch merkwürdiger Zufall, überlegte der junge Mann. Dr. Feldman war Spezialist, seine Zeiten waren geregelt, nächtliche Anrufe gab's da nur ausnahmsweise! Eine ungute Frage, obschon noch kein Zweifel, drängte sich ihm plötzlich auf: sein alter Freund war von dieser nächtlichen Expedition nicht sehr erbaut gewesen, entsann er sich jetzt. »Wenn du wirklich im Ernst meinst, du brauchst das für dein neues Buch«, hatte er zögernd gesagt, »– na gut – dann komme ich mit! Und sollte nichts weiter passieren, so kann ich zumindest an *dir* meine Studien machen!« Als Nervenarzt und Psychiater nahm er Spukgeschichten nicht ernst – allenfalls interessierte ihn, wie ein Gemüt unter solcher Gegebenheit reagierte. Er hatte belustigt gelacht – aber dann eingewilligt.

Immer näher kam Pelham dem wuchtigen, leeren Gebäude, das er schon bei Tage betreten hatte. Die geräumige Halle mit ihren zahllosen Echos hatte er noch gut vor Augen, auch die breite, knarrende Treppe nach oben, die Kahlheit der Korridore, die nackten Fußböden sowie das kleine Wohnzimmer im ersten Stock, wo er sein Nachtlager aufschlagen wollte. Jetzt lag das alles im Finstern – lautlos und leer und nicht mehr bewohnt – zumindest nicht von *normalen* Bewohnern. Ein Ort insgesamt, der nach robuster Begleitung geradezu schrie! Und nun erwartete ihn dieses Haus zusamt seiner grimmigen Vorgeschichte aus unumstößlichen Fakten: nur wenige hundert Schritte waren es noch auf der verödeten Straße! Schon traten die plumpen Umrisse hervor, die scheel herüberspähenden, staubblinden Fenster! Immer langsamer schritt er aus, zaudernd, um Zeit zu gewinnen. Ein letzter Passant kam vorüber, und mindestens zweimal hatte er seinen Freund zu erkennen geglaubt, doch dann seinen Irrtum einsehen müssen. Ein Taxi flitzte lärmend vorbei, ein Polizist untersuchte die harmlosen Hauseingänge – doch die Umgebung lag still unter der drückenden, nächtlichen Schwüle des Juni. Düsternis allenthalben, die Häuser nicht ganz geheuer, und jenes eine, das ihn erwartete, kam immer näher, bis er zuletzt davor stand. Aber statt einzutreten – schritt er daran vorbei, warf nur einen heimlichen Blick auf die glotzenden Fenster. Er umrundete erst noch den Platz. »Ich warte bis zwölf«, sagte er sich. »Wenn's vom Turme Mitternacht schlägt, geh' ich hinein – ob Feldman nun kommt oder nicht!«

Nachdem er den Vorsatz gefaßt, hielt er sich dran. Vielleicht trug auch der Polizist dazu bei, für den er ja eine verdächtige Figur sein mochte, wie er da planlos herumstrich mit Decke und Rucksack – und Fragen waren das letzte, was er jetzt brauchen konnte! Alsbald stand er wieder vorm Haus. Der Polizist war jetzt weg – ein gutes Stück die Straße hinunter. Sonst zeigte sich niemand, die Uhren schlugen die Stunde. Beherzt erklomm er die wenigen Stufen, steckte den Schlüssel ins Schloß – und trat in die gähnende Schwärze. Dann zog er das Tor möglichst leise hinter sich zu.

Möglichst leise – *vielleicht:* aber hundertfältig hallte das Echo, als wäre der Ort voll tappender Füße – bis sich der Lärm wieder legte, und alles so lautlos war wie zuvor... Zunächst einmal herrschte nur undurchdringliches Dunkel. Irgendwo stand wohl ein Fenster offen, denn die letzten Schläge der zwölften Stunde tönten deutlich die Treppe herunter. Und gleich darauf, noch bevor er an einen Plan auch nur denken gekonnt, passierten zwei ungute Dinge, deren Hergang er sich zwar erklären konnte, obwohl sie ihm tief zuwiderliefen, weil sie schonungslos seinen Zustand bloßlegten. Und überdies ließ sich der *zweite* Vorfall nur schwer auf vernünftige Weise erklären!

II

Das erste in diesem Brunnenschacht aus nichts als Schwärze, worin er regungslos stand und kaum wagte, Atem zu holen, während er seinen nächsten Schritt überlegte – das erste war ein Geräusch, ganz nah, fast zu seinen Füßen: ein weicher, schleifender Laut, begleitet von einer Berührung der Schulter! Er war zur Seite gesprungen, den Arm zur Abwehr erhoben – bis sich herausstellte, daß ihm die Decke von der Schulter gerutscht und zu Boden gefallen war! Er bückte sich, um sie aufzuheben, verwünschte dabei seine Nervosität und richtete sich rasch wieder auf, weil er sich im Stehen sicherer fühlte – und da kam es, im nächsten Moment, auch schon zu dem zweiten, nicht ganz geheuren Vorfall, der sich nicht mehr so einfach aus der Welt schaffen ließ!

Es geschah so: rein automatisch, in natürlichem Schutzbedürfnis hatte er, mit der einen Hand nach der Decke fassend, den Rucksack fallen gelassen, mit der anderen die Stablampe aus der Tasche geholt und sie noch im Aufrichten angeknipst. Da er sie aber schräg hielt, lief der Lichtstrahl zunächst nur den Boden entlang und erhellte die Treppe nur dürftig. Doch genügte sein Schein immerhin, um aus dem Augenwinkel eine Gestalt wahrzunehmen! Schwarzbärtig, wie er leibte und lebte, stand dort Dr. Feldman, reglos übers Geländer gebeugt, und starrte auf ihn herab! Er befand sich am oberen Ende der Treppe, doch bevor noch der Lichtstrahl ihn voll erfaßt hatte, sprang er lautlos zur Seite und huschte hinauf zum nächsthöheren Treppenabsatz! Der Lichtkegel, nunmehr voll nach oben gerichtet, zeigte nur, daß niemand mehr da war – Stufen, Geländer und Treppenabsatz waren eindeutig leer.

Pelham bewegte sich nicht, schrak nicht zusammen, tat keinen Schritt – hatte sich völlig in der Gewalt. Nur sein Puls setzte momentan aus. Auch blieb ihm fürs erste die Luft weg. Doch gleich darauf – nein: instinktiv wußte er, daß es besser sein würde, jetzt keinen Lärm zu machen! »Hallo, Max – Doktor, bist *du* es?« zu rufen, wäre bei all diesen hallenden Echos das Dümmste gewesen! Übrigens hatte er schon die Erklärung parat: die Gestalt war *nicht* Dr. Feldman! Intuitiv, noch bevor er zu überlegen begann, *wußte* er, daß es der Freund nicht sein *konnte!* Also hätt' alles Rufen gar nichts genützt. Dr. Feldman hatte das Haus nicht betreten! Niemand – er sprach es fast laut – befand sich in dem Gebäude. Das Ganze war reine Einbildung gewesen!

Nerven hin, Nerven her: sein kritischer Sinn wurde wach und machte die Annahme zur Überzeugung. Das plötzlich aufflammende Licht, das von den Nerven entstellte Schattengehusch, der Umstand, daß ihm Dr. Feldman nicht aus dem Kopf gehen wollte, ja daß er den Freund herbeigesehnt hatte, ihn jede Minute erwartend – alles zusammen hatte genügt, die erwünschte Gestalt ihm vor Augen zu zaubern im Blitzen des Lichts und im Zerstieben der Schatten! Jetzt hielt er den Lichtkegel mehr oder minder stabil auf die leere Treppe gerichtet, wobei er versuchte, mit dieser Erklärung den unguten Vorfall sich aus dem Sinn zu schlagen. »Hab' ich denn nicht sogar auf der Straße zwei Leute für ihn gehalten, bevor ich nahe genug war?« Vollbart war jetzt nicht in Mode! Leise belustigt, mußte er lächeln – kein Wunder daß Vollbärte jetzt so beeindruckend wirkten! Solch einen Schwarzbart sich vorzustellen, wurde vom Spiel der Schatten nur noch begünstigt! Auch waren keinerlei Schritte zu hören gewesen. Und während er sich all das herzählte, ward auch sein Schaudern gelinder – obschon es nicht zur Gänze verschwand.

Es hatte ja nur der *Verstand* eine halbwegs plausible Erklärung geliefert, wogegen sich sein Gefühl, das keiner Beweisführung fähig war, nicht völlig beruhigen wollte. Was er also zu fürchten hatte, war sein *Gefühl*, erkannte er nun. »Primitiv ist es, leichtgläubig, abergläubisch!« stellte er nachdrücklich fest. »Doch um es genau zu studieren, in all seinen Eskapaden – deshalb bin ich ja hier heute nacht!« Mit solcher Weisheit im Kopfe beschloß er, allen Gefühlen zuvorzukommen und unverzüglich zur Tat zu schreiten. Es galt ja, das Haus vom Dach bis zum Keller zu inspizieren, bevor er sich für die lange Nachtwache einrichtete. Oder war es ein Trick gewesen? Ein versuchsweiser Scherz? Das brennende Interesse des Freunds am mentalen Experiment? Neuerlich trat ihm die Fragwürdigkeit jenes »dringenden Anrufs« vor Augen – doch war das gleich wieder vorbei. Er stellte seine Gerätschaft zu Boden, entnahm seinem Rucksack die Pistole und machte sich an die Durchsuchung des leeren Gebäudes. Mit festem, hallendem Schritt stieg er langsam die Treppe hinauf und ließ den Strahl seiner Lampe nach allen Richtungen kreisen.

Ein großes, leerstehendes Haus ist nicht sehr einladend im Stockfinstern, und der Strahl einer Stablampe, der die herrschende, tintige Schwärze nur noch stärker zur Geltung bringt, ist auch nicht die beste Methode, es zu durchsuchen. Keine Frage – das ging auf Kosten der Nerven! Überdies war das Haus ja nicht einfach nur leer: es stand leer, weil man darin nicht wohnen *konnte,* und war aller Wohnlichkeit so sehr entblößt, daß zwei seiner Mieter, erst kürzlich und knapp nacheinander, sich darin umgebracht hatten! Und der Anlaß zu solchem Freitod war, nach Pelhams Informationen, nichts weniger als geeignet, dem Haus mehr Gemütlichkeit zu verleihen: zwei Jahre vor jenen beiden hatte ihr Vorgänger (und offenbar auch Verursacher all des gegenwärtigen Horrors) ebenfalls Selbstmord verübt, nachdem von ihm erst noch die ganze Familie auf grausigste Weise umgebracht worden war. Von Drogen und Alkohol ausgehöhlt, vielleicht auch von Liebe und ähnlich verzehrenden Mächten – Pelham konnte es nicht genau sagen – hatte man ihn inmitten der Reste seiner entsetzlichen Orgie gefunden, von eigener Hand stranguliert! Und man hielt allen Ernstes dafür, daß seine Nachahmer ihr Schicksal dem Einfluß der Lästerlichkeit verdankten, die er in dem Haus hinterlassen hatte. Die weiteren Nachfolger hatten beständig Einspruch erhoben, ihre Mietverträge gebrochen und lieber hohe Kautionen gezahlt, als noch länger zu bleiben, ja waren sogar vor Gericht gegangen. Deshalb war jetzt das Haus um einen Spottpreis zu haben – und der junge Pelham dabei, dessen verdächtiges Innenleben zu mitternächtlicher Stunde mit einer kläglichen Stablampe bis auf den Grund zu durchleuchten! Sein Ziel war dabei, am eigenen Leib all das zu erproben, was ein phantasievoller Mensch im Lauf solcher nächtlichen Wache empfände: er brauchte es für eine Szene des neuen Romans. Phantasie besaß er genug – und so bekam er auch, was er wollte – und *mehr*, als ihm lieb war! Die Einzelheiten seiner Erfahrung zählen zum Merkwürdigsten unter den zahlreichen Fällen aus Dr. Feldmans Aufzeichnungen.

Trotz aller Gründlichkeit brachte die Suche nichts ein, sondern bestätigte bloß, daß außer ihm selber sich niemand in diesem großen, nicht ganz geheuern Gebäude befand. Sie tat seiner Nervosität gar nicht gut und verlangte ihm alle Entschlossenheit ab, den oder jenen Raum zu betreten – zum Beispiel die Dienstbotenkammern ganz oben, die Geschäftsräume im Souterrain und auch die besonders großen, *zwei*türigen Zimmer. Beständig hatte er ja das Gefühl, jemand folge ihm heimlich, beobachte ihn aus den ringsum sich türmenden Schatten! Einmal schlug eine Tür zu – allenthalben war da ein Ächzen und Knarren, auf den zugigen Gängen stöhnte und wisperte es! Und dennoch füllte die Stille des Tods dieses Haus – es teilte den Modergeruch, die gähnende Leere, die finstere Vorahnung aller unbewohnten Gebäude. Und am Ende fand Pelham sich neuerlich in der Halle, mit dem stolzen Gefühl, verläßliche Arbeit geleistet zu haben und nunmehr guten Gewissens seine Nachtwache im kleinen Wohnzimmer oben vorbereiten zu können! Er hatte dafür schon untertags zwei Liegestühle ins Haus geschafft. Dazu kamen nun der Kaffee, die Kerzen, das Buch. Ob Feldman noch auftauchen, ob er wegbleiben möchte – er würd' es auch ohne ihn schaffen. Selbst, wenn Unvorhersehbares geschähe. So begab er sich wieder nach oben und machte sich's in dem Zimmer bequem. Er war jetzt viel ruhiger geworden – eiskalt eigentlich! Und vollkommen Herr seiner selbst.

An diesem Punkt hat Pelhams Version der Geschichte (in Feldmans Notizheft mit Rotstift markiert) erstmals die Aufmerksamkeit des Spezialisten erregt. Der Ausdruck »*eiskalt*« ist unterstrichen, am freien Rand steht ein Fragezeichen. Die Durchsuchung des Hauses hätte ja Pelham an den Rand seiner Nervenkraft bringen müssen! Statt dessen war das genaue Gegenteil eingetreten – der junge Mann hatte sein seelisches Gleichgewicht wiedererlangt! »Eiskalt« war er geworden, und, was auch immer passieren mochte, er würde es »schaffen«! »Kein Hinweis, daß so befremdende Ruhe ihm sonderlich aufgefallen«, lautet die Expertise. Und bei der spätern Besprechung hat Pelham ein anderes Wort verwendet: »Sedativ«. Alle Unruhe sei verschwunden gewesen, beteuerte er, »als hätt' ich ein Sedativum genommen, das nun zu wirken begänne. Zwar hielt ich die Augen weiterhin offen«, versuchte er zu erklären, »aber was mich noch dreißig Minuten zuvor aus der Fassung gebracht hätte, ließ mich jetzt kalt. Ich sah, was geschah, nichts entging mir, doch übte das keine nachteilige Wirkung auf mich, von Entsetzen gar nicht zu reden. Ich war präpariert für alles, was eintreten mochte – beinahe, als wär' ich gedopt.« Dazu der interessante, einleuchtende Arztkommentar: »Die kuriose, vorläufige Ruhe kann sich nur nach und nach eingestellt haben – erst als sie *da* war, hat P. sie bemerkt. Auch das Wort ›Sedativ‹ zeigt diese Langsamkeit an. Krankhafter Erregungszustand weicht dem der Ruhe, doch die Wahrnehmungsschärfe wird nicht geschwächt. Er glaubt, ›präpariert‹ zu sein für alles, was kommt. Ein *Präparat!?*«

Der junge Mann ruhte bequem in dem Liegestuhl, die Decke über den Knien, zu Häupten auf seiner Packtasche die zwei brennenden Kerzen. Zum einen Teil in sein Buch vertieft, ließ er zum andern die Umgebung nicht aus den Augen, horchte auf jedes Geräusch, sprungbereit, aber dennoch entspannt. Fahrigkeit und Nervosität waren weg, in sich selber erschöpft. Der leere Sitz für den Freund stand gegenüber, zwei nackte Fenster zur Rechten gaben den Blick auf die Dächer und einen dunstigen, sternlosen Nachthimmel frei. Zur Linken, durch die weitoffene Tür, war das obere Ende der Treppe zu sehn und ein Stück des Geländers, an dem er den Freund zu erblicken vermeint. Kein

Teppich, kein Möbelstück war in dem Zimmer, nur auf der Kahlheit der Wände zeigten Schmutzstreifen an, daß einstmals hier Bilder und ein großer Spiegel gehangen hatten. Zu Häupten, im flackernden Kerzenschein, funkelte schwach das Kristallglas der Deckenlampe. Insgesamt war der Raum nur höchst dürftig erhellt.

So saß er und las, die Stunden zogen dahin, die Nacht ging dem Morgen entgegen. Von Zeit zu Zeit unterbrach er das Lesen und lauschte: die Treppe hatte geknarrt, die Dielen im Oberstock knackten, von der Halle tönten Geräusche herauf – er nahm es gelassen zur Kenntnis und schrieb es natürlichen Ursachen zu. Keinerlei Absicht steckte dahinter, und keine Bedeutung. Kein Lebender, kein Verstorbener schlich durch das Haus. Keine Schritte näherten sich, der Laut keiner Stimme störte die Stille vom Dach bis zum Keller. Dennoch war Pelhams Gefaßtheit in Anbetracht seines Temperaments und der kürzlichen Nervosität recht erstaunlich. Jetzt machte sich auch noch Enttäuschung bemerkbar! Auch wenn nichts zu sehen, zu hören war – Reaktionen interessanter, ausgefallener Art hatte er dennoch erhofft. Aber nichts dergleichen stellte sich ein. Nach jener ersten, nahezu kindischen »Nerven«-Anwandlung registrierte sein Wahrnehmungsapparat rein gar nichts – weder kritisch noch imaginativ! Das Experiment schien ein Fehlschlag zu werden: die Szene, die ihm für sein Buch vorgeschwebt, würde durch die Beschreibung echten Erlebens um nichts wahrscheinlicher wirken! Fast war er schon froh, daß Dr. Feldman die Nacht nicht vergeudet hatte mit so vergeblichem Warten! Und zeigte sich *wirklich* noch eine Gestalt – er würde sie kritisch examinieren, nichts weiter: ob sie sich als körperlich greifbar erwiese, ob man hindurchgehen könne durch sie, ob sie imstande sei, Antwort zu geben oder sonstwie zu reagieren, wenn er sie in aller Ruhe ins Kreuzverhör nähme...

Dr. Feldman! Er senkte das Buch. Den hätte er beinah vergessen! Das anfängliche Verlangen und auch die schwere Enttäuschung – sie waren dahin. Erst jetzt wurde ihm bewußt, daß er seit geraumer Zeit gar nicht mehr wartete auf die Schritte oder die Stimme des Freunds, auf seinen braunäugigen Blick! Auch diese Erwartung war weg! Dr. Feldman hebt solch vergeßliche Gleichgültigkeit in seinen Notizen hervor – sie beweise, meint er, daß Pelhams Verstand nicht mehr normal funktionierte.

»Bemerkt seine Indifferenz«, lautet die Rotstift-Anmerkung, »zeigt sich jedoch nicht sonderlich überrascht.«

»Dr. Feldman!« Zum erstenmal fiel Pelham ein, daß er ja vergessen hatte, den Schlüssel am Tor für ihn dazulassen! Komplett übersehen hatte er das! Selbst wenn Dr. Feldman gekommen *wäre* – er hätte das Haus nicht betreten können. Vielleicht *war* er dagewesen – und wieder gegangen. Vielleicht hatte er nicht geläutet, und noch viel weniger hätt' er geklopft! Es war sogar möglich, sinnierte Pelham, daß der Doktor gar nicht so ungern umgekehrt war und nach Hause gegangen, um sich aufs Ohr zu legen! Auch gut, spielt keine Rolle, überlegte der junge Mann, als er im Stockdunkeln hinunterschlich, um den Schlüssel zu hinterlegen. Die Stablampe hatte er auf der Packtasche liegen gelassen. Es gab hier ja nichts, das für seinen klugen, gelehrten Freund von Interesse gewesen wäre, und eigentlich war er froh, keinen kritischen Zeugen für seine Enttäuschung zu haben in dieser ereignislosen, blödsinnigen Nacht!

Den Hausschlüssel in der Hand, stieß er die schwere Tür auf und spähte die leere Straße hinauf und hinunter. Es war zwischen zwei und drei Uhr. Bald würde der Morgen grauen. Keine Menschenseele in Sicht. Er verharrte ein wenig auf der obersten Stufe des Aufgangs, trat wieder ins Haus, schloß unbekümmert die Tür – das ganze Gebäude hallte davon – und vergaß darüber zum andernmal, den Schlüssel zu deponieren! Aber das wurde ihm erst viel später bewußt. Er durchquerte die Halle. Oben, vom offenen Zimmer, sickerte spärliches Licht und machte das Geländer erahnbar. Aber während er die Halle durchschritt, strich jemand an ihm vorüber – und hatte noch vor ihm die Treppe erreicht! Obschon es zu keiner Berührung gekommen, war Pelham dessen ganz sicher! Ob auch Schritte hörbar geworden, hätt' er nicht sagen können – aber jemand, der ihm in der finsteren Halle ganz nahe gewesen, schlich nun vor ihm die Treppe hinauf, das stand außer Frage! Selbst wenn er gezweifelt *hätte*, wär' das nur kurz gewesen, denn schon im nächsten Moment sah er oben, hinterm Geländer, schattenhaft eine Gestalt entlanghuschen, die hastig um die Ecke verschwand – und zwar in Richtung der offenen Tür, aus welcher der Lichtschimmer drang! Jene Person, wer immer es war, hatte sein Zimmer betreten!

Schon eilte Pelham ihr nach: hastete über die Stufen, rannte den Gang entlang – und betrat unverzüglich den Raum. »Buchstäblich hinein*geplatzt* bin ich«, beschrieb er es später. »Und dort, meinem Sitz gegenüber«, beteuerte er im Brustton der Überzeugung, »bist – *du selber* gesessen! Du bist dort gesessen, Max, in jenem Liegestuhl!« – Tatsächlich, auf jenem Stuhl saß breitschultrig, schwarzbärtig, massiv – Dr. Feldman in eigner Person! Der Kopf war vornübergesunken, bei geschlossenen Augen. Der Atem ging regelmäßig und tief. »Du tatest, als würdest du schlafen, aber das war unmöglich, ich wußte es ja!« Pelham schildert in seiner Niederschrift auch die eigene Reaktion auf diesen »Lausbubenstreich«, und betont ausdrücklich den Ärger, »daß ein Freund wie du, Max, mir diesen erbärmlichen, sogar gefährlichen Streich gespielt hat!« Er war aufgebracht, ernstlich erzürnt.

Es war ja auch so, daß der junge Pelham zunächst glauben mußte, der Doktor habe schon *vor* ihm das Haus betreten und sich verborgen gehalten, und jener »dringende Anruf« sei nur ein Vorwand gewesen. Insgesamt war das ganze ein schlechter, voreiliger Scherz! Schon beim Betreten des Hauses hatte Pelham diesen Argwohn verspürt! Ein Dr. Feldman opferte seinen Schlaf nicht für nichts: schon im vorhinein war er entschlossen gewesen, seinem romantischen Freund einen Schock zu versetzen – um in aller Ruhe zu sehen, wie dieser darauf reagierte!

Und Pelham nahm ihm den Streich wirklich übel, schon wegen dessen gefährlicher Unüberlegtheit im Hinblick nicht nur auf die Nerven, sondern auch auf den Umstand, daß er eine Pistole bei sich trug. Er war so erzürnt, daß er sich in seinen Sitz fallen ließ und den Freund nur wortlos anstarrte, von dumpfem Ärger erfüllt und ohne zu überlegen, *wie* denn der Doktor seinen trivialen Plan ins Werk gesetzt habe. Er machte keinen Versuch, seinen Widerpart zur Rede zu stellen, scheuchte ihn auch nicht aus dem idiotisch-vorgeblichen Schlummer, sondern blickte den Doktor nur unverwandt und voll dumpfer Verdrossenheit an. Er fühlte sich nicht erleichtert, daß der Freund nun doch noch aufgetaucht war und jetzt vor ihm saß: Gesellschaft war ihm nicht mehr nötig – schon gar nicht in dieser Form! Nur Überdruß fühlte er, Abscheu und tiefe Verbitterung!

Dr. Feldman scheint aber die Rolle des Schläfers so perfekt weitergespielt zu haben, daß es – so gestand sein Gefährte sich ein – in jedem anderen Fall bewunderungswürdig gewesen wäre. Er hielt seine Schlafpose durch, ohne den leisesten Fehler zu machen: es war die perfekte Schauspielerei! Ausdruckslos blieb seine Miene, der Körper war schlaff wie der eines Menschen im Tiefschlaf. Und je länger ihn Pelham beobachtete, desto stärker wurde sein Unmut. Schon fand er Namen wie »Idiot« und »Kretin«, Wendungen wie »Großartiger Scherz für einen Menschen wie dich, den großen Spezialarzt der Nervenheilkunde« – und nach gut einer halben Stunde so blöden Theaters von seiten des »Spezialisten«, der da Schweigen und Reglosigkeit bewahrte und offenbar nicht daran dachte, sich zu erklären, nahm Pelham sein Buch wieder auf und widmete sich der Lektüre. Eigentlich war ihm zum Lachen – bei aller Erzürntheit!

Kein Zweifel, das Ganze war eher komisch – nur war *ihm gar nicht* nach Komik zumut! Ihm war jedes Wort zuwider, er war nur kindisch besessen von dem Entschluß, den Kampf aufzunehmen und den Gegner mit dessen eigenen Waffen zu schlagen. Er gab keinen Laut, kein Zeichen: er las. Die Minuten verstrichen. So verging eine weitere halbe Stunde, wenn nicht noch mehr. Er behielt seine Aufsässigkeit eisern bei. Und auch Dr. Feldman blieb bei dem unsinnigen Spiel. Sein vorgeblicher Schlaf war perfekt, der Atem ging schwer – fast *zu* schwer! Der schwarze Vollbart über der Brust machte deren Bewegungen mit, die Lider blieben geschlossen – bis ferne Glockenschläge ins Zimmer drangen und die volle Stunde anzeigten. Pelham zählte mit – es war drei Uhr. Draußen graute der Morgen. Er blickte vom Buch auf, ohne zu wissen, warum –

Doch diesmal erschrak er: das Blut stockte ihm – und kehrte zurück mit eisigem Schwall. Was war das? Was sollte das heißen? Auf den ersten Blick, im spärlichen Frühlicht, sah Dr. Feldman so aus wie zuvor – ganz gewöhnlich, normal! Doch beim zweiten Hinsehen war er bestürzend verändert: Pelham bot seine ganze Sehschärfe auf – starrte auf sein Gegenüber, bis die Augen ihn schmerzten. Und ein eiskalter Schauder überlief ihn dabei.

Ja, die Veränderung war da – wenn auch noch verhüllt! Zunächst war es noch der vertraute Max Feldman. Doch schon auf den zweiten Blick war es ein andrer! So schildert es Pelham schriftlich, wenn auch auffallend kurz. Offenbar gab es da etwas, das sich der Beschreibung entzog. Er zitterte am ganzen Körper. Die frühere Stumpfheit hob sich von ihm, sein Empfindungsvermögen war nicht mehr ertaubt: der »sedative« Effekt schien sich verflüchtigt zu haben.

Und während er den vertrauten Freund nicht aus den Augen ließ, ihn mit aller verfügbaren Intensität beobachtete, sah er sich hoffnungslos überfordert. Doch jener »zweite Aspekt« stellte sich nicht wieder ein: die »bestürzende« Wandlung dieses Gesichts ließ auf sich warten. Indes, er *hatte* sie wahrgenommen – und so mußte sie auch noch da sein! Das Blut pochte ihm in den Schläfen – Füße und Rücken waren eiskalt. Er war »außer sich« wie ein verängstigtes Mädchen. Die Gestalt in dem Liegestuhl – soweit er das sagen konnte – hatte sich äußerlich nicht verändert: die massive Statur, ihre Breitschultrigkeit, der schwarze Vollbart, die im »Schlaf« geschlossenen Lider – alles war wie bisher. »Der Idiot schläft mir noch immer was vor«, lag ihm auf der Zunge – aber das Denken verbot ihm die Worte, sie trafen nicht zu irgendwie, waren falsch! »Idiot« und »schläft«, – nein, da belog er sich nur!

Die Niederschrift dessen, was folgte, ist von kurioser, befremdlicher Kürze. Ihm seien die Augen wie festgeheftet gewesen, keiner Bewegung fähig. Er habe nur immer hinstarren müssen. Der Vollbart sei auf und ab gegangen mit dem Atem der breiten Brust, der Körper sei schlaff und entspannt geblieben, wie bisher habe der Kopf sich gesenkt und gehoben. Dann aber sei plötzlich der »zweite Aspekt« in Erscheinung getreten – verdeckt und erschreckend zugleich! Das bisher so ausdruckslose Gesicht habe sich zu verändern begonnen: ganz langsam sei es zu dem eines andern geworden! Schwärze und Blässe hätten sich drübergestohlen – leidenschaftslose Blässe, aber ein diabolisches Dunkel. Der Mund unterm schwarzen Barthaar sei plötzlich erschlafft, die Brauen hätten sich schräg, das bärtige Kinn nach vorne verschoben. Langsam, aber entschieden, sei eine völlig veränderte, grausame Miene zutage getreten. Die Maske sei nach und nach abgefallen. Und der junge Pelham, keiner Bewegung fähig, mußte den grausigen Wandel hilflos mitansehn! Was er da vor Augen habe, versuchte er sich zu sagen, sei dermaßen unglaublich, daß es außerhalb alles Begrifflichen liege! Und dennoch – er sah es mit an! Und konnte den Blick nicht abwenden.

»Das *ist* ja nicht Feldman, *nein*, nicht Max Feldman – das *ist* nicht mein Freund«, schrie's in ihm auf – doch dann erlahmte sein Denken, gehorchte nicht mehr. Denkvermögen wie Willenskraft waren verflogen. Und auf einmal sank jenes Haupt kaum merklich zur Seite – kippte langsam hintüber. Und der Vollbart, nun aufwärtsgerichtet, enthüllte den Hals – der war kragenlos, nackt!

Er wollte schreien, aufkreischen – doch sein Atem blieb aus. Eiskaltes Entsetzen befiel ihn, er zitterte über und über, und das hörte man auch: die Zähne klapperten ihm, die Füße trommelten auf den Dielen. Und noch immer mußte er hilflos zusehn, die Sicht war ihm derart beschränkt, daß er den Blick weder abzuwenden noch seine Augen zu schließen vermochte! Und so sah er mit an, wie die dämonische Fratze, welche den Freund nachgeäfft, sich wandelte – weiter und weiter. *Wie* das zuging, wußte er nicht – aber *daß* sie sich wandelte, sah er. Ein leises Zittern der Wangen zeigte es an. Und grausig wurde ihm klar, daß jetzt diese Augen sich öffnen, ihn anblicken würden – vielleicht schon im nächsten Moment!

Der Kopf bewegte sich abermals, kippte weiter zurück – ein gräßliches Bild! Der Hals, kragenlos wie er war, zeigte mattrote Querstreifen. Und in dieser Sekunde taten die Augen sich auf und erwiderten Pelhams gebannten, entsetzensgeweiteten Blick! Es war das fixierte, schillernde Starren des Wahnsinns! Und diese Augen waren nicht braun, sondern schwarz! Mordbegier glänzte darin! Ein konvulsivisches Zucken durchlief die Gestalt – sie veränderte sich wie das Gesicht! Im Zeitraffertempo vollzog sich der Wandel: die massige Körperlichkeit schien plötzlich zu schrumpfen, die breiten Schultern sanken zusammen – einzig der schwarze Vollbart war noch geblieben und verdeckte den nackten Hals und dessen rote, gräßliche Striemen.

Und dann erhob sich dieses Gebilde: löste sich mühelos aus seinem Sitz, stand nun aufrecht, schwankte ein wenig, hielt sich taumelnd gerade. Jetzt hob es die Arme, stieß sie nach vorn, die Hände öffneten sich und griffen mit langen, krralligen Fingern nach Pelhams Gesicht und Kehle! Und in den Augen ein glosendes Licht – näher und näher ...

Der plötzliche, dröhnende Lärm an der Haustür scheint Pelhams Muskelkraft reaktiviert zu haben. Jemand klopfte und läutete wie verrückt, führte krachende Schläge gegen das Tor! Das ganze Gebäude hallte davon! Die grauenvolle Gestalt, noch immer dabei, sich zu nähern, kam nicht länger voran, erreichte Pelhams Gesicht und Kehle nicht mehr. Seine Willenskraft kehrte langsam zurück, befähigte ihn zur Tat, angespornt durch den anhaltenden Krach. Er sprang auf und stieß einen Schrei aus, als würde das Herz ihm zerspringen – er taumelte, stürzte davon – hinunter zur Haustür: mit wenigen, weiten Sprüngen überwand er die Treppe, hastete durch die finstere Halle und entriegelte mühsam das schwere Tor, an dem noch immer gerüttelt wurde. Schon hatte er es geöffnet: draußen stand, die brennende Stablampe in der Hand – Dr. Feldman! Er trat ein, schlug das Tor krachend zu. »Tut mir wahnsinnig leid, Alter! Es hat länger gedauert, als ich geglaubt habe. Und du hast vergessen, den Schlüssel –« Doch der junge Pelham hörte nicht mehr. Die Sinne schwanden ihm – und kraftlos sank er dem Freund in die Arme.

Es war eine Ohnmacht, nicht nur ein Schwächeanfall – aber sie währte nur kurz. Ein belebender Schluck aus der Flasche des Doktors brachte ihn alsbald zurück – das Blut zirkulierte wieder normal. Es folgte ein konfuses Gespräch – Pelham antwortete nur zusammenhanglos –, und dann bestand Dr. Feldman auf der Besichtigung jenes Zimmers. Seite an Seite begaben sich beide nach oben – Arm in Arm eigentlich – und betraten den vollkommen leeren Raum. Auf der Packtasche flackerten noch die Kerzen, Pistole und Stablampe lagen daneben, auf dem Boden das Buch, und die Liegestühle standen einander leer gegenüber.

Aber der junge Pelham, noch immer am ganzen Leib zitternd, fand nicht die rechten Worte, und der Spezialarzt, mit solchem Zustand genugsam vertraut, nahm ihn mit sich in sein Haus, verabreichte ihm ein leichtes Beruhigungsmittel – und las, sobald er Zeit dazu fand, nach ein paar Tagen die Niederschrift von den Begebenheiten jener Nacht. Er hatte darauf bestanden, daß Pelham sie vorerst einmal schriftlich fixiere. Erst hinterher kam es zur Aussprache. Auch der Doktor schrieb eine Studie dazu, doch nur für den eignen Gebrauch – denn da gab es zwei Fakten, die auch ihm Kopfzerbrechen bereiteten: nämlich, daß der Mörder nicht nur selber Drogen verwendet, sondern sie auch seinen Opfern verabreicht hatte, und ferner irritierte es ihn, daß jenes Wahnsinnsgesicht zwar *schwarze* Augen gehabt, aber, als Draufgabe, auch einen schwarzen Vollbart, wie er ...

J. G. Ballard
in den suhrkamp taschenbüchern

Billennium. Science-fiction-Erzählungen. PhB 96. st 896

Die Dürre. Science-fiction-Roman. Aus dem Englischen von Maria Gridling. PhB 116. st 975

Der ewige Tag und andere Science-fiction-Erzählungen. Deutsch von Michael Walter. PhB 56. st 727

Hallo Amerika! Science-fiction-Roman. Aus dem Englischen von Rudolf Hermstein. PhB 95. st 895

Karneval der Alligatoren. Science-fiction-Roman. Aus dem Englischen von Inge Wiskott. PhB 191. st 1373

Das Katastrophengebiet. Science-fiction-Erzählungen. PhB 103. st 924

Kristallwelt. Roman. Aus dem Englischen übersetzt von Margarete Bormann. PhB 75. st 818

Mythen der nahen Zukunft. Science-fiction-Erzählungen. Aus dem Englischen von Franz Rottensteiner. PhB 154. st 1167

Die tausend Träume von Stellavista und andere Vermilion-Sands-Stories. Aus dem Englischen von Alfred Scholz. PhB 79. st 833

Der tote Astronaut. Science-fiction-Erzählungen. Aus dem Englischen von Michael Walter. PhB 107. st 940

Traum GmbH. Phantastischer Roman. Aus dem Englischen von Michel Bodmer. PhB 164. st 1222

Der vierdimensionale Alptraum. Science-fiction-Erzählungen. Aus dem Englischen von Wolfgang Eisermann. PhB 127. st 1014

Die Zeitgräber und andere phantastische Erzählungen. Aus dem Englischen von Charlotte Franke. PhB 138. st 1082

Herbert W. Franke
in den suhrkamp taschenbüchern

Der Atem der Sonne. Science-fiction-Erzählungen. PhB 174. st 1265
Einsteins Erben. Science-fiction-Geschichten. PhB 41. st 603
Endzeit. Science-fiction-Roman. PhB 150. st 1153
Die Kälte des Weltraums. Science-fiction-Roman. PhB 121. st 990
Keine Spur von Leben. Hörspiele. PhB 62. st 741
Leonardo 2000. Kunst im Zeitalter des Computers. st 1351
Paradies 3000. Science-fiction-Erzählungen. PhB 48. st 664
Schule für Übermenschen. PhB 58. st 730
Sirius Transit. PhB 30. st 535
Die Stahlwüste. Science-fiction-Roman. PhB 215. st 1545
Tod eines Unsterblichen. Science-fiction-Roman. PhB 69. st 772
Transpluto. Science-fiction-Roman. PhB 82. st 841
Ypsilon minus. Mit einem Nachwort von Franz Rottensteiner. PhB 3. st 358
Zarathustra kehrt zurück. Science-fiction-Erzählungen. PhB 9. st 410
Zone Null. Roman. PhB 35. st 585
DEA ALBA. Buch und Kassette. PhB 207. st 1509